中華書局

繁華落盡

見真淳

王安憶城市小說書寫研究

葛亮——著

目　錄

第一章

緒論

第一節
探討城市文學的意義與城市研究發展脈絡

人類用了 5000 多年的時間，才對城市的本質和演變過程獲得了一個局部的認識，也許要用更長的時間才能完全弄清它那些尚未被認識的潛在特性。

——劉易斯・芒福德《城市發展史》[1]

在《西方的沒落》一書中，斯賓格勒（Oswald Spengler, 1880-1936）指出：「人類所有的偉大文化都是由城市產生的。」[2] 城市，究其本原意義，在於實現了根植於鄉村、而又與鄉村分離的社會結構關係乃至文明形式，標明人類進入社會成長期的閾限。作為人類生存的基本形式之一，城市不僅是地理學、生態學、經濟學、政治學上的一個單位，同時成為文化學上的重要考量單位。

芒福德（Lewis Mumford, 1895-1990）在著作《城市發展史》的開首，言簡意賅地闡明城市作為研究對象其豐富的跨文化指涉，亦揭示出城市研究的任重道遠。

---

1 劉易斯・芒福德：《城市發展史》（北京：中國建築工業出版社，2005 年），頁 2。

2 Oswald Spengler. *The Decline of the West.* Ed. Helmut Werner. Tran. Charles Francis Atkinson. New York: Oxford University Press, 1932. p.xvix.

　　城市發展至今，已從刻板的行政區劃單位逐步轉化為多維的人文研究場域。帕克（Robert Park, 1864-1944）在其著述《城市社會學》中指出：「城市，是一種心理狀態，是各種禮俗和傳統構成的整體，是這些禮俗所包含，並隨傳統而流傳的那些統一思想和感情所構成的整體。換言之，城市決非簡單的物質現象，決非簡單的人工構築物。城市已同其居民們的各種重要活動密切地聯繫在一起，它是自然的產物，而尤其是人類屬性的產物。」[3]

　　帕克所言闡明城市精神的區域亞文化屬性。城市的體現與存在從某種意義而言，正取決於市民之間的交流與集體認同感。本尼迪克特‧安德森（Benedict Anderson）曾提出所謂「印刷資本主義」的說法，其意為，印刷術和資本主義相結合催生出的印刷語言與印刷文學，直接擴展了人們的生活在時間和空間上的幅度，在這個幅度之內，雖然大家都素未謀面，但「共同體」的休戚與共感，仍然可以透過「文學」塑造出來。文學作品，尤其是小說，通過設定一個廣大的讀者群體並吸引這個群體相互認同，有助於創造「想像的共同體」。[4] 由此可見，文學甚至具體到小說成為維繫現代城市精神的某種媒介，而同時又直接體現了城市的內涵。

　　因此，文學為認知城市文化提供了某種可能性，這種作為研究窺口的文學類型，可稱之為「城市文學」。探討城市文學的重要性在此可見一斑，而欲對其進行深入了解，同樣需辯證地從城市研究的淵源入手。

　　城市出現，其濫觴可追溯至西方希臘城邦共同體與古中國春秋時期的城邑。然而，有關城市的學說在數世紀前有所記載的多是一鱗半爪。在《政治學》一書中，亞里士多德（Aristotle, 383-322 B.C.）曾就人類生活發展的角度指出城邦形成的必然性，以及其與軍事聯盟的本質不同。亞氏的貢獻在

3　帕克：《城市社會學》（北京：華夏出版社，1987 年），頁 1。

4　Benedict Anderson. *Imagined Communities: Reflections on the Origin and Spread of Nationalism*. London: Verso, 1983. p.28.

於，其在批駁蘇格拉底（Socrates, 470-399 B.C.）的基礎上，[5] 初步地指出了城市雛形的特性之一——異質性。「組成一個城邦的分子必須是品類相異的人們，各盡所能和所得，通工易事，互相補差，這才能使全邦的人過渡到較高級的生活。」[6] 這一觀念對後世學者的研究產生相當大的影響。在中國，管仲（723-645 B.C.）在《管子》中曾提出：「百乘之國，中而立市，東西南北度五十里。千乘之國，百五十里，萬乘之國五百里。」[7] 這是世界上較早提出的城市地域分佈結構理論的學說，其體系並不十分完善，但是其規範性已相當鮮明。

學界有明確意向對城市進行系統化研究，是在十九世紀末期。1887-1921 年間，西方學者相繼出版了有關城市方面的研究著作。

早期研究城市的社會學學者中，首先應提及斐迪南・騰尼斯（Ferdinand Tonnies, 1855-1936），其名著《禮俗社會與法理社會》（*Gemeinschaft and Gesellschaft*, 1887）將城市與鄉村從結構意義上進行了理論分離，騰尼斯的二分法，提出一種分析城市社會結構的理論與理想類型。這種理論和理想類型提出一些概念上的架構，並道出了社會變遷的方向，即禮俗社會由於人口的增長與集中，逐漸向法理社會轉型。[8]

與騰尼斯同時期的齊美爾（Simmel, 1858-1918），則為城市微觀研究的開創者，其論文〈都市與精神生活〉（"The Metropolis and Mental Life", 1903）的獨到之處在於，其就都市社會對個人心理的影響有較為系統性的論述。這些論述對於後期的都市決定論者理論（urban determination）的形成有着決定意義。

相對而言，德國社會學家馬克斯・韋伯（Max Weber, 1864-1920）所

5　按照蘇格拉底的觀點，「整個城邦的一切應該盡可能地整齊劃一，愈一致愈好。」參見亞里士多德：《政治學》（北京：商務印書館，1987 年），頁 45。

6　亞里士多德：《政治學》，頁 45。

7　管仲著，戴望校：《管子》（台北：台灣商務印書館，1966 年），頁 149。

8　而同樣基於考察城市社會關係，將研究重心置於宏觀層面的迪爾凱姆（Emile Durkheim），則提出了「機械團結」與「有機團結」概念。

作的研究則更為具象，偏重經驗性與歷史性。韋伯的理想是建構一種普遍的社會模式，而這種模式的建構必須依託於對不同時期與地區的城市作詳盡的考察。為此，韋伯在考察歐洲與中東城市的同時，結合對印度與中國社會與都市進行了具體的研究與比較，提出「完全城市社區」的理念，並成文〈都市〉（"The City"）。而韋伯的另一著作《儒教與道教》（*Konfuzianismus und Taoismus*）則基於西方市民社會價值觀，對中國傳統城市的市民階層進行了分析，具有相當大的理論借鑒意義。

城市研究的另一重要階段，是 1915-1983 年間美國城市社會學的興起，其早期代表人物帕克、伯吉斯（W. Burgess）和麥肯茲（D. Mackenie）曾合著的《城市》一書，為美國城市研究的進一步發展奠定了理論基礎。他們的研究重點放在城市結構中人口與地域之間的互動關係上。帕克在美國芝加哥大學建立了世界上第一個城市研究中心。這批學者率先看到並體驗到城市社會發展所帶來的社會結構變遷，將芝加哥整體作為研究對象，既研究了社會問題，又提出了學科研究的學派思想。這就是二十世紀初美國社會學界崛起的「芝加哥學派」。[9] 這一學派從城市尤其是芝加哥這一大城市出發，透過一個龐大而又複雜都市系統來研究其動態發展過程。

晚近的北美城市研究理論，較有影響力的包括六十年代甘斯（Gans）及路易斯（Lewis）的「人口組成學派」（compositional theory）或「非人文區位學派」（non-ecological theory）、七十年代費雪爾（Fischer）的「副文化或圈內文化論」（sub-cultural theory），上述理論對早期芝加哥學派的都市決定論（urban determination）進行了相當程度的修正。與費雪爾齊名的另有加拿大的韋爾曼（Wellman）與麥克遜（Michaelson），其創立的社區存繼論（community saved）與實體環境論（physical environment）代表了近二十年來北美都市社會學發展與研究的走向。

9　其代表的都市社會學理論及實驗研究，影響力深遠，其中有一支派至今仍很活躍，被稱之為人文區位學（Human Ecology）派。

同時期，歐洲、澳洲、日本、中國及第三世界國家，在城市學研究上均有長足發展，限於篇幅不作贅述。而當代中國的研究學界，在新型都市的興起的語境之中，借鏡於上述理論成果的同時，也開展了着眼於中西文化比較及以實證與建構相結合的城市研究。較具代表性的著作包括張鴻雁教授（1954-）的《侵入與接替——城市社會結構變遷新論》，陳立旭教授（1963-）的《都市文化與都市精神——中外城市文化比較》等。

以上對城市研究發展脈絡的梳理，在當下的中國城市研究範疇，具有參考價值，並為本書相關課題的展開提供一定的理論準備。

中國城市小說的演進與有關上海的文化研究

　　當我們將視野聚焦於中國的具體歷史文化語境之中，能否建構一個與之相對稱的城市文化與文學研究模式，則需要對中國的城市文學的概念本身進行進一步的釐定。

　　社會學者張鴻雁曾經總結了中國城市發展從古至今，全過程經歷了四次飛躍：第一次是春秋戰國時代真正意義上的城市的興起；宋代出現了第二次城市飛躍——是以城市「破牆開店」為表徵的，即西方學者所認為的中國「城市革命」；第三次城市飛躍是中國近代以上海等城市引進西方城市管理與規劃體制為代表，現代新型城市社會結構開始出現；第四次城市飛躍是指二十世紀八十年代以後，中國城市圈的發展及國際化大都市戰略計劃，特別是把國際化作為城市發展目標，意味着中國城市經濟發展的主體正在匯入世界經濟發展的主潮之中。[10]

　　事實上，中國社會變遷的流程帶有很強的制度階段性，城市的起源也相應缺乏塑成城市文學的先決條件。富永健一（Kenichi Tominaga）的歷史分期觀，對此有所涉及，其指出：西方上古時代和中國、日本古代的特性即古

10　張鴻雁：《侵入與接替：城市社會結構變遷新論》（南京：東南大學出版社，2000 年），頁214。

代專制帝國與西方及日本的封建制（中國歷史上沒有）是非常重要的。[11]

早期的城鄉分化事實上是社會經濟集團分離的必然過程與結果。而同時也形成了傳統意義上東西方兩大社會範疇的城市社會結構的分歧，西方是以工商業者全體為城市的基本要素構成的城市社會結構，而東方則是以政治權力者、官僚、土地佔有者為基本要素構成的城市社會結構。如韋伯所言「不是依照企業家的本領，和城市公民政治上的魄力與干預，而是依靠皇帝的行政管理機構」發展起來的。[12]

中國的文明與城市經過從原生形態至次生形態的完全生發過程，從原始社會末期產生的城堡，經過都邑，再至城市這個發展序列，是相對意義上的超穩定結構形態。[13]東方的古代城市社會結構以官僚體系為主體，導致了中國特有的「士民社會結構」。真正意義上的市民社會在中國出現得很晚，且相當不成熟。（中國古代城市的社會結構與西方古典城市的社會結構也大相徑庭。）

「市人階層」作為一個新興社會階層崛起於宋以後，這個群體，不可等同於現代意義上的城市公民，他們的主體是小工商業者，部分地介入商品交換。然而這一階層的出現，並未改變中國的政治權力形態。相反，他們為官僚體制服務甚至寄生於這一體制。[14]但與此同時，他們卻帶來了開放的生存方式，對封閉的小農經濟造成衝擊，其表現之核心是基於交換的消費觀念。

宋「市人文學」流傳今日，主要是以話本的形式，箇中表表者，如《碾玉觀音》、《錯斬崔寧》等。其作為獨立於政治與宗教的文學形態，無疑在中國文學史上具有開拓意義，並最終影響了小說的形成與繁榮。而印刷小說的

11　富永健一：《社會結構與社會變遷》（昆明：雲南人年民出版社，1988 年），頁 138。

12　馬克斯‧韋伯著，黃憲起、張曉琳譯：《文明的歷史腳步》（上海：三聯書店，1998 年），頁 59。

13　這是相對於西方城市幾興幾衰的發展形態所言，如馬克思與恩格斯就羅馬城市的衰落曾在《家庭、私有制和國家起源》等章節裏闡釋其因。21 卷，頁 169、170、175。

14　黃仁宇：《中國大歷史》（北京：三聯書店，1997 年），頁 153。

的書坊和講說小說的藝人都是一種市場現象，這就決定了小說的商業性質。從另一方面來說，小說在初期的發展形態其實帶有相當深重的「俗」文學烙印，市場的需求一定程度上決定了演變趨勢。而當市人文學本身開始向低下的格調發展，小說作為大眾文學品種，發展至清代卻頗有文人化跡象。其與市人文化逐步拉開距離，走向文人化藝術化。這是一種非常微妙的文體與內涵的分割。

市人文學的式微，實際反映了中國古典城市向近代城市過渡中的停滯狀態。其作為官僚政治附庸的特質，有力地阻滯其突破封建體制，自然演變為獨立的商品社會形態。當十七世紀至十九世紀西方城市大致完成了資本主義化過程，中國的古典城市仍停留於官本位與農業文明的夾縫之中，並逐漸暴露出其社會局限性與弊端，市人文化地位的衰落，則是其中的表現之一。

清末民初至二十世紀上半葉，隨着近代海禁打開，在上海這個獨特的城市空間，相繼出現了狹邪小說、黑幕小說、鴛鴦蝴蝶派小說，這正是所謂的「海派」[15] 小說的肇始，同時也可視為市人文化在近代文學界的復興。儘管「海派」之名的風行，實則同「京海之爭」中以沈從文（1902-1988）為代表的京派文人的貶抑之舉甚有關聯。而將之置於新文學的歷史語境當中，會發現「海派」所帶來全新的閱讀經驗，是通過對城市在文化敍述中地位的改寫而實現的。都市第一次擺脫了歷史的鞭笞物的處境，脫離了「鄉土─城市」二元對立的評判視角，而獨立地成為審美對象。這與同樣以都市作為描

15　關於「海派」定義，可溯至同光年間，時稱一批寓居上海、賣字鬻畫的畫師為海上畫派，簡稱「海派」。藝術界海派的正式形成，以任伯年、吳昌碩為代表，其特徵定義為「受到新思潮的衝擊，不願再在古人窠臼中討生活的畫家，銳意進取，作出大膽的革新。」（參見王伯敏：《中國繪畫史》（上海：上海美術出版社，1982 年），頁 685）。「海派」作為京劇藝術的一個派別另有指代，其定義指出：「『海派』一詞主要用於京劇藝術，有時也用於其他文藝形式和一般社會生活。」（參見上海藝術研究所中國戲劇家協會上海分會編：《中國戲曲曲藝詞典》（上海：上海辭書出版社，1981 年）「海派」一條）。京海論爭中，魯迅曾將「海派」定義為「商的幫忙」，指出「海派」作為文學派別的「近商」本質及世俗性，是相對公允的。可參見魯迅：〈「京派」與「海派」〉，載《花邊文學》（北京：人民文學出版社，1973 年），頁 13-14。「『海派』，是一種中國形態的近代城市大眾俗文化，或可簡單地說是一種『市民文化』」。參見李天綱：《人文上海──市民的空間》（上海：上海教育出版社，2004 年），頁 22。

寫對象的以茅盾（1896-1981）、丁玲（1904-1986）為代表的左翼作家，在書寫立場上是相異的。以穆時英（1912-1940）、劉吶鷗（1900-1939）為代表的新感覺派，第一次將都市的現代性與商品性彰顯為正面的美學符號；及至張愛玲（1920-1995）的出現，正式實現了現代派與中國市人文學傳統的一次回望與匯合。「近代市民的文化趣味一向遭到新文學陣營的嚴斥，是海派把純正的新文學語言與通俗故事結合，因而獲得新老大眾讀者的青睞的。」[16] 海派的出現與發展是一個標誌，中國城市文學作為一種成熟的文學體式，真正成型。

學者李潔非對城市文學的概念進行了界定，他認為：「在真正的城市文學中，必須包含物和商品的理念，人和命運和他們彼此的衝突、壓迫，不論表面上看起來是不是採取了人格化形式，必須在其背後抽取出和歸結到物、商品的屬性。」[17]

此界定方式為我們考量中國的城市文學提供了某種尺度。這種文學形式與以工業化、城市化為標誌的現代化進程息息相關。

然而 1949 年之後的相當一段時期，這一文學傳統未能得到延續。一方面由於國外的經濟封鎖與本土的閉關政策，中國的城市現代化進程發展滯緩；同時由於政治對文化導向的控制，使城市文學的發展受到意識形態的壓抑和阻斷。「『十七年』和『文革』時期的文本，從經濟和權力政治角度來考察書寫城市主題和文化，卻忽略從城市的符號表達和組織結構這個一領域來理解。」[18] 而進入八十年代後，雖有相當一批涉及城市題材的作品出現，仍受到文化觀念的干擾與左右，被刻板地按題材劃分為「工業題材文學」、「知識分子題材文學」等文學類型，而其作品內容和內涵，也同中國的城市化進程嚴重脫節，對都市內涵的概括力也是相當片面的。

16　吳福輝：《都市漩流中的海派小說》（長沙：湖南教育出版社，1995 年），頁 63。

17　李潔非：〈城市文學之崛起：社會和文學背景〉，《當代作家評論》第三期（1998 年 3 月），頁 46。

18　沈永英：〈上海故事中的空間與懷舊——王安憶和程乃珊上海故事之比較〉，《湛江師範學院學報》第四期（2003 年 8 月），頁 62。

　　直至九十年代，中國開始實行社會主義市場經濟，其現代化與工業化進程再次進入高速發展階段。而中國也由此進入了一個「『城市時代』：城市社會是當下中國社會的軸心，城市文化是當下中國文化的軸心。」[19] 社會存在直接影響了文學作品的走向，一大批以現代意識觀照現代都市生活，反映都市生活流向和價值觀念變遷，刻劃現代都市人格和心態，具有都市審美風貌和藝術表現特徵的文學作品尤其是小說作品應運而生。這些作品標誌了中國文學範疇內一個意味深長的轉折，並逐步取代了農村題材文學作品的優勢，在中國文學發展中佔據主位，因而引起評論界的重視。

　　城市文學的重新崛起，也為我們透視現代中國城市文化提供了研究媒介與豐富的文本。城市文化本質上是一種地域性的文化形式，對其進行研究也相應地需要限定一個空間個案。筆者擬選取上海作為研究對象，理由有如下幾點。

　　首先，以歷史淵源觀。羅茲・墨菲（Murphey Rhoads）曾經說過：上海，連同它在近百年來成長發展的格局，一直是現代中國的縮影。[20] 自 1843 年開埠以來，滬上優越的自然地理位置吸引了殖民者的目光。大量外國資本的湧入，導致上海被動地參與了世界工業文明的進程。這種獨特的機遇令上海成為韋伯所說的「在貿易—商業關係中佔有相對優勢的完備的城市。」[21] 現代中國的銀行金融業、工業製造、商業行號（以及跟這些行號有關，並且跟舊中國脫離關係的中國新興階級），它們在上海發跡，現在多半仍舊在上海集合，近百年來的上海，像從一個漩渦中心一樣，散佈各地。」[22] 而同時值得注意的是，「上海的顯赫不僅在於國際金融與貿易，在藝術與文化領域，

19　李潔非：〈城市文學之崛起：社會和文學背景〉，頁 38。

20　羅茲・墨菲：《上海——現代中國的鑰匙》（上海：上海人民出版社，1986 年），頁 4。

21　陳立旭：《都市文化與都市精神：中外城市文化比較》（南京：東南大學出版社，2000 年），頁 156。

22　羅茲・墨菲：《上海——現代中國的鑰匙》，頁 4。

上海也遠居於其他一切亞洲城市之上。」[23] 其作為中國新文化的中心，十九世紀末二十世紀初已現端倪，「五四」時期開始確立，二、三十年代已相當鞏固。在這一過程中，其對各類文化形態的接納與融合，也是相當獨特的。從經濟和文化各個方面審視，作為資本產物的舊上海，相對於中國其他城市而言，無疑向着現代城市方向發展得最充分，也最完全，自然也最值得關注。

上海同時也是中國在現代城市品格上最具有延續性的城市。一度在二十世紀八十年代失去了經濟優勢的上海，自 1992 年浦東開發後，十年間 GDP 保持連續兩位數的增長，再次以令人矚目的經濟優勢成為當下的敘事焦點與話語中心。學者張旭東寫道：「上海……是一個全球資本的烏托邦；因為它是一個十年內建設成的世界大都會。」[24] 創造城市化奇跡的上海，同時具有中國早期的城市文學傳統，又具有當下最充分的現代城市品格。前者為新型城市文學的孕育與誕生提供了文學與文化審美價值的範本，後者則為其進一步發展提供了土壤和廣闊的表現空間。而與此同時，上海在二十世紀的最後十年所湧現出的一大批優秀的城市文學作家作品，更加是筆者興趣所在。

其次，由研究價值與研究的延展空間來看，上海作為研究對象無疑具有相當豐富的內涵與特質。「近代上海一市三制，行政多元，法律多元，人口多元，文化多元，道德多元，在世界城市史上，尤其引人注目。」[25] 上海作為各類邊緣文化與意識形態的交匯之處，有着天然的開放心態與足夠的文化傳統。因此，現代文明的各種藝術門類與文化形式（如出版，文學，建築，電影等）均獲得了長足的發展，為城市研究提供了相當豐富且有序的參考材料。而其他藝術形式與文學之間互文指涉，更加增強了城市文學研究本身的多維性與全面性。同時，上海作為研究對象，在海內外學界已經引起相

23　白魯恂：〈中國民族主義與現代化〉，《二十一世紀》（香港）第九期（1992 年 2 月），頁 18。

24　張旭東：〈一個被講述的上海故事〉，《文匯報》，2002 年 11 月 21 日，第 11 版。

25　熊月之、周武主編：《海外上海學》（上海：上海古籍出版社，2004 年），頁 2。

當的關注。自 1921 年與 1923 年寓滬英國學者蘭寧（George Lanning）、庫壽寧（Samuel Couling）推出兩卷本《上海史》至今，上海學已呈海內外顯學之勢。除中國大陸本土學界，在美國、日本、德國、法國、英國、奧地利、澳大利亞，包括我國香港、台灣地區，其研究方興未艾，涉及政黨、商貿、同鄉會、藝術，甚至租界、娼妓、跑馬等較為微觀與具體的課題。早在 1999 年，15 卷本《上海通史》即將出版之際，《史林》雜誌特別邀請唐振常、沈渭濱、姜義華、熊月之等上海籍著名學者，展開題為「上海學研究筆談」的討論，[26] 正式將「上海學」[27] 作為一門獨立學科的建立提上議事日程。中國國內是否應該為上海學正名，是否可以以「學」論之，尚有待商榷。而英語世界最權威的亞洲研究刊物《亞洲研究季刊》，在 1995 年特闢上海史研究專號，標誌國際學術界將「上海學」真正作為一個獨立而又研究價值的學科予以認可。[28]

史篤曾在四十年代提出過一個著名的文化口號：「表現上海」。近年來，在各種因素的相互促動之下，也造成了上海熱的回潮。體現在文化藝術領域，則尤為明顯。自 1996 年開始上海藝術雙年展（Shanghai Biennale）已舉辦了五屆，其依託於上海獨特的歷史文化記憶，打造起國內外藝術交流的平台。內容涉及影像、建築，美術等領域，主題「都市營造」立足多元文化視角，全面探討當代中國城市化理念。而在文學領域，由巴金（1904-2005）主編的《收穫》雜誌率先於 1999 年開設「百年上海」欄目；另一頗具影響力的文學期刊《上海文學》則於 2002 年開設了「城市地圖」專欄，由程乃

26　詳情參見《史林》1999 年第二期，陳旭麓：〈上海學芻議〉，唐振常：〈關於上海學（Shang-haiology）〉，沈渭濱：〈也談「上海學」〉，熊月之〈是建立上海學的時候了〉，姜義華：〈深化與拓展上海研究的十條建議〉等論文。

27　「上海學」這個學科概念在國內學界的提出，應追溯至 1980 年舉行於成都的全國史學規劃會議上。在這次會議上，上海歷史研究所正式接受了寫作《上海史》的任務。會間，有「老上海江聞道先生者，提出應該建立上海學一科，江先生並從西語『學』的字源，稱之為 Shanghaiology。這就是上海學這個稱謂的由來」（參見《上海史研究通訊》第一輯，1980 年）。

28　熊月之、周武主編：《海外上海學》，頁 2。

珊執筆。而上海作家們也紛紛依託地緣優勢，推出以上海為書寫題材的城市文學作品。文化隨筆如素素（1955-）的《上海的前世今生》（1995 年），散文如陳丹燕（1958-）的《上海的風花雪月》（1998 年）、程乃珊（1946-）的《上海探戈》（2002 年），小說如葉辛（1949-）的《孽債》（1992 年）、俞天白（1937-）的《大上海漂浮》（1994 年）、王小鷹（1947-）的《丹青引》（1996 年）、殷慧芬（1949-）的《紀念》（1996 年）等。

這些作品中，特別是小說，從各個層面展現了上海作為中國現代都市之翹楚在社會風尚、歷史傳承乃至民間世情等方面的文化意蘊，且隨之而打上了深刻的地域文化烙印。在這些上海當代作家中，王安憶（1954-）的作品尤為值得關注。

第三節
王安憶的城市小說簡介

　　在當今中國文壇，王安憶是一位備受重視的作家。其一是因為其作品的數量與質量。自1978年發表短篇小說〈平原上〉，王安憶筆耕不輟，至今已累計創作近500萬字的作品。大量作品被翻譯為英、德、法、捷、日、韓等文字，並獲得國內外若干重要文學獎項。二十餘年間，其文學腳步無有停息，創作力之豐，實屬罕見。二是因為其獨出的創作姿態。新文學時期，自「傷痕文學」以降，中國的文學思潮與派別風起雲湧。在中國當代文學的各個重要里程，王從來不是弄潮兒，但卻也從未曾缺席。而她的創作軌跡，幾乎涵蓋了中國大陸文學的發展脈絡。然而，對於潮流，王安憶一直抱着一種十分審慎的態度；與評論界，也一向保持有相當的距離，她曾在一次訪談中表明立場：某個文學潮流把我歸納進去是他們的事，我不能為他們負責，也沒辦法阻止。[29] 而同時，王在某種程度上也默認了自己與文學潮流之間非常微妙的若即若離又互相成全的關係：我自以為是一個遠離一切文學潮流的作家，其實卻得了一切文學潮流的好處。[30]

　　筆者感興趣的是，作為成長於上海的作家，王有相當一部分受到研究評

29　王安憶、周新民：〈好的故事本身就是好的形式——王安憶訪談錄〉，《小説評論》第三期（2003年7月），頁34。

30　王安憶：〈面對自己〉，載王安憶著：《獨語》（長沙：湖南文藝出版社，1998年），頁122。

論界重視的作品，皆與上海相關，晚近的代表作之一是 2000 年茅盾文學獎的獲獎作品〈長恨歌〉。遊刃於不同文學階段的王安憶，如何定位這座與其朝夕相處的都市？而上海，在她的不同時期的小說創作中，又扮演着怎樣的角色？令人矚目。

研究王安憶與上海之間的聯繫，有兩點值得注意，一是王安憶本人的移民背景，二是其知青經歷。王安憶是作為最年輕的一代知青作家登上中國文壇的。短暫的知青經歷對其日後的文學創作產生了深遠影響。一方面，成為王創作初期最重要的素材。「雯雯系列」[31]以其非常個人化的筆觸復現了王的人生歷程，以自我傾訴的方式實現了自我經驗的複製與延伸。從短篇小說〈雨，沙沙沙〉至自傳性長篇〈69 屆初中生〉，展示了從人生價值的探求到全面省思的過程。客觀而言，這一階段的作品，從王整體創作脈絡來看，其立意與價值皆十分有限。但與此同時，插隊的農村生活經歷卻改變了王安憶的人生狀態，將王置於與早先的城市體驗迥異的生存場景之中，在思維的碰撞中形成了王的美學觀念。「我一點都不緬懷，我不喜歡我插隊的地方，但是我覺得這一塊地方本身有它的審美價值。」[32]這一觀念在王此後的創作中不斷地得到推演，鄉村也因此成了與上海這座城市彼此呼應的重要他者。

1983 年的愛荷華筆會成為王安憶創作生涯的重要分野。王將這次筆會的經歷記錄在了 1993 年的小說作品〈烏托邦詩篇〉中，並描述了她在會議上的發言：「像我們這一代知識青年作家，開始從自身的經驗裏超脫出來，注意到了比我們更具普遍性的人生，在這大人生的背景之下，我們沒有意識到自身經驗的微不足道。……如何使我們的小說表現得更深刻……個人的對

---

31 評論界一般將王安憶的「雯雯系列」早期作品包括〈雨，沙沙沙〉、〈廣闊天地的一角〉、〈命運〉、〈幻影〉、〈從疾馳的窗前掠過的〉、〈繞公社一周〉等篇。南帆曾撰文〈王安憶小説的觀察點：一個人物，一種衝突〉：「（這些小説）然而——不妨説得誇張一些——這不過是一篇小説而已。」可見評論界對這一系列作品的評價並不高。參見南帆：〈王安憶小説的觀察點：一個人物，一種衝突〉，《當代作家評論》第二期（1984 年 3 月），頁 49。

32 王安憶：〈拿起鐮刀，看見麥田〉，載王安憶著：《王安憶説》（長沙：湖南文藝出版社，2003 年），頁 135。

其經驗的人世是有限的，要以大眾的廣闊的經驗去參照個人的經驗，從而產生認識。」[33] 這次筆會實現了王安憶在創作觀上的一次飛躍。「旅居美國已成為我經驗的一部分，使我的中國經驗有了國際性的背景。」[34] 王安憶的創作格局也因此有了質的拓展，而上升到了文化大敍事的層面。這一時期的代表作〈小鮑莊〉為王安憶贏得了巨大的聲名。值得注意的是，同時期的另一中篇小說〈大劉莊〉卻第一次運用了雙線並行的敍事方法，將上海置於與鄉村互文關照的地位上。上海跳脫出疏淡的故事背景，作為文化符號得以凸顯。此作同樣是王安憶對其中國經驗整體省思的結果。

　　如果說「二莊」與「尋根文學」思潮的契合是無心之矢，八十年代中後期，王安憶則開始有意識開始了她個人的文化「尋根」歷程。王安憶的尋根，是從自身與地域的雙重路向並行的。而同時又存在着種種呼應。王再次回到自身經驗中，強調了自己對於上海這個城市的移民身份，涉及了對上海的文化認同問題。李劼在談到幾個移民出身的上海作家和學者時，曾提出：都是 1949 年以後，隨着大軍進城的外鄉人。他們雖然是他們父輩的那場革命的受益者，雖然住進了原來上海貴族們的住宅，雖然他們的父輩在整個革命隊伍中屬於有文化的一群，但他們對上海的這種精神和這種底蘊是相當隔膜的。[35] 李的原意是意圖指出這批文化人代言上海時所面臨的局限性。但是，王安憶卻以自己的方式規避了這種尷尬境地。王安憶的移民身份使得她對上海的態度也是相當審慎的，體現出有意識的疏離，甚至跳脫。這在她的一組自我尋根之作中尤其明顯。〈我的來歷〉、〈傷心太平洋〉、〈紀實與虛構〉從重溯家族淵源的角度，表達出作家對於自己與上海這座城市之間聯繫的探討與質疑。同時，王安憶也開始梳理上海這座城市縱向的歷史脈絡，並且在

33　王安憶：〈烏托邦詩篇〉，載王安憶著：《香港的情與愛》（北京：作家出版社，1996 年），頁 264。

34　王安憶：〈烏托邦詩篇〉，頁 281。

35　李劼：〈第五章：上海 1980 年代文學文化風景〉，載李劼著：《驀然回首燈火闌珊處——中國二十世紀八十年代文化風景兼歷史備忘》，網址：http://social.bbs.bokee.com/Show-ThreadMessage.do?m=1&threadID=128743&forumID=1777（2005 年 10 月 20 日進入）。

文本中，以作家的身份對其進行了一系列的文化想像。事實上這種想像，早在短篇小說〈流逝〉中已現端倪，〈好婆與李同志〉、〈文革軼事〉等作品，上海作為一個審美的存在，在王安憶的作品裏也愈加清晰。而從橫向的層面考察，王的作品中，上海作為一個文化座標，其都市性得以彰顯，開始融入了國際性的文化語境之中。具有典型意義的小說文本有〈我愛比爾〉（1995年）、〈香港的情與愛〉（1993年）等。

「上海這城市在有一點上和小說特別相投，那就是世俗性。上海與詩詞歌賦都無關的，相關的就是小說。」[36] 當王安憶真正將對上海的書寫作為視域的重心時，這種認同感也日益彰顯。上海作為一座城市，其內涵的多維與豐富使得王安憶鋪張而細膩的文風真正有了用武之地，達到了形式與內容的和諧。而王安憶的歷史觀念，也在對上海的書寫過程中漸趨成熟，並逐漸外化為一種敍事立場。王安憶將之視為創作的邏輯力量。在談論書寫上海的兩個短篇，她曾經這樣說道：這種邏輯推動在長篇小說中很重要，我以前的小說缺乏邏輯推動力。[37]

以上的理念在寫作〈長恨歌〉時得到了充分體現。早年王安憶曾說：我本人在寫作時從不考慮是寫城市還是寫農村，對我而言，城市、農村是一個舞台，是一個場景，它們能讓我的人物活動起來。[38] 而當作者在數年後談及〈長恨歌〉的創作觀時，對城市與人物的關聯已實現了創作心態上本質的調整：「在那裏面我寫了一個女人的命運，但事實上這個女人只不過是城市的代言人，我要寫的其實是一個城市的故事。」[39] 上海加入了與人的互動與對話，成為了審美的另一極，現身為角色並居於主位。這部長篇小說，同時實現了王安憶的歷史觀與城市寫作觀的一次合流。九十年代中期，正是上海的

---

36 王安憶：〈上海和小說〉，載王安憶著：《尋找上海》（上海：學林出版社，2001年），頁131。

37 王安憶：《人世的沉浮》（上海：文匯出版社，1996年），頁245。

38 金用：〈激戰秦淮狀元樓——'94中國城市文學國際學術研討會話題〉，《貴州日報》，1994年8月31日，第六版。

39 王安憶、齊紅、林舟：〈更行更遠更生——答齊紅、林舟問〉，載王安憶著：《王安憶說》（長沙：湖南文藝出版社，2003年），頁75。

懷舊熱盛行的時候，而〈長恨歌〉，卻賦予老上海另一種面目，這就是日常的上海。王安憶跳脫窠臼，將筆觸深入上海的邊緣場域，清醒地選擇了遊離於強勢意識形態話語之外的寫作立場。這種平等的、自下而上的書寫姿態，建構起超越主流的審美體認，也成為王安憶多年城市書寫經驗的一次再現與總結，可謂其集大「城」者。

〈長恨歌〉之後，日常化的創作理念在王安憶的寫作中得以延伸。王安憶又陸續創作了以上海為題材的長篇小說〈富萍〉（2001 年）、〈妹頭〉（2003 年），並開始注意到以都市為中心的輻射效應對周邊區域的影響。同時，在寫作手法上，也出現了相應的轉變：「長恨歌之後，我的寫作就開始從這種極致的密漸漸轉向疏朗、轉向平白。這種轉變我覺得挺好。」[40] 同期，王安憶作了一組短篇小說往往截取一個生活的片段，真正實現了對日常生活的描摹，堪稱對世俗的精確詮釋。

王安憶的新作長篇小說〈遍地梟雄〉（2005 年），她自己稱之為「關於出遊的故事」[41]。這篇小說的題旨關乎都市人的突圍，上海再次退居為敘事背景，人浮於城，造就了小說的哲學品格凸顯的平台。王安憶以類寓言的表達手法，對都市人的生存境狀進行了理性的批判。在「遊俠」的行走脈絡中，實現了對人與城市，歷史與地域多維度的反思。王德威故而稱〈遍地梟雄〉體現了王安憶「現階段小說美學的變與不變」[42]。

以小說文本所造就的城市譜系，因為王安憶的筆耕與探索愈加豐厚而多元，其與作家筆下如何得到體現、繼承與發展，也正是本文感興趣而試圖研析之所在。

40　王安憶：〈我眼中的歷史是日常的——與王安憶談《長恨歌》〉，載王安憶著：《王安憶說》（長沙：湖南文藝出版社，2003 年），頁 154。

41　王安憶：〈後記〉，載王安憶著：《遍地梟雄》（上海：文匯出版社：上海文藝出版社，2005 年），頁 243。

42　王德威：〈上海出租車搶案——讀《遍地梟雄》，兼論王安憶的小說美學〉，網址：http://publish.pots.com.tw/Chinese/BookReview/2005/06/30/366_36bookr1/index.html（2006 年 1 月進入）。

第四節
有關城市文學與王安憶相關小說作品的研究

　　旅美學者李歐梵（1939-）教授在 1996 年出版的個人訪談中，曾經感慨：在文學上研究城市文學的，我所謂的城市文學，幾乎沒有。……大陸從三十年代一直到現在，學術研究對城市的這種敏感度還不夠。[43]

　　實際上，此觀點值得商榷。當時大陸學界對於城市文學的關注與評論，並非如此稀缺。而將之納入研究視域，亦不算遲。以 1983 年 8 月在北戴河舉行的首屆城市文學理論筆會為起點，迄今已有三十餘年，但確實存在着相當長時間的研究滯緩期，成果方面未盡人意。這是各種因素造成的。其中最重要的是，中國城市文學在三四十年代建立起的傳統，在解放後並未得以延續，用文論家王彬彬的話來說，就是「直到改革開放後，這一斷絕了數十年的香火才有了恢復的可能」。[44] 由於五六十年代中國文學分類標準深受意識形態影響，八十年代中後期，當城市文學重新有序地得到發展，研究界卻未能及時地轉變思維，建立起正確而系統的研究路向。[45]

　　這一狀況在九十年代初期顯然得到改善。標誌性事件是 1994 年 6 月，

43　李歐梵：〈鄉土與城市〉，載《徘徊在現代和後現代之間》（台北：正中書局，1996 年），頁152。

44　王彬彬：〈「城市文學」的消亡與再生〉，《小說評論》第三期（2003 年 5 月），頁 17。

45　事實上，對於城市文學作為當代中國文學類型的肯定，研究界也長時期地處於觀望態度，「1984 年 7 月，《城市文學》月刊正式在太原出版，但是，大概只出版了一年左右即停刊了。以後，再也沒有誰提起城市文學。」參見陳遼：〈城市文學的可能與選擇〉，載《唯實》第八期（1994 年 8 月）。

由《鍾山》雜誌社和德國歐德學院北京分院在南京舉行了「'94 中國城市文學國際討論會」，學界由此正式將城市文學的研究提上議事日程。

其中，暨南大學中文系蔣方卓教授的一篇〈論城市文學研究的方向〉可稱為承前啟後之作。

蔣總結了八十年代中後期的研究成果，也反思了其中的不足，有幾點相當中肯。其一，隨意性，研究零散且多從個人喜好出發，缺乏對城市文學系統性的觀照。其二，微觀性，研究視野相對局限，聚焦於個別的新生代作家，沒有關注現時與早期的城市文學之間的傳承關係，欠缺歷史眼光。其三，未重視比較的研究方法，沒有將中國當代城市文學納入到世界的整體語境中考察，無視與異質文化間的共通規律。[46]

同時，此文也討論了中國城市文學的概念界定問題。經過整理與分析，最終認同了司徒傑的觀點：（城市文學）更多地把它理解為現代都市意識觀照下的文學。以期在文化的指謂上和建立在自然經濟基礎上的傳統意識觀照下的文學相區別。[47]

名不正則言不順，城市文學定義的確立，促進了相關研究得以長足發展。蔣方卓在其著作《城市的想像與呈現──城市文學的文化審視》[48] 中，將其研究理念付諸實踐，對城市文學進行了系統而多元的考察和檢視。同期，也出現了一批頗具質量的觀乎城市文學的綜合性研究論文。如沙立新的〈20世紀 90 年代城市文學的發展〉、鄭虹霓〈性別的突圍──當下城市文學中的女性形象〉、王彬彬的〈「城市文學」的消亡與再生〉。[49] 這些論文所選取的視角不一而足，無疑為中國城市文學的研究拓寬了思路。

46　蔣述卓：〈論城市文學的研究方向〉，《學術研究》第三期（2001 年 3 月），頁 97-98。
47　蔣述卓：〈論城市文學的研究方向〉，頁 99。
48　蔣述卓：《城市的想像與呈現：城市文學的文化審視》（北京：中國社會科學出版社，2003 年）。
49　沙立新：〈20 世紀 90 年代城市文學的發展〉，《廣東社會科學》第二期（2002 年 3 月），頁 148-153；鄭虹霓：〈性別的突圍──當下城市文學中的女性形象〉，《當代文壇》第二期（2002 年 2 月），頁 16-17；王彬彬：〈「城市文學」的消亡與再生〉，頁 17-23。

同時應注意到的是，作為中國城市文學一個重要的支系，上海文學在海內外受到了應有的重視。一方面，海派文學的研究傳統得到進一步的發展，出現了不少專門性的學術著作與論文。比較有代表性如吳福輝《都市漩流中的海派小說》、李今《海派小說與現代都市文化》、姚玳玫《想像女性：海派小說（1892-1949）的敍事》、馬洪林〈海派文化與西學東漸等〉。而李歐梵教授的《上海摩登——一種新都市文化在中國》則是一部包括考察三十至四十年代的海派文學在內全方位的上海城市文化研究著作。以上論著為研究當代中國城市文學提供了可貴的歷史參照。[50]

當下上海城市文化與文學的研究同樣方興未艾。除在前文提及的「上海學」學派的形成，「上海文化・都市文化・海派文化學術研討會」中上海本土的一批學者也提出了振興「新海派」城市精神的口號，並由花山文藝出版社於 2002 年推出了「新海派批評文叢」。而陳惠芬的〈「文學上海」與城市文化身份建構〉[51]則依託於近年描寫上海的作品，對這座內涵豐富的都市進行了多層面的文學想像。

作為上海的代表性作家，王安憶的作品歷年來受到相當大的關注。其小說中所彰顯出的都市性，也日益受到評論界的重視。不少學術著作與專題論文皆對此有所涉及。筆者對這些著述作一梳理，其中的一些研究傾向，值得注意。

其一，是將王安憶的作品置於「新海派」的文化研究譜系之中。美國哥倫比亞大學的王德威教授近年來分析王安憶作品的專文，可謂箇中表表。王德威試圖剖析王安憶都市性的傳承，一曰海派，一曰張愛玲，念茲在茲。

---

50 李今：《海派小說與現代都市文化》（合肥：安徽教育出版社，2000 年）；姚玳玫：《想像女性：海派小說（1892-1949）的敍事》（北京：中國社會科學出版社，2004 年）；馬洪林〈海派文化與西學東漸〉，《上海師範大學學報（哲學社會科學版）》第二期（1996 年 02 期），頁49-57；李歐梵著，毛尖譯：《上海摩登：一種新都市文化在中國 1930-1945》（北京：北京大學出版社，2001 年）。

51 陳惠芬：〈「文學上海」與城市文化身份建構〉，《文學評論》第三期（2003 年 5 月），頁140-149。

〈海派作家，又見傳人〉、〈落地的麥子不死〉[52] 等文，以〈長恨歌〉等作品為例，以期將「新海派」定義為一種更為宏大的文化觀照。特別是對王近年來對歷史與個人命運省思的自覺，提出了獨到見解。這些見解對研究王安憶的城市小說，無疑有借鑒價值。由此也生發出對於王氏小說文本的一種解讀路向，即以相對狹義的「海派」概念為着眼點，涵蓋王安憶小說中的都市性，並以之作為闡釋的基石。這些研究論著比較有代表性的如嚴曉蔚的〈王安憶：「海派文學」振興的主角〉、呂君芳的〈抹不去的上海情結——關於王安憶的小說與上海〉等 [53]，與此同時，我們也發現為數不少的論者，以與「海派」文化傳統一衣帶水的「懷舊」現象切入，分析王安憶的上海敍事，如張旭東的〈上海懷舊——王安憶與現代性的寓言〉、沈永英的〈上海故事中的空間與懷舊——王安憶和程乃珊上海故事之比較〉、魏李梅的〈飛向記憶的花園——淺談王安憶小說創作中的懷舊母題〉等。[54] 以上論文，深入王安憶在小說文本中所提供的獨特文化歷史情境，並以之作為探索上海故事內質的窺孔。在論述上，不乏細緻且精準的觀點。然而，卻也投射出觀察視角的片面之處，即立足於某一短暫的歷史座標，將王文本中有關城市性的再現局限於「懷舊」書寫。這種研究方法是否適當自待商榷；王安憶作為嚴肅文學創作者的「懷舊」體認與九十年代以降興起的「上海懷舊」熱潮有何聯繫，更值得進一步探討。

其次，由「三戀」開始，王安憶小說中「兩性」主題為評論界所關注，此後，此主題在王安憶有關上海的城市書寫如〈逐鹿中街〉等篇目中得以延

---

52 參見王德威：〈海派作家，又見傳人〉，載王德威著：《現代中國小說十講》（上海：復旦大學出版社，2003 年），頁 277-299。王德威：〈落地的麥子不死——張愛玲的文學影響力與「張派」作家的超越之路〉，載王德威著：《落地的麥子不死——張愛玲與「張派」傳人》（濟南：山東畫報出版社，2004 年），頁 40-48。

53 參見嚴曉蔚：〈王安憶：「海派文學」振興的主角〉，《理論與創作》第二期（2004 年 3 月），頁 96-99；呂君芳：〈抹不去的上海情結——關於王安憶的小說與上海〉，《浙江教育學院學報》第一期（2001 年 1 月），頁 19-21。

54 參見張旭東：〈上海懷舊——王安憶與現代性的寓言〉，載張旭東著：《批評的蹤跡：文化理論與文化批評，1985-2002》（北京：三聯書店，2003 年），頁 299-331；沈永英：〈上海故事中的空間與懷舊——王安憶和程乃珊上海故事之比較〉，頁 62-66；魏李梅：〈飛向記憶的花園——淺談王安憶小說創作中的懷舊母題〉，《當代文壇》第三期（2002 年 5 月），頁 4-5。

伸。而文本中所表現出的女性自覺更成為諸多論者所關注的焦點。如劉敏慧的〈城市和女人：海上繁華的夢——王安憶小說中的女性意識探微〉，張浩〈從私人空間到公共空間——論王安憶創作中的女性空間建構〉，李永花、王苹〈王安憶女性意識的張揚與女性主義批評〉[55]。無疑，這些論述皆是建基於王小說中所彰顯的「女性意識」，然而，王安憶本人卻明確否認是女權主義作家，從而使得某些依據女權角度對王氏作品的闡釋，出現了理論與文本脫節且模式化的問題。[56] 事實上，在王安憶的敍事中，上海這座城市與女性之間所出現微妙聯繫，乃至城市作為研討兩性關係的一個重要「他者」，其引發出的新生的研究路向，卻為論者所忽視。

再次，對王安憶小說作品尤其是城市題材小說的論述，過分集中於對於其代表作的探討，如徐珊的〈論王安憶《長恨歌》的城市景觀〉、馬超的〈都市裏的民間形態——王安憶《長恨歌》漫議〉、南帆的〈城市的肖像——讀王安憶的《長恨歌》〉、吳義勤的〈文本化的上海——王安憶的《富萍》〉、喬麗華的〈尋找城市的根——讀王安憶新作《富萍》〉、唐曉丹的〈解讀《富萍》，解讀王安憶〉。[57] 從個案分析的角度而言，這些評述不可謂

55　劉敏慧：〈城市和女人：海上繁華的夢——王安憶小說中的女性意識探微〉，《小說評論》第五期（2000年9月），頁73-78；張浩：〈從私人空間到公共空間——論王安憶創作中的女性空間建構〉，《中國文化研究》第四期（2001年7月），頁159-163；李永花、王苹：〈王安憶女性意識的張揚與女性主義批評〉，《徐州教育學院學報》第四期（2002年7月），頁37-38。

56　王安憶曾經在訪談中指出：「這個視點（指女權主義分析視角），它對評價方便，可以把很多東西往裏套。但是我個人不贊同這個概念，因為它太小了，把許多問題狹隘化了。」在談及關於中國女性寫作的問題時，王安憶同樣表明自我立場：「我們現在吸收的女性主義觀點來自西方，和中國的實際情況不太符合，而且，有些西方的女性主義者其實也是很霸權的。」參見王安憶：〈常態的王安憶，非常態的寫作〉，載王安憶著：《王安憶說》（長沙：湖南文藝出版社，2003年），頁230-231；王安憶、呂頻：〈王安憶：為審美而關注女性〉，載王安憶著：《王安憶說》（長沙：湖南文藝出版社，2003年），頁274。

57　徐珊：〈論王安憶《長恨歌》的城市景觀〉，《華南師範大學學報》（社會科學版）第四期（2004年7月），頁82-86；馬超：〈都市裏的民間形態——王安憶《長恨歌》漫議〉，《天水師範學院學報》第一期（2001年1月），頁39-42；南帆：〈城市的肖像——讀王安憶的《長恨歌》〉，《小說評論》第一期（1998年1月），頁66-73；吳義勤：〈文本化的上海——王安憶的《富萍》〉，《小說評論》第二期（2001年3月），頁24-33；喬麗華：〈尋找城市的根——讀王安憶新作《富萍》〉，《名作欣賞》第二期（2001年3月），頁62-63；唐曉丹：〈解讀《富萍》，解讀王安憶〉，《當代文壇》第四期（2001年7月），頁24-27。

不到位。然此種「管窺」的方式卻有其局限，即對於王安憶的城市小說缺乏整體性的觀照。

綜上所見，涉及王安憶的城市小說篇章並進行評述的不乏其文。然而，將這些小說作為一個完整的文學系統進行審視，並着力於對其作品中都市內蘊的生成，發展與流變提供一個較為完整的研究脈絡的著述，則是付之闕如。這也正是筆者撰寫本書的初衷與動機所在。

第五節
王安憶城市小說書寫之研究取向

本書以王安憶小說中的城市意蘊為研究重心，並以文化、歷史、社會學等方面的論述作為理論參照，依歷時的維度，意圖通過較為詳細的分析對作家的城市書寫進行多方位的考察。

正文第一部分從王安憶早期的小說作品「青春自敘傳」系列入手，整合文本中的「文革敘述」，致力於探討作者在非常態的社會語境下，如何以「庸常」為核心的創作理念實現了對於城市本體的最初觀照。而這一人生階段的「上山下鄉」插隊經驗，亦觸發了作者獨特的城鄉觀念的形成。筆者肯定了騰尼斯從結構意義範疇對於城鄉進行的理論分離，並結合 P‧A‧索羅金（P.A. Sorokin, 1889-1968）與迪爾凱姆（Emile Durkheim, 1858-1917）等人的經典社會學論述，分析王安憶式的城鄉並置的文本模式的演進，旨在揭示兩種文明形態的核心價值觀念在其對接過程中，相互之間的吸引與衝突及其現實批判意義。而由此所衍生出作家在其早期城市書寫中確立、並不斷深化至今的「移民」主題，亦納入本章的考察範疇。筆者切入上海的多元化的移民文化特性，結合〈鳩雀一戰〉、〈好婆與李同志〉、〈富萍〉等小說文本，引入「涵化」等社會學概念，探究「移民」這種特殊的文化變遷形態，如何在作家歷年來的城市敘述中得以體現並在其意義指涉上日趨成熟。

第二部分以「他者」為題眼，着眼於王安憶在城市書寫過程中所產生的身份焦慮。從文化尋根的探索轉向對個人家族史的追問，作家完成了由民族

主體的追尋到個人主體性確立的置換。筆者通過考察王安憶的小說文本，分析其在個人身份乃至地域認同中的「尋根」虛無，而導致在城市敍述中對參照物的依賴感。〈海上繁華夢〉中隱現的對立於傳統的現代客體，意味着「他者」成為作家進行城市文化想像的關鍵詞。而上海作為深受西方文明洗禮的現代中國城市，與同樣具有殖民文化背景的香港之間產生出十分微妙的互為「他者」的共生關係，亦在王安憶的小說作品中多有體現。〈我愛比爾〉則顯示當將這一視域拓展至全球化語境之中，西方在上海進行「自我」型塑過程中作為異文化座標的意義。

第三部分首先切入九十年代以降的「老上海」的懷舊時尚，結合鮑德里亞（Jean Baudrilla）等人的觀念，對其消費文化的實質進行了界定，並揭示其以「複製」方式所表達的歷史的「匱缺」感。而以「商業性」為內核的選擇性記憶，亦標識其與〈長恨歌〉等書寫上海的嚴肅小說作品所蘊含「懷舊」元素的分野。筆者引入了列斐伏爾（Henri Lefebvre）等人的空間論述，旨在分析王安憶的小說文本中，時間／歷史與空間／城市交互指涉的關係。並以此為基石，探尋精英文學的「懷舊」敍事中，潛在的知識分子話語對於「消費主義」的空間觀及其相聯繫的資本營運方式的反撥。在本章中，筆者同時依託於王安憶十分重要的「日常」的創作理念，分析其在城市書寫的過程中，所表達出獨特的邊緣化歷史觀點，並藉此剖析陳思和的「都市民間」與哈貝馬斯（Jürgen Habermas）的「公共領域」概念，推衍出王安憶「上海書寫」的「沙龍」敍事模型，指出這一敍事模型所指代的邊緣化空間，如何利用其外在話語形式，實現對官方意識形態的隱性對抗及對於階級代碼的侵蝕與消解。

第四部分自性別研究角度切入，探討王安憶作為女性作家的文學自覺在其城市書寫中的體現。其以「平衡」作為兩性觀念的基準，並將女性意識轉化為文學上獨特的觀照世界的方式，着意在審美價值的層面建立起女性與上海這座城市的聯繫。「城市使女性再生，女性又對城市加進了新的理解與

詮釋」，[58] 為關注王安憶城市書寫在性別層面的輻射，對其筆下男性形象的分析，亦納入本章的考察範疇。為探索當下城市男女兩性之間的文化互動格局，王安憶以寫作實踐從各層面研討了建構性別烏托邦的可能性，亦在本章中有詳盡的闡述。

通過以上分析，本書希望能夠深入挖掘王安憶小說中的城市意蘊，並藉此將作者的小說置放於當代城市文學的整體脈絡中進行觀照，進一步了解這一文學系統的價值與意義。

58　劉敏慧：〈城市和女人：海上繁華的夢——王安憶小說中的女性意識探微〉，《小說評論》第五期（2000 年 9 月），頁 74。

第二章
城市掠影

第一節
庸常之城

我的寫作是因循了我的自然的成長，這成長包括年齡，經歷和經驗。[1]

—— 王安憶《乘火車旅行》

　　王安憶以年輕的知識青年作家身份登上中國文壇。[2] 因此，文學界一直將王與其早期某些作品置於知青文學的中堅地位。而對於兩年的知青下鄉經歷，[3] 甚或知青文學這種文學形式，王本人始終持保留態度，「這代人也許我不能算是一個完全的知青，我是一九六九年初中畢業的，我沒有參加過紅衛兵運動。我想這個話題該結束了，至少我個人一點兒也不想加入這些聲音。」[4] 然而，客觀地說，這段「文革經驗」對於王寫作生涯所產生的深遠影

1　王安憶：《乘火車旅行》（北京：中國華僑出版社，1995 年），頁 96。

2　知識青年上山下鄉，是 1966-1976 年文化大革命期間相當重要的歷史事件。文革中，紅衛兵運動和武鬥衝突日益激烈，出於政治考量，《人民日報》在 1968 年 12 月 22 日，轉述毛澤東的「最高指示」：「知識青年到農村去，接受貧下中農再教育，很有必要。要說服城裏的幹部和其他人，把自己初中、高中、大學畢業的子女，送到鄉下去，來一個動員。各地農村的同志應當歡迎他們去。」

3　王的知青下鄉經歷始於 1970 年 4 月赴安徽淮北五河縣插隊，1972 年考入徐州地區文工團，文革結束後 1978 年返城回到上海。

4　王安憶：〈農村：影響了我的審美形式——王安憶談知青文學〉，載王安憶著：《王安憶說》（長沙：湖南文藝出版社，2003 年），頁 105。

響，是無庸置疑的。

> 「文化大革命」開始時，我才 12 歲。停課了，大街上天天上演着
> 鬧劇。……有人上山下鄉是出於迫不得已，有人真正有一股改天
> 換地的雄心壯志，有人真誠地為了改造世界觀，那麼，我卻是因
> 為太無聊想去尋求豐富、充實的生活。我不顧媽媽反對，吵着鬧
> 着地走了。——這，就是《幻影》中的雯雯。[5]

　　除卻創作初期筆觸較為稚嫩的「兒童文學」嘗試，一般認為「雯雯」系列為王早期的小說代表作。這批以短篇為主的作品，有論者稱之為王安憶的「青春自敘傳」[6]。其中主人公大多為以「雯雯」或「桑桑」、「喬喬」為名的少女。主題相對同一，包含個人情緒的抒解，理想的覆滅與對個體生活經歷的省思。用作者自己的話來說，即「完全是我一個人自說自話」。[7]

　　這些作品就藝術價值而言，並不為高。尤其是人物塑造方面的單薄與輕淺主題的反覆，常為研究界所詬病。但是，這些作品構築了王安憶早期看取生活的觀察點，對其人生觀與寫作觀的形成也有着相當的影響。探討王安憶小說作品中的城市內涵，可視其為起點。

　　許子東曾經在其著述中對文革小說的創作動機與風格進行了劃分：有的作品被寫成文革的歷史見證，有的作品直接對文革作政治控訴，也有的作品意在討論文化課題或形式探索，卻以文革為敘述背景。[8] 寬泛而言，王安憶的早期作品可以歸於第三類。不同於同時代的很多知青作家，王對於文革傷

5　王安憶：〈路上人匆匆——把筆觸伸進人的心靈〉，載王安憶著：《蒲公英》（上海：上海文藝出版社，1988 年），頁 146。

6　王安憶、秦立德、斯凡亞特：〈從現實人生的體驗到敘述策略的轉型——關於王安憶十年小說創作的訪談錄〉，載王安憶著：《王安憶說》（長沙：湖南文藝出版社，2003 年），頁 29。

7　王安憶、秦立德、斯凡亞特：〈從現實人生的體驗到敘述策略的轉型——關於王安憶十年小說創作的訪談錄〉，頁 29。

8　許子東：《為了忘卻的集體記憶：解讀 50 篇文革小說》（北京：三聯書店，2000 年），頁 2。

痕的書寫與批評，是相對稀薄的。固然，這與她執着於「小我」的敍述視角相關，對於這場史無前例的政治風暴，王在這一階段的創作中持相當疏離的態度。

> 是一九六六年的冬季，「革命」的狂飆已走過上海的馬路進入到城市的心臟——各級政府機關大樓。六月裏掃「四舊」的熱潮如同隔世般遙遠。……這時候，上海的馬路格外平靜，革命的深入給我們一個平淡的表面。[9]

在其早期的文革敍事中，個人的遭際，置於時代的磁場之中，是「樹欲靜而風不止」，是概念化的「大我」對真誠的「小我」一次令人傷感的背叛。而這種背叛的價值所在，即作者所關注的，是其對於主人公在成長經歷中的主體建構的刺激作用。王曾經用鮮見的激烈語氣表述文革的知青經歷：

> 代表們在台上大喊扎根農村，台下卻為招工招生忙得不亦樂乎；有的所謂教育知識青年的優秀大隊，卻原來是姦污女知青的黑窩；而被輿論所不恥的所謂油腔滑調、玩世不恭者，似乎倒還有一絲正直、善良之處。我的心裏像是發生了一次七級地震，美和醜，善和惡，真和假，七顛八倒地在旋轉。我忽然感到長大了許多。——這是《廣闊天地的一角》裏的雯雯。[10]

這也是出於王對於畸變中的社會轉型的個人理解：扭曲的政治大環境之下，無可奈何的成長歷程。主體建構所遭遇的巨大壓力，來自於所謂社會主義理想的破滅，與對價值觀念的錯位產生的抗拒與疑慮。這種批評，很大程

9　王安憶：〈那年我們十二歲〉，載王安憶著：《獨語》（長沙：湖南文藝出版社，1998 年），頁 99。

10　王安憶：〈路上人匆匆——把筆觸伸進人的心靈〉，頁 147。

度上並非針對「文革」本身，而是出於個體在現實與理想的矛盾中的痛苦與
掙扎。這時期王安憶的創作，尚屬於個人經歷的複寫。小說的主題，也多是
一個少女心境的單一投射。王安憶於 1984 年發表了長篇小說〈69 屆初中
生〉，對早年經驗進行了一次回望與總結，「『雯雯』是我在第一層的耕作，
到了《本次列車終點》、《尾聲》，我人走開去了，好像周遊一圈之後又成熟
了些。」[11] 在寫作技巧與創作視野都有了很大提升之後，就此次的主題回歸，
王安憶闡明自己的創作方向：「要有些新的突破，……我現在很想達到一個
目的：寫一個人，從這個人身上看到很多年的歷史，很大的一個社會……」[12]
雖然評論界對於王駕馭長篇的能力與小說的整體立意仍持保留態度，但是，
作為雯雯系列的終點，相較之前的同類作品，這部長篇的反思色彩與對歷史
的觀照方式有了可圈點之處。尤其值得關注的是，城市，除卻作為疏淡的敍
述背景之外，作者開始有意識地利用它作為載體，透露時代資訊。

　　對於主人公的幼年生活經歷，小說中有過這樣一段描寫：

> 雯雯常跟着阿寶阿姨採購東西，她發現阿寶阿姨包裹多出許多票
> 來：肥皂票，糖票，肉票，魚票……阿寶阿姨老是弄錯，拿了肥
> 皂票去買肉，拿了魚票去買肥皂。[13]

　　利用雯雯的限知視角，作者表述了對於城市的最初印象。這種印象十分
感性與表面，且相當日常化。然而，1957 年因國家經濟狀況惡化，實行配
額供給的時代信息，城市格式化且十分混亂無序的狀態因此得以展示。及至
雯雯的少女時期，王將對文革的描述納入了正題。

11　王安憶、周新民：〈好的故事本身就是好的形式——王安憶訪談錄〉，《小說評論》第三期
　　（2003 年 7 月），頁 37。
12　王安憶：〈面對自己〉，載王安憶著：《獨語》（長沙：湖南文藝出版社，1998 年），頁 124。
13　王安憶：《69 屆初中生》（太原：北岳文藝出版社，2001 年），頁 24。

牆，紅的

人：藍的，灰的，草綠的；

頭髮：男，平頂，女，耳下兩分；

褲腿：男，七寸，女，六寸；

名字：凡愛文的均改為要武；

世界：成了清一色的世界。

讀書的，教訓教書的；教書的，聽訓；

做工的，寫大字報；寫字的，做工；

有錢的，抄個精光；

沒錢也能周遊世界；

十字架，老佛爺，一概砸爛，家家供起忠字台；

世界，成了顛三倒四的世界。

這一年裏，雯雯知道打扮了，一會兒繫紅髮帶，一會繫藍髮帶。借了當今最摩登的時裝——軍裝，去拍「咪咪照」。[14]

對於個性泯滅的時代，王安憶進行了寫意的再現。城市生活被提取為片段，重組為令人費解的文字公式：高度同一，顛倒，無序。城市，此處指代了一個支離破碎的被破壞並強制整合的文化符碼。陌生化的奇異效應由此而生。但是，段落的最後，作者卻筆鋒一轉，賦予溫暖卻不合時宜的人性基調。這種基調是與當時的主流價值觀相悖的。作者以私我的生存情境重新建構了城市的異質性主題。

通過對個人對抗記憶的書寫，王安憶選取於政治浪潮中的細小事件，將個人從城市面目不清的正史中凸顯出來，以個體的成長經歷作為文革十年的詮釋。「每一屆都有着每一屆各不相同的命運和經歷，大凡這一屆的人都難

14　王安憶：《69 屆初中生》，頁 71。

逃脫，而隨着世態的恢復正常，那一屆一屆的內容開始失去其特殊的意義，僅止標誌年齡和畢業的時間……可是，我卻升起一個妄想，要在最狹小的範圍內表現最闊大的內容。我想，每一個人都是個別的，每一份生活也都是個別的。」[15] 王將這種「個別」性以化約的形式復現。以個人史的方式對主流歷史場景進行了反撥。哈布瓦奇（M. Halbwachs）在《論集體記憶》中所提出「歷史記憶」的概念：歷史記憶是社會文化成員通過文字或其他記載來獲得，特別強調記憶的當下性。他認為，人們頭腦中的「過去」並不是客觀實在的，而是一種社會性的建構。人們如何構建和敍述過去在極大程度上取決於他們當下的理念、利益和期待。它強調各時代間的無連續性關係。由於各個時代的人群的信念、利益和追求不同，歷史只拼合了在無數不同現刻和角度拍攝的即興之景。而且，只要稍微時過境遷，人們就不能再對過去的是非曲折作合理的評說。[16] 哈氏的見解，從某種程度上合理化了主流記憶對於歷史事件的選擇性再現與漠視。許子東則提出，有關文革的「集體記憶」，與其說「記憶」了歷史中的文革，不如說更能體現記憶者群體在文革後，想以「忘卻」來「治療」心創，想以「敍述」來逃避文革影響的特殊文化心理狀態。[17] 阿丹姆森（W. Adamson）則將歷史記憶區分為三種不同的形式，分別是實錄記憶、認識記憶和批評記憶。他將這三種記憶分別稱作為 memorizing、memory 和 remembering。[18] 批評記憶所尋找的既不是實在的過去，也不是比過去當事人優越的理解，而是「不同」的理解。王安憶在早期作品中以個人自傳史的方式實現了對歷史元敍事的模擬性釋義。一方面，她描摹了歷史場景；另一方面，她在對整體歷史印象建構的同時，凸現了個體性與異質性，強調了不合主流的個人話語沒有被淡卻與淹沒，形成對整齊劃一的刻

15　王安憶：〈説説 69 屆初中生〉，載王安憶著：《獨語》（長沙：湖南文藝出版社，1998 年），頁 171。

16　Maurice Halbwachs. *On Collective Memory*. Chicago, IL: The University of Chicago Press, 1992 .

17　許子東：《為了忘卻的集體記憶：解讀 50 篇文革小説》，頁 3。

18　Walter Adamson. *Marx and the Disillusionment of Marxism*. Berkeley, CA: University of California Press, 1985. p.233.

板歷史情境的某種對抗。這種對抗，雖則薄弱，但同時又是相當頑韌的，而更是作者着意體察之所在：「60 年代末到 70 年代上半葉，你到淮海路來走一遭，便能感受到虛偽空洞的物質生活下的一顆活潑跳躍的心。當然，你要細心地看，看那平直頭髮的一點彎曲的髮梢，那藍布衫裏的一角襯衣領子，還有圍巾的繫法，鞋帶上的小花頭，那真是妙不可言，用心之苦令人大受感動。」[19] 文本也因此超越了書寫隱痛的層面，以瑣細的敘事方式，反諷地逗漏出以「小我」斷裂「大我」的歷史觀念。

事實上，王的這種對抗記憶的運用，此後一直存在並日益凸顯，及至其長篇小說〈長恨歌〉中，已經表現得相當完整。

這種觀念，也是王安憶的創作觀逐步走向成熟的標誌，並直接影響其在日後的小說文本中對城市的再現。同時期，與之相關的另一理念在作家早期創作中亦十分突出，這就是「庸常」。與王安憶同為 69 屆初中生的評論家陳思和曾如此評價這部長篇小說：「作者不再把歷史視為一個簡單的周而復始，『文化大革命』也不是一個煉獄，它不能使人的靈魂淨化後升入天堂，卻能夠災難性地改變一個人的命運……她對命運挑戰的被動態度使她仍然停留在一個『庸常之輩』的角色，它來自於作者對於同代人的一種理性的概括，這就構成了這部小說的第一個特點……改變了描寫英雄成長史和性格史的常規，展示了一個『庸常之輩』的成長史與性格史。」[20]

「庸常之輩」這個詞，最早出現在王安憶的同名短篇小說〈庸常之輩〉中。在這篇小說中，作者詳盡地描述了返城的女知青瑣屑而本分的生活，並以隱身敘事者的視角評說道：

　　她是平凡的，是連「又副冊」也入不了的「庸常之輩」，可是，

19　王安憶：《長恨歌》（北京：作家出版社，1996 年）。

20　陳思和：〈雯雯的今天和明天——讀王安憶的新作《69 屆初中生》〉，《女作家》第三期（1985 年 3 月），頁 158。

她也在認認真真地生活她的勞動也為國家創造了財富，儘管甚微。她的行為，也在為社會風貌，人類精神增添了一份光彩，自然也是甚微。[21]

「很平常的人物，沒有英雄氣，與外國的教育小說不一樣。」[22] 誠如陳思和的評價，王安憶建構這類的人物形象頗具時代意義與典型性。庸常是因為理想的不可得，也是一種破滅，可以視為自我抒解的自傳文本。

〈新來的教練〉、〈運河邊上〉、〈尾聲〉等篇目，可作為此類小說人物處境與性格的恰當註腳。王安憶在與陳思和的對話裏闡釋了自己對於「庸常之輩」的理解：理想的最大敵人根本不是理想的實現所遇到的挫折、障礙，而是非常平庸、瑣碎、卑微的日常事務。在那些日常事務中間，理想往往會變得非常可笑，有理想的人反而變得不正常了，甚至是病態的，而庸常之輩才是正常的。[23]〈命運交響曲〉中恃才傲物的音樂家韋乃川，以中國的卡拉揚自居，離開上海，試圖以卡氏為楷模在地區歌舞團建立一座音樂「大廈」。然而，由於他的目空一切，與現實格格不入，最終只得在邊遠縣城的中學度過16年的慘淡歲月。當主人公「我」勸說他隨俗，疏通社會關係，在師範學院謀一份教職。被他憤然堅辭：「我不喜歡幹這種事。」但是，我卻發現，他為了買到計劃限量的蜂窩煤，竟然收了一個相當平庸的青年作學生，「我」不禁慨然：

想必這嚴格控制的蜂窩煤是他爸爸幫忙弄到的。或許這也是教他學琴並承認他作學生的一個條件吧。我心中頓時有一種悽楚的感

21　王安憶：〈庸常之輩〉，載王安憶著：《王安憶中短篇小說集》（北京：中國青年出版社，1983年），頁102。

22　王安憶、陳思和：〈兩個六九屆初中生的即興對話——與陳思和對話〉，載王安憶著：《王安憶說》（長沙：湖南文藝出版社，2003年），頁4。

23　王安憶、陳思和：〈兩個六九屆初中生的即興對話——與陳思和對話〉，頁3。

覺。他很清高，卻還是屈服了。[24]

這種妥協，令人悲觀。理想在平庸間被消磨，無奈而宿命，成為時代對個人命運在無知覺間侵襲的表徵。某種意義上說，王賦予了庸常人物以獨立的審美品格。雖然就藝術價值的層面而言，囿於個人經驗，這些人物的塑造是不夠成熟與完善的。但是，在當時的文學氛圍之中，對此人物類型的建構仍有其意義。這是歷史主流背棄下的一群，最終不得不屈服於大趨勢。作家以最平淡的筆觸暴露了他們生活的常態，而這常態恰恰是新時期文學的審美情趣所忽略的。王安憶將這種常態置於生活的內核，成為飽含激情而錯誤的時代結束之後，黯然而蒼涼的收尾。

在「雯雯」由理想走向庸常的過程中，我們逐步發現了上海這座城市的位置。此時，它是與「上山下鄉」所對應的一枚地域座標，存在而缺乏內容。

在得知 69 屆的分配方案一片紅，面對插隊的命運，雯雯心存嚮往。她對母親說：「上海有甚麼好的？非要賴在這裏。這日子我過夠了，真的，過夠了。」[25] 她終於告別的那瑣碎平凡的生活，走向了一個廣闊的天地，在那天地裏，她究竟要做些甚麼，那天地究竟是甚麼樣的，她一片茫然。而想像在這茫然中便一無羈絆，自由自在地飛翔。[26] 而當想像終於墮入現實的泥沼，激情隨之退卻。招生招工屢遭挫折，雯雯也在磨礪中成熟，學會了在一變再變的知青政策中與時俱進：「她認為自己以前不這麼想，是因為沒有認清自己。」[27] 輾轉回城，雯雯心裏想的是：「她要把那個夢忘記。讓新的生活

24　王安憶：〈命運交響曲〉，載王安憶著：《王安憶中短篇小說集》（北京：中國青年出版社，1983 年），頁 284。

25　王安憶：《69 屆初中生》，頁 152。

26　王安憶：《69 屆初中生》，頁 158。

27　王安憶：《69 屆初中生》，頁 211。

好好兒開始。」[28]「那農村的生活她是想也不想再提起。」[29] 此時，上海的角色是一個無奈的人生回歸點，卻並不是人生的原點，這是背棄以後的回歸，氤氳了曾經滄海的情緒。對於前途，對於自身的定位，「雯雯」們依舊茫然。

「雯雯」的經歷在文革期間是帶有普遍意義的。城市，最終成為他們庸常生活的接納者與歸屬地。在〈本次列車終點〉中，王安憶實現了對於城市本體的最初觀照，上海作為一個清晰的敍述對象得以浮出水面，同樣是通過庸常人物的視角作為切入點。

此篇是王安憶獲得 1981 年全國短篇小說獎的作品。王安憶如此表明自己的創作意圖：「寫這個短篇的時候，有一個很傷感的初衷。我們有一種錯覺，以為回到上海，就可以找回離開時失去的東西，其實生命在流逝，失去的就永遠失去了，回到上海也無法追回。」[30] 主人公陳信，在十年的插隊經歷之後，正是心存「錯覺」，滿懷期冀地踏上歸途。

> 十年前，他從這裏離開，上海越來越遠，越來越渺茫的時候，他何曾想過回來。似乎沒有想，可又似乎是想的。在農村，他拉犁，拉耬，收麥，挖河，跑招工，跑招生……後來終於上了師範專科學校，畢業了，分到那個地方一所中學。應該說有了自食其力的工作，有了歸宿，努力可以告終，可以建立新的生活。然而，他卻沒有找到歸宿的安定感，他似乎覺得目的地還沒到達，沒有到達。冥冥之中，他還在盼望着甚麼，等待着甚麼。當「四人幫」打倒後，大批知青回上海的時候，他才意識到自己在等甚麼，目的地究竟是甚麼。[31]

28　王安憶：《69 屆初中生》，頁 239。
29　王安憶：《69 屆初中生》，頁 239。
30　王安憶：〈農村，影響了我的審美方式──王安憶談知青文學〉，頁 106。
31　王安憶：〈本次列車終點〉，頁 3。

對於陳信而言，這種個體追尋的目的是相當抽象的，但同時又是堅定的，是對自己十年的苦其心智的全盤否定：下鄉、扎根，定居。在一個返城的政策號召之下，全部化為烏有。

> 十年中，他回過上海，探親，休假，出差。可每次來上海，卻只感到同上海的疏遠，越來越遠了。他是個外地人，陌生人。上海，多麼瞧不起外地人，他受不了上海人那種佔絕對優勢的神氣，受不了那種傲視。而在熟人朋友面前，他也同樣地受不了那種憐憫和惋惜。因為在憐憫和惋惜後面，仍然是傲視。……為了歸來，他甚麼都可以犧牲，都可以放棄。[32]

以上一段，城市再次凝聚成為一個文化符號──家。從而使我們看清了陳信「錯覺」的來源，即他在自己的「家」中時時感受着與社會主體間的異質感與疏離感，這是一種非常令人尷尬的社會心理情境。克里斯蒂娃（Julia Kristeva）在《吾人即陌生人》（*Stranger to Ourselves*）中寫道：每個本地人都會覺得，在自己本身的土地上，自己差不多也是個異鄉人，因此深感不安，有如面對性別、國家、政治、或是職業等屬性問題，迫使他接着不得不跟他人認同。[33]這種錯覺，實際是在陳信作為個體的認同危機的促動下產生的，他不願意以一個「外地人」的處境遭到傲視。返鄉，其中包含了對地域與對自我身份的雙重認同。在陳信看來，兩者是等值的：認同了家鄉上海即取得了上海人的身份，自我身份的建構是完全依賴於個體與地域間獲取的同一性。這也是陳信放棄十年的所得，執着於「錯覺」的心理基石。而作為上海乃至上海人的地域優越性，也成為了「錯覺」產生最具說服力的註解。王

32　王安憶：〈本次列車終點〉，頁3。

33　Julia Kristeva. *Stranger to Ourselves*. Trans. Leon S. Roudiez. Hertfordshire: Harvester Wheat-sheaf, 1991. p.19.

安憶在小說首次直接而集中地描寫了上海這座城市的物質文化：

> 他又不得不折服，上海是好，是先進，是優越。百貨公司裏有最
> 充裕、最豐富的商品；人們穿的是最時髦、最摩登的服飾；飯店
> 的飲食是最清潔、最講究的；電影院裏上映的是最新的片子。上
> 海，似乎是代表着中國文化生活的時代新潮流。更何況，在這裏
> 有着他的家……[34]

陳信對於回歸的態度是相當積極的，因此他迫使自己迅速地適應本已陌生的都市生活。包括通過接母親的班得來的一份庸常的工作：他戲稱自己是三十歲學生意的老學徒。其實，難的倒不是車床技術，而是要習慣和適應新的生活，新的節奏。這裏的節奏是快速的……[35] 也包括因為都市空間的逼狹而約定俗成的社會規則：他擠上了車，現在他已經學會如何側着身子，將自己一米八十的身軀安置在最有限的空間，再不會被人誤認為是外地人了。[36] 儘管陳信的努力舉步維艱，然而，「不管怎麼樣，他總是回上海了，他心滿意足。」[37] 雖然「滿足之餘，有時他又會感到心裏空落落的，像是少了甚麼。」[38] 為了返城，陳信所作出的巨大犧牲，包含一段感情的隱痛：

> 她一百次，一千次從他身邊過去，他放過了她，心底裏明明喜歡
> 她的，他看到她便感到愉快。他的注意力全在上海，上海這個目
> 標上了。如今，終於回了上海，她卻永遠過去了，一去不回了。
> 只在記憶中留下了一個美好的倩影。當然，他決不後悔，在他心

34　王安憶：〈本次列車終點〉，頁3。

35　王安憶：〈本次列車終點〉，頁13。

36　王安憶：〈本次列車終點〉，頁14。

37　王安憶：〈本次列車終點〉，頁13。

38　王安憶：〈本次列車終點〉，頁13。

中的天平上，一個姑娘決不會比上海重。只是，有那麼一點點。一點點的惆悵。[39]

回上海，成為陳信唯一的心理指歸。身處故土，卻以一個異鄉人的心境進行艱難的磨合，儘管逐漸看到了都市的種種不盡人意之處，仍無悔意。然而，他並沒有意識到，自己的歸來，已經打破了家中苦心經營、塵埃落定的安穩格局，給親人的心理造成恐慌。哥嫂委婉地提出分戶口，為了是提防陳信奪去原屬他的那份房產。這場風波雖然平息，親情的涼薄，卻無可挽回地在陳信心中投下陰影。自己歸鄉的心意，成為他人的無可承受之重。面對上海這座朝思暮想的城，陳信明白，他心中的上海，只是記憶中的精神家園，是自己念茲在茲的奮鬥座標。陳信價值尺度的天平微妙地遊移了。

他穿過了馬路，哦，黃浦江，這上海的象徵。可它並不象記憶中和地圖上那樣是藍色的。它是土黃色，並且散發出一股腥臭味兒。也許世界上一切東西都是只能遠看，走近去一細看便要失望的。……人和人，肩挨肩，腳跟腳，這麼密集的在一個世界裏，然而彼此又是陌路人，不認識，不了解，彼此高傲地藐視着。哦，他忽然想起弟弟前幾日錄來的一個歌，歌詞只有反反覆覆的兩句。「地上的人群就像天上的星星那樣擁擠，天上的星星就像地上的人群那樣疏遠。」
那個地方卻不是這樣的，那裏很清靜，也許有些荒涼了，但走在街上，可以奔跑，可以信步，可以暢快地呼吸。因為城市小，人和人，今天不見明天見，低頭不見抬頭見。都是面熟的，相識的，一路走過去，幾乎要不斷地點頭，招呼，倒別有一番親切和溫暖。[40]

39　王安憶：〈本次列車終點〉，頁 23。
40　王安憶：〈本次列車終點〉，頁 30。

陳信終於認識到「上海，是回來了，然而失去的，卻仍是失去了。」[41] 這也是小說意圖傳達的主題，是「錯覺」之後的幡然醒悟。物質的取得無法代替精神層面的回歸與吸納。「返鄉」為文學作品時時復現的母題。瑞士作家迪倫馬特（Friedrich Duerrenmatt, 1921-1990）曾於 1956 年創作了劇本《老婦還鄉》，講述了貴婦馬里安，在闊別家鄉的貧窮小城四十五年之後神秘歸來，用財勢驅使當地居民謀害負心情人的故事。這個故事與陳信的返城經歷存在互文性，主人公在外多年，返回歸屬之地，但是境遇截然相反。這種文化資訊，主要是通過主人公身邊的其他社會成員傳達出的。歸根結底，一切矛盾的來源，是個體與社會主體之間身份落差的問題。在小說文本的最後，陳信對「那個地方」所表達出的認同感，間接體現出兩個地域之間價值取向的巨大差異，這是基於共時層面的考察。而王安憶的另一篇獲獎小說〈流逝〉[42]，則從歷時層面，傳達出了上海這座城市的時代變遷，為社會成員的心理造成的深刻影響。

〈流逝〉的背景是文革十年中的上海。公私合營的政策風暴席捲之下，民族資產階級家庭一夜之間一無所有。作為家中的大兒媳，歐陽端麗擔當起了操持家務的重任，對其而言，是前所未有的考驗。歐陽端麗從一個資產階級少奶奶的地位遽然跌落，成為埋沒在芸芸眾生裏的庸常之輩，落差不可謂不大。

> 她幹甚麼都急急忙忙，敷敷衍衍。過去，她生活就像是在吃一隻奶油話梅，含在嘴裏，輕輕地咬一會兒，再含上半天，細細地品味，每一分鐘，都有很多的味道，很多的愉快。而如今，生活就像她正吃着的這碗冷泡飯，她大口大口咽下去，不去體味，只求

41　王安憶：〈本次列車終點〉，頁 30。
42　〈流逝〉獲 1983 年度全國中篇小説獎。

肚子不餓。[43]

今昔對比，折射到物質生活層面，則更為鮮明。當得知女兒在街上吃到了僅售三分錢一碗的牛肉湯時，端麗感到匪夷所思：

> 「這麼便宜？」端麗更加吃驚，「在啥地方吃的？在淮河路上嗎？」
> 「不是。要穿弄堂的，一條小馬路，角落裏有一爿點心店，名字叫紅衛合作食堂。」
> 「你們怎麼找到那裏去的？」端麗不知道那個地方，她只知道紅房子西餐館，新雅粵菜館，梅龍鎮酒家……[44]

這是「吃」的層面，表達為「不知有漢」。而當世事艱辛，不得不變賣衣物的時候，面對丈夫文耀的西裝，端麗再次發出曾經滄海的感喟：

> 文耀的西裝可以賣，祇是怕賣不出價錢，這年頭有誰穿西裝？眼下最時髦的服裝是草綠的軍裝。這件自己的織錦緞小棉襖也可拿去，還有幾條毛料褲子，都是純毛的，做工極考究，全是在「新世界」「培羅蒙」「朋街」「鴻翔」做的，剪裁得體，每件都經過很仔細的試樣。她翻揀着這些東西，心裏隱隱地作痛。[45]

為了生活，端麗開始為人帶孩子，織毛衣補貼家用。而在日復一日的勞作中，昔日連過馬路都害怕的端麗，終於在磨煉中表現出了精明強幹：她獨當一面，為小叔插隊，為小姑看病上下打點。「她不再畏畏縮縮，重又獲得

43　王安憶：〈流逝〉，載王安憶著：《海上繁華夢》（北京：作家出版社，1996年），頁5。
44　王安憶：〈流逝〉，頁11。
45　王安憶：〈流逝〉，頁13。

了自尊感，但那是與過去的自尊感絕不相同的另一種。」[46] 而當她為了爭取一份工場車間的工作時，人生觀也發生了巨變：「前後左右觀望一下，你，我，他的生活卻實在只為了生存，為了生存得更好一些。吃，為了有力氣勞作，勞作也為了吃得更好。手段和目的就這麼循環，只有循環才是無盡的，沒有終點。」[47]「工場閒談」一段，作者設計得尤具匠心：

> 「花樣經透唻！一歇歇剪尖頭皮鞋，一歇歇插隊落戶，一歇歇打仗，這樣經翻下去，翻得沒有飯吃才有勁！」
> 「小菜難買唻。」
> 端麗默默地聽着阿姨們談論時事，很有同感，但一句也不敢插嘴。心裏卻奇怪這些當初那麼起勁地來她家破「四舊」的人，對生活有着和她一樣的嘆息。看來，他們過得也不好，「文化大革命」也並沒有給他們帶來甚麼好處。[48]

此處，小說文本溫和地透露出對政治風暴的質疑。值得注意的是，文革所導致的畸形的社會語境，對端麗所指代的階層而言，是造就了兩段迥異生活境遇的對接，而同時也間接地促成了兩個本不相容的城市階級平等對話的可能。阿姨的一句閒話，即可管窺出時代的風起雲湧。這是一個荒誕而多變的時代，多變得令人無所適從。卻也為人的反思提供了一個契機。在送小姑文影插隊的時候，端麗第一次忖度了自己與身處多年的城市之間的聯繫：

> 上海究竟又才多少年歷史？但她只屬於上海，上海也應屬於她。儘管沒去過外地，卻聽來外地的壞話。包括端麗，也是對上海以外的一切地方既懼怕又憎惡。然而，看到文影那種幾不欲生的失

46　王安憶：〈流逝〉，頁 42。
47　王安憶：〈流逝〉，頁 44。
48　王安憶：〈流逝〉，頁 44。

態樣子，端麗傷心之餘又有些奇怪：外地究竟有那麼可怕嗎？究
竟是誰也沒去過哪裏呀！她有點覺得好笑，附帶把自己也嘲笑
了。[49]

這其中，表達了端麗對於地域認同的求索，也包括了作者本人對於城市
的反思，隱含了對於不妨可稱之為「大上海」心態——一種都市文化沙文主
義的批評。事實上，這種敍事立場在此後王安憶的城市書寫中，一直得以延
續。同時也是作者的創作視野提升的標誌。

在小說的後半部分，歷史再次發生劇變。1976 年文革結束。政策落實，
退回了張家的被查抄物資，十年停發的定息和工資補發。張家於朝夕之間似
乎又回到了往日的風光。端麗的生活再次為逛街、舞會、社交所包裹。然而
「當端麗重新習慣了這一切的時候，她的新生感，卻慢慢兒地消失盡了。她
不再感到重新開始生活的幸福。這一切給了她一種陳舊感。」[50] 而同時，舉
家十年裏相濡以沫，共度時艱的氣氛猝然消失，再次被猜忌、疑慮所籠罩。
端麗不禁惶惑：

她嘆了口氣，心想，這十年家裏苦雖苦，感情上卻還是有所得
的。熬出頭來了，該吸取一些甚麼教訓吧！生活難道就只是完完
全全的恢復？[51]

小說的尾聲，敍事者借小叔文光之口發言：人生的真諦實質是十分簡單
的，就只是自食其力。而端麗則答道：你說得總是很好，可實際做起來卻多

49　王安憶：〈流逝〉，頁 39-40。

50　王安憶：〈流逝〉，頁 78。

51　王安憶：〈流逝〉，頁 76。

麼難呵！[52] 這段對白在文革後的新時期文學作品中出現，似乎應景。但是，另一方面卻也反映出作者對於文革的辯證態度。在這場人為的政治災難中，每個人都被捲入了壓抑而艱辛的生存處境。一場浩劫，將十里洋場的虛華蕩滌一空，露出了人性的底色，也給了每一個社會成員以考驗與自救的機會。有的人失衡與絕望了，端麗則是這場考驗中的勝者，轉型為一個出色的庸常之輩。但是，當生活的潮流逆轉，被這座城市所拋棄的遊戲規則再次生效，她卻在兩種生活格局之間難以取捨，只得被動地陷入了旋渦之中。

王安憶曾經說過，〈流逝〉是她寫上海的第一次認真嘗試。[53] 這篇小說，既可視為文革十年艱難歲月的墓誌銘，卻也聚焦於一個女人，表現了上海這座城市在歷史的變遷中不屈不撓的性情，對時代變遷的適應能力。〈流逝〉與〈本次列車終點〉的可比性在於，同樣是關於回歸的故事，寫出了城市人在經過長期時代磨難之後，在對新秩序適應過程中的快與痛。荒誕的時代終結，其可視為一曲輓歌；而對這座重生的城市而言，卻也預示了更多問題的肇始。

52　王安憶：〈流逝〉，頁 83。

53　金平：〈她在不安和激動中──與王安憶一席談〉，《青年作家》第八期（1983 年 8 月），頁 17。

第二節
城鄉之間

　　從王安憶早期生活經歷，對文學創作的另一重大影響，即促發其形成了自己獨有的城鄉觀念。

　　就中國的文學傳統而言，城市與鄉村並非兩個獨立而平等的審美對象。「在重農輕商的國度，田園詩自有幾千年文學傳統的強勁支撐，而城市的形象從來都是陌生、膚淺和駁雜難辨的」。[54] 鄉土文化以其綿延多年的儒家倫理道德內核根植於中國作家特別是現代作家的思維深處。而後者對於都市文化本身所帶有的物態化特徵，則長久以來持以拒斥的態度，只是作為表達鄉土文化的負面參照，並以「罪惡的淵藪」論之。「五四」時期文學可稱之為都市文化對於「鄉土中國」的第一次強勁衝擊，然而「五四」作家們以張揚慾望、肯定人性的形式來表達都市，歸根結底是將都市作為凸顯自我個體性的平台，其對都市性本身的展現相當封閉而局限。同時，值得玩味的現象是，在現代文學的發展初期，直接描寫鄉村的作家，二十年代都居住在北京，魯迅（1881-1936）則稱「鄉土文學」是鄉村型都市裏的「僑寓文學」。[55] 二十年代末期隨文化中心南移與經濟中心合流，現代中國出現真正意義上的都市文學，在肯定都市作為獨立的審美對象的基礎之上，與「鄉土文學」分庭抗

54　吳福輝：《都市漩流中的海派小說》（長沙：湖南教育出版社，1995 年），頁 142。

55　魯迅：〈《中國新文學大系》小說二集序〉，載《且介亭雜文二集》（北京：人民文學出版社，1973 年），頁 28

禮。然而，1933 年沈從文的一篇〈文學者的態度〉[56] 拉開了「京海之爭」的帷幕，一定程度上說，「都市文學」與「鄉土文學」的對立格局也由此而明晰化。沈從文本人以「鄉下人」自居，然其對鄉土與都市，兼有描摹，形成非常獨特的揚此抑彼的文學批判模式。凌宇曾將之概括為「城鄉對立互參模式」[57]，其實質則是對都市現代文明與商品性的指斥。

事實上，這種思維模式的影響力是相當深遠的。儘管中國現當代文學前後經歷了多次重要的嬗變，但是，「鄉土」二字始終是中國作家心中的重地。如李潔非所言：

> 由於中國事實上是一個農民國家，農民也就成為了文學的事實上的唯一值得表現的對象。那時，「生活是創作的唯一源泉」是主要的文學教條之一。在這一點上，儘管作家幾乎無一例外地將他的戶籍安放在城市，但是，他們中的絕大多數對城市生活採取了一種莫名其妙的無視態度，在他們眼中，似乎只有農民的生活才有資格稱作生活。他們不斷地前往鄉村深入這種生活，以免自己的創作面臨枯竭狀態。當然，今天我對作家們之所以採取這樣的態度已可以作出合乎邏輯的解釋。亦即，只有如此，其創作才能獲得社會和國家意識形態的承認。不過，這的確不完全是某種外力約束的結果，也是作家自我情感的選擇；否則，我們就不能解釋，為甚麼身為地道城市人的知青作家，仍和柳青浩然一樣，要將自己的激情真誠地傾注在有關鄉村生活的表現上。[58]

王安憶作為從都市上海走出的知青作家。其對農村的經驗完全來自於

56　此文於 1933 年 10 月 18 日發表在沈自己主持的《大公報‧文藝》副刊上，現收入《沈從文文集》第 12 卷（廣東：花城出版社，1984 年），154 頁。

57　參閱凌宇：《從邊城走向世界》（北京：三聯書店，1985 年）；〈二三十年代鄉土小說中的鄉土意識〉，載《文學評論》，第四期（2000 年 7 月）。

58　李潔非：《城市像框》（太原：山西教育出版社，1999 年），頁 10。

僅兩年的插隊生活。而這段經驗成為她後來不斷書寫的重要題材。而同時，王對於鄉村的書寫很有其獨特性，這與當時的時代背景及其作為一個「都市人」走入鄉村的敍述立場密不可分。

王安憶曾在一次有關「知青文學」的訪談中再次談到二十年前的插隊經驗：「知識分子到農村去，不僅中國的知識分子有如此的經歷，俄國的民粹派也是到農村去，面對廣大底層的人生。我想，知青文學到底有沒有獨立出來的價值。」[59]

王安憶非常自然地將文革知青「上山下鄉」運動與俄國民粹派作比，其中頗有值得思索之處。民粹主義是十九世紀中葉始流行於俄國革命知識分子中的農業社會主義思潮。其思想要旨，在於將俄國村社制度理想化，從而肯定俄國非歐化發展道路的可能性。[60] 與崇尚個體「自由」的西方自由主義不同，立基於村社價值的民粹主義視「平等」為首要價值原則。誠如伯林（Isaiah Berlin, 1897-1998）所言：對俄國民粹主義來說，「惡，莫大於不平等。任何理想與平等衝突，俄國雅各賓主義者都要求犧牲或修正那個理想；一切公道的首要基本原則，就是平等；任何社會，人與人之間若無最大程度的平等，就是不公正的社會。」[61]

以是觀之，王安憶已淡化了「上山下鄉」的政治被動性及「知青再教育」的初衷，但首先肯定（認同）了知識分子所指代的「都市人」是以平等的姿態走入鄉村的，這也是考察王安憶的城鄉觀念的重要切入點。

但是，作為都市人，王安憶對於鄉村的態度又十分微妙。這種態度和「雯雯」系列的論述存在着某種聯繫。

就個人的人生經歷而言，王對於兩年的農村生活並不留戀，在訪談她也曾坦率地表示：

59　王安憶：〈農村，影響了我的審美方式——王安憶談知青文學〉，頁106。
60　民粹主義在現代思想史上可以追溯到盧梭的浪漫主義，但其植根於俄羅斯古老的農村公社傳統。
61　伯林著，彭淮棟譯：《俄國思想家》（台北：聯經出版公司，1987年），頁288。

> 我始終不能適應農村，不能和農村水乳交融，心境總是很抑鬱，
> 這也許和我去的地方有關係，那是一個很世故的中原農村，有着
> 相當成熟的本地文化。[62]

> 我寫農村，並不是出於懷舊，也不是為祭奠插隊的日子，而是因
> 為，農村的生活形式，在我眼裏日漸呈現出審美的性質，上升為
> 形式。這取決於它是一種緩慢的、曲折的、委婉的生活，邊緣比
> 較模糊，伸着一些觸角，有着慢流的自由的形態。[63]

農村題材在王安憶的創作脈絡中佔有相當大的比重。可見，其與個人情感無關，王重視的是箇中的審美價值。而同時，王對於農村所指代的倫理價值觀，與同輩很多執着於「鄉土」的作家，是存在差別的。

〈小鮑莊〉為王安憶贏得巨大聲名，並被評論界譽為「八十年代中期小說形式革命的典範之作」。[64] 但就其主題，卻有相當長的時期為研究界所誤讀，認為王安憶這篇「尋根」之作，實際上是借「『大德行、大仁義』的撈渣形象去表示儒家精義的當代存在」。而王自己嚴正地否認了這一點，「這小孩的死，正是宣佈了仁義的徹底崩潰！」[65] 王以肯定的方式否定了傳統文化價值觀在當代農村的存在。因此，以對農村題材的熱衷而推論王安憶的「鄉土文學」情愫，顯然是不合適的。

理解王安憶小說中鄉村這個意象頻繁出現的意義，不妨首先確立一個着眼點，就是文本中的城鄉關係。

事實上，可以發現，在王涉及到鄉村的作品中，絕大多數篇目並非孤立地將鄉村作為考察對象，而是處於某種城鄉並置與交接的狀態，這也是王安

---

62 王安憶：〈農村，影響了我的審美方式——王安憶談知青文學〉，頁107。
63 王安憶、周新民：〈好的故事本身就是好的形式——王安憶訪談錄〉，頁37。
64 王安憶、周新民：〈好的故事本身就是好的形式——王安憶訪談錄〉，頁34。
65 王安憶、秦立德、斯凡亞特：〈從現實人生的體驗到敘述策略的轉型——關於王安憶十年小說創作的訪談錄〉，頁29。

憶早期作品中創作意圖的某種體現。比如，在與〈小鮑莊〉並稱為二莊的另
一篇中篇小說〈大劉莊〉中，王安憶已將這種創作意圖付諸實踐。後者並未
受到評論界的普遍好評，其中有一個重要的原因，就是王安憶在文本架構方
面存在的問題。她自己對這一點曾有過反思：這兩大塊的聯繫是形而上的。
但我以為好的小說應當是形而上和形而下的結合。〈大劉莊〉令人缺乏耐
心，形式上又有點拒絕讀者。[66] 值得肯定的是，王安憶在建構文本時，已經
着意於將關於城鄉生活的情節分別設計為兩個並行推進的板塊，且期冀達到
互文性的效果。儘管與題材方面的配合不盡如人意，單純就文體而言，這種
嘗試是十分積極的。

　　秦立德曾經指出〈大劉莊〉所營造出的是一種類似「圍城」的感覺：
「農村青年因經濟誘惑想衝出來，城市知青又受制於政治策略得衝進去。」[67]
事實上這種評述並不精確。這兩者之間的能動性，並非對等。李歐梵說
道：「中國現代文學如果有城鄉對比的話，鄉村所代表的是整個的『鄉土中
國』── 一個傳統的、樸實的，卻又落後的世界，而現代化的城市只有一
個上海。」[68] 在文本中，上海與大劉莊兩個敍事板塊，實際指代的是兩種社
會形態的縮影，其內涵相當豐富。早在十九世紀下半葉，騰尼斯即從結構意
義的角度對鄉村與城市進行了理論分離，稱之為「法理社會」與「禮俗社
會」。[69] 在二分法的基礎上，騰尼斯提出解析城市社會結構的理論模型，並且
引導出社會變遷的方向，即「禮俗社會」由於人口的增長與集中，逐漸向
「法理社會」轉型。騰氏本人對這種轉型持悲觀態度，但是仍然肯定了這種
趨勢的存在。在中國，由於城市化與現代化進程的加快，城鄉之間同樣出現
了上述聯繫。費孝通（1910-2005）先生曾為此進行大量田野考察工作，撰

66　王安憶、秦立德、斯凡亞特：〈從現實人生的體驗到敍述策略的轉型──關於王安憶十年小
　　說創作的訪談錄〉，頁32。

67　王安憶、秦立德、斯凡亞特：〈從現實人生的體驗到敍述策略的轉型──關於王安憶十年小
　　說創作的訪談錄〉，頁32。

68　李歐梵：〈中國現代小說的先驅者──施蟄存、穆時英、劉吶鷗作品簡介〉，載李歐梵編選：
　　《上海的狐步舞：新感覺派小說選》（台北：允晨，2001年）。頁7。

69　蔡勇美，郭文雄：《都市社會學》（台北：巨流圖書公司，1984年），頁14。

寫《鄉土中國》一書，將中國式的城鄉關係概括為「都市社會」與「鄉土社會」。並現身説法，談及自己作為城市人，在「鄉土社會」中的種種感觸。[70] 而產生這種感觸的前提其實正是兩種文明形態的核心價值觀念的交接。〈大劉莊〉的獨特之處在於，王安憶將文本的時間背景，置於文革初期知青下鄉之前──城鄉之間未產生自然接觸而行將接觸的一個時段。這是一個山雨欲來的微妙時期，兩者之間的聯繫完全依託單向度的文化想像而完成。

在小説文本中，大劉莊人對城市（上海）的想像，是通過一個叫「百歲子」的人的敍述中展開的：

> 「你眼瞅着，還遠，也沒大有動靜，説時遲，那時快，沒等你醒過神來，它就來了。呼啦一下，遮天蓋地地來了，一團白煙。啥也瞅不見，啥也聽不見。鐵路邊的樹，都打戰。睜不開眼，使勁撐開眼，它沒影了，過去幾十里了。」……
> 「坐裏面可恣兒哩，」百歲子繼續説，「吸袋菸，喝口茶，瞇盹一會兒，就到上海了。」
> 「到上海了？」大夥不知不覺地停了鋤子，站定了。
> 「到上海了。」百歲子很肯定。[71]

百歲子描述了他的「現代性」經驗──坐火車。而此種「陌生化」描述方式似曾相識，可十分自然地聯想至沈從文式的「鄉下人」視角。令人不禁推論，王安憶是否有企圖建構一個類似沈從文的「城鄉互參」的文化批判範式。但是，應當注意的是，作為交通工具本身，「火車」無法指代城市，它僅象徵着鄉村與城市發生接觸的可能性。百歲子本人並未去過上海，他肯定地説：到上海了。試圖在意識中以「坐火車」的行為方式將想像延伸至這座經驗外的城市。對於這一想像過程的終點，他與他的鄉親們同樣一無所知。

70　費孝通：《鄉土中國》（北京：三聯書店，1985 年）。
71　王安憶：〈大劉莊〉，載王安憶著：《海上繁華夢》（北京：作家出版社，1996 年），頁 152。

而就百歲子以外的鄉民而言，上海，則是一個艱難的雙重想像歷程的彼岸，因為「火車」這一溝通城鄉的可能性，其形象尚需在百歲子的敘述中去拼接與建構。

如此一來，在無形的城市資訊的反覆衝擊之下，大劉莊人對於一個「有形的」上海則加倍地渴望。令讀者出其不意的是，大劉莊，其實是有一個「上海人」的。

> 「啞巴愛乾淨。」小勉說
> 「啞巴是上海人呀。」平子說。
> 「真是上海人嗎？」平子又問。
> 「俺太爺說是呢！日本鬼子來的那年，從上海跑反過來的。」
> 「那興許是真的了。」
> 「可惜她是個啞巴。」小勉嘆了口氣。[72]

小勉的嘆息是雙關的。她的「可惜」是為了啞巴，同時也是為了大劉莊。因為啞巴的「啞」，大劉莊人對於城市的文化想像被徹底截流。作為指涉上海的文化符號，啞巴是有形的，她的身份賦予她某種權威性，其大可以成為城市的代言人而存在。然而，她卻無法張口說話，成為一個「失音」的上海。作者借這一形象，以強化的方式徹底杜絕了「城鄉互參」的可能性。

大劉莊所營造出的社會文化語境也因此而清晰——一個典型的相對封閉的中國農村。

因為鄉民對於現代性的渴求，「見過世面的」百歲子周圍逐漸發展為一個小型的資訊集散地。一方面，在他的零散與誇張的敘述中，城市的形象逐漸豐滿而變得可觸。而同時，百歲子的「城市敘事」又因受制於主觀經驗與道聽途說，傳遞給鄉民的資訊往往已扭曲變形。

72　王安憶：〈大劉莊〉，頁151。

　　紅衛兵幫派「萬代紅」與「五湖四海」之間的搶班奪權與武鬥在百歲子的描述中非常血腥與恐怖。但是當鄉親對其中的細節產生質疑，問道：「你看見的？」百歲子的回答是：「聽人說的。我沒得閒往街心去，我有事哩！」[73]

　　有關文革的城市印象，在百歲子的無意曲解中呈現出相當兇險的面目。對此，大劉莊所作出的反應是：

> 姑娘們不笑。
> 男人們不說。
> 老娘們不罵伏了。
> 起初，狗還低低地吠幾聲，後來，連狗也不叫了。
> 小孩兒張嘴要哭，大人壓低聲音說。
> 「『五湖四海』來了。」
> 於是，小孩兒不哭了。[74]

　　事實上，百歲子所代言的城市形象，相當薄弱與荒誕。鄉民們對其的迷信，看似匪夷所思，卻大有可考之處。歸根結底，這是由鄉村人格的價值取向所決定。「在以農業為生存經濟的傳統中國社會……建立了一種強調等級關係的權威式社會結構；因社會結構與關係均不利於鄉民自我主體意識的形成，因而塑就了『他人取向』的特徵。」[75]百歲子作為鄉民共同的權威「他人」，其學問與閱歷，將其地位置於鄉村知識結構的最頂端。此種地位的不可替代性，使之失卻了被挑戰的可能，甚至被鄉民用來作為攻擊異類話語的利器。如針對村裏劉延台大爺的「風水」論，年輕人滿意子的反應是：「要是百歲子在，你們就不敢這麼胡八扯。」[76]而劉延台大爺的回覆十分有意味。

73　王安憶：〈大劉莊〉，頁159。
74　王安憶：〈大劉莊〉，頁160。
75　葉南客：《邊際人：大過渡時代的轉型人格》（上海：上海人民出版社，1996年），頁151。
76　王安憶：〈大劉莊〉，頁189。

「哼，百歲子！」劉延台大爺作出不屑的表情，然後埋頭點菸袋，菸袋鍋一紅一紅，點着了。「百歲子讀的那全是新書，都是後人自己胡編的。不同老書，是聖人傳下來的。」[77]

這句話，凸顯了「大劉莊」已瀕於式微的另一種權威話語的存在。劉延台大爺成為了禮俗社會傳統文化價值規範的象形符碼，以同「現代性」抗衡的姿態現身。劉大爺以「講古」的方式展示了他的「風水論」：

「……那陰陽先生到俺這片一看，心裏格登一下子：這是塊寶地啊！要出真龍天子呢！」……
「後來，這陰陽先生嚇怕了。心想，皇帝在上，再出了個天子，豈不是又要改朝換代了？豈不是亂世又要來臨了嗎？這一想，他來了個點子。他哄俺這地面的人，說俺這片是窮山惡水。要想改風水，必要在東邊打口深井，西邊種棵老槐。沒料到，這井和樹，把俺這好風水都鎮住了。從此，俺這地方，真正成了窮山惡水，別說天子，連個舉人都中不上了。……」
「那陰陽先生打哪來的呢？」有人問。
「打城裏來的，他是看不得咱們風水好。」[78]

饒有意味的是，在王安憶的另外兩部長篇小說〈流水三十章〉（1988 年）與〈遍地梟雄〉（2005 年）中，這則故事得到完整的復現：

從前，這地方山清水秀，風調雨順，人丁興旺，五穀豐登。後來，從東邊很遠很遠的上海，來了一個風水先生。風水先生登上

77　王安憶：〈大劉莊〉，頁 189。
78　王安憶：〈大劉莊〉，頁 189。

龍山，四下裏一望，頓時大驚失色，他目瞪口呆地立了很久，日
落之後才跟蹌着下山，一路上慌慌張張地留了一句話：若要平
安，必在龍山頭立一座塔，龍山尾打一口井。鄉黨們一商議，動
了土木，一頭造塔，一頭打井。塔修到中路，井打到半腰，地方
上卻鬧了一場不大不小的饑荒，連糧草都成了問題，只得草草收
尾。塔是座半截塔，井是口枯井。那場饑荒雖不大不小，影響卻
極悠遠。從此，地方竟一蹶不振。山平了，水淺了，風不調，雨
不順，一年收，一年欠，一日一日地有些荒涼，往昔的熱鬧繁榮
漸成舊事……那風水先生所來自東邊的上海，究竟是個甚麼地
方，鄉黨們無人知曉，無人去過那裏，也無人從那裏來，只以為
是東海邊上一個黃金島嶼。由此而恨恨的，似乎此地的精氣全被
那風水先生帶去滋養了上海。[79]（《流水三十章》）

他當兵時有一名戰友恰巧來自這一帶某鄉某村，據他稱，他家鄉
本是風水寶地，收成好，人丁旺，朝朝有人做官。有一日——大
王有意味地停頓一下——從上海來了一位先生，莊前莊後走一
遭，忽變了臉拂袖而去。過了半月，城裏就來了農夫，先在村後
山崗東邊立一座塔，後到山崗西邊鑽一眼井，自此，村裏的氣象
就走平勢了，雖沒有大落魄，可也不像先前的旺盛。慢慢有風聲
傳出，那上海先生其實是個大堪輿家，就是看風水的。他看出戰
友莊上氣勢不凡，而氣勢就來自村後的山崗，分明是頭東尾西的
祥龍，是帝王的脈象。那正是辛亥革命以後，剛剛廢除帝制，上
海先生心想，可千萬不能復辟了，於是就龍頭一座塔，龍尾一眼
井，鎮住了龍脈。[80]（《遍地梟雄》）

79　王安憶：《流水三十章》（上海：上海文藝出版社，2002 年），頁 239-240。
80　王安憶：《遍地梟雄》（上海：文匯出版社，2005 年），頁 181。

三篇小說的創作跨度長達二十年，王安憶何以對這則故事如此鍾情，在不同的敍事脈絡裏念茲在茲，不得不為人省思。對比這三則故事的細節，可以發現，拋卻隱現在〈大劉莊〉與〈遍地梟雄〉中政治話語外殼，這三則故事有一個共通的主題——城鄉關係。在〈流水三十章〉中，這種格局被具象化了，城市的一端被鎖定為「上海」。上海的「風水先生」以一個侵入者的身份現身鄉間，其職業特性恰恰隱含了城鄉之間數年綿延的神秘聯繫。在這種聯繫中，鄉土以受害者的一方出現。儘管敍事背景有別，但同樣十分確鑿地表達了禮俗社會的城鄉價值觀念，即城鄉之間的對峙，且這種關係建立在了「宿怨」的基礎上。

誠然，這種城鄉觀念是缺乏理性的。但是，卻從側面反映出了鄉間社會的經驗主義的思維傳統，其影響力之強大。

雖則，百歲子作為新生的「社會權威」而受到重視，但是，他的權威實質上是建基於鄉民「好奇」的心態上。當他不滿於間接的城市經驗，嘗試化身為行動主義者，他的個體能動性真正觸痛了大劉莊「安土重遷」傳統價值觀念。他是意圖以一個開拓者的姿態離開鄉土的：劉莊，咱大劉莊，總得有個人先走出去哟。[81] 然而他的自我定位，並未受到鄉親的認同：你是讀過書的人，想的就是比人多。只不過，這些想頭弄不巧反會累着你。[82]「以農為生的人，世代定居是常態，遷移是變態……鄉土社會在地方性的限制下成了生於斯、長於斯的社會。常態的生活是終老是鄉。」[83] 百歲子的離開，是背叛的姿態。而他的慘淡歸來，且被視為一個「外鄉人」，則是與所屬的社會形態之間交戰的失敗。

而迎春對包辦婚姻的抗拒，終於也以婚後的不和睦收場。在失敗的自由戀愛之後，她對丈夫哭訴「我瞎眼了，我真是瞎眼了，你害得我好苦，我現

81　王安憶：〈大劉莊〉，頁161。
82　王安憶：〈大劉莊〉，頁161。
83　費孝通：《鄉土中國》，頁3-4。

在是有家也回不得了。」[84] 這個「家」，指代的是迎春所曾經對抗的「禮俗社會形態」。她背叛的姿態，致使其再難以重回歸屬之地，因而悲嘆：「我有啥娘家人，婆家人啊。」[85] 這時的迎春，已成為現代與傳統的雙重棄兒。王安憶要傳達的觀念，其實是消極的。社會形態的強大之處在於，可以內化為人的心態，拒斥任何的個體產生差異性。「鄉村是敦厚的，但也是專制而嚴厲的……這是就生活形態與價值觀的寬容程度而言的。」[86]「所謂禮治就是對傳統規則的服膺，生活各方面，人和人的關係，都有一定的規則。行為者對於這些規則從小就熟習，不問理由而認為是當然的。長期的教育已把外在的規則化成了內在的習慣。」[87]

王安憶筆下的大劉莊，是個封閉的鄉村，一個自足的傳統社會場域，現代性在有所萌芽之時，其甚至被誤認為是社會轉型的起點。但事實上，沒有足夠的外來刺激，根深蒂固的傳統觀念輕易地可將萌芽中的現代意識埋沒。

整體地審視〈大劉莊〉會發現，作為知青上山下鄉的前奏，這一時期城鄉之間的聯繫，基本是發生在大劉莊的鄉民之中的單向想像。城市這條支線，儘管在篇幅上與鄉村靠攏，內涵則相對薄弱，主要圍繞幾個少年的青春萌動展開，並試圖剖析政治事件對人們心態與行為的影響。浮現於其中城市性則非常模糊，並成為一場個人家族史的追溯儀式。在對家族史的追憶中，也無意凸顯所處的城市背景。因此，就主題而言，與鄉村的支線脫節，呈現出總體上的失衡狀態。或許王安憶所遺憾的未完成「形而上和形而下的很好結合」[88]，其意在此。

84　王安憶：〈大劉莊〉，頁 186-187。
85　王安憶：〈大劉莊〉，頁 194。
86　詹宏志：《城市人：城市空間的感覺、符號和解釋》（台北：天下文化出版股份有限公司，1989 年），頁 169。
87　費孝通：《鄉土中國》，頁 55。
88　王安憶、秦立德、斯凡亞特：〈從現實人生的體驗到敘述策略的轉型——關於王安憶十年小說創作的訪談錄〉，頁 32。

長篇小說〈流水三十章〉中，王安憶實現了「城市人下鄉」這個命題的書寫。

在小說的第十七章，王安憶借用典型的文革用語「集體戶」，將之設計為獨特的敍述場域。來自於上海的知青三男兩女，在國家政策的強制下聚首，「這是他們小小的集體戶初生的時候，尚處在原始共產主義時期。」[89] 他們都沒有思想準備，這個小型的共產主義烏托邦，在將來會成為人性的實驗場。「他們一切的考慮都本着公有制的原則，幾乎沒有絲毫異議和分歧。」[90]

然而「就在麥收的季節裏，以龔國華為首的這一個小小的公有制集體裏，開始分化和瓦解了。」名叫魏源生的男知青，開始無法忍受他們的生活景狀。「他們就這麼袒露無遺地毫無障蔽地生存活動在一個屋頂之下，沒有一件東西可以屬於個人」[91]，這和他所熟識的都市生活方式大相逕庭：

> 他們連隔壁的鄰居都不常照面的，他們不知道他們隔壁究竟住有甚麼樣的人和故事。就如同隔壁無從知道他們是一些甚麼樣的人和故事。他們從不互相侵犯，從不互相幹擾，他們從不輕易與別人說話。[92]

這種生存模式與以禮俗社會為基礎的鄉村人際關係形成非常強烈的對比。如詹宏志所言：鄉村的生活是透明的，你是誰家的後生、誰家的媳婦，那是人人知道的事。[93] 費孝通則進一步將這種「人和人的關係」例證化為：每個孩子都是在人家眼中長大的，在孩子眼裏周圍的人也是從小就看慣的。這是一個「熟悉」的社會，沒有陌生人的社會。[94]

---

89 王安憶：《流水三十章》，頁 281。
90 王安憶：《流水三十章》，頁 282。
91 王安憶：《流水三十章》，頁 313。
92 王安憶：《流水三十章》，頁 314。
93 詹宏志：《城市人：城市空間的感覺、符號和解釋》，頁 170。
94 費孝通：《鄉土中國》，頁 5

　　而魏源生恰恰對「集體戶」所模擬的「熟悉的」社會形態產生了強烈的不適應感，甚至視之為「墮落」：

> 他憎恨這墮落，又無力反抗。而他終要作一點小小的反抗了。他最先的不為人知的反抗，便是對他床鋪的改造。他本是睡在裏牆的一邊，他就將床拉開一些，與牆壁之間留下一條窄窄的走道，然後，掛起一頂帳子，背朝外，口朝裏，於是，他便有了一個小小的房間。[95]

　　魏源生的做法實際傳達出了都市人特有的「空間感覺」。所謂「空間感覺」，指的是「人對周圍環境的認識程度、掌握能力、使用習慣、以及情感對應等」[96]。從社會學角度而言，都市空間也較鄉村空間為封閉，他的上方與下方都有疆界。因為都市空間的逼狹，致使都市人的「動物領域」的危機感加深。當魏源生將屬於自己的空間圍起來，實際上畫出了一道利益安全界限。[97] 或言之，正是都市人之特有的主體性的表現：「現代生活最深的問題源自於個體想要保持一個能與社會的主權權力，也能與歷史遺產之重量和外在文化、生活技能等抗衡的獨立性與個體性。」[98]

　　魏的做法在招致非議的同時，很快引起了同伴的共鳴。他們紛紛拿出自己的私藏財產如鹹雞蛋、筒子麵等，有福同享的溫情脈脈的面紗被撕破了。王安憶寫道：

95　王安憶：《流水三十章》，頁 315。

96　詹宏志：《城市人：城市空間的感覺、符號和解釋》，頁 19。

97　這種小範圍區域，或稱微觀區域，一般指「個人空間」（Personal space）。可以規定個人空間是個人周圍的、被該人理解為屬於自他自己的區域。在這種意義下，個人空間指身體以外自我的擴張程度。參見康少邦：《城市社會學》（杭州：浙江人民出版社，1986 年），頁 176。

98　Georg Simmel . "The Metropolis and Mental Life." *Individuality and Social Control: Essays in Honor of Tamotsu Shibutani*. Ed. Kian M. Kwan. Greenwich, Conn.: JAI Press, c1996. p.324.

自此，他們這一個原始共產主義的社會裏出現了私有制的萌芽。
從歷史發展的意義來說，魏源生無疑是一個革命者了。……可以
告慰的是無論私有制的因素是多麼活躍而蓬勃，他們這一個集體
戶的主體形狀暫時還未瓦解，他們仍在一個鍋裏吃飯，工分記在
一本帳上，除去各人從家裏帶來的而外，別的收支仍是全民經濟
核算。[99]

在獨特的知青集體戶中，勞動的價值體現為一般等價物的衡量尺度——
「工分」。換言之，工分實際成為了貨幣的替代物。「工分記在一本帳上」秉
承的是集體主義的利益分配方式。但是，當秋後收穫了他們的勞動果實——
秫秫，這種利益配給方式被徹底瓦解。集體戶中的幾乎每個人，因為工分的
差值，感覺自己在分配過程時吃了虧。進而要求，在下一輪收穫山芋時，進
行利益再分配。但是「分完了山芋，隊裏開始分紅了。他們辛辛苦苦做了這
大半年，到頭竟還欠着隊裏十二元七毛錢。……為了這十二元七毛錢應當怎
樣分攤的問題，他們這才真正地展開了一場四方大戰，真正撕去了溫情脈脈
的面紗，連一點虛偽矯飾也沒有了。」[100] 此時，集體戶作為都市社會形態的
縮影，再次凸顯其特徵——貨幣經濟的中心。就這一點，齊美爾在〈都市與
精神生活〉一文中，有詳盡的闡釋：貨幣只關心一視同仁之事，也就是只關
心將所有性質與個體性化約到單純量化層次的交換價值。……由此，每個群
體的興趣都取得了嚴苛的實事求是，而其理智計算的經濟自利由於個人間關
係的稀薄，不須害怕任何超出其算計的差錯。[101]

及此，可以發現，經過一個十分短暫的過程，集體戶完成了類似「禮俗
社會」向「法理社會」轉型：居民能為共通的目標合作，而結成高度透明和

99　王安憶：《流水三十章》，頁 318。

100　王安憶：《流水三十章》，頁 328。

101　Georg Simmel．"The Metropolis and Mental Life." p.326.

整合的社區轉向分崩離析、肆無忌憚的個人主義和自私自利。[102] 但是 ，這種由保護個人利益為初衷的「社會」轉型，是無法保證同期建立起相應的與社會形態所配合的社會規則，即「法治」觀念的。集體戶的結局只能以陷入混亂狀態而告終。

> 他們要回家了，他們除了回家別無出路。舊體制土崩瓦解，新體制還在搖籃裏，這青黃不接的時刻是最難捱的，他們只有回家了。[103]

王安憶以戲謔的寓言式手法，表達出了文革上山下鄉「再教育」運動的失敗。這群都市動物在考驗中所暴露出的窮形盡相，最終拋棄了扎根鄉間的共產主義夢想，返回了他們原有的生活形態中。

這場都市人性的實驗，被一個人盡收眼底。王安憶在文中設計了「拽子」這個角色。拽子是被生產隊安插進「集體戶」照顧知青的鄉村男孩。集體戶作為一個單位而言，其實是鄉村的進入者，而拽子則又成為集體戶這個縮微且封閉的都市模型的侵入者與審視者。鄉村與城市間形成一種進入與反進入的關係。

最初，這些都市人在拽子心目猶如神秘的「異邦」來客。

> 他們的猶如隱語似的語言，他們所來自的遙不可及於他一無經驗的地方，他們每一人都要比他們一大家子有更多的行李物件，他們白生生嫩生生像是嬰兒一般的手和臉，都有着無窮無盡的內容，可供他長期地研究與學習。[104]

然而，當他目睹了這個集體戶分崩離析的過程後，卻產生了截然不同的

---

102 蔡勇美，郭文雄：《都市社會學》，頁15。
103 王安憶：《流水三十章》，頁330。
104 王安憶：《流水三十章》，頁280。

態度。

> 他覺得很滿足，也覺得很得意，甚至有些欣喜，學生們身上所蒙
> 罩的一層帷幕，漸漸地被他拉扯了下來，拉扯下來的同時，在他
> 們身後的那一個遙不可及的城市的嚴密的帷幕似乎也開始移動
> 了。其實，也就是這麼回事。拽子心裏想着。他心裏想着，也就
> 是那麼一回事，慢慢地朝家走去。[105]

「其實，也就是這麼回事。」拽子的心路歷程，象徵了鄉村對都市的敬
畏與好奇，逐步消解的過程。雖然拽子未曾到過都市，然而他猶如智者，以
一葉知秋的方式，窺出了都市人的本性：上海，似乎也就是那麼回事，上海
的人要吃飯，要做活，要睡覺，連女人要與男人睡覺，也是一模一樣的。[106]

如果說，拽子通過對城市人的刺探，使他看取了基於鄉土社會的土壤誘
發下暴露出的城市本質的內核，那麼中篇小說〈冷土〉（1982 年）中的劉以
萍，以一個「進入城市的鄉下人」的身份，實現了與城市的全面而直接的接觸。

主人公劉以萍在文中出場的形象是通過老鄉大業子轉述的：「燙了個樣
子頭，臉捂得雪白。我都沒認出來。」[107]

這位工農兵大學生從城裏歸來，令鄉親們奔相走告，來了三撥客人，問
的問題不一而足：「城裏的大樓有符離集的山高嗎？得爬幾百級台階吧。」「城
裏能見到洋人吧？」故事拉開了序幕，並在鄉親們的追憶中引出了小顧這個
知青角色。

這個上海知青來此插隊，似乎是這個偏僻的村子歷史上的一次重

---

105 王安憶：《流水三十章》，頁 325。
106 王安憶：《流水三十章》，頁 347。
107 王安憶：〈冷土〉，載王安憶著：《海上繁華夢》（北京：作家出版社，1996 年），頁 85。

要的文明輸入。……這姑娘招工走了，但給這個小莊子卻留下了
有些雖不深卻抹不掉的影響。……大家從此知道了，世界上並不
僅此一個大劉莊，一條淮河，在那一千多里外，有一個吃水不用
挑的花花世界。當然，這是極遙遠的，只存在他們的想像中。而
如今，劉俠子的歸來，卻將這個花花世界拉近了。[108]

劉以萍的歸來，實現了城市想像與現實的接軌。〈冷土〉中的主人公同
〈大劉莊〉裏的百歲子不同，她的城市代言人地位的確立不需依賴敘述。就
這一點而言，前者更似後者的續篇，鄉與城之間的接觸又跨出了一步。百歲
子的城市敘述是海市蜃樓式的，而劉以萍呈現給鄉親們的城已是十分感性
與具象。「眼見着那孩子一腦袋高粱花子去，卻洋乎乎地回來，換了個人似
的。那穿扮，那架式，和大上海的小顧差不到哪兒去。」[109] 其中包含了身份
的認同，這種認同是極有說服力的。城市對於劉以萍的改造，身體力行，僅
僅是「向大家展覽她的小帆布箱」，似乎已可管窺城市的面貌。

但是，作者安排劉以萍的省親場景，卻是醉翁之意不在酒。劉以城市
人的姿態反觀文明為鄉親造成的衝擊，「瞧着大夥兒羨慕的眼光，驚訝地讚
嘆，她心裏甜滋滋的，很得意，並且從心底裏很為大夥兒難過。」[110]

劉的「難過」心情，昭示其作為個體在自我認同上已經發生了裂變，
開始以城裏人的價值觀念審視自己的故鄉，也開始拒斥自己所歸屬的文化形
態。這使她心安理得地拋棄了青梅竹馬的未婚夫。

本來嗎，培養一個大學生不容易，哪能隨隨便便便送回農村，太
蝕本了。她第一次感到了自己的身價，她要好好地安排自己了。

---

108 王安憶：〈冷土〉，頁 92-93。
109 王安憶：〈冷土〉，頁 93。
110 王安憶：〈冷土〉，頁 93。

今非昔比，她哪能再同拽子在一起？[111]

然而，儘管劉以萍在心理上已傾向於另一個文明陣營，對方對其的接納卻是極其審慎的。她所工作的報社編輯老趙對其來歷產生了疑問：

他一下子很難吃準她究竟是農村的，還是城裏的。穿着很漂亮，燙着頭髮，裝束絕對是城市姑娘。但她黑黃的臉色，寬大的骨骼，一身紅藍黃綠極不協調的色彩調配，以及嘴裏隱隱約約的蒜味兒，又透出一股濃重的土氣。[112]

劉以萍並不自知，這時的她已成為奇妙的城鄉混合體。而這種混合恰恰是她處在自我認同的轉型期最尷尬的階段。但是，她對自己同化為城裏人的心理取向是非常堅實的：

她想着上海，想着省城，想着一切城市，心裏會湧上一股憤懣：她為甚麼不是出生在那裏？是誰安排她落生在那個偏僻的小莊子？這不是很不公平嗎？這憤懣加強了她再生的決心，這決心一天一天堅定，堅定到了蠻橫的程度。[113]

劉以萍這種再生的決心，促使她為成為一個地道的城裏人而努力。她偷偷地看同屋上海知青小邵的化妝品，然後不厭其煩地去採購。仔細觀察小邵的生活習慣、保養方法。然而，她的努力在兩種價值觀念之間搖擺不定。作者將之內化為劉的審美觀念加以體現，當劉以萍要買一件大衣時，在顏色方面，她徵求了小邵的意見，小邵認為黑色好。但是，她這時對於自己的審美

---

111 王安憶：〈冷土〉，頁 96。
112 王安憶：〈冷土〉，頁 97。
113 王安憶：〈冷土〉，頁 98

標準卻「十分自信，十分固執」，然而，當看看到大衣的實物時卻又想起：

> 她和一個南京同學上街，那同學對着櫥窗裏一件大紅襖說了
> 聲：「真鄉氣！」她知道南方人說「鄉氣」就是「土」的意思。
> 從此，就在心中多了一個概念，凡是紅的，都難免有「鄉氣」之
> 嫌。[114]

劉以萍並未意識到，此時她心裏正處於兩種價值體系的交戰過程。一脈
相承來自於鄉土意識的主見，而同時又以排除法作為借鑒都市取向的依據。
她的主體性界限變得相當模糊，最終作出了錯誤的選擇：「決定買翠藍格兒
的了」。這一細節非常生動地體現出劉以萍的邊緣人心態，此心態正揭示了
從隔閡到同化過程中人格的裂變和轉型特徵。這是一種空間性、地緣性文化
衝突的產物，誠如葉南客所分析：他們既竭力要儘快地和所在城市的文化相
認同，又努力要儘快甩開早已習慣的鄉土觀念和舊的角色模式。但這種努力
不可能在一朝一夕奏效，早年在家鄉形成的人格特徵和當前設身處地的城市
文明取向必然產生由表及裏的衝突，從而使他們從行為到人格上的邊際性、
轉化性很清晰地呈現在世人面前。[115]

而劉以萍，同時將這種轉型期的內心衝突內化為對婚姻的渴望與設計：

> 她發了狠，一定要在城裏找個好樣兒的，找個和農村不沾一點邊
> 的人，徹頭徹尾的城裏人。她的孩子籍貫一定要填上「上海」或
> 「南京」，最次也不能次於地區性城市。她的孩子，要喝牛奶，要
> 穿毛茸茸的連衣褲，要把她從小受的罪全補償過來。[116]

---

114 王安憶：〈冷土〉，頁 103。
115 葉南客：《邊際人：大過渡時代的轉型人格》，頁 144。
116 王安憶：〈冷土〉，頁 109-110。

費孝通道：血緣所決定的社會地位不容個人選擇。世界上最用不上意志，同時又是影響最大的決定，就是誰是你的父母。誰當你的父母，在你說，完全是機會。……血緣是穩定的力量，在穩定的社會中，地緣不過是血緣的投影，不分離的。「生於斯，死與斯」把人和地的因緣固定了。生，也就是血，決定了他的地。[117] 劉以萍以一個農村姑娘的直覺，參透了「血」與「地」之間微妙的因果聯繫。她將婚姻視為一項基因改造工程，企圖通過改變血緣割裂與鄉土之間的聯繫。這其間破釜沉舟的意志，包含了對人生宿命的挑戰，幾乎是悲劇性的。在精心的鋪排之下，劉以萍終於成功地獲取了令自己滿意的婚姻。小說的結尾，在喜宴後劉以萍與丈夫返城的情節戛然而止：

> 西井沿上，有人直腰喘氣時，看見壩子上有三個城裏人在趕路，後頭那個穿得花紅柳綠的女人，踩高蹺似地邁着兩隻高跟鞋，一邊走，一邊回頭。慢慢兒地遠了，沒了。[118]

〈冷土〉這個標題是很有意味的，隱含着個體與地域之間的背棄之意。而女主人公頻頻回首，卻又是難以割捨的暗示。城鄉之間的對峙與調和、若即若離，投射於一個年輕女子人生歷程的片斷，也正是作者的匠心所在。

而王安憶在〈悲慟之地〉（1988 年）中描述的另一起「鄉人進城」的事件，則近乎慘烈了。

〈悲慟之地〉是一則關於「都市神話」覆滅的故事，也是一次針對鄉村對市想像的有力打擊。對自己所朝夕相處的城市，王安憶是十分清醒道出其實質：這個小說源於《新民晚報》的真實報道和傳說。許多寫上海的小說往往醉心於寫上海人的布爾喬亞調子……這都是很表面化的。……互相傾軋

---

117 費孝通：《鄉土中國》，頁 72。
118 王安憶：〈冷土〉，頁 147。

才是他們的真面目。[119]

麻劉莊的年輕人劉德生，進入上海，源於「一個宏偉的計劃」。而這次契機，卻是建立在對城市的誤讀的基礎上。劉莊人發現他們莊所盛產的「薑」，竟然是上海的菜市場上緊缺的物資。劉德生對這次生意上的契機寄以厚望：他對爹說：賣了薑，我給爹買好菸和好酒；他對心愛的姑娘大葉則許諾：賣了薑，給你買條花裙子。[120]

鄉村人走進城市，其重要的原因之一是，「我的勞動有可能與更多的人交換」，「我可以創造與別人進行交換的機會與空間」。[121]而在劉德生們的期盼中，這些機會和空間，正可以在上海這座都市得以落實，成就他們的「事業」。

九哥說：一邊做一邊再瞅着點兒機會，那樣多的人都到上海來做買賣，說明上海就是有買賣可做，只要眼尖腦瓜子活。[122]以上判斷是智性的。P·A·索羅金等曾在《城市與農村的重要理論》等書中，分析了城市與農村二元社會結構及其文化差異。[123]城鄉的職業結構是其中一項重要研究，相對而言，與農業有關的職業，種類少，範圍小，而城市職業結構因出現涉及餐飲服務，商貿等行業，種類繁多且範圍廣。「九哥」注意到了上海作為大都市複雜的供求關係，這種關係的複雜造成社會分工的細化與差異性，創造更為多樣性的工作機會。因此「他們想：上海掙錢的道路是多麼多啊。」[124]

在城市內部，社會生產的分工，使城市人能夠形成一種社會關係。這種關係就是城市社會形成的社會差異，包括經濟差異、政治地位差異、個體

---

119 王安憶、秦立德、斯凡亞特：〈從現實人生的體驗到敘述策略的轉型——關於王安憶十年小說創作的訪談錄〉，頁34。

120 王安憶：〈悲慟之地〉，載王安憶著：《香港的情與愛》（北京：作家出版社，1996年），頁125。

121 張鴻雁：《侵入與接替：城市社會結構變遷新論》（南京：東南大學出版社，2000年），頁209。

122 王安憶：〈悲慟之地〉，頁145。

123 Pitirim A. Sorokin & Carl Zimmermam. *Principles of Rural-Urban Sociology*. New York: Holt, 1929. pp.211-212.

124 王安憶：〈悲慟之地〉，頁135。

自然差異和其他差異。這種差異形成差異化需求，使得城市的社會需求多元化、多層次化，並且使個體在這個差異中尋找自己的座標，在需求中形成普遍的交換互動關係。[125] 然而，這種交換互動關係，形成一張相當嚴密的網狀結構，幾乎是見縫插針式的。在八十年代的上海的經濟結構與就業形勢相對已塵埃落定的情況下，劉德生們企圖在其中佔據空間與位置，其實是相當困難且缺乏預見的。

> 原來，在他們走過的每一個菜場的路口，都有這樣的蔥薑攤子。
> 他們伸長脖子沿了那熙熙攘攘的菜場望進去，天哪！這一路上都
> 是蔥和薑的小攤。有的是一個女人守著的，有的是一個小孩守
> 著，還有的是一個滿臉皺紋鬼似的老太婆守著。鮮黃色的薑擱在
> 碧綠色的小蔥旁邊，看上去是多麼的惹人喜愛！在以後的道路
> 上，他們便不斷地遇到蔥薑攤子了，幾乎是三步一崗，五步一
> 哨。[126]

發財夢夭折，九哥自責道，我九哥帶兄弟們出來這一遭，讓大家吃了辛苦，怪我做哥的沒眼力，少計算，缺經驗。大家的反應是「九哥，九哥是帶咱們出來看世界的，是咱們給哥哥添了纍贅。咱們出門在外，就數哥哥你年長，又見過世界，你說怎麼幹，咱就怎麼幹，可不許再說那泄氣敗興的話了！」[127] 在迥異於鄉土的都市環境中，「他人取向」即對權威的依賴性表現得更為明晰。相對而言，劉德生則是「弟兄」裏其中最具主動性的一個。他自願與九哥跑生意，有了一個與都市直接全面接觸的機會。當看到人們行色匆匆時：

---

125 參見彼德・布勞：《社會生活中的交換與權力》（北京：華夏出版社，1987 年），頁 13。
126 王安憶：〈悲慟之地〉，頁 136-137。
127 王安憶：〈悲慟之地〉，頁 145。

他就對九哥説：這兒的人走路跟跑似的。九哥説：上海這地方，一日不掙錢，就是虧了錢，每一日都不得安閒呢！不像咱鄉裏，一日不做我一日不吃光喝涼水不得了？可上海涼水也要錢，站的那地也要錢。劉德生就想：過日子過得就像做買賣似的，這也不好。……人家是為了趕上班的。上班可不比咱們上地頭鋤秧秧，早去晚去都可以，上班是掐分掐秒的。[128]

時間觀念成為城鄉生活形態的投影。如葉南客所分析：鄉村人中時間觀念較為淡薄，往往用「一頓飯」、「一袋菸」或「日頭」來作為計時單位，很少有爭分奪秒的意識。……在工業化中成長起來的現代都市，人們的生產、生活方式是與晝夜運行的各類機器、流水線相關聯的，因而產生了與農村行為模式截然相反的內在動因。生產的高效率、專業化導致了人們生活的快節奏和較強的時效意識。[129]

而這種觀念上的差異，導致了乍見城市的劉德生在心理上的不適應感。這種不適應直接體現為城市的表象由理想狀態逐步變形。因城鄉文化差異而致使個體產生精神裂變的心理症候在現代文學中有其淵源。具有代表性的，如在茅盾的小説〈子夜〉裏，當置身於光怪陸離的大上海，現代性的強烈衝擊令吳老太爺不堪其驚：

汽車發瘋似的向前飛跑。吳老太爺向前看。天哪，幾百個亮着燈光的窗洞像幾百隻怪眼睛，高聳如雲的摩天建築，排山倒海似的撲到吳老太爺眼前，忽地又沒有了……[130]
機械的騷音，汽車的臭屁，和女人身上的香氣，Neon 電管的赤光，──一切夢魘似的都市的精怪，毫無憐憫地壓到吳老太爺朽

---

128 王安憶：〈悲慟之地〉，頁 146。
129 葉南客：《邊際人：大過渡時代的轉型人格》，頁 148。
130 茅盾：《子夜》（北京：人民文學出版社，2000 年），頁 10。

弱 的 心 靈 上 。[131]

而對劉德生而言，朝思暮想的上海，當觸手可及之時，卻呈現出陰森可怖的相貌。

他們找不到出口，地下商場就像一個巨大的墳墓，人們如地下的蟲蟻一般「嗡嗡」地湧來湧去。日光燈將人臉照得青白，無論笑與不笑，均有一種凜然的表情，他們已經絕望。[132]

城市的景象客觀存在，何以在「鄉下人」的主觀層面中出現如此視覺誤差，實際是鄉土既成的文化結構在都市性衝擊下遭受異變的結果。默頓（Robert King Merton, 1910-2003）在 1957 年發表的〈社會結構與失範理論中的連續性〉一文中指出，可以把文化結構定義為有機組織起來的規範性價值觀念，這種觀念支配着對某一特定社會或集團的成員而言是習以為常的行為。[133] 都市的「異常性」對劉德生而言，不僅是超驗的，且帶有很強烈的攻擊性，帶着異文化形態本身的排斥傾向。「戴紅臂章的值勤老頭向他們投來懷疑的目光，那目光似乎穿透了他們的身體。」[134]

此時，重重壓力之下，劉德生已不自覺地趨於個人行為「失範」，而這也正是他走向末路的開端。「失範」是傳統社會學的一個重要概念，最早由迪爾凱姆提出，主要指在社會變革中，因新舊體制結構，文化衝突和交替而導致人們的無所適從感。……而「個人行為失範表現為個體人格自我不知所措，難於認知社會取向，難於給自己定位」。[135] 在〈悲慟之地〉中，劉德生的失範狀態，是由王安憶通過其與九哥走散之後在城市中對道路的取捨來體現的：

---

131 茅盾：《子夜》，頁 13。
132 王安憶：〈悲慟之地〉，頁 149。
133 葉南客：《邊際人：大過渡時代的轉型人格》，頁 25。
134 王安憶：〈悲慟之地〉，頁 149。
135 葉南客：《邊際人：大過渡時代的轉型人格》，頁 25。

他走來的時候決沒有注意到，面前有那麼多岔道，回頭的時候，幾乎每十步就遇見一條岔道，使他面臨了一次艱難的選擇。第一次選擇，他還努力地憑着回想和記憶，推敲了一陣。第二次，他就有些急躁，來不及多想地跨上了一條。到了第三次，第四次，他便再不願開動腦筋，就像押寶似的胡亂走了下去，當他走到第七條岔路上時，他才算明白，他是迷路了。[136]

迷失的過程，其實是一種隱喻。劉德生其實是游離於上海這座城市的遊戲規則之外的：對於城市的價值體系與心理取向，他毫不知情。這座城市的文化形態，並無法包容他這一異質的個體。他的不適應感，已經逐步生發為茫然無助與恐懼的心理。

人們推開門，默默地注視他，將他從頭看到腳，他不得已地轉過身子，迎着人們的目光走回，窘迫地低下了頭，卻仍感覺到人們的目光如萬箭穿心。……
他聽見身後來了追兵，呼啦啦地一大隊人馬。天哪！他怎麼辦呀。他咬着牙跑，時時覺着要被撞上了，要被逮住了。……他除了跑是無路可走了，他必須跑才有生路啊！他現在只有跑了。……
他死命地抬着腿向上攀去，心裏罵着：我操你奶奶的，我操你們眾人奶奶的！[137]

王安憶曾經說過：「在那篇小說裏，我還有意把上海寫成一個現代部

---

136 王安憶：〈悲慟之地〉，頁153。
137 王安憶：〈悲慟之地〉，頁158。

落，外人進入部落從來是被視為入侵者而遭到反擊和圍攻的。」[138] 然而，在文本中我們看到不僅於此，這種敵意與異質感並非是單向的，而是在互動間形成了雙向排斥的模式。美國社會學家薩姆那（William Graham Sumner, 1840-1910）在《民俗論》一書中提出，根據群體成員對待群體的立場與態度，可將群體劃分為內群體與外群體（in-group and out-group）。凡是成員感到自己與群體關係密切，對群體的歸屬感強的群體，就是內群體。外群體是與內群體相對而言的一個概念。內群體對外群體常常表現為冷漠，輕視與偏見。[139] 城市居民與進城農民以城市為本位，分別具有內群體與外群體的特點，他們分別站在各自的立場上，將對方視為一個異己群體。

從這個意義上來說，劉德生在心理上對於城市居民所懷有的高度疏離感，是造成雙向對立的根源。在文本中，他的異己感甚至比城市居民更為強烈。文本中出現了「跑」這個字眼，這是劉德生所認為的唯一出路：逃離。他自認為他作為個體要抗衡的是整個城市文化體系。這個他曾經如此嚮往的城市，出乎意外地危機四伏，而他勢單力薄。儘管這種敵意的來源並不明確，但是足以逼迫他走向無路可逃的絕望境地。而城市人的冷漠與疑慮激化了他的失範行為，加速了悲劇的來臨，文章的結局如此：

> 事情是怎麼弄到這一步的，弄到這一步是多麼糟糕。他感到非常非常痛苦，心如刀絞一般。最後他朝後退了一步，消失在平台前面。[140]

這句話，實際體現出了作者本人對城鄉關係的反思。王安憶非常明確地

---

138 王安憶、秦立德、斯凡亞特：〈從現實人生的體驗到敘述策略的轉型——關於王安憶十年小說創作的訪談錄〉，頁 34。

139 W.G. Sumner. *Folkways: A Study of the Sociological Importance of Usages, Manners ,Customs, Mores and Morals.* Boston: Ginn, 1906. p.17.

140 王安憶：〈悲慟之地〉，頁 159。

發表了創作宣言：「我要建築一座城市的壁壘。」[141] 這座堡壘雖然虛空無形，卻如細胞一般，將一個軟弱的異己的個體迅速地扼殺。這當然是城市性中殘酷的一面集中而極端的體現，但也表明了王安憶對城市的批判是有的放矢。現代性所引致的後果並非積極，同時，兩種文明形態之間的衝突是根深蒂固的。而兩者間，是否存有調和與融合的可能性，將留待下一節討論。

141　王安憶：〈縱深掘進〉，載王安憶著：《獨語》（長沙：湖南文藝出版社，1998 年），頁 146。

第三節
城市移民

「我們在這城市裏，都像是個外來戶。」[142] 作為南遷幹部的移民後代，王安憶始終存在着身份上的焦慮。從某種程度上說，這也直接影響到她對於上海的書寫態度。

縱觀王安憶的寫作歷程，「移民」是其在對城市的詮釋過程中不斷豐富與深化的主題。作為一個具有移民傳統的城市，上海恰為這一主題的展現提供了溫床。

移民，是人類文化發展史上的獨特現象。從人口學的角度來看，其與人口的自然變動、人口的社會變動並列為人口的三大變動。從概念上來講，關於「移民」的定義在學術界一直沒有定論，[143] 相對達成共識的是：「人口遷移就是指的人口的地區移動。地區一詞，在這裏既包括今天的各種行政區域，也包括還沒行政區劃時代的地域概念。」[144]

142　王安憶：〈紀實與虛構〉，載王安憶著：《米尼》（北京：作家出版社，1996 年），頁 151。

143　人口遷移定義，大體分為三派：寬派、窄派與中間派。寬派比較有代表性的定義來自前蘇聯學者斯捷申科，即「個人在人口所佔據的人體空間的位移」；窄派如美國學者威廉・彼得遜所指出「一個人長期遷居到一定的距離以外的地區，稱之為『遷移』」；中派則相對強調「定居」或「以居住為目的」。如阿瑟・霍普特和托馬斯・特・凱恩所言，遷移是指「人們以建立一個新的永久居住地為目的而跨過一條特定界線的移動」。參見斯捷申科：《人口再生產的理論與方法》（北京：北京大學出版社，1985 年），頁 294；威廉・彼得遜：《人口學基礎》（蘭州：甘肅人民出版社，1984 年），頁 385；阿瑟・霍普特，托馬斯・特・凱恩：《簡明國際人口手冊》（北京：中國社會科學出版社，1982 年），頁 8。

144　彭勛：《人口遷移與社會發展——人口遷移學》（濟南：山東大學出版社，1992 年），頁 28。

從歷史淵源來看，上海是個比較典型的移民城市，其史載最早的人口資訊見於《松江府志》。1355 年左右，上海已是粗具規模的商貿港口，當時已有 72,520 戶，海船、船商、梢水約 5,675 人。以此資料估算，該時期上海地區人口約 30 餘萬。鑑於當時社會經濟的落後狀況，人口發展為高出生、高死亡和低增長模式，以及 1391 年華亭縣人口性別比約為 108，1414 年約為 109。[145] 據以上事實判斷，該時期人口遷移已有一定規模，但人口增長的主要方式仍是自然增長，而不是遷移增長。

及十九世紀後期至二十世紀中葉，上海的人口發展出現了新特點。開埠之初，包括租界在內的整個上海縣的人口不足 25 萬，居住在上海的外國人只有 26 人。但到 1942 年上海市的人口已高達 392 萬，外國僑民也有 28,000 人。至 1949 年上海解放，總人口為 554 萬，其中非本地籍人口有 471 萬，佔總人口的 85%。即使排除臨時難民的因素，遷入上海的移民及其後裔也肯定超過 400 萬。[146]

同時，葛劍雄指出了上海移民的多元性特點：遷入上海的移民雖以江浙為主，但來自廣東、安徽、湖北、山東的移民也都在 10 萬以上，在洋行、傳統商業、鐵路、警察等行業中佔相當大比例。湖南、江西、福建、河北等省也有相當數量，其他各省及各主要少數民族幾乎都有移民。[147]

因此，移民之於上海城市品格的塑成，是基石，更是不可或缺的底蘊。如王德威所言，「百年來的滬上繁華滄桑，其實就是一頁頁的移民史。」[148]

由此，移民題材成為王安憶所關注的重要的文化命題，絕非偶然。既有

---

145 胡煥庸：《中國人口‧上海分冊》（北京：中國財政經濟出版社，1987 年），頁 43。
146 葛劍雄：〈創造人和——略論新時期上海的移民戰略〉，載蘇智良主編：《上海：近代新文明的形態》（上海：上海辭書出版社，2004 年），頁 19。
147 葛劍雄：〈創造人和——略論新時期上海的移民戰略〉，頁 19-20。
148 王德威：〈海派作家，又見傳人〉，載王德威著：《現代中國小說十講》（上海：復旦大學出版社，2003 年），頁 288。

自身在心理認同上的準備，更包含了對這座城市深層次的體察。這也代表作家自覺的城市書寫，進入了一個新的階段。

> 我自以為寫上海人最好的兩篇，一是《鳩雀一戰》，一是《好婆與李同志》這兩篇都是寫上海小市民與外來移民之間的衝突。小妹阿姨——是一種自然移民，而李同志則是一種權力移民。有趣的是，這兩篇的小說的結局都是外來移民被驅逐，這當然是無意的。[149]

以上是王安憶在訪談中論及上海的文化特徵時的現身說法，可作為本節主要論述開宗明義的段落。

在王安憶的早期移民論述中，的確是置重心於「文化衝突」之中的，其也正指代了移民文化的初期形態。

〈鳩雀一戰〉作於 1986 年，其主人公小妹阿姨的身份是在弄堂裏幫傭的保姆。保姆是王安憶的移民書寫裏十分着意的人物群落，本章將在後文作進一步的分析。

小妹阿姨的經歷，無疑是帶有典型性的：出身餘杭鄉下，年輕時作為陪房娘姨進入上海，終生未嫁，東家失勢後，成為別人的幫傭。

這篇小說的矛盾衝突的焦點是——房子。區區一間房，成為小妹阿姨在上海安身立命的根基，更成為她獲取上海人身份的必要條件與最終途徑。

> 要是真到了老得做不動的時候，可是連個歇身之處也沒有啊！莫不成再回餘杭鄉下去？從那裏出來了幾十年，她早已是上海人了，她從不曾以為自己是個鄉下女人。他小妹阿姨是上海人，是上海人必得生活在上海，這是天經地義的事。然而，這只是她對

---

149 王安憶、秦立德、斯凡亞特：〈從現實人生的體驗到敍述策略的轉型——關於王安憶十年小說創作的訪談錄〉，頁33。

上海的態度，上海對她的態度，卻並不是那樣明朗和確定。[150]

此後的一系列故事由小妹阿姨對「房子」的追逐展開。從在老東家的兒女跟前軟硬兼施，到與老姐妹的小叔子鬥智鬥勇，小妹阿姨可謂處心積慮。這一過程，無處不見現實之中，個人心理與意識形態之間的交鋒。小妹阿姨最後的失敗，近乎慘烈。作者以敘事者的身份總結道：「做事為人，好不到底，也壞不到底，雖有勇有謀，卻又少了眼光。縱然小妹阿姨有多少精明，卻奈何得了時代的潮流嗎。」[151]她是在上海奮鬥了三十年，最後被上海所拒絕的一個移民個體。但是，從中卻可看出上海這座城市在文化上的強勢，對外來元素從同化至驅逐，其間過程的殘酷性，而同時在作者筆下又是合情理的。這是這座城市的特性所在。

在這一故事中，我們可以總結出某類移民文化與當地文化的互動模式，即：在一個城市中，當外來移民處於劣勢地位而本地居民佔優勢（indigenous super-ordination）時，本地居民與外來移民在交往初期很少發生衝突。當移民最終對處於從屬地位感到不滿時，只有通過離開這座城市（城市的排異機制發生作用）解決。[152]

而王安憶的另一篇小說〈好婆與李同志〉（1989 年），卻讓我們看到了另一種截然不同的移民形態。

李同志，是解放初期的南下接管幹部。「解放初期，國家曾根據南方地區工作需要，從老解放區陝西、河南、山東、抽調大批幹部南下。」[153]「最先遷入上海的是解放後的接管人員，即主要來自山東和蘇北解放區的幹部和軍

---

150 王安憶：〈鳩雀一戰〉，載王安憶著：《人世的沉浮》（上海：文匯出版社，1997 年），頁 143。

151 王安憶：〈鳩雀一戰〉，頁 173-174。

152 張繼焦：《城市的適應——城市遷移者的文化差異及其適應策略》（北京：商務印書館，2004 年），頁 180。

153 彭勛：《人口遷移與社會發展——人口遷移學》，頁 406。

人，其中一部分人就此定居上海。」[154]

作者賦予主人公以如此明確的身份，有其時代意義。早在 1950 年，蕭也牧（1918-1970）於《人民文學》雜誌發表了小說〈我們夫婦之間〉，正是以南下的接管幹部進入上海為敍事背景。這也是建國初期最早觸及城市題材的文學作品之一。然而，在這篇小說中，看到的卻是所謂革命文化與城市文化之間的衝突，以及前者對後者的拒斥與壓制。這是由當時的意識形態的主旋律所決定的。中共上海市委黨史研究室與上海檔案館合編《接管上海》一書中文字，可見小說中所表現出思維形態的生活依據：「當時接管城市的幹部，大體可分為兩類：一部分長期在農村工作的黨員幹部，產生對勝利光榮與對環境厭惡以及好奇與自卑的矛盾心理，而知識分子出身的幹部及長期生活在城市裏的同志，則表現了很大的喜悅並滋長了自己貪圖享受的錯誤觀點。」[155] 以上的敍述是十分具有導向性的，所以，在〈我們夫婦之間〉文中，衝突性具象化為夫妻之間的矛盾。「我的妻」提出質疑：我們是來改造城市的，還是讓城市來改造我們？[156] 以當時的文化語境觀，也就不足為奇了。誠如王彬彬所指出，這篇小說實際預示着「城市」的消失。[157] 正是以「城市文學」之名，行了清洗「城市文化」之實。

事實上，外來的「革命文化」形態與上海本土的「城市文化」之間，是否如此對立，兩者之間的強弱勢關係，又是否一成不變？同樣值得商榷。楊東平對此評述，是相對客觀的：「以軍旅文化、農村文化、北方文化為主的革命文化與上海生活方式的衝突，既有佔領與反佔領、改造與反改造的政治鬥爭，也有兩種文明的暗中欽羨與溝通。」[158] 其中涉及到了文化變遷問題，是複雜而微妙的。

---

154 葛劍雄：〈創造人和——略論新時期上海的移民戰略〉，頁 23。

155 中共上海市委黨史研究室、上海市檔案館合編：《接管上海·上卷》（北京：中國廣播電視出版社，1993 年），頁 236。

156 蕭也牧：〈我們夫婦之間〉，《人民文學》第一卷第三期（1950 年 3 月），頁 39。

157 王彬彬：〈「城市文學」的消亡與再生〉，《小說評論》第三期（2003 年 5 月），頁 17。

158 楊東平：《城市季風：北京和上海的文化精神》（北京：東方出版社，1994 年），頁 303。

如童恩正所言，「影響變遷的因素是很多的，歸納起來，主要是發明、傳播、涵化和革命等。」[159] 張繼焦則指出，這些因素歸根結底並不是變遷的原因，而是文化變遷的過程與途徑。[160] 革命的勝利，成為李同志們所指代的文化形式，與城市文化相交接的路徑。其中含有了強制與非自然的成分，權力移民的到來，為考察這座城市在非常態情況下的文化沿革提供了一個契機。

在王安憶的小說文本中，可以發現作者對於移民書寫的某種寄寓。實質上，其中包含了一種文化調和的心態。王曾就〈好婆與李同志〉寫過一篇專論〈人世的沉浮〉，其中的觀點在表述上言辭激烈：「她是以這一個城市的主人和教育者的身份走了進來。她不免要被人妒忌與挑剔，被忿然視作一個侵入者和一個暴發戶。」[161] 然而，當具體到小說的敍述脈絡中，作者的筆觸又十分平和。從人物結構的設置，我們可以體會到作者的用意。好婆，是個典型的上海小市民形象。這類人物，在城市居民中，恰恰對生活境況的變故表現出的適應力最為強韌。而李同志，則是南下接管幹部中的文藝人員——知識分子，同樣是最有可能對異質文化抱有寬容與吸納態度的人。這成為作者施展其敍述策略的前提。

對於兩種文化之間的衝突，作者起初並未從正面切入，但也未規避，而是分別將筆觸深入至生活中的細節，以之展現兩者在價值觀念的差異。比如，好婆說道他們家裏吃餛飩是論個的，李同志家的娘姨十分詫異，說吃餛飩還要數着吃？他們逢到吃餃子，都是以碗而論的。[162] 又如，聽說李同志家裏只有一床床單，好婆暗暗地想，一家一戶的，竟只一條床單，說起來也是作孽。[163]

159　童恩正：《人類文化學》（上海：上海人民出版社，1989 年），頁 276。

160　張繼焦：《城市的適應——城市遷移者的文化差異及其適應策略》，頁 11-12。

161　王安憶：〈人世的沉浮〉，載王安憶著：《人世的沉浮》（上海：文匯出版社，1997 年），頁 264。

162　王安憶：〈好婆與李同志〉，載王安憶著：《香港的情與愛》（北京：作家出版社，1996 年），頁 162。

163　王安憶：〈好婆與李同志〉，頁 161。

　　好婆將自己的人生哲學以潛移默化的方式滲入到李同志的日常生活中。這其實是兩種文化接觸初期的試探，這種試探極其隱晦，又有所保留。好婆稱李同志家為「樓下」，而李同志則稱好婆家為「樓上的老百姓」。這時，好婆的行為方式是相對主動的，甚至採取了一種可稱之為「侵入」的姿態。李同志因為生活習慣被無端改變，對這種試探有些拒斥：「樓上的老百姓總是對阿姨說這說那，討厭得很。」[164]

　　然而，好婆的表現是不屈不撓的，她所崇尚的文化形式正是凝聚於這些生活的毫末上。她力圖使李同志對此產生敬畏之心，這種滲透過程本質上是一種文化征服的過程。文本的精彩之處在於，作者賦予好婆以一段淵源，使其並不同於一般的小市民，而有着不為人知又輝煌的過去。其作為上海一個知名買辦家族的僕從，畢生睹盡人間繁華，時常發出「有誰見得有我多啊！」[165] 如此的人生感喟。這段人生經歷使她的個性自卑且驕傲。她的過往與所見，指代的是這座城市的掌故與城市特性的精華，不期然地為李同志在解放後的非常時期能夠深入地接觸上海的城市文化提供了一個入口或可能性。

　　在好婆的努力之下，李同志終於認同了這座城市，並且在積極的自我改造之下發生了天翻地覆的變化。

> 好婆竟認不出昔日那個梳小辮穿列寧裝的李同志了。她不由百感交集：上海將人改變得多麼厲害啊！甚麼樣的人到了上海都徹頭徹尾地變個樣。上海雖說不再是昔日的上海，可是它的威力還在，上海還在。[166]
> 好婆就說：「李同志，你變多了！記得你才來的時候，穿一件灰

---

164 王安憶：〈好婆與李同志〉，頁 165。
165 王安憶：〈好婆與李同志〉，頁 170。
166 王安憶：〈好婆與李同志〉，頁 172。

布的列寧裝，梳一對辮子。現在卻完全是個上海人了。」[167]

而李同志自身的變化，正體現了新移民所指代的文化形式與上海的本土文化間所生發的涵化過程。

文化涵化（acculturation）是文化變遷理論的重要內容與概念，早在十九世紀中後期已出現。[168] 涵化問題的研究，對文化的本質、變遷與連續性各方面的了解提供了重要線索。其不僅採借新的「文化特質」（culture element），而且使互相接觸的文化雙方或者其中一方產生重大變化。一種文化在隔絕封閉條件下可以完全孤立。……若有一項截然不同的新文化因素傳入，或是發生重大改變，會從基本上改變它與其他文化之間的關係，而且，單方面或彼此雙方共同重新建立其內部和外部聯繫。[169]

簡而言之，涵化是文化載體與異文化接觸中進行個體調適的必由之路，包含從衝突、融合，到更新的過程。李同志在這一過程中，脫去了列寧裝，穿上西裝裙；捨棄了吃大蒜的習慣，學會精吃細作的生活方式。最終融入了這座城市的主流文化潮流之中，成為了一個地道的「上海人」。然而，涵化過程中，文化本體的衝突是體現在內外兩方面的，面對異文化的衝擊與侵入，李同志的內心，並非沒有掙扎：

---

167 王安憶：〈好婆與李同志〉，頁 175。

168 最早使用「涵化」一詞的是美國民族學局首任局長鮑威爾（J.W. Powel）。其在 1988 年將此概念運用因族裔接觸而產生的文化變遷現象的分析。1935 年，人類學家雷德菲爾德·林頓（R. Linton）和赫斯科維茨（M.J. Herskovits）在《美國人類學家》雜誌上，聯合發表了〈涵化研究備忘錄〉。1938 年，赫斯科維茨出版了《涵化——文化接觸的研究》一書，成為最早專論涵化的重要著作。參見黃淑娉、龔佩華：《人類學理論與方法研究》（廣州：廣東高等教育出版社，1996 年），頁 218。R. Redfield, R. Linton and M.J. Herskovits. "Memorandum on the Study of Acculturation." *American Anthropologist* 38（1935）:pp.149-152. M.J. Herskovits. *Acculturation: The Study of Culture Contact*. Glouchester, Mass.: Peter Smith, 1958.

169 R.L. Beals, H. Hojier, A.R. Beals. *An Introduction to Anthropology*. New York: Macmillan, 1959.

那一個她從小出生的黃海邊的小村莊，已經離開她很遙遠了。回想起來，模模糊糊的，只剩下一些零零碎碎的漁歌，還偶爾地浮起在耳畔。她有時候會帶了一些歉疚問自己：是不是不應當忘記那些以往的日子？再一想：共產主義就是要使人生活得越來越美好，心裏就坦然了。[170]

李同志自身的文化更新，其實是一個對舊有的價值觀念覆蓋的過程。她的文化適應也是相對被動與缺乏自信的，作為文化本體幾乎沒有抵抗力。這一點正體現出了上海城市文化的強勢所在。然而，當她成為了一個「上海人」，與好婆反而疏遠了。因為極細微的事情，「兩人之間，一直沒得到一個機會，可以恢復以前的和諧關係。時間一長，雙方就又淡了心思，再不作嘗試了。」[171] 這其中包含十分微妙的心理因素，李同志在好婆的引導之下，非常迅速地蛻變成一個上海人。其在短暫的過程中得到上海的文化精髓，甚至超越了好婆的畢生的努力所得。好婆恍悟了自己作為一個積極的文化傳播者的失策。然而，李同志因為被錯劃為右派打回原籍，失去了上海人的身份，也最終達成了二人的和解與體恤。這樣的變故，使得雙方均回到了各自的自然位置與生活原點，也為小說的主題滲入了輪迴的意味。王安憶自己總結道：

這個小說想寫得不僅是友誼，而且是新市民和舊市民的相互抵觸，在這裏存在着很複雜的心理因素。李同志一九四九年來到上海，她不是經過一段過程進入的，而是近乎強佔。而上海——作為現代文明的象徵，對老市民來說，是他們苦心經營建立的成果，因而李同志的進入就很有一點佔山為王的架勢。他們的對抗顯現在無數細微的事情上，不斷地提醒李這個外來者，她並不懂

---

170 王安憶：〈好婆與李同志〉，頁 175-176。
171 王安憶：〈好婆與李同志〉，頁 176

得上海。從排斥到建立到認同是一段痛苦的過程，在李同志不得不退出時好婆可憐她，因和解而達至同情。[172]

李同志的退場，並未使好婆尋回自尊，反而導致其倍感失落。好婆作為一個城市的文化符號，是以對抗與改造異文化的形式而體現的。當對抗與改造的對象消失，她本身的意義與價值也就隨之消淡。在這篇小說中，作者對於城市文化的優勢與同化能力，給予了認同。然而，對於李同志這個被同化的個體或成果，卻藉以偶然因素輕易地進行了驅逐。上海這座城市數十年的文化底蘊對人的影響力，終不及一個不經意的歷史波動。其中表達的反諷與反撥意識，耐人尋味。

王安憶在 2000 年發表了長篇小說〈富萍〉，可視為其移民書寫的集大成者。也是作家最為有意識地對上海的移民現象進行的一次全方位的觀照。她本人在訪談中稱：

> 富萍寫的是文革前，一九六四———一九六五年。我從一個我特別感興趣的題目——移民入手，描述上海人怎樣到這個城市來聚集。我分頭寫了許多上海中層、主要是底層市民，他們以甚麼樣的理由來到上海，又慢慢居住下來。富萍這個人，她是在一個城市組織嚴密，並且生活秩序已經相當完善，已經不太能允許有外來分子的時候來到上海的，寫得是她怎樣慢慢潛入上海，當然她背後有許多榜樣。[173]

有關底層社會的移民研究，是社會學的重要課題。較為有代表性

---

172 王安憶、張灼祥：〈我做作家，是要獲得虛構的權力〉，載王安憶著：《王安憶說》（長沙：湖南文藝出版社，2003 年），頁 46。

173 王安憶：〈探視城市變動的潛流——王安憶談長篇新作《富萍》及其他〉，載王安憶著：《王安憶說》（長沙：湖南文藝出版社，2003 年），頁 109-110。

的，如芝加哥學派的領軍人物托馬斯（W. I. Thomas）與茲納涅茨基（F. Znaniechki）曾開創了「個人生活史」（personal life history），或稱之為「生活研究法」（Life Study Method）。其特質是從「普通人」點滴生活經歷中發現歷史的軌跡。在五卷本著作《身處歐美的波蘭農民》中，托氏運用了這種「自下而上」的研究方法，記錄外來移民自己講述的生活故事，注重收集這些人的往來信件等普通的活資料。他們反對「社會普查」所堆積的數據，書中呈現出的都是一個個真實案例。如一個波蘭農民來到匹茲堡的一個鋼鐵工廠謀生，一個義大利家庭離開家園到布法羅的罐頭食品廠工作，一些青年男女離開農場去都市尋找機會，這些背井離鄉的人們都將以家庭為中心的傳統拋在身後，而去適應一種更為個人主義的、競爭更為激烈的社會。[174]

可以發現，〈富萍〉這部小說所傳達出的資訊，在某些層面上，與以上研究方法不謀而合。小說分為二十節，每節人物名或事件作題，如「奶奶」、「東家」、「富萍」、「呂鳳仙」……「請奶奶看戲」、「過年」、「年後」等，十分平實，如同生活瑣憶。每一節可獨立為故事，但又互為照應。在寫作手法上，也中規中矩，細節之處，仿佛都是信手拈來，無所經營。這篇小說，較為充分地展示了作者的小說敘事理念，「因為事實上我們看小說，都是想看到日常生活，小說是以和日常生活極其相似的面目表現出來的另外一種日常生活。」[175]〈富萍〉盡量還原了生活的本真。我們看到的，是大城市中的小人物個案，點點滴滴，瑣細而真切。

富萍是個出身揚州鄉下的女孩，因為未婚夫的奶奶在上海城裏作保姆，以探親的方式進入上海。鄉人進城，成為經久不衰的文學主題，是有其社會學基礎的。二十世紀以來，人口變動的一個顯著特點就是農村人口大量遷入城市，城市人口迅速增長，一些人口學者把這稱之為「當代最偉大的人口遷

174　參見托馬斯、茲納涅茨基著，張友雲譯：《身處歐美的波蘭農民》（南京：譯林出版社，2002 年）。

175　王安憶：〈探視城市變動的潛流——王安憶談長篇新作《富萍》及其他〉，頁111。

移」[176]。這種遷移類型引起了城市人口的大幅度增長，即「人口城市化」過程。所謂人口城市化，實際就是變農村人口為城市人口，或變農業人口為非農業人口，又農村居住變為城市居住的人口分佈變動過程。[177] 在這種大幅度的「城市化」變動中，社會文化問題層出不窮。然而，〈富萍〉的獨特之處在於，她的出現，恰恰是在中國 1957 年頒佈戶籍制度，限制人口自由流動之後。這時的上海的人口情況已相對飽和，外來移民的處境相當艱難。如鄭鵬指出：富萍是一點點擠進這座城市的，這是個敲楔子的過程，只要有一線縫隙就可以暫時停留，它便撐在那裏，與四周的新環境衝撞相摩擦，直到完全進去，與整件木器融為一體。[178] 在這艱難的「擠」的過程中，富萍上下求索，也給她（讀者）提供了一個機會，全面地接觸了上海中底層社會的各種遭際的移民人群，以及其中鮮為人知的生活環節。

富萍首先接觸到的是「奶奶」。奶奶的身份，是一個保姆，也是這座城市典型的移民人群之一。

> 奶奶說話口音已經變了，不是完全的家鄉話，但也不是上海話，而是夾了上海話的鄉音。她走路腰板挺直，坐在椅上吃飯做事腰板也是直的，但一旦彎下腰，那又開腿下蹲的姿勢，就有了鄉下女人的樣子。奶奶的五官也是這樣。她是那種不怎麼鮮明的疏眉淡眼，有些富態，也不再像是一個鄉下女人。但當說話時，下唇微微前凸，上唇有點吊，露了點齒，依稀又變成了鄉下的潑辣的女人。……總之，雖然在上海生活了三十年，奶奶並沒有成為一個城裏女人，也不再像是一個鄉下女人，而是一半對一半。這一

176　彭勛：《人口遷移與社會發展——人口遷移學》，頁 186。

177　劉錚主編：《人口理論教程》（北京：中國人民大學出版社，1985 年），頁 251。

178　吳義群等：〈文本化的「上海」——新長篇討論會之二：王安憶的《富萍》〉，《小說評論》第二期（2001 年 3 月），頁 25。

半對一半加起來，就變成了一種特殊的人。她們走在馬路上，一看，就知道是個保姆。[179]

　　奶奶身上這種「一半對一半」的特徵，有其代表性，更具文化意味。這一個體所表現出的依然是文化變遷中「涵化」的結果：在上海生活了幾十年，她並未變為一個徹底的「上海人」，而是有所保留。在上海的光聲影色中，保留了鄉土性，表現出兩種文化形態的勢均力敵。奶奶這樣一個「城鄉混合體」的文學形象，在王安憶的移民書寫中也並非孤立，而有其淵源。如〈鳩雀一戰〉中的「五十七號阿姨」，「他們大都是年輕時守了寡，後者男人沒有出息，荒唐，沒有兒子的。」[180] 他們雖然長期居住城市，卻在心理上與之隔閡，無法終身交託，而是過繼了別人的孩子，為自己葉落歸根、告老還鄉作好打算。從本質上來說，之於城市，他們仍然只是一個「暫居者」。而在小說第四節，作者又塑造了另一個保姆形象：「呂鳳仙」，與之對應的是〈鳩雀一戰〉中的「小妹阿姨」。他們一般以東家太太的陪房娘姨的身份進入上海，主人失勢後，則為別人作幫傭。這類保姆形象在人格上表現得更為獨立：「在老東家的生活，是給她提供了一件資本，提高了她的身份，她雖然是幫傭，可和別的幫傭又不同，是吃自己飯的。不像奶奶她們，住人家的家，吃人家的飯的。」[181] 同時，她們對於城市的態度十分明朗決絕：不存養兒防老的心，與鄉土徹底劃清界線。她們所崇尚的價值觀念是「人只要有了鈔票，總會有辦法的」，更加明確地勾勒出了其「貨幣至上」的城市人心態。她們已徹底融入了上海的中底層社會，更加接近於土生的「小市民」形象。

　　然而，除卻心態上的差異，保姆這個城市移民群體仍有其共性。如同作者自己的評述：

179　王安憶：《富萍》（長沙：湖南文藝出版社，2000年），頁5。
180　王安憶：《富萍》，頁5。
181　王安憶：《富萍》，頁41。

> 保姆真是這城市信使一般的人物，也有些像奸細，她們可以深入
> 到主人的內房，以她們獨特靈敏的嗅覺，從一切蛛絲馬迹上組織
> 情節，然後再將這情節穿針引線似地傳到這家又傳到那家，使這
> 裏的不相往來的家庭在精神上有了溝通。[182]

「城市信使」這個詞，十分傳神。保姆的出現，一方面如上文所言，帶來了資訊的交流與傳遞，為新的移民家庭融入上海的主流文化起到了推動與引領作用。這是橫向意義上的，二則以縱向觀，保姆因為自身的閱歷，見證了這座城市的變遷，不期然地成為聯繫城市新舊時代的鏈條。她們將這座城市的文化淵源與精髓帶入新移民的家庭，擔當了另一層面「信使」的職責。

「奶奶」對於她的機關幹部的東家進行了潛移默化的影響，很快地，「他們很適應上海的生活，在奶奶這樣的保姆的指導下，他們的吃穿起居很快就和上海市民沒甚麼兩樣了。」[183] 而就呂鳳仙而言，「她老東家是甚麼樣的人家？過着的是甚麼金枝玉葉的生活？她只要拿一隻角來，便可讓普通人家折服。因此，弄堂裏的人家，要有重要的事情，都來請呂鳳仙。……呂鳳仙是最懂的。」[184]

保姆因為自身的生活環境與習慣，在價值取向上，「她也和鬧市中心的居民一樣，將那些邊緣的區域看作是荒涼的鄉下，其實，在那邊緣的地方，比如閘北、普陀，倒是她們家鄉人的聚集地。……但奶奶與他們向不往來，她也有市中心居民的成見，認為只有淮海路才稱得上上海。」[185] 奶奶的態度，傳遞出的文化資訊是弔詭的。一方面，她視揚州的鄉下為自己的終老歸屬之地；另一方面，卻不認同建基於城市的這片「鄉土」。而富萍的「舅舅」，則是後者所指代的鄉土移民群落中的一員。

---

182 王安憶：〈紀實與虛構〉，頁158。
183 王安憶：《富萍》，頁15。
184 王安憶：《富萍》，頁41。
185 王安憶：《富萍》，頁5-6。

　　李靜認為，在中國目前的移民活動中，最有代表性的文化差異有兩種，一是鄉土文化與城市文化的差異，二是不同地域文化的差異。[186] 而這種差異性的存在，在一定程度上也反映了城市移民的遷移適應類型。遷移適應指的是移民與周圍環境建立並維持相對穩定的和諧關係的過程。大體分為兩種情況：一種是遷移者努力使自身適應遷入地的新環境和各種新情況，個體遷移的移民這類情況較多；另一種是將遷入地的中小環境改造成為自身所熟悉的遷出地的形式，這在大規模移民時較容易發生。[187] 奶奶與舅舅的生存形態，非常生動地向我們展示了這兩種遷移適應類型。前者如「奶奶」之類的保姆，因身處城市中心區而積極融入；後者則是因為原居地的社會經濟原因，在城市邊緣形成了群體遷移聚居區。

　　富萍的舅舅生活在上海閘北的棚戶區，職業是垃圾船的運輸工人。這裏作為工人的聚居區，也是有歷史傳統的。法國上海史專家白吉爾（Marie-Claire Bergère），在其專著中寫道：像歐美國家的大城市一樣，上海的工人聚居區都被移到城郊結合部：北面的閘北和東面的楊樹浦，西面在公共租界邊界的極司菲爾路（今萬航渡路）一帶及華界的曹家渡，南面分佈在南市的周邊地區。雖然一些工廠為員工修建了住宅區和宿舍，但許許多多的勞工和剛從鄉下來的苦工不得不住在極簡陋的房子裏。[188]

　　然而，這裏也因此成為了外地移民的地域性居住群落，帶有了其獨特的群體文化特徵。在這一點上，是十分鮮明的。王安憶就上海的移民區域性劃分，也曾有如下表達：

　　　　我們使用的不是上海話，而是一種南腔北調的普通話。這樣的語言使我們在各自的學校和里弄裏變得很孤獨，就像是鄉巴佬似的。當然，假如是在上海的徐匯區，事情就又是另一番面目。徐匯區

186　李靜：〈中國的移民與同化〉，《中國社會科學季刊》總第十六期（1996 年 8 月），頁 31。
187　彭勛：《人口遷移與社會發展——人口遷移學》，頁 293。
188　白吉爾：《上海史：走向現代之路》（上海：上海社會科學院出版社，2005 年），頁 259。

是同志們比較集中的區域，許多重要的學校裏，是同志的孩子們的天下，普通話是他們的日常語言，假如有誰說上海話，就會歸於小市民之流，小市民在那裏受到普遍的歧視。

在上海城市邊緣的有些區域，比如楊浦、普陀，則又是以蘇北話為主，紀念着他們在戰亂與饑荒中離開的故鄉。他們是撐着船沿了蘇州河進上海的一群，在上海的郊野安營紮寨，形成部落似的區域。在那裏的學校，倘若不說蘇北話，便將遭到排斥，這就是上海這城市的語言情況。[189]

作家以「語言」作為地域差異的符碼。這些區域之間，彼此非常獨立，各為系統，甚至在價值觀念上也是相互排斥。王安憶將這種觀念在小說〈富萍〉中復現：

他們都是蘇北籍貫，也不都是，有那麼幾個不是的，也跟着說蘇北口音。走進他們的住宅區，就好像走進一個村莊。他們比村莊還抱團，還心齊。一家有事，百家相幫。在這裏是這樣，走再遠還是這樣，他們的鄉音就又是一個標誌，標誌他們來自於同一個部落。聯姻，又使他們的聯繫更加緊密和穩固。[190]

地緣性使得這個地處邊緣的上海區域表現出較本土更為堅實的凝聚力，完整地保留本鄉所屬的原有的文化形態、生活方式甚至語言習慣。其對於城市的主流文化的影響與侵入是相對封閉的，同時也是消極抗拒的。但是，他們對於上海的主流文化，又是心存欽羨的。首先，反映在這些邊緣群落對於「上海」二字的詮釋。在「請奶奶看戲」一節，舅媽去市中心探訪奶奶，王安憶在文中寫道：

---

189 王安憶：〈紀實與虛構〉，頁 151-152。
190 王安憶：《富萍》，頁 106。

奶奶所住的淮海路，在他們住閘北的人眼裏，是真正的上海。所以，舅媽穿過棚户間的長巷，遇着人問她上哪裏去，她就朗聲答道：到上海去。[191]

作者借敍事者的聲音作出價值判斷，是具有代表性的，也與奶奶「認為只有淮海路才稱得上上海。」遙相呼應，形成了上海市民的某種共識。對此，叢坤赤評述道：上海究竟是指哪裏，它的範圍究竟有多大，沒人能說得清。在鄉下人看來凡是叫做上海的便是上海了。可是閘北人看來只有淮海路才稱得上真正的上海。而你若是去問問那些淮海路上的保姆，他們保準會說只有東家而且只有那種老式的東家才可以算是地地道道的上海人，「上海」在這裏已不再是一個地域名詞，而是一種格調，一種氛圍，就像是迷漫的輕煙，海中隱現的蜃樓，很美，卻是浮着漂着的。[192]

上海所指代的格調，恰是這座城市多年的文化積澱所帶來的吸引力。這種吸引力形成了一種子集與母集的發散關係：愈是在內圍的人，對這種文化積澱的了解愈是深透，「上海」作為一個文化概念所指代的範圍就愈加狹窄。

而所有在外圍的人，對狹義的上海，都有着一種強烈的嚮往。富萍卻是一個例外，她最終背棄了婚約，選擇了梅家橋這個上海最邊緣的貧民區作為自己的移民落腳點，其中反映了作者對於上海的另一種詮釋。王安憶將自己的移民書寫指向邊緣空間，正是對上海敍事的超越與改寫。

而這種邊緣化的敍述方式，也令作者為上海移民塑造群像的意圖，有了更為豐富與廣闊的背景：

還有一個東北的小腳老太，穿一身黑布袍，頭上戴一頂黑帽子，帽子的前方鑲了一塊玉，臉上有麻子。這樣一個老太，走到富萍

---

191 王安憶：《富萍》，頁 157。
192 吳義群等：〈文本化的「上海」——新長篇討論會之二：王安憶的《富萍》〉，頁 28。

的揚州鄉下，都是不合適的，可走在這條街上，卻沒甚麼，很自然。沒人把她當怪物，多看一眼。她身上散發出濃烈的蔥蒜和酵粉的氣味，説一口東北土話，可依然有人與她搭話，這條街其實很雜，甚麼樣的人都有。這些人，全都是勞作的，操持着各色生計。這些生計形形種種，非常豐富，它們開拓着富萍的眼界。[193]

談及上海移民群落的多元性，葉孝慎曾感嘆道：這就是這個城市的一個特徵。一方面有吸納力容納力，另一方面也是六十年代的上海給我的印象，甚麼顏色都有。[194]上海在包容了移民個體的同時，又以其強大的文化同化力賦予個體發展更為廣闊的可能性。如在〈富萍〉中出現的寧波籍移民「太太」。作為一個典型的舊式大家庭的家長，太太以專制的姿態一手決定兒孫輩的前途——承繼家業「學生意」。然而，二孫子卻「硬是要讀書」，「到了孫輩身上，太太到底手軟了些，太太是個識時務的人，這時代，又是在上海，小孩子都興受教育，她就讓他們受教育吧。」[195]

王安憶以一個移民家庭甚或數個移民「部落」，以城市縮影的方式透視出「移民」與上海之間猶如魚水的聯繫。作為一座由移民文化所建構的現代城市，上海為文化變遷與融合提供了溫床，同時亦成為區域性價值體系乃至生存觀念的角力場。苦辣酸甜，王安憶可謂深諳其中三昧。其經年着意於以小說文本所投射出的「移民上海」，因此成為其城市敍述中不可或缺的一環。

193　王安憶：《富萍》，頁 35。
194　葉孝慎：《上海舊影——移民世界》（上海：上海人民美術出版社，1999 年），頁 21。
195　王安憶：《富萍》，頁 192。

第三章

城與「他者」

第一節
「尋根」中隱現的缺席歷史

在我睜開眼睛看這城市的時候，這城市正處在一個交替的時節。一些舊篇章行將結束，另一些新篇章則將起首。[1]

—— 王安憶

王安憶作為一個「坐在馬桶上」來到上海的移民後代，在這座城市體會到了時間與空間雙重的交替感。這種感覺綿延於其成長歷程，並在文學創作中，內化為主體建構層面長期存在的自我認同的文化焦慮。

在早期的「雯雯系列」中，王安憶以人生體驗為基石，對「我」進行了省思與追問。而進入了八十年代中期，中國文學總體的發展態勢無疑為這種省思的成熟與轉型提供了某種契機。

我再也不甘心在自己的經驗中看待生活了。我曾經有幸拉開了一段距離來看這生活，我覺出我自己的經驗是淺而狹隘的。[2]

王安憶曾坦率地表達了其間於藝術探索中的苦悶：如今，新的角度，更

1　王安憶：《尋找上海》（上海：學林出版社，2001 年），頁 35。
2　王安憶：〈歸去來兮〉，載王安憶著：《獨語》（長沙：湖南文藝出版社，1998 年），頁 25。

高的一級，隱隱約約地閃現在我的前邊，我看到了它，卻觸摸不到它。[3] 而新時期文學所倡導的思想核心，即「人與社會的關係」，這無形中與王安憶對更為寬闊的創作視野的期待有了呼應，並為作家着眼「我」以外的世界反觀自我創造了切入點。同時，對主體追尋的渴望亦得到出路，王安憶由此同眾多當代作家百川會海，躋身於「尋根」的文學大軍，可謂適逢其時。

「文化熱」自 1977 年進入新時期文學，文化尋根成為其中延續頗久的重要文學思潮。1980 年初，在強調階級鬥爭的「新文化」文藝政策落潮的背景下，汪曾祺（1920-1997）、劉紹棠（1936-1997）等人的作品，尚致力對五四以來鄉土文學創作傳統承繼與重塑。至 1985 年，以知青作家韓少功（1953-）、阿城（1949-）等人形成的作家群，則真正樹立起「尋根」的鮮明旗幟。

「尋根」的初衷，整體上可視為內外因素交相作用的結果。由外而言，來自拉丁美洲魔幻現實主義的直接影響。馬爾克斯（Garcia Gabriel Marquez, 1927-2014）的作品《百年孤獨》（*One Hundred Years of Solitude*）獲得諾貝爾文學獎，從而成為拉美文學爆炸的頂點，並客觀上刺激了中國的作者從文化邊緣走向中心的慾望。同時，就八十年代初期中國內部文化傾向而論，年輕的文化人已意識到在多年的政治掌控的壓制之下，傳統文化發生嚴重斷層，無以為繼。[4] 而對文化斷裂的挖掘與接續，也成為恢復文學「主體性」的關鍵所在。

斯圖亞特·霍爾（Stuart Hall）曾提出思考文化屬性的兩種不同方式。其中一種思考方式，認為文化屬性反映我們共同的歷史經驗與共享的文化符碼，提供我們——作為一個民族——穩定、不變與持續的指涉及意義架構。[5]

3　王安憶：〈歸去來兮〉，頁 26。

4　阿城曾提及五四至文革的文化斷裂問題：五四運動在社會變革中有着不容否定的進步意義，但它較全面地對民族文化的虛無主義態度，加上中國社會一直動盪不安，使民族文化的斷裂，延續至今，「文化大革命」更其徹底，把民族文化判給階級文化，橫掃一遍，我們差點連遮羞布都沒有了。參見阿城：〈文化制約著人類〉，《文藝報》（1985 年 7 月 6 日），第 5 版。

5　Stuart Hall. "Cultural Identity and Cinematic Representation." *Framework* 36(1989a): p.69.

　　而中國文化人對於「尋根」的思考，正實現了對其自身文化屬性的界定。這種思考的路向是由外至內的，但是最後以「民族傳統」為交集合為一轍。

　　檢視中國「尋根」文學的生發脈絡，其以文學創作為先導。1983 年鄭義（1947-）的中篇小說〈遠村〉；賈平凹（1952-）在 1983-1984 年陸續發表的〈商州初錄〉與〈商州又錄〉；阿城在 1984 年發表的〈棋王〉，先後獲得巨大反響。[6]而 1984 年 12 月，由《上海文學》發起，在杭州西湖舉行的「杭州筆會」，則被視為「尋根」文學發展的重要里程碑。此次筆會之後，由韓少功率先提出了「尋根」口號，[7]明確了「文學之根應深植於民族傳統文化的土壤裏」的創作理念，並得到了文學同仁的響應。[8]而對於「根」本身的定義，存在理念分歧，如李杭育（1957-）認為「規範的、傳統的根，大多枯死了……規範之外的，才是我們需要的根。」[9]這也引起評論界對於「尋根派」一詞涵義的維度產生質疑。雷達在〈民族靈魂的發現與重鑄——新時期文學主潮論綱〉中，在肯定了「尋根派」的巨大影響的前提之下，認為「『尋根派』的名稱因其自身的狹義，可能會日益淡化。」[10]這是一種警示，將「尋根」拉回到新時期文學人本主義的軌道中來，試圖將其對「民族傳統」的恢復放置於文化覺醒的敘事背景之下。而李慶西則將「尋根」文學的藝術指歸總結為：「真正具有創造性的小說，應當突破規範文化的限制」[11]，其本質上

6　此外，烏熱爾圖關於鄂溫克族狩獵文化的系列作品，李杭育的「葛川江」系列和鄭萬隆的「異鄉異聞」系列，陸續刊載，為尋根文學創作理論形成提供文本準備。

7　「尋根」一詞，最早出現於 1984 年李陀致烏熱爾圖的〈創作通信〉一文，內文道：我近來常常思念故鄉，你的小說尤其增加了我這種思念。我很想有機會回老家去看看，去「尋根」。參見李陀：〈創作通信〉，《人民文學》第三期（1984 年 3 月），頁 124。

8　參見李杭育：〈理一理我們的「根」〉，《作家》第九期（1985 年 9 月），頁 75-79；阿城：〈文化制約人類〉，《文藝報》，1985 年 7 月 6 日；鄭義：〈跨越文化斷裂帶〉，《文藝報》，1985 年 7 月 13 日；鄭萬隆：〈我的根〉，《上海文學》第五期（1985 年 5 月），頁 44-46。

9　李杭育：〈理一理我們的「根」〉，頁 78。

10　雷達：〈民族靈魂的發現與重鑄——新時期文學主潮論綱〉，《文學評論》第一期（1987 年 1月），頁 26。

11　李慶西：〈尋根：回到事物本身〉，《文學評論》第四期（1988 年 7 月），頁 15。

肯定了尋根派的價值取向，即對文學主體性的重建。

在這一文化語境之下，作為「尋根」文學的表表者，以「仁義」為內核的〈小鮑莊〉，無論從文體到內容，都十分應景。它的出現，一方面再次證明「尋根」，是中國新時期作家的一次集體性的文化選擇。而作為一個理性的作家，〈小鮑莊〉的成功，也肯定了王安憶在長期的文化焦慮後的轉型。王安憶將之與自己的個人經歷關聯。1983 年參加愛荷華大學的國際寫作計劃，美國之行為王帶來了異文化碰撞之後的反思：

> 有片大陸，才被人開發兩百年，於是覺出了四千年的漫長……回到了我熟悉的土地上來。我那麼自然而容易地與它親近起來，習慣了起來……[12]

民族身份的自我認同，促使王安憶非常自然地投身於尋根文學的大潮之中，並後來居上。然而，對於〈小鮑莊〉的主題選取乃至虛設的敘事場景，也有學者表示質疑。王德威稱之為「亦步亦趨，複製尋根神話」[13]，郜元寶則指出：王安憶寫農村背景的〈小鮑莊〉時，其實離開了她安身立命的創作溫床，筆觸再好，也顯得扞格不入。[14] 而值得注意的是，在〈小鮑莊〉之後，王安憶不再重複類似題材的書寫。或言之，放棄了大多數尋根作家一意執着邊陲民族的邊緣化審美取向，而投身於關乎自身的「家族史」的追問之中。客觀地說，這時的王安憶，並非缺乏「尋根」的自覺，而是將根的觸鬚深入自身，完成了由民族主體的追尋到個人主體性確立的置換，而兩者間卻又彼此滲透。

以〈我的來歷〉、〈遇險黃龍洞〉為開端，王安憶投入了對母系與父系

12　王安憶：〈歸去來兮〉，頁 25-26。

13　王德威：〈海派作家，又見傳人〉，載王德威著：《現代中國小說十講》（上海：復旦大學出版社，2003 年），頁 286。

14　郜元寶：〈人有病，天知否〉，載郜元寶著：《拯救大地》（上海：學林出版社，1994 年），頁 142。

家族的實證追尋，並在其後念茲在茲。何以如此，可以在王安憶的自我身份認同中尋找答案。王將自己定義為一個「外來戶」，自感無法徹底融入自己的生存情境——上海的城市生活中去。因為無根基，沒有親友。沒有複雜的「社會關係與歷史淵源」，[15] 由此而生一種名不正、而言不順的書寫焦慮。王安憶對生命本體的一再追問，在文本中體現為其對確立成長譜系中座標執着的努力。父系的一軸，這種努力是失敗的。在〈我的來歷〉一篇中，因個體的身份依託，王安憶曾經對父族的產生親近感。

> 有一次，有人問我是甚麼地方人，我忽然覺得自己該是新加坡人才合適。就大聲說道：「我是新加坡人！」不料被姐姐照着後腦打了一掌。厲聲呵斥道：「瞎講！」還附上了一個深深的白眼。過後姐姐慢慢地對我說：「新加坡是外國，而我們是中國孩子。」[16]

對幼小的敘事者而言，這是一次家族與國族認同的雙重打擊，引發了血緣、民族乃至國族之間的重疊與背離的思索。王安憶由此產生出濃重的孤兒意識。在對父族的追問中，這種意識具化為父親的出生地——新加坡所指代的「島嶼」意象，並集中於中篇小說〈傷心太平洋〉，屢被提及。

> 島嶼像一個孤兒，沒爹沒媽，沒有家園。太平洋上的島嶼，全有一種漂浮的形態，它們好像海水的泡沫似的，隨着波濤湧動。[17]
> 於我父親那樣的島嶼青年，還是一個孤獨的年代，孤獨是這島嶼長年的表情。[18]

---

15 王安憶：〈紀實與虛構〉，載王安憶著：《米尼》（北京：作家出版社，1996年），頁63。

16 王安憶：〈我的來歷〉，載王安憶著：《小鮑莊》（上海：上海文藝出版社，1986年），頁120。

17 王安憶：〈傷心太平洋〉，載王安憶著：《香港的情與愛》（北京：作家出版社，1996年），頁313。

18 王安憶：〈傷心太平洋〉，頁317。

　　反覆被描述的，還有父親「看海」的動作。這種棄兒望鄉的意象，以遠距離觀照的姿態，強化了「我」與當下生活的城市之間的隔膜感。在對父親的敍述中，上海是缺失與沉默的。父親的存在，無法為作家帶來家園的歸依感，甚至在其自我認同中是缺席的。

　　「我父親來自很遠的地方，早與他的家斷了消息，對於他的身世，他是一問三不知，他就像是石頭縫裏蹦出來的。直到遇上我母親，有了我，他才開始了歷史。」[19]

　　〈紀實與虛構〉與同時期其他作家以「父系」為基準的家族史創作相比，顯然是個異數。父親之於上海，是個毫無關聯的外來者，出生於孤兒一樣的島國。「在我父親那邊，是別指望有甚麼線索的，他來自很遙遠的地方，為我與這城市的認同，幫不上一點忙。」[20]而作者又坦率地表白將「母親作為我們家正宗傳代的代表，這其實已經說明我的追根溯源走上了歧路，是在旁枝末節上追溯，找的卻是人家的歷史。」[21]對於寫作者而言，這是非常尷尬的兩難境地。而這種局面，終於又因為母親這一個體「孤兒」身份的暴露而激化。「在一個孤兒的一生中，她將無數次地切斷歷史，因她無牽無掛，不需要對任何人負責，她走到哪裏算哪裏。上海就這樣被我母親拋棄了。」[22]

　　從某種角度來說，王安憶將〈紀實與虛構〉的副標題命名為「創造世界的方法」，正是雙重的「孤兒」心理導致的背水一戰：

> 她所在的位置十分不妙。時間上，她沒有過去，只有現在；空間上，她只有自己，沒有他人。……這個城市裏的孩子都具有邏輯頭腦，推論對他們不在話下。再後來，她又發現，其實她只要透

19　王安憶：〈紀實與虛構〉，頁393。
20　王安憶：〈紀實與虛構〉，頁160。
21　王安憶：〈紀實與虛構〉，頁164。
22　王安憶：〈紀實與虛構〉，頁186。

徹了這縱橫裏面的關係，這是一個大故事。這縱和橫的關係，正
是一部巨著的結構。[23]

與蘇童（1963-）、莫言（1955-）等人的家族史建構不同，王安憶的
敍事表現得更為切實，因為有着關乎自身的切膚之痛。王捨棄了全知敍事人
的冷漠口吻，以尋訪者的角色出現在文本中。小說的後設格局更加將作者個
人的心靈史絲絲入扣地融入了家族史的建構之中，形成「恢宏緊湊的對話關
係」。[24]

橫向的個人史章節關乎敍事人在上海這座城市的成長經歷，平實冷靜，
巨細靡遺；縱向則捭闔於自北魏始的母系家族淵源，浮想聯翩，渾然天成。
將「人生性質的關係」與「生命性質的關係」以「交叉的形式輪番敍述」[25]，
最後兩軸以「茹家漊」作為交匯，達成了作者個人尋根的終點。

王安憶曾經說過，自己與張愛玲秉承不同的世界觀。張愛玲是虛無的，
所以她要抓住感性而實在的東西，「在生活和虛無中她找到了一個相對平衡
的方式。」王安憶在本體經受着身份追問的煎熬時，有着更加令人無可釋懷
的虛無感，而她的採取是直面的態度，「即使前面是虛無」，「也要過去看一
看。」[26] 王安憶將對虛無感的體悟以認同隱痛的方式在作品中呈現。〈紀實與
虛構〉作為龐大的文字工程，正是王安憶抒解虛無感的策略。由孤獨而導致
的還鄉情結，逾越了現實生活，便將觸角深入歷史的虛構之中，以虛構充實
了虛無。「茹家漊」是王安憶的主體建構虛設的烏托邦，同時也為其進行地
域認同尋找了一個基點。

在小說文本中，我們發現了「母系」史值得關注的功能──其成為作家
在「主體」之外設定的「他者」，並以此將「我」從身份定義的虛無感中解

23　王安憶：〈紀實與虛構〉，頁 155。

24　王德威：〈海派作家，又見傳人〉，頁 284。

25　王安憶：〈紀實與虛構〉，頁 431。

26　周新民、王安憶：〈好的故事本身就是好的形式──王安憶訪談錄〉，《小說評論》第三期
　　（2003 年 7 月），頁 38。

救出來，亦為自我意識產生與鞏固的淵源。誠如黑格爾（Georg W.F. Hegel, 1770-1831）所言：「自我意識是自在自為的，這由於，並且也就因為它是為另一個自在自為的自我意識而存在；這就是說，它所以存在只是因為被對方認可。」[27] 以上文字點明了自我意識的存在對於「他者」的依賴。對於王安憶而言，個體的「尋根」與地域「尋根」相輔相成。個體尋根的缺失感，投射於對於上海的地域認同，且貫徹始終。在文本中對虛擬歷史的參照並於其中的座標定位，使得自我／城市二者身份，在主體確立的層面上形成了疊合。城市最終成為王安憶情感投射中的另一個「自我」，而這種轉化亦使城市史以「他者」的姿態自然地出現於王安憶的小說書寫中。

> 我曾在一篇小說的開頭，寫過這樣一句話：我們從來不會追究我們所生活過的地方的歷史。其實，要追究也難，這樣的地方與現實聯繫得過於緊密……
>
> 我真的難以描述我所居住的城市，上海，所有的印象都是和雜蕪的個人生活攪和在一起，就這樣，它就幾乎帶有隱私的意味。……在當時尋根熱潮的鼓動下，我雄心勃勃地，也企圖要尋找上海的根。我的那些尋根朋友們騎着自行車沿黃河而下，聽年逾古稀的老人講述村莊的歷史和傳說，還有些尋根者似乎是更早在插隊落戶的時期，就已被民間的習俗吸引，如今再回頭去發掘出其中的涵義。更有的是學習考古的專業，得先天之便利，首先進入了發源的地域。與他們相比，我的尋根就顯得不夠宏偉。第一，是所溯源的淺近，當這城市初具雛形的時候，已到了近代，它沒有一點古意，而是非常的現世；二，我的尋找缺乏浪漫氣息，我只是坐在圖書館裏閱讀資料，因為它的短暫，還不及留下遺跡，即便有遺跡，也即可淹沒在新的建設之中。這個誕生於現

---

27 黑格爾：《精神現象學》（北京：商務印書館，1981 年），頁 122。

代資本的聚斂之上的彈丸之地，它的考古層在推土機下，碾得粉碎。我只有閱讀資料。[28]

　　嚴格來說，以地理學角度論，上海地區的歷史不可謂短。知名歷史學家唐振常曾洋洋八十五萬言撰成《上海史》一書，將上海可考歷史上溯至三代。「據晉賀循《會稽記》說：『少康，其少子號曰於越，越國之稱始此』，少康之子在越傳國二十餘代，歷殷至周，在周敬王時，有越候夫鐔，他的兒子名允常，拓展疆域，自稱越王。他拓土到今上海地區的南部，古海鹽縣全境都屬越國。」[29]「天寶十年（751 年）吳郡太守趙居貞奏請朝廷，割本郡昆山縣南境、嘉興縣東境、海鹽縣北境之地，立為華亭縣。」[30] 華亭縣東北境的華亭海，即今上海市區。自北宋熙寧年間設上海務。「至元十四年（1277 年）在上海、澉浦、慶元三處設立市舶司」[31] 因元世祖起，即重視海上貿易，鼓勵舶船往來，上海始以新興海港示人。《法華鄉誌》曾指明：「上海一隅，本海疆甌脫之地，有元之時，始立縣治於浦濱，斥鹵方升，規模粗具。自明至讓清之初，均無所表見。」[32] 乾隆《上海縣誌》指出，自海關設立，凡遠近貿遷皆由吳淞口進泊黃浦。城東門外舟櫓相接，帆檣比櫛。[33]

　　當上海在歷史進程中定性為商業城市時，才開始凸顯其獨特意義。然而，商業城市的性質，也決定其無法進入以農耕文明為根基的中國傳統文化的內層，在文化歸屬上停留於邊緣。這也就解釋了為何上海與蘇州、杭州、寧波等城市近在咫尺，卻未曾完全融入吳越文化等區域文化的體系之中。王安憶的尋根路，之所以艱難，也正因於此。上海的形成與特色，並非以「古

28　王安憶：〈尋找上海〉，載王安憶著：《尋找上海》（上海：學林出版社，2001 年），頁 1-2。

29　唐振常編：《上海史》（上海：上海人民出版社，1989 年），頁 6。

30　唐振常編：《上海史》，頁 16。

31　宋濂：《元史・食貨二》（北京：中華書局，1976 年），頁 2401。

32　葛劍雄：〈創造人和——略論新時期上海的移民戰略〉，載蘇智良主編：《上海：近代新文明的形態》（上海：上海辭書出版社，2004 年），頁 20。

33　毛祥林：〈三略彙編〉，載上海社會科學院歷史研究所編：《上海小刀會起義史料彙編》（上海，上海人民出版社，1958 年），頁 808。

意」為依託。上海缺乏的並不是歷史,而是賦予上海獨特的「城市性」的歷史。正統的、可見於歷史資料的考古遺跡皆難以代表這座城市的發軔,而是作為其在不斷變動的推陳出新的過程中的「陳」被粉碎。當作者頓悟上海是「誕生於現代資本的聚斂之上的彈丸之地」[34],實際也已觸及了上海最根基處的本質。

李歐梵稱「上海象徵着中國的現代性進程」[35],而現代性也正是這座城市的精髓所在。張仲禮教授曾為法國學者白吉爾的《上海史》中文版作序,談及上海的現代性,並解析與「現代化」內涵相異之處:現代化只是表面上看到的東西,比比皆是的高樓大廈、高科技產品等都是現代化的表現,但這並不表示擁有這些實物的城市和個人都具有現代性,現代性是現代化在思維和行為上的體現,具有與時俱進的時代精神。[36]

上海在不到一百年的時間裏,已於二十世紀三十年代發展為號稱「世界第五大城市」的國際都會,也正是所謂現代性精神最直接而具象的註腳。作為中國城市中的異數,它的迅速崛起是中國近現代文化與經濟史上的奇跡。而這座由現代性所催生的城市又因與中國傳統文化價值觀念的隔閡而令人迷惘。上海所指代的「惡」與「美」在從左翼作家茅盾到新感覺派的幹將穆時英的筆下,得到最淋漓酣暢的書寫。而經過時間的洗煉,它所醞釀的發家傳奇,對於當代的中國作家,吸引力並未磨滅。

老上海之於王安憶,謂之若「夢」。提及以老上海為題材的中篇〈海上繁華夢〉,王安憶坦言:為寫這五篇小小的故事,我花費的時間與精力足以寫五倍於它們的文字。時間的隔離和經驗的貧乏,阻止了想像力。[37]這種艱難的寫作選擇也正凸現了王安憶對上海的體認與執着。從某種意義上說,因

34　王安憶:〈尋找上海〉,頁2。

35　李歐梵著,毛尖譯:《上海摩登:一種新都市文化在中國 1930-1945》(北京:北京大學出版社,2001年),頁5。

36　張仲禮:〈序〉,載白吉爾著:《上海史:走向現代之路》(上海:上海社會科學院出版社,2005年),頁2。

37　王安憶:〈一歲一本〉,載王安憶著:《獨語》(長沙:湖南文藝出版社,1998年),頁120。

了時空的阻滯，對於王安憶這樣的當代作家，將老上海定義為「夢」是不得已而為之。然而，卻有其恰如其分之處。在王安憶此後的上海書寫中，夢的意象得到貫徹。令其名聲大噪的〈長恨歌〉也曾初名為〈四十年遺夢〉[38]。上百年一覺的上海夢，正是這座城市的底裏。夢的浮華、夢的瞬息萬變、稍縱即逝正是這則現代神話的輪廓。王安憶以「夢」為根，實現了對這座城市的想像與觸摸。而這五個夢，也正寄託於現代性的情境之中，絲絲入扣。

〈漂洋船〉一篇，描述了北上的漳州移民的創業史。主人公阿昆落腳上海，最終發跡於海上貿易。篇末阿昆嘆道：這江口位於南北二洋之中心，四通八達，能走穿一個世界啊。[39] 這則寓言式的故事，借人生歷程，實則折射上海的城市淵源。

「漂洋」之術正是上海之成為「上海」的起點。關於上海之得名，說法不一，一是根據郟壇《水利志》，謂松江之南有大浦十八，其中有上海、下海二浦，今黃浦掩有上海浦，故得名上海；二是古代所說的海之上洋，今也稱海上，由上洋而得名上海；三是舊有華亭海之名，在青龍港湮塞後，中外商船都轉至此地登岸，故稱上海。[40] 然其所指，皆與水相關。上海因水而活，興於商貿，已是不爭事實。十九世紀中葉，上海的人口數已超過廣州，成為中國最大的通商口岸。[41] 而在城市貿易中擔任主要角色的則是那些被稱為「客商」的人——他們來自全國各地，從南方的廣東、福建到長江流域的安徽，以及華北各省。[42] 近代上海居民大部分來自外地，從十九世紀末到二十世紀

---

38 馬超：〈都市裏的民間形態〉，《天水師範學報》第一期（2001 年 2 月），頁 40。

39 王安憶：〈海上繁華夢〉，載王安憶著：《海上繁華夢》（北京：作家出版社，1996 年），頁517。

40 唐振常編：《上海史》，頁 23。

41 John King Fairbank. *Trade and Diplomacy on the China Coast: The Opening of the Treaty Ports, 1842-1854*. Stanford, Calif.: Standford University Press, 1969. pp.357-361.

42 Linda Cooke Johnson. *Shanghai: From Market Town to Treaty Ports, 1074-1858*. Stanford, Calif.: Stanford University Press, 1995. p.2.

中，外來移民已佔到上海城市人口的 80% 左右。[43]「南通閩粵，北達遼左，商賈雲集，帆檣如織，素號五方雜處」[44]，而上海獨特的邊緣文化特性，也正發軔於此。

〈環龍之飛〉構思甚為有趣，演繹了法人環龍在上海靜安寺所在地江灣試飛飛機的事件。自飛機起飛至墜落，作者只用寥寥數語，而大量筆墨卻花在上海市民引頸期待的場景上。這短短的一日，卻隱喻了上海傳統社會對於西方物質現代化從好奇到接受的複雜過程。唐振常曾指出：西方物質文化與精神文化俱來的同時，歷來中國人對於前者的接受和認同總易於後者，而近代上海有了租界此一實體，西方物質文化範疇（器物）和市政管理制度便能優先顯現。並將這一過程總結為「初則驚，繼則異，再繼則羨，後繼則效」。[45] 在〈環龍之飛〉中，上海市民對於飛機的「驚」是通過誇張的想像得以體現：

> 那上了天的又是個甚麼物件呢？有人講像一部車，有人講像一隻船，還有人説，大約是像一隻大鵬，有一對翅膀，那環龍嘛，就騎在大鵬的背上，像騎馬一樣。……傳到江灣的時候，變成是這麼一椿事情：這架飛機有着一百隻翅膀，翅膀的長法接近羅漢堂裏的千手觀音。[46]

由文化誤讀而導致如此誇大其詞，似乎可笑。然而，史載類似事例，卻不鮮見。租界開闢之初，上海的街頭照明，以煤氣燈為主，俗稱「自來火」，由於煤氣因地下鋪設管道而行，故又稱「地火」。1882 年，電燈開始在上海租界出現，1892 年，工部局建造發電廠。[47] 然而，當這些「夷狄之

---

43 胡煥庸：《中國人口·上海分冊》（北京：中國財政經濟出版社，1987 年），頁 49。
44 毛祥林：《三略彙編》，頁 808。
45 唐振常：〈市民意識與上海社會〉，《二十一世紀》第十一期（1992 年 11 月），頁 12。
46 王安憶：〈海上繁華夢〉，頁 521。
47 唐振常編：《上海史》，頁 252-253。

物」相繼出現的時候，卻引起軒然大波：「其初，國人聞者，以為奇事，一時謠諑紛傳，謂為將遭雷殛，人心洶洶，不可抑置。當道患其滋事，函請西官禁止，後以試辦無害，謠諑乃息。」[48] 電燈作為新事物終以其先進性消除市民的驚恐猜忌，而後為之羨，被奉為「賽月亮」。西方物質文明（諸如服飾、生活方式與市政建設等）以見微知著、潛移默化的方式漸漸深入人心，乃至影響了人們的思維習慣，直接地促進了上海的現代化進程。

然而，在〈環龍之飛〉中，王安憶卻實現了對以上過程的戲仿，極盡反諷之義。當圍觀的市民對空中龐然大物的倏然出現「初則驚，繼則羨」後，「人們才稍稍心定，魂魄歸來似的」，卻發現：

> 那飛機頗像一具竹篾紮成的螳螂，不由調笑起來，笑它果真也不過如此。[49]

這場試飛盛事終以墜機告終，成為大量的鋪墊之後一個措手不及的倉促結尾。似乎出其不意，又在情理之中，體現了作者對於上海西風東漸的反思。

侯翰如《從海上到上海 ——一種特殊的現代性》提出有意味的概念：「上海的現代性。這種現代性的形成是對於西方殖民主義在經濟和文化上的擴張和強權統治積極地回應和抵抗，從而開闢了一個凝聚了來自中國和世界各地的多元文化因素的新空間。」侯試圖從「全球性的」與「地方性的」結合的角度來解釋上海式現代性，認為它是不遵循西方式的理性主義發展模式的「另類」的現代化模式，預言這將構築非西方中心的全球文化想像的地點。並將之命名為「上海精神」。其內核是文化開放性、多元性、混合性和積極

48　胡祥翰：《上海小志》（上海：上海古籍出版社，1989 年），頁 333。
49　王安憶：〈海上繁華夢〉，頁 524。

的創新態度。[50]

〈玻璃絲襪〉與〈名旦之口〉皆是言商，前者寫萬貫家財，朝夕而歿；後者寫置於死地，而後復生。而〈陸家石橋〉以言情之表，行諷世之實。主題最為玄妙，亦真亦幻。

這組故事旨在說「夢」，變幻無常，奇異詭譎。夢的內核正是是舊上海的「性情」——西方的現代文明植根於中國的傳統土壤，生就了傳奇。亦可發現，兩種元素在故事中往往成對出現，〈漂洋船〉中媽祖娘娘與海上貿易；〈環龍之飛〉中的靜安古剎與飛機試飛；〈玻璃絲襪〉中的春日茶寮與玻璃絲襪；〈陸家石橋〉中的百年古橋與炸藥轟鳴；〈名旦之口〉中的絕色名旦與旅日醫生。無不是一新一舊的碰撞，或彌合，或交融。而上海的城市品格也便在這數個傳奇中建立與日益明晰。

與倏然而至的「西方」遭遇，「經過種種轉譯和誤讀，『現代性』已經置換成了『上海現代性』。」[51] 這一過程便是王安憶的上海書寫所致力尋找的上海之「根」。上海自己創造出的歷史譜系，也成為這座城市回首前塵的時候，在時空中或隱或現的「他者」。

50　侯翰如：〈從上海到海上──一種特殊的現代性〉，《2000 上海雙年展》（上海：上海書畫出版社，2001 年），頁 2。

51　薛羽：〈「現代性」的上海悖論──讀李歐梵《上海摩登：一種都市文化在中國 1930-1945》〉，《博覽群書》第三期（2004 年 3 月），頁 65。

第二節
上海與香港的鏡像之魅

　　當我們超越時間的維度，以空間一軸對上海進行考察，同樣會發現其作為城市的微妙且獨特之處。

　　如盧漢超所指出：在很多重要的方面，上海是強大而又充滿活力的傳統主義潮流的中心，傳統主義即中國本土事物的連續性或持續性。儘管如此，無論在中國人還是在外國人的頭腦裏，上海作為通商口岸的形象是揮之不去的。實際上，上海一直被持各種政治信仰的中國人刻板地看作是外國侵華的「橋頭堡」。在西方，這座城市經常被描繪成遊離於中國之外的孤島。[52] 事實上，因為類似成見，無論在中國的內部或外部，上海均以「他者」（the other）的形象而存在，身份定位顯得頗為尷尬。即便是嚴謹的學術著作，亦不乏將之稱為「中國本土上的一座外國城市」[53]

　　或言之，由於其城市品格的複合性，如何對上海的文化品質進行定位，如何對其作為一座中國城市的「他性」進行理解，則顯得尤其關鍵。這時，另一座城市因與上海在歷史、社會經濟文化等方面存在着緊密聯繫，並存在着可觀的相似性而進入我們的視野，這就是香港。近年來，滬港之間的比較研究漸成學界熱點。而李歐梵教授的〈雙城記〉提供了一種思路，以近現代

52　盧漢超著，段煉，吳敏、子羽譯：《霓虹燈外——二十世紀初日常生活中的上海》（上海：上海古籍出版社，2004 年），頁 283。

53　Nicholas R. Clifford. *Spoilt Children of Empire: Westerners in Shanghai and the Chinese Revolution of the 1920s.* Hannover, England: Middlebury CollegePress,1991. p.9.

期間滬港的政治文化格局來考察二者間互為「他者」的聯繫。香港作為「他者」之「他者」，亦為上海的城市身份的確立提供了一種參照。而在當代語境下，這種聯繫是一成未變還是另有拓展，給予我們相當大的思考空間。王安憶的小說中關於香港的書寫，則為我們呈現了文學文本分析的可能性。

弗洛伊德（Sigmund Freud, 1856-1939）曾經在〈論那咯索斯主義〉（"On Narcissism: An Introduction"）一文中，指明了主體與他者的肯定性關係，即鏡像作為同一性幻覺的存在。[54] 可以得到印證的是，上海在歷史文化場域中，對香港所寄予的「鏡像」意識，亦頗具其淵源。早在 1927 年，魯迅在〈再談香港〉一文中，以漫畫式的手法勾勒出香港的政治格局：「香港雖只一島，卻活畫着中國許多地方現在和將來的小照：中央幾位洋主子，手下是若干頌德的『高等華人』和一夥作倀的奴氣同胞。此外即全是默默吃苦的『土人』。」[55] 而這與其對上海租界的印象，如出一轍。[56] 楊剛（1905-1957）於 1938 年發表的〈上海寫給香港——孤島通訊〉，則以擬人化的手法，實現了二者的直接對話，將這種意識具象化了。

> 香港老哥：我們還未認真請教你過。我想你一定不會嫌我唐突吧。實在的，我們原有一點親。新近我家裏又有不少人走去打擾你，並承你大量寬宏的容納招待，不讓他們的手空也不令他們的筆閒着，這是合乎我的意思，他們都應該更忙一些，我謝謝你。我們還是有一點親，恐怕你還沒想到這一點，我卻老早知道了。我是半殖民地，你是殖民地，你在一個主人的腳下睡覺，我在幾

54　Sigmund Freud. "On Narcissism: An Introduction." *The Standard Editon of the Complete Psychological Works of Sigmund Freud.* London: Hogarth Press, 1953-1966. 14: pp.83-84.

55　魯迅：〈再談香港〉，載魯迅著：《而已集》（北京：人民文學出版社，1980 年），頁 137。

56　魯迅在〈現今的新文學概觀〉一文中寫道：那情形，外國人是處在中央，那外面，圍着一群翻譯，包探，巡捕，西崽……之類，是懂得外國話，熟悉租界章程的。這一圈之外，才是許多老百姓。參見魯迅：〈現今的新文學概觀〉，載魯迅著：《魯迅全集·第四卷·三閒集》（北京：人民文學出版社，1973 年），頁 132。

個半主人的手下撐持。我苦得很，我也精神得利害。過去是不用
說它了。[57]

「親」指明了其中的同一性關係，而「孤島」意象正指代了「鏡像」的
實質。這段話透露出的文化信息，將滬港兩地彼此關聯。中國建設民族國家
的現代性歷史進程中，二者在殖民勢力侵入下經歷了相似命運（也正是相
較於中國其他城市的「他性」之根本所在）。此文亦指出了1937年抗戰爆
發後的歷史事實：大批滬籍文化人南下，給香港帶來了新鮮空氣，香港成為
戰時文化中心。[58] 其中茅盾等作家在1938-1941年的抵港標誌着第一個南來
潮，這些人後來在香港成立了兩個組織——全國抵抗組織香港分部（1938-
1941）與中國文化協會（1939-1941）——以此來推動文學活動和散發抗日
傳單。[59] 而香港文化界亦因此開端了「上海化」過程。

同時，這封〈孤島通訊〉卻在篇末以上海的口吻對香港的境遇進行了判
斷：「我看我似乎比你有福氣一些」。因為「刺激，勞苦，困乏，興奮，激
憤天天換着花樣鞭策我」[60]。這是當時的上海文化界較為普遍的觀念，也是
攙雜着民族主義情緒的道德優越感的呈現，而相對極端的論述表現在屠仰慈
的〈寄懷上海〉中：

從來沒有一個地方給我的印象會有香港那麼壞。這也許說得有點
過火吧！但這裏某一些地方之充滿了令人作嘔的不自然的洋化和

57　楊剛：〈上海寫給香港——孤島通訊〉，載倪墨炎選編：《浪淘沙：名人筆下的老上海》（北京：
　　北京出版社，1999年），頁425。
58　其間，茅盾、葉靈鳳、戴望舒、蕭乾、楊剛、陸浮、夏衍等分別在《立報》、《大公報》、《星
　　島日報》、《華商報》等主編副刊。同期出版的文藝性雜誌有《大風》（陸丹林主編）、《時代
　　文學》（端木蕻良主編）、《筆談》（茅盾主編）等，參見劉蜀永著《香港史話》（北京：社會
　　科學文獻出版社，2000年），頁127。
59　參見盧瑋鑾著：《香港文蹤：內地作家南來及其文化活動》（香港：華漢文化事業公司，
　　1987年），頁53-133。
60　楊剛：〈上海寫給香港——孤島通訊〉，頁428。

某一些地方之充滿了下賤之尤的奴化，似乎也是實情。而更普遍
的充滿着貧困，無知，頑固，與墮落，當然用不着諱言。[61]
上海，自然也蘊藏着數不清的罪惡，泛濫着不可遏止的窮流；可
是大多數人的命運總還不曾落到那麼一個悲慘的絕境裏。自從小
小的租界不幸淪為孤島，上海的情景正同一具腐屍那樣在加速度
的霉爛，成千上萬的人都失去了一切，無家可歸，無以為生。那
境遇不見得比香港的人們好（也許更壞），但大多數的人能夠艱
苦在最惡劣的環境裏咬牙掙扎，知道自己是那麼樣的一批人，也
知道自己怎樣去自強，圖存。[62]

　　這種優越感在張愛玲的筆下則表現得更為明晰確定。張將香港定義為殖
民者觀照下的客體，以一味奉迎的姿態扮演着「寡廉鮮恥」的角色，試圖呈
現給「英國人」一個具體而微的中國：但是這裏的中國，是西方人心目中的
中國，荒誕、精巧、滑稽。[63]

　　在香港生活逾五年[64]的張愛玲，對這座城市有着可觸可感的認識。觀
察其對香港的書寫策略，會發覺其在敍事中頻繁地模仿殖民者的限知視角，
對城市進行物化呈現，反諷的意味不言自明。然而張主觀上則同時凸顯了自
己作為上海人的注視。在〈到底是上海人〉一文中，張的表白幾乎是宣言式
的：「我為上海人寫了一本香港傳奇……寫它的時候，無時無刻不想到上海
人，因為我是試着用上海人的觀點來察看香港的。只有上海人能夠懂得我的

61　屠仰慈：〈寄懷上海〉，載盧瑋鑾編：《香港的憂鬱》（香港：華風書局，1983 年），頁 157-158。
62　屠仰慈：〈寄懷上海〉，頁 158-159。
63　張愛玲：〈沉香屑·第一爐香〉，載金宏達、于青編：《張愛玲文集·第二卷》（合肥：安徽文藝出版社，1992 年），頁 2。
64　張初來香港是 1939 年，1941 年「港戰」爆發返回上海，共計居港兩年零三個月；1952 年 7 月二度赴港；1955 年 8 月赴港，1961 年 11 月再次來港，1962 年 3 月赴美，五六十年代居留香港共約三年半時間。參見羅卡著：〈張愛玲 · 香港 · 電影〉，載黃德偉編著：《閱讀張愛玲》（香港：香港大學比較文學系，1998 年），頁 246-249。

文不達意的地方。」[65] 以上表述的弔詭之處在於，「上海」對「香港」的優勢以殖民情境中的民族主體意識為指歸。李歐梵解釋為：對張愛玲來說，當香港在令人無望地全盤西化的同時，上海帶着她所有的異域氣息卻仍然是中國的。[66] 而當張愛玲將之內化為一種文化優越感，指出「香港沒有上海有涵養」[67] 時，卻時以邊緣化的且帶有利己主義色彩的小事件作為佐證，形成內涵與外延的落差。在〈燼餘錄〉的開首，張果斷地將這種落差合理化，「戰時香港所見所聞，唯其因為它對於我有切身的、劇烈的影響，當時我是無從說起的。現在呢，定下心來了，至少提到的時候不至於語無倫次。然而香港之戰予我的印象幾乎完全限於一些不相干的事。」[68]「不相干」無涉與民族大義，自然亦非關「正史」。「我沒有寫歷史的志願，也沒有資格評論史家應持何種態度，可是私下裏總希望他們多說點不相干的話。」[69] 如此開宗明義，已為張的香港印象定下了基調，即宏漠的政治大格局之下的人生瑣感。而這兩者間在張愛玲筆下的交接幾乎是觸目驚心的：「我們立在攤頭上吃滾油煎的蘿蔔餅，尺來遠腳底下就躺着窮人的青紫的屍首。」[70]「我記得香港陷落後我們怎樣滿街的找尋霜淇淋和嘴唇膏。」[71] 在死難者的身後，「我們這些自私的人若無其事的活下去了。」[72] 對「大」的冷漠規避與對「小」的執着成就了張愛玲的香港鏡像。

被列入「張派」譜系而屢屢撰文與張劃清界限的王安憶，在這一點上對張有所評議：「張愛玲的人生觀是走在了兩個極端之上，一頭是現時現刻中的具體可感，另一頭則是人生奈何的虛無。」「當她略一眺望到人生的虛

65　張愛玲：〈到底是上海人〉，載張愛玲著：《流言》（台北：皇冠出版社，1968年），頁57。

66　李歐梵著，毛尖譯：《上海摩登：一種新都市文化在中國1930-1945》，頁340。

67　張愛玲：〈燼餘錄〉，載張愛玲著：《流言》（台北：皇冠出版社，1968年），頁48。

68　張愛玲：〈燼餘錄〉頁41。

69　張愛玲：〈燼餘錄〉頁41。

70　張愛玲：〈燼餘錄〉頁48。

71　張愛玲：〈燼餘錄〉頁43。

72　張愛玲：〈燼餘錄〉頁51。

無，便回縮到俗世之中，而終於放過了人生的更寬闊和深厚的蘊含。從俗世的細緻描繪，直接跳入一個蒼茫的結論，到底是簡單了。」[73] 雖則張愛玲有其「不要徹底」的名言作為人生觀的「底」，然而在這種人生觀的輻射之下，所呈現出的世俗的香港鏡像，有如闊大的鏡框中的玻璃碎片。這種印象是私我的，相對不完整的，更多是以個人體驗作為尺度，香港與其說是上海的鏡像，不如更可說是張愛玲本人的人生「他者」。

對於香港與上海的彼此觀照，王安憶雖非刻意，然而可稱得上自覺。在散文〈尋找上海〉的篇末，有一個饒有意味的結尾：

> 那還是在一九八七年，在香港，有一晚，在九龍的麗晶酒店閒坐，正對着香港島，香港島的燈光明亮地鑲嵌在漆黑的海天之間。這真是海上奇觀，蠻荒之中的似錦繁華，是文明的傳奇。於是，陡然間想起了上海……[74]

「可能也是離得太近的緣故，又是處於激變中，映像就都模糊了，擲在視野裏留下一些恍惚的光影。倒是在某些不相干的時間和地點，不期然地，卻看見了它的面目。」[75] 王安憶作為一個理性的作家，深諳有距離感的觀照之意義，以「旁觀者清」的原則審視城市。在他者的位置上反觀自我，是一種鏡像式聯想的延伸。而同樣是出於小說家的本能，王安憶發現了兩者在文本層面上的共性。

上海這城市有一點和小說特別相投，那就是世俗性。上海與詩、

73　王安憶：〈世俗的張愛玲〉，載王安憶著：《尋找上海》（上海：學林出版社，2001 年），頁 188。

74　王安憶：〈尋找上海〉，頁 22。

75　王安憶：〈尋找上海〉，頁 22

詞、曲、賦都無關的，相關的就是小説。[76]

香港是一個特殊，是一個戲劇性的舞台……它特別適合上演，它
是那種故事性極強的文體，不是遊記，不是詩歌，而是小説。[77]

這種表述是互文式的，暗示了兩者存在的同質性聯繫。由此可見，作
者將香港敍事納入關於上海的城市書寫中，決非偶然。但是，我們仍需注意
到王安憶為這兩座城市定性的相異之處。上海是「世俗」的，切實可觸的。
而香港是「戲劇性」的，換言之，具有對本真的模擬性。如此詮釋之下，後
者的鏡像地位，昭然若揭。在書寫香港時，一定程度上，王安憶放大了張愛
玲的「家城」觀念，而這種發展與王安憶創作中都市意識的日益濃厚是同步
的。張愛玲的筆下，香港在其上海敍事中擔任着角色，是關乎自身的情節構
成中的一環。而對王安憶而言，香港是身處「家城」上海時一個「觀望」的
對象，不夠直觀，抽象且有距離感。

王安憶明確地開始對香港進行表述，是在小説〈米尼〉中：

哥哥十五歲，剛剛入團，爸爸媽媽是最早把去香港的決定告訴他
的，這使他感到奇恥大辱。在他思想裏，在那樣的資本主義的地
方，父母一旦進去就變成了資產階級，成了人民的敵人。[78]

王安憶似乎以開門見山的方式將張愛玲關乎上海／香港精緻的對照關係
解構了。拜時代所賜，政治話語輕輕地劃出分野。香港包裹在意識形態的外
殼之下，變身以社會主義上海的對立面──單調的差異性政治符號。單向注
視的流動，簡化為帶着敵意的「看」與「被看」，同時失卻了「看」本身的

76　王安憶：〈上海與小説〉，載王安憶著：《尋找上海》（上海：學林出版社，2001 年），頁
　　131。

77　王安憶：〈「香港」是一個象徵〉，載王安憶著：《獨語》（長沙：湖南文藝出版社，1998 年），
　　頁 187-188。

78　王安憶：〈米尼〉，載王安憶著：《米尼》（北京：作家出版社，1996 年），頁 16。

豐富內涵。然而，王安憶為兩者之間留有了互動的餘地——「去香港」。有意味的是，「去香港」作為〈米尼〉這部小說的一個重要主題及至篇末也並未實現，主人公米尼終於沒有「去」得成香港。張愛玲小說營造出的滬港間的對照關係之所以成立，往往依賴於人物從上海來到香港的事實，作為「看」的動作的延續；抑或是作為敍事者，以上海人的身份親自書寫香港經驗。然而，王安憶卻將「香港」實體化的可能性消滅了。

> 她自己的爸爸，還有媽媽，是甚麼模樣的，卻已經忘記得一乾二淨。只是他們所在的香港，使她感到神秘，小心裏隱隱地還有些虛榮。當她為自己家庭不夠完美不夠富有而感到自卑的時候，她就以這個來安慰自己。她想，我的爸爸媽媽在香港！香港，你們去過嗎？[79]

香港作為米尼想像中的歸屬地，輪廓模糊，以烏托邦的形態呈現。我們應注意到敍事的時代背景：「米尼的爸爸媽媽在六〇年代困難時期去了香港。」[80] 六十年代上海在政治大環境下經歷了由自然災害到文革等一系列的「天災人禍」，經濟文化皆陷於癱瘓狀態。而此時的香港，逐漸完成了從轉口港向工業化時期的過渡。[81] 依憑其獨特的中介地位和多元化文化優勢，調整社會結構，並逐步走向七十年代的經濟起飛。通過小說可透視出，滬港之間此起彼伏的景狀，令一向俯視香港的上海，在意識形態等因素作用下，對香港鏡像產生欽羨與敵意雙重的複雜情緒。這體現於彼時的文化文本中對香港的一系列妖魔化的敍述，哥哥對香港的憎惡即因於此。拉康（Jacques Lacan, 1901-1981）曾經定義過「否定性移情」（the negative transference）的心理現象。當主體的求同行為失敗後，鏡像所反映的不是一個完美統一的

79　王安憶：〈米尼〉，頁 21-22。

80　王安憶：〈米尼〉，頁 15。

81　劉蜀永：《香港史話》，頁 103。

自我，相反，它映襯出自我的另一方面，即「缺乏」、「不在」、「空無」的前鏡像狀態，所愛的理想形象可以同時成為痛恨的對象，通過某種「象徵性的貶損」，結果使對方「降格、轉變、受抑制」，而「他者」與自我則處於一種分裂的否定性關係中。[82]

香港的社會現實並未在小說文本中反映出來，而是化為主人公的慾望投射，並以「去香港」的意念不斷地強化。而在米尼一行人的深圳之行中，此意念隨之達至高潮：

> 深圳的夜景使他們着迷，他們一霎那間變成了土佬。他們說他們沒有來錯而是來對了。香港來的歌星在舞廳裏引吭高歌，的斯高舞池前的電視屏幕上，播放着香港賽馬的實況，幾股車燈洶湧而來，在路面明亮的反光裏迅速消逝。[83]

香港通過深圳得以「折射」，觸手可及卻「求而不得」，猶如鏡花水月。香港在文本中的虛幻性令上海主體的「看」只能依賴於想像而呈現，無法觸及其實質。因為香港的「虛」，一種非常態的歷史政治格局恰使二者之間的鏡像關係明晰化了。

王安憶並未在此層面上止步，終於在另一部小說〈香港的情與愛〉中給予主人公一個「去香港」的機會。以鏡像角度直接反射主體的方式，自然成為滬港兩地文化格局中不可迴避的一環。值得注意的是「去香港」這個動作在意義上的暗示——出路。在內陸與香港的交流史上，曾有幾次較大的規模

---

82 Jacques Lacan. *Ecrits: A Selection*. Tran. Alan Sheridan. London: Tavistock Publications, 1977. pp.14-15.

83 王安憶：〈米尼〉，頁 129。

的人口遷移。[84] 這幾次遷移在香港的城市發展史上產生的重大影響，可謂深入人心，並演變成為重要的文化主題。在香港導演關錦鵬的作品《長恨歌》中，我們可以發現關對王安憶的原作中情節饒有意味的改編，即蔣麗莉這個角色在解放前夕的人生歸屬。在小說文本中，蔣結識了一個地下黨身份的導演，並「在他的影響下參加了革命」[85]。而在電影版本中，蔣嫁作人婦，並隨資產者家庭舉家遷往香港（同類型的改編可見香港導演許鞍華對張愛玲作品〈半生緣〉中叔惠前途的處理）。我們自然可以體會到其中所包含的「投奔」意象，內涵發生了具象的質變，由選擇「革命」到「逃港」。姑且不論這兩種選擇哪一種更為光明，而香港人對「去香港」作為上海人的「出路」的認同，與其將之理解為香港進行主體重建的一種方式，毋寧說反證了香港作為上海鏡像的存在——上海離棄「家城」，投向一個「像」自己的城市。

在〈香港的情與愛〉中，主人公逢佳即以「投奔」香港的上海人的身份出現。值得關注的是，這是王安憶第一篇直接以香港為敘事背景的小說作品。而就作者本人而言，其從未如張愛玲等文學前輩有過較長時間旅居香港的經歷。那麼，作為一個過客的浮光掠影，她的「香港呈現」會不會攙雜入某種「上海成見」，的確可堪思索。通過文本閱讀可以發現，王安憶的獨到

84　第一階段是 1946-1947 年，正值中國大陸內戰爆發初期，香港人口從 1945 年的 60 萬人猛增到 1947 年的 175 萬。1948 與 1949 年，人口遷移的高潮才稍微減退。對於這次移民高潮的形成，估計與當時中國大陸經濟蕭條相關。第二個階段是中國大陸解放初期，再一次觸發了一次人口遷入高峰，1950 年香港的人口遷移增長率 18.6%。遷入香港的人口中有一部分是當時國民黨政權的黨政軍官員及其家眷，這批人中間的大部分陸續從香港轉到台灣或者其他地區。50 年代初，中國內地進行了多次政治運動，觸及相當一批人，也導致了 1952-1955 年間香港的遷入人口比較多，人口的遷移增長率保持在 3% 左右。1956 年以後，隨着這些運動的結束，這一遷移高潮逐步平息下去。第三個階段是三年困難時期，內地的經濟困難導致了大批內地居民進入香港，據稱，僅 1961 年 4、5 月份，至少有 6 萬人進入香港。不過這些人並沒從人口統計上反映出來。人口統計顯示，1963 和 1964 兩年的人口遷移增長率的突然加大，是三年困難時期的後果。第四個階段是文化大革命後期。文革的影響同樣在香港的人口遷移中表現出來。這一期間雖然中國內地陸陸續續有人來到香港，但是香港的人口遷移增長率則明顯降低。1966 年香港人口的遷移增長率為 -0.9%。從文化大革命後期開始，從中國大陸來到香港的合法移民人數大幅度上升。1971 年合法移民只有 2,530 人，而 1972 年猛增到 20,355 人。參見李若建：〈中國大陸遷入香港的人口研究〉，《人口與經濟》第二期（1997 年 3 月），頁 29。

85　王安憶：《長恨歌》（北京：作家出版社，1996 年），頁 224。

之處在於，其並未着眼於香港的細節，而是從大處入手，在開篇以一個異鄉人／外來者（outsider）的視角為香港設定了眾多的定義：

> 香港是一個大邂逅，是一個奇跡性的大相遇。它是自己同自己熱戀的男人或者女人，每個夜晚都是在舉行約會和定婚禮，盡情拋撒它的熱情和音樂。[86]
>
> 它是最天涯海角的，又是最近在眼前的；它是最荒無人煙的，又是最繁榮似錦的；它是最寂寞無聲，又是最熱鬧喧嘩；它是最海天漆黑中的最燈火輝煌。它是突兀的，沒有鋪墊，沒有伏筆，沒有漸強和漸弱，它是突然開始又突然收尾，從一個極端到另一個極端。它是將歷史截斷的，它也是將社會截斷的。它有一種逃離大陸的性質，還有汪洋裏的一條船的性質。[87]

我們看到，這類判斷性的辭句在小説中大量呈現，並且在措辭上相當有力與肯定。誠然，以「定義」本身構築「香港」，反映了作家的一種寫作焦慮，亦隱含了作家作為「過客」因個人經驗的限知而對「具體」香港的規避。因「香港的人帶有過客的表情」[88]，以上定義無形中使王安憶作為敍事者的身份產生了位移。陳燕遐稱其「選取了一個非常邊緣的角度（過客、新移民），卻弔詭地從邊緣以曖昧的中心心態統攝香港，在她的注視下，香港成為一個沉默的奇觀。」[89]董啟章形容王安憶筆下的「香港」，只是一個「自創的形容詞」：「如果真的有一個『香港』，那便是王安憶以文字築構起的『香港』，

86　王安憶：〈香港的情與愛〉，載王安憶著：《香港的情與愛》（北京：作家出版社，1996年），頁 502。

87　王安憶：〈香港的情與愛〉，頁 516。

88　王安憶：〈「香港」是一個象徵〉，頁 187。

89　陳燕遐：〈書寫香港──王安憶、施叔青、西西的香港故事〉，載陳燕遐著：《反叛與對話──論西西的小説》（香港：華南研究出版社，2000年），頁 116。

而這個『香港』沒有並沒有固定的形貌，隨着修辭的變動而不斷變化。」[90]

可見，在這篇小說中，王安憶並未因地緣的劣勢而放棄作為敍事人發聲的機會。這一點在她的創作談中表述得十分清晰：

> 香港使我們弄不明白的事情都弄明白了。它對於我來說，其實並非是香港，而是一個象徵，這名字也有一種象徵涵義，一百年的歷史像個傳奇。地處所在地也像個傳奇。我要寫一個用香港命名的傳奇，這傳奇不是那傳奇，它提煉於我們最普通的人生，將我們普通人生的細節凝聚成一個傳奇。[91]

「它對於我來說，其實並非是香港，而是一個象徵」，這句表白無疑是對王安憶式香港書寫的提綱挈領。作者自覺地超越了香港的「形」，捕捉了香港的「義」，其指歸在於實現對香港的「命名」。「命名」的內涵是雙重的，以香港命名的傳奇，同時逆向地命名了香港的城市內質。命名的內涵亦是豐富的，如王安憶借小說中人物老魏點明意蘊之一：「這種既不是家，又不是度假的所在，老魏就命名它為香港。」[92] 李歐塔（Jean-Francois Lyotard, 1924-1998）所言：命名所涉之物並不等於展現其「存在」。[93] 一定程度而言，王安憶命名的「香港」與現實中的香港並非重疊，而是作者有意識地建構出的想像空間。此想像的核心在於「提煉」二字：「它將人和人的相逢提煉為邂逅，它將細水長流的男女之情提煉為一夜歡愛，它將一日三餐提煉為盛宴。」[94] 在王安憶看來，香港「永遠是一個特殊的時期，沒有日常的生

90　董啟章：〈怎樣的「香港」產生怎樣的「情與愛」〉，載董啟章編：《説書人：閱讀與評論合集》（香港：香江出版有限公司，1996 年），頁 174。

91　王安憶：〈「香港」是一個象徵〉，頁 189。

92　王安憶：〈「香港」是一個象徵〉，頁 504。

93　Jean-Francois Lyotard. *The Differend: Phrases in Dispute.* Tran. Georges Van Den Abbeele. Minneapolis: University of Minnesota Press, 1988. p.42.

94　王安憶：〈「香港」是一個象徵〉，頁 188。

活」。我們發現，這句註腳為香港命名的「傳奇」定了性。雖然王安憶曾經坦承：「有人將〈傾城之戀〉與〈香港的情與愛〉作了比較，好像有點像。」[95]而在相似的情節架設背後，對「傳奇」的理解造成了兩則香港故事的分野。張愛玲的香港是物化與豐厚的，同一座城市，在王安憶寫來則是凝煉與形而上的。

逢佳與老魏的情愛，可視為王安憶對自己創造的「文本」香港的挑戰。如作者所言，香港「概括和簡化了人生的要義，這要義有時被我們搞得複雜，糾纏，黏稠不化，我們攪混它的方法就是愛情，愛情是可將一切清澈見底的東西都變得模糊不清，混沌不明。」[96]層次豐富的人性交融於概括性的生存環境會衍生出何種傳奇，正是小説中企圖表現的。

主人公逢佳作為中年移民的上海女人，在性別與年齡上均居於劣勢，而張愛玲苦心經營的「上海人」的優越感，在王安憶筆下亦輕易消解：「她屬那種在上海被認為是江北人的類型，作為上海人是不夠典型的。」[97]作為上海人的王安憶，為何寫一個不典型的上海人在香港的故事。此時「上海」的身份，意義何在，令人思索。當敍事觸及逢佳的性格，我們卻逐漸發現了她與王安憶所命名的香港之間出現了有意味的交集。她的性情是「極端坦然與天真的」[98]；而香港是「不需要伏筆的，它是直入主題，開門見山。它不是虛與委蛇，它見風就是雨。這就是香港人生的『奇』中的『真』。」[99]而這種呼應性文字，文本中比比皆是。

> 逢佳的詩意是孩子氣的，是那種貪嘴肥胖孩子的孩子氣。[100]

95　王安憶：〈我是女性主義者嗎？〉，載王安憶著：《王安憶説》（長沙：湖南文藝出版社，2003 年），頁 170。

96　王安憶：〈「香港」是一個象徵〉，頁 189。

97　王安憶：〈香港的情與愛〉，頁 506。

98　王安憶：〈香港的情與愛〉，頁 506。

99　王安憶：〈「香港」是一個象徵〉，頁 188。

100　王安憶：〈香港的情與愛〉，頁 506。

香港的真帶有兒童氣，還帶有生命不長的緊迫感。[101]

她（逢佳）對很多的事物，比如人生的目的，生活的含義，做人的道理，都有着以實利為基礎的見解。由於她的真心意味和直率表達，便有了純真的面貌，還更接近事情本質似的。[102]
（香港的）人生是濾乾了水分，實打實的人生，硬碰硬的人生。它的苦與樂全是真東西，一分價錢一分貨，它沒有一絲委婉，供人作迂迴躲避，它是説一是一，説二是二。[103]

香港，以複寫的方式化身逢佳這個上海個體的「他者」。然而作為個體，逢佳本人又是不夠「上海」的。王安憶有意識地打破了某種關於地域的刻板印象（stereotype），構建出滬港之間微妙的鏡像關係。而這種聯繫，並非建基於張愛玲式的帶有距離感的「俯視」，而是以相知與相濡以沫作為內核。

在文本中作為同一體出現的上海與香港，有了一個共同的觀照者——老魏。作為一個局外人，其見證且參與了兩者的互涉。老魏與逢佳的相識，起始於完全的契約關係。男人花錢購買女人青春，而後買賣兩訖，是「高度商品化的社會裏司空見慣、散發着腐朽氣味的兩性遊戲」[104]，這在題材上並未出新。然而王安憶對這一主題的昇華恰在於對契約關係的放大。究其底裏，〈傾城之戀〉中白流蘇與范柳原之間，本也是一場交易，「他還是沒有得到她。既然他沒有得到她，或許有一天還會回到她這裏來，帶了較優的議和條

---

101 王安憶：〈「香港」是一個象徵〉，頁188。
102 王安憶：〈香港的情與愛〉，頁506。
103 王安憶：〈「香港」是一個象徵〉，頁188。
104 劉傳霞：〈商業化的兩性遊戲與古樸的人間情義——評王安憶的〈香港的情與愛〉〉，《煙臺師範學院學報（哲社版）》第四期（1999年7月），頁53。

件。」[105] 而張愛玲立意呈現的，卻是兩個人的鬥智鬥勇，欲語還休，着眼於「戀」字。〈香港的情與愛〉則不同，「交易」二字統攝全篇，成為小說的主旋律：「她將自己交出去，老魏便得還她個美國，然後銀貨兩訖，大家走人。老魏要是給不出個美國，那麼就恩人變仇人，接下來，還是走人。一切都是乾淨利索，是一筆交易。」[106] 以後，二人的交往，即以交易的原則為尺度，大到租房買房，小到定下老魏來香港時增加的飯費。逢佳有一句話，時時浮現在這交易的脈絡中：反正大家憑良心。「老魏倒有點感動。雖是筆交易，可有了良心作憑，就有了些溫愛。也有了些相互的同情。」[107]

> 這堵牆，不知為甚麼使我想起地老天荒那一類的話。有一天，我們的文明整個的毀了，甚麼都完了——燒完了，炸完了，坍完了，也許還剩下這堵牆。流蘇，如果我們那時候在這堵牆根底下遇見了……流蘇，也許你會對我有一點真心，也許我會對你有一點真心。[108]（〈傾城之戀〉）

> 即使是這樣的一種關係，也經不起朝夕相處，就是磨也磨出一點真心了。他們彼此都有真心善待之意，這善待之意在效果上甚至超出了愛情。[109]（〈香港的情與愛〉）

這是兩代上海作家為發生在香港的「情愛」定性。將之並置，清晰地呈現了其中的相異之處，前者是亂世生情，着眼於一個「奇」字，真心已成了時代機遇；後者卻在「契約」的外殼中點滴凝聚，真心是鐵杵成針，是「普

105　張愛玲：〈傾城之戀〉，載金宏達、于青編：《張愛玲文集·第二卷》（合肥：安徽文藝出版社，1992 年），頁 73。
106　王安憶：〈香港的情與愛〉，頁 510。
107　王安憶：〈香港的情與愛〉，頁 532。
108　張愛玲：〈傾城之戀〉，頁 65。
109　王安憶：〈香港的情與愛〉，頁 546

通人生的細節凝聚成的傳奇」[110]。乍見之下，這似乎與王安憶所定義「特殊的，沒有日常生活」[111] 的香港內涵相悖。然而，「這是任憑水流三千，日月交替卻只永駐不動的生計，它們是香港燈火後面天和海一類的，海裏的礁石一類的。它們是香港奇景的堅牢基石。這是最最平實的人生，香港的奇景有多莫測，它們就有多平實。」[112]

逢佳兩年的人生境遇與香港的時代交疊，實現了人性與城性奇妙的映照。作者亦借老魏的限知視角排比了兩者間的隱喻關係。

> 天是永遠，地是永遠，人只是個暫時。就連香港，百來年還不是個瞬間。英國人租下香港一百年，就好像要作千秋萬代的計議，可是，一百年不已到頭了？一百年的契約尚且如此，更何況他和逢佳。[113]

逢佳本人對自己與香港之間的認同，同樣有一個由自發到自覺的過程。在故事開首不久，「她說她又愛又恨香港，愛它是因為它可愛，恨它是因為她是個新移民」[114]。而逢佳的家史，是唯一能夠直接地將她的上海身份與香港聯繫的紐帶。在與老魏的交往之初，逢佳如此表白：

> 逢佳說她出生在上海一個資產者的家庭，父親在她一歲那年來到香港，直到七十年代末才回去，要接她們母女來香港，她母親不願來，她便隻身來了。為來香港，她和丈夫離了婚，丈夫也是一個資產者的後代，住在上海西區一幢花園洋房。[115]

110　王安憶：〈「香港」是一個象徵〉，頁 189。
111　王安憶：〈「香港」是一個象徵〉，頁 187。
112　王安憶：〈香港的情與愛〉，頁 514。
113　王安憶：〈香港的情與愛〉，頁 563-564。
114　王安憶：〈香港的情與愛〉，頁 509。
115　王安憶：〈香港的情與愛〉，頁 518

然而在小說接近尾聲的時候，逢佳改寫了這則故事：

逢佳有一回突然說起了她的父親，她已經忘記她曾經說過的那個
關於資產者的故事。她說她父親是個窮得叮噹響叫花子似的學
生，是她母親供他讀完大學，可是他卻拋棄了她母親，和他的相
好跑到香港……她不聽母親阻攔，寫信給她父親提出讓他辦單程
簽證，這樣，她就來到香港。她來香港本是準備再把丈夫兒子辦
出來，可不料她到香港的第一年，丈夫就提出離婚，然後去了美
國。[116]

家史的不同版本體現了逢佳在認同層面上心態的遊移與確定。前者是
自我／上海對香港的屈尊，後者是自我／上海為香港所接納。如作者所言，
「香港是乾淨利落，黑白分明的。再混沌再模糊也會有塵埃落定，水落石出
的一日。」[117] 由虛構到真實，香港以鏡像的方式最終使逢佳釐清了自己的人
生：

我這個人好像總是在被人家拋棄，被父親拋棄一次還不夠似的，
再要被丈夫拋棄一次，第三次又不知道是被誰了……[118]

有論者言及逢佳這段自白，曾直接將之與香港的處境對應：一直以來，
「孤兒」、「無根」、「棄嬰」都成為香港身份的形象詞，她處於中英之間的政
治位置，從來沒有發言權，追溯身份，似乎都擺脫不了要再說「被遺棄」的
歷史……王安憶別有用心地安排一個一而再，再而三被拋棄的角色，目的不

116　王安憶：〈香港的情與愛〉，頁 547
117　王安憶：〈「香港」是一個象徵〉，頁 189。
118　王安憶：〈香港的情與愛〉，頁 548

過是藉逢佳的口，去為香港說出她的命運。[119] 姑且不論這種政治隱喻是否確鑿，然而，其中所包含的上海人／香港孤島式身份的類比性，卻的確強調了前文所述的鏡像關係。

逢佳的處境使其在契約式的權利關係中，只能是處於被動的一方。「情與愛」並無法消蝕這種關係的功利性核心。其只能以一句「憑良心」作為自我保護的底線。「他們的關係與其說是憑『愛』，不如說說憑『良心』。」[120] 香港，則成為「良心」的試金石。

阿巴斯（Ackbar Abbas）曾指出：直至十年前，所有關於香港的故事都被寫成是關於其他地方的故事。[121] 倪文尖則十分敏感地注意到了〈香港的情與愛〉的寫作時間是在 1993 年（鄧小平發表「南巡」講話的次年）：「上海」輝煌的過去及其與香港的歷史關聯，像是頓時被意識到的「時代精神」，成了在上海的很多表達的一時之選。……「香港」為王安憶提供了一大機緣，「香港」也是王安憶的機緣甚至工具——為的是表達「上海」的焦慮、渴望和想像性的滿足？倪最後將這篇小說總結為「以『香港夢』的形式表達了內在『上海夢』」。[122] 問題在於，依上述的思考模式，王安憶何以選取一個弱勢的非典型的上海女人，作為指涉上海的文化符號。客觀而言，無論是上海抑或香港，只是王安憶筆下的論述空間，或是「象徵」。作者利用了其間內在相似的質地，通過一個上海人（敘事者／逢佳）的上海／香港敘事，實現了對人性的檢閱。歸根結底，王安憶構築的是一座人性的城池。在篇末，敘事者借老魏之口，十分動情的一句：我愛香港。其實道出一名「過客」，對於建基於概念的香港空間，乃至發生於其中的世俗傳奇的認同與鍾愛。

119 Peachy：〈女作家筆下的殖民香港——論《香港的情與愛》與《失城》〉，網址：http://peachiestlife.blogspot.com/2006_05_01_peachiestlife_archive.html（2006 年 6 月 2 日進入）。

120 王安憶：〈香港的情與愛〉，頁 556。

121 Ackbar Abbas. "The Last Emporium: Verse and Cultural Space." *Positon* 1.1(1993): 1-17.

122 倪文尖：〈上海／香港：女作家眼中的「雙城記」——從王安憶到張愛玲〉，《文學評論》第一期（2002 年 1 月），頁 93。

在王安憶近年的長篇小說〈妹頭〉中，出現了「老香港」的面目。張愛玲筆下的香港，以閃回的形式出現在王安憶的寫作史中。着墨不多，卻頗見幾分「張腔」。雖則言辭上並不如張愛玲犀利，而「上海人」的觀點卻時有浮現。

> 那時節，香港在上海人的眼裏，幾近蠻荒之地，落後得很。如笑明明這樣，只跑過周邊小碼頭的人，以為除上海之外，都是鄉下，就更把它想成不知道多麼土俗的地方。[123]
>
> 酒店的裝潢非常豪華，廣東人的富貴加上殖民國的古典風格，進出的男女毫不遜於上海的摩登。笑明明是從上海來的，曉得世界分三六九等。[124]
>
> 此時的香港，其實是又一處卡薩布蘭卡，各路流民匯入此地，再流向各處。但凡能走動逃離的人或是有錢，或是有腳力，在這中轉客居的地方最合適做甚麼？做舞客。過客中上海人佔不小的比例，所以，像笑明明這樣的上海小姐，就頂受歡迎。[125]

香港的所在，依然是為了印證上海經驗。王安憶的「老香港」書寫並未為這種鏡像關係提供更多的資料。然而，當我們擴大「鏡像」的外延，逆向思考，會發現香港作為他者，並非是沉默的。它所發出的聲音，大大地豐富了「上海」的內涵。具有代表性的是近年來在文化界興起的「老上海」風尚，不容忽視的份額歸功於「香港製造」。香港「看」上海的動作，依然是兩者間二元格局的延續。然而，這種審視的角度，並不能被完全定義為「香港」的，其中包含了一種對於上海的「忠誠」。

三十年代後期以降，由於幾次由滬至港的重要的人口流動與文化滲入，

123　王安憶：《桃之夭夭》（上海文藝出版社，2003年），頁9。
124　王安憶：《桃之夭夭》，頁13。
125　王安憶：《桃之夭夭》，頁17。

香港在潛移默化中「上海化」的過程幾乎從未間斷。由經濟文化領域到社會生活，具體到城市景觀中，大大小小的商戶與食肆，不少都打上了上海的烙印。如此就不難理解，香港關於自身的文化記憶，有相當部分是「上海性」的。如李歐梵所言：「（在經濟的瘋狂增長之中），當香港把上海遠遠地拋在後面時，這個新的大都會並沒有忘記老的；事實上，你能發覺香港對老上海懷着越來越強烈的鄉愁，並在很大程度上由大眾傳媒使之鞏固（使之不遺忘）。」[126] 由此可見，香港人的上海懷舊，成為成分複雜的「精神還鄉」，而對自我身份的困擾與對上海的致敬，也因此而模糊了界線。這種文化觀望是情意結式的，導致的直接結果，是香港為上海持續不斷地生產後者進行文化認同所需要的鏡像。而饒有意味地是，這些鏡像的品質往往比上海的自省所見更為直觀與清晰。

在這其中，最為具有影響力的，莫過於香港電影界近年來對老上海濃墨重彩的書寫。

以影像的方式模擬鏡像，說服力毋庸多言。2000 年香港導演王家衛的一部《花樣年華》，敍述於發生在上世紀六十年代的香港故事。然而存留於人們記憶的，卻全然是一幅物化的上海圖景：喋喋不休的上海話，令人眼花繚亂的旗袍，收音機裏地播放着周璇的老歌不絕於耳。除卻香港的時代背景的外殼，全然是一則關於上海的浮世寓言。香港敍事成了一個空洞的能指，上海則具像為導演毫無掩飾的醉翁之意。如果說，原籍上海的王家衛，如此表達尚存在血脈與地緣上的親近感。那麼，香港土生土長的關錦鵬，則全然以一個文化他者的立場投入於對老上海的認同。

電影《胭脂扣》（1988 年）由外至內地明確表達了「緬懷」主題。八十年代的現代香港夫婦與三十年代的女鬼發生時空層面的互涉。女鬼的形象指代了消逝於歷史的文化魅影。她的復現提供給現時一個審視與尋找自我身份的機遇。導演在處理兩個時代的影像風格時，刻意地誇張了奢華與樸素的反

---

126 李歐梵著，毛尖譯：《上海摩登：一種新都市文化在中國 1930-1945》，頁 344。

差，使得其中的對話性呈現出一種撲朔的起伏與不確定感。關錦鵬在接受訪問時，明確地說：「我拍《胭脂扣》，大概跟香港面對『九七』回歸大陸有關，客觀地講，這給香港人帶來蠻大的影響。……香港人對未來很茫然，反而趨向懷舊，緬懷過去的一些情境。我承認，我對 30 年代的生活的確很痴迷。發現自己對 30 年代香港或上海那種世紀末的情懷特別喜歡。」[127] 關的表白，凸顯了香港對於「九七」大限所產生的文化焦慮，將「上海」視為歷史「補足性」情緒的外延。然而，其在以後的作品中對於「老上海」的念茲在茲，卻已將這種因果聯繫改變了質地。

關錦鵬陸續拍就三部以舊上海為背景的影片，有人戲稱為「上海三部曲」。關否認了其中所隱含的系列性聯繫，稱只是無意為之。然而，其一再地以香港文化人的身份表達了對（老）上海的敬意，卻深可玩味。《阮玲玉》（1992）以後設的方式記錄了一個香港的女演員 Maggie 如何在當下塑造上海昔日紅星的全過程，其中包括了一些經典鏡頭的重新演繹，以戲仿的方式將新舊並置，非常直接地呈現了兩者之間的鏡像關係。而在《紅玫瑰與白玫瑰》（1994）中，影片以大量的長鏡描摹作品場景之餘，忠實地將張愛玲的文字投射於銀幕。「忠實」的背面表現出的一種審慎的文化心態，即對老上海內蘊的可遇不可得。《長恨歌》（2005）則自覺地通過改編將香港作為敘述元素納入，香港成為了「逃脫」與「末路」意象的交疊，成為滄定的上海大背景中不安且混沌的外來者。

我們可以發覺關錦鵬對上海敘事悄然發生的態度轉變——從邊緣化的、抽離的客觀立場轉向一種相對投入的境界。關錦鵬在其電影筆記中講述心得：

> 關於老上海風格的描繪，不應僅停留在物質層次上的複製，而應
> 屬精華本質的視覺美學呈現。這一切都需要由曾經與它一起長大

127　呂劍虹：〈歷史‧詩意‧現實——與香港電影導演關錦鵬對話〉，《當代電影》第四期（1996年7月），頁91。

的人之視野及想像去完成。[128]

我們可以推論的是，關此時已將自己對於「老上海風格」的出色把握，歸功於一種「類上海人」的觀點與想像。關奇妙的文化認同感一方面無疑建基於「上海故事」為其帶來的藝術成功體驗，而亦從側面印證「香港製造」的「上海鏡像」其公信力與受接納程度遠超乎人們的想像。反諷的是，在關氏「上海」受到交口稱讚之時，大陸導演侯詠同樣處理老上海題材的影片《茉莉花開》卻遭到了文化界的質疑，尤具代表性的是來自於上海導演江澄的批評。《茉》片中被侯詠視為黃金組合的演員陣容被江幾乎全盤否定：「姜文的這個角色讓梁朝偉來演比較合適。如果不是張曼玉現在年紀有些大的話，章子怡的角色絕對應該由她來演。陳沖是個不錯的演員，沒有必要替換。至於陸毅，雖然是上海人但卻沒有上海人的味道，我看還不如讓吳彥祖來演合適一點。」[129] 江的批評有意味之處在於，其理想中足以稱職地演繹上海的人選，除陳沖外，恰是清一色的香港演員（且都在港產「老上海」影片中擔任過重要角色），甚至較出身上海本地的演員（陸毅）更具「上海味」。而其在親自執導的「上海風情濃郁」的《做頭》一片中，則身體力行，啟用了香港明星關之琳作為主角，其理由是：「香港和上海兩個城市無論哪方面都很相似，所以香港演員更加能夠勝任上海的故事。」[130] 除卻演技方面的考量，江的推論未免體現其「想當然」的文化想像。然而，當這種想像由一個以上海代言人自居的主體進行表述時，卻發人思索。「上海」對這種香港生產的自我鏡像的欣賞與滿足，無疑將香港的鏡像地位由形式到內容進一步固化了。這亦成為一種認可，使得香港鍾情於這種聯繫，並將對「老上海」的

---

128 湯禎兆：〈雙城記的通俗劇〉，網址：http://movie.cca.gov.tw/COLUMN/column_article. asp?rowid=277（2005 年 12 月 7 日進入）。

129 幾點：〈上海導演炮轟《茉莉花開》：除了陳沖演員全換〉，《新聞午報》，2003 年 4 月 23 日，第 A4 版。

130 孫源：〈關芝琳吳鎮宇《做頭》演繹上海都市女性〉，網址：http://ent.people.com.cn/BIG5/42075/3258619.html（2005 年 7 月 5 日進入）。

感情輻射至對於新上海的觀照之中。

八十年代末以降，上海進入了高速的都市重建時期。香港人在為老上海「自為鏡像」的同時，卻意外地在浦東的天空線上看到了自己城市的輪廓。這是十分微妙的事實，亦決定了香港人對於新上海的曖昧心態。李歐梵指出：「新上海的城市景觀看上去就是鏡像的鏡像——對香港的現代與後現代複製，而香港長期以來一直以老上海為藍本。」[131] 新老上海在時空層面的阻隔因為香港的存在以反射與再反射的方式不期然地實現了連接。上海擺脫了計劃經濟的桎梏，在十幾年的恢復性建設後，顯示出傲人的發展態勢。而香港在經歷了金融風暴等動盪之後，正處於由衰退到復甦艱難的經濟轉型期。新上海的崛起對香港而言，成為「老上海」在歷史層面之外的另一種「補足性」情緒。張志剛十分尖銳地刻畫了這種心境：上海超越香港也成為最時麾的話題，大家都向仍在發展階段的上海塗脂抹粉，將上海說成如何如何、怎樣怎樣，就好像上海越成功，香港人便越滿足一樣。[132]

香港本土的文化界對上海的態度無疑有更多的保留。新生代作家黃碧雲（1961-）在其作品〈豐盛與悲哀〉中，以悼念的口吻講述了昔日上海的繁盛，以之否定了今日上海的空洞與失落。對於黃而言，「上海情結」是與香港本體關聯的自足心理，停留於歷史的間隙，無法投射於當下。

而香港的年輕導演陳果，則將現代上海的元素納入作品《香港有個好萊塢》。陳以草根風格的敘事，呈現了香港觀望中的當下上海。上海援交妹紅紅，與香港青年阿強，形成了上海／香港，女／男的隱喻性排比。陳果着意複寫了兩個城市之間的二元關係。並且不斷地將男性／香港「窺視」（Gaze）與「被控制」的集於一身的尷尬處境，通過大量寫實性鏡頭表現。權力制衡的結局，勝利屬於上海。阿強被黑社會斷掌致殘，紅紅卻出國投向了好萊塢的懷抱。如果說，張愛玲小說中的香港，承受着來自於英國殖民者與上海人

---

131 李歐梵著，毛尖譯：《上海摩登：一種新都市文化在中國 1930-1945》，頁 353。

132 張志剛：〈努力追求卓越，香港必能再起〉，《亞洲週刊》第九期（2002 年 2 月 25 日 -3 月 3 日），頁 22。

的雙重注視,那麼《香港有個好萊塢》,無疑將這種注視的外延擴大了。在陳果的影片中,我們沒有看到上海與香港之間的相濡以沫,而是一種激烈的怒其不爭的基調。香港學者朱耀偉寫道:「作為一個生於殖民地的中國人,我經常感到自己無論面對中方或西方時,都是『沉默他者』。」[133] 擺脫了英殖時代的香港,在發言的同時,卻再次消隱了自我的身份。

上海與香港之間的鏡像關係,在種種強化與推演中,已內化為一種文化視野。理性地對待,將為兩個城市的比較研究衍發出更多的可能性。一批香港本土的年輕文化人,以一本合集著作《上海——尋找上海的 101 個理由》提供了一種思路。在此書的序言中,編者特別提及了王安憶的散文〈尋找上海〉在香港對母土上海的異地觀照。此書可稱之為從寫實層面與這篇散文的唱和,如編者所言:

> 回到一個城市的躬身反照,歷時性的自身歷史重省,固然有差異
> 對照的價值在內。……書中的作者在調整角度(由香港看上海,
> 或是由上海看香港,究竟可以有甚麼不同的刺激與反省);一方
> 面在書寫上海,同時也在書寫其他的城市。對比、挪用、拼貼、
> 複製等不同的城市思考,都在不同的文章中有所面對與處理。[134]

> 每個作者都有自己一套閱讀城市的方式,上海於我們而言,充滿
> 了流言與愛憎,所以這絕非長他人志氣放棄香港的說法,而是不
> 怕開拓視野,提醒我們要不斷觀察來儆醒自己不足的自省。[135]

---

133 朱耀偉:《後東方主義:中西文化批評論述策略》(板橋〔台北縣〕:駱駝出版社,1994 年),頁 11。

134 湯禎兆:〈書寫上海、香港以及其他的城市〉,載李照興主編:《上海 101:尋找上海的 101 個理由》(香港:香港霎宇,2002 年),頁 8。

135 李照興:〈尋找一種新的旅遊學——背叛香港還是反思香港〉,載李照興主編:《上海 101:尋找上海的 101 個理由》(香港:香港霎宇,2002 年),頁 10。

第三節
全球化語境下的「主體」（他者）爭鋒

上海是個奇特的地方，帶有都市化傾向，它的地域性本土性不強，比別的城市更符合國際潮流。[136]

—— 王安憶

在王安憶晚近創作的中篇小說〈新加坡人〉（2002 年）中，曾有過這樣一段有關上海市景的描寫：

衡山路，據傳是想和香港的蘭桂坊一樣，模擬一個小歐洲，其實呢？更合乎新加坡人帶有潔癖的口味。蘭桂坊，地面逼仄，而且齷齪，有一股頹廢氣，而衡山路，明亮，寬暢，也比較清潔，雖然不及蘭桂坊像歐洲。那拐角上的舊人家花園房子，作了餐館酒吧，聚集着同性戀，還有模仿閹人的演唱，也頹廢，可是不像紐約的格林維治那樣陰暗迫人，因為比較新，沒有垢。西邊開發的仙霞路，有那麼一截，人稱小台北，過去看看，真有些台北的草根氣呢！還有些曖昧氣。街面主要由兩類生意組成，髮廊和餐

---

136 王安憶、秦立德、斯凡亞特：〈從現實人生的體驗到敘述策略的轉型——關於王安憶十年小說創作的訪談錄〉，載王安憶著：《王安憶說》（長沙：湖南文藝出版社，2003 年），頁 33。

館，餐館多是閩南菜和潮州菜，其中有一家有一道蛤蜊麵，鮮美無比，說實在，新加坡人在真正的台北都沒吃過這樣正道的蛤蜊麵。而真正的台北，燈火也沒有此地這樣輝煌，那裏要家常得多，這裏卻夜夜笙歌。[137]

需要解析的是這段文字中的關鍵詞——「模擬」。王安憶指出上海以模擬的方式對「世界」的再現。由衡山路至仙霞路的上海街區，呈現出一個微型的全球性的城市聚落。與此同時，作者刻意突出了「模擬」的效果，青出於藍而勝於藍，甚至比被模擬的母體更為「正道」。同時，值得注意是上述呈現的觀望者與判別者——一個遊走於上海的新加坡人，同樣是烙上國際印簽的個體，這也是王安憶在文本中再三強調的元素。首先是新加坡人的背景：新加坡人是個闊佬，在新加坡有企業，吉隆坡有企業，香港有，曼谷有，倫敦也有，新近又在柬埔寨投資一爿菸廠。[138] 其次是他的閱歷：他生活的面相當廣，幾乎周遊世界：倫敦、巴黎、悉尼、漢城、米蘭，甚至里約熱內盧，可看起來都不是他對上海這樣的，喜歡。那些地方，他多是點到為止，而上海，卻是欲罷不能。[139]

王安憶以非常凝煉的敍述，將上海置於全球化的視域之中。弔詭的是，這篇小說同時也緊湊地呈現了他者與主體之間「看」與「被看」的聯繫。上海的模擬與借鑒無疑是一種對於他者的參照。同時，它本身又被一個更為國際化的個體所觀望與鑒賞。上海不期然地成為了新加坡人與被注視的「世界」間的中介物。然而，在這個奇異的三角關係中，我們發現「上海」無論作為主體抑或他者，在所指層面皆有缺失——上海作為中國城市「本土性」的隱身。這一點是否如王安憶所言，以上海的混血氣質造就「它

---

137 王安憶：〈新加坡人〉，載王安憶著：《現代生活》（昆明：雲南人民出版社，2002 年），頁 106。

138 王安憶：〈新加坡人〉，頁 104。

139 王安憶：〈新加坡人〉，頁 108。

的地域性本土性不強」可一言以釋之，還是另有更為深層次的原因，則很有探討的必要。

在王安憶提供的全球化模型中，我們可發現了一個混合性的資本運作空間，並從中體會到麥克盧漢（Marshall McLuhan, 1911-1980）所提出的「地球村」的概念內蘊。他以現代電子通訊的視角作出「地球縮小了」的形象比喻[140]，藉此建立了「全球化」這一術語的前身。所謂全球化，是指冷戰結束後，跨國資本建立的所謂世界「新秩序」或「世界系統」，同時也指通訊技術革命以及「資訊高速公路」所帶來的文化全球化傳播的情形。[141]首先值得重視是這一定義中的「縮微」內涵。其不僅是指模擬性所導致的從屬感──「小歐洲」的「小」，更體現了全球化作為一個概念，「既是指世界的壓縮（compression），又指認為世界是一個整體的意識增強。」[142]如詹明遜（Fredric Jameson, 1934-）所言：

> 「我認為，全球化是一個傳播學的概念，它依次地遮蓋並傳達了文化的或經濟的意義。我們感覺到，在當今世界存在着一些既濃縮同時又擴散的傳播網絡，這些網絡一方面是各種傳播技術的明顯更新帶來的成果，另一方面則是世界各國，或至少是它們的一些城市的日趨壯大的現代化程度的基礎，其中也包括這些技術的移植。」[143]

蘇聯與東歐的解體在西方知識界引起震蕩，其中直接的影響之一即是，

---

140 盛寧：〈世紀末・「全球化」・文化操守〉，載王寧編：《全球化與文化：西方與中國》（北京：北京大學出版社，2002 年），頁 210。

141 劉康：《全球化／民族化》（天津：天津人民出版社，2002 年），頁 4。

142 羅蘭・羅伯遜著，梁光嚴譯：《全球化：社會理論和全球文化》（上海：上海人民出版社，2000 年），頁 12。

143 Fredric Jameson. "Notes on Globalization as a Philosophical Issue." *The Cultures of Globalization*. Eds. Fredric Jameson and Masao Miyoshi. Durham: Duke UP, 1998. p.55.

「全球化——也就是西方化——最大的政治障礙已經解除」[144]，理論構想付諸
於現實在九十年代以降形成了頗具聲勢的「全球政治、經濟、文化、通訊、
信息一體化」論調。詹明遜從傳播學的角度為此提供了理論註腳，並且凸顯
了這一進程對於文化層面的影響：全球化意味着文化的輸入和輸出。這無
疑是一個商業的問題；但它同時也預示了各民族文化在一個很難在舊的發展
緩慢的時代設想到的濃縮空間裏的接觸和相互滲透。在詹看來，全球化使得
不同族群之間的文化交流得以簡化，其中自有其積極意義。十九世紀中葉，
馬克思（Karl Marx, 1818-1883）與恩格斯（Friedrich Engels, 1820-1895）
已有遠見地指出：

> 過去那種地方的和民族的自給自足和閉關自守狀態，被各民族的
> 各個方面的互相往來和各方面的互相依賴所代替了。物質的生產
> 是如此，精神的生產也是如此，各民族的精神產品成了公共的財
> 產。民族的片面性和局限性日益成為不可能，於是由許多民族的
> 和地方的文學形成了一種世界的文學。[145]

以上文字一方面預言了全球化對各民族之間的文化互補的促進性，同
時也強調了這一過程勢必削弱民族國家的邊界，從而形成「一種世界的文
學」。這正是日後所表現出的文化全球化的趨同性所在，也是衡山路上的
「小歐洲」產生的理論基礎。而在趨同性的背後，我們卻發現了其中的不平
衡之處，即在全球性的資本運作體系中，文化的趨同與經濟的一體化相伴相
生，並配合着資本的流向而發展。就上海這個城市個體而言，當代「小歐
洲」令人很自然地聯想到舊時「租界」的社區形態。雖則兩者處於不同質的
歷史語境，但是同樣呈現出明晰的對於西方強勢文化的傾斜。而這種傾斜的
必然結果即是伴隨着西方的文化價值觀念的「同化」效應，所在國「原有的

144　盛寧：〈世紀末‧「全球化」‧文化操守〉，頁210。
145　馬克思、恩格斯著：《共產黨宣言》（北京：人民出版社，1996年），頁30。

民族文化身份和特徵，受到嚴峻的挑戰。」[146]

作為一個歷史悠久的東方民族國家，中國對此挑戰的反響十分強烈。八十年代中後期，中國知識界基於「現代性」焦慮而形成強勁的反傳統潮流。這一傾向無疑認同西方的價值觀念，「但是這種片面而偏激的態度，具有真實的歷史依據，他是擺脫嚴整而強大的現實弊端的唯一策略。」[147] 除卻國家體制內所固有的意識形態因素，這種認同的心理機制則相當一部分是建基於對本民族抽離於世界語境的不自信。王安憶的中篇小説〈歌星日本來〉（1991 年）描繪了一個九十年代初期的文化掮客的形象：「他好像不再是大林，而是一個立足於世界之巔的預言家。他好像不僅僅代表着山口瓊在和我們談判，而是代表着一個開放的世界在向一個離群索居的國家發表宣言。」[148]「離群索居」也代表了當時大多數中國知識分子的焦慮心態，他們在文化選擇上都體現出一種「向外」的趨勢。任何一種外來的因素都會引起其相當的興奮感，而就價值判斷的層面而言，則時常是相對盲目的。同樣是在〈歌星日本來〉一篇中，當日本歌星山口瓊試圖加盟中國的樂團舉行演唱會時，「樂手們也有些躍躍欲試，和一名外國歌星同台演出，總有一種國際性的意味。」[149] 即使他們知道「山口瓊是日籍華人……人們還或多或少懷着一廂情願的心情，把山口瓊當成一個純粹的日本人。」[150] 山口瓊本人則如「新加坡人」，是一個典型的「全球化」受益者。其出生於上海，入籍日本，之後藉「國際歌星」的身份在中國內地各大城市「走穴」。全球一體化，為個體的多樣性選擇提供了更多機遇。正如貝克（Beck U.）所提示的：「全球性尤其在性與性別、種族與種族劃分、國籍等方面，包括並顯示出多樣性與差

---

146 王寧：〈全球化時代的文學及影視傳媒的功能：中國的視角〉，載王寧編：《全球化與文化：西方與中國》（北京：北京大學出版社，2002 年），頁 123。

147 陳曉明：〈「後東方」視點──穿越後殖民化的歷史表象〉，載張京媛編：《後殖民理論與文化認同》（台北：麥田出版，1995 年），頁 241。

148 王安憶：〈歌星日本來〉，載王安憶著：《香港的情與愛》（北京：作家出版社，1996 年），頁 200-201。

149 王安憶：〈歌星日本來〉，頁 222。

150 王安憶：〈歌星日本來〉，頁 205。

異性。此外，這裏的每一樣人類特徵以及其他特徵正日益變得具有選擇的任意性。選擇性別，國籍，種族甚至自己的全球性形式。」[151] 在這種個人選擇中，山口瓊意外地成為中國面對世界的文化載體。這種選擇也同時隱藏了本土民族文化與全球性認同之間的矛盾與危機。民族性主體「一廂情願」的好感，可以輕易被解構。面對山口瓊的無禮，服務員小花的反應極具代表性：

> 這一回，小花變了臉，說，你要搞搞清楚，這是社會主義的中國，不是資本主義的日本。山口瓊冷笑道：社會主義的中國何用資本主義的歌星裝點門面？小花怒不可遏，民族的自尊心和自卑心合在一起，使她大聲地嚷出這樣的話：是你拿日本裝點門面，你要不是有個日本的門面，值幾個錢！[152]

不僅是中國，其他處於弱勢地位的第三世界國家都在這種開放和封閉的「兩難」處境中患得患失。面對全球化的洶湧潮流，第三世界國家往往在主觀上首先將其「浪漫化」，視其為解決問題的終極手段。但當文化衝突而產生民族危機感時，本土性則成為弱勢民族文化的最後一道屏障。對於文化「他性」的態度，恰反應了一種在主體建構層面的焦灼心理。而從資訊流動的逆向角度來看，本土化也意味着「本土」在全球化表象下的「他者」視野。全球化作為無法逃避的文化經驗，為「主體」與「他者」提供了更為直接的遭遇機會。身為曼紐爾‧卡斯特（Manuel Castells）所定義的「巨型城市」[153] 之一，上海本身的國際性註定其會成為充斥着此類遭遇的

---

151 羅蘭‧羅伯遜：〈西方視角下的全球性〉，載王寧編：《全球化與文化：西方與中國》（北京：北京大學出版社，2002 年），頁 25。

152 王安憶：〈歌星日本來〉，頁 237。

153 卡斯特認為，巨型城市是新全球經濟與浮現中的信息社會的一種新空間形式。根據聯合國分類，全世界有十三個巨型城市，上海名列其中。巨型城市是全球經濟的焦點，它集中了全世界的指揮、生產與管理的上層功能，媒體的控制，真實的權力，以及創造和傳播的象徵能力。巨型城市連接了全球的經濟，扣連了信息網絡，並且集中了世界的權力。參見曼紐爾‧卡斯特著，夏鑄九等譯：《網絡社會的崛起》（北京：社會科學文獻出版社，2001 年），頁 496-499。

試驗場。王安憶的中篇小說〈我愛比爾〉（1995年）雖是弱水三千中的一瓢飲，卻頗有其典型性。

這是一則關於「今天的時代」的小說，是在王安憶面對批評界的質疑，稱其只能寫「那個時代的人」而刻意為之的一篇回饋性的小說文本。[154] 王安憶明確地將其定義為「關心現實的小說，它關心東西方如何接觸的問題，這也是改革開放之後，我們遇到的問題。」[155] 這則小說如它的標題所示，覆蓋着浪漫的表皮，關於一個中國女孩與數個西方男性之間的情愛糾葛。然而，王安憶冒着主題先行的危險，自己將敘事所可能涉及到的其他文化層面一一否定：「其實這是一個象徵性的故事，這和愛情，和性完全沒有關係，我想寫的就是我們的第三世界的處境。」[156] 然而，主人公阿三作為第三世界知識女性在身份層面的豐富性，卻是進行文本解析時無法逾越的起點。阿三與美國外交官比爾的在民間文化活動中的相遇已為小說定下基調，以開宗明義的方式凸顯出其後殖民主義內涵。面對阿三的作品，比爾的反應是這樣的：

> 他用清晰、準確且稚氣十足的漢語說：事實上，我們並不需要你來告訴甚麼，我們看見了我們需要的東西，就足夠了。阿三回答說：而我也只要我需要的東西。比爾的眼睛就亮起來，他伸出一個手指，有力地點着一個地方，說：這就是最有意思的，你只要你的，我們卻都有了。[157]

阿三與比爾之間寥寥幾句對話，卻可發現其微妙之處，其間隱含着爭奪話語權的機鋒。比爾典型的「東方主義」論調，體現了一種企圖，先驗地將

154　王安憶：〈拿起鐮刀，看見麥田〉，載王安憶著：《王安憶說》（長沙：湖南文藝出版社，2003年），頁134-135。

155　王安憶、王雪瑛：〈感受土地的神力——關於文壇和王安憶近期創作的對話〉，載王安憶著：《王安憶說》（長沙：湖南文藝出版社，2003年），頁116。

156　王安憶：〈我是女性主義者嗎？〉，頁166。

157　王安憶：〈我愛比爾〉，載王安憶著：《隱居的時代》（上海：上海文藝出版社，1999年），頁126。

阿三及其作品作為一個虛構的文化符號置於無可逆轉的被動地位。「我們並不需要你來告訴甚麼，我們看見了我們需要的東西，就足夠了。」比爾的自信有其來源，即西方人所建構的關於東方的認知話語系統。[158] 這套系統以霸權文化觀念為前提，視東方為最根深蒂固的對立面。西方佔據核心位置，而東方則覆蓋於其權力話語之下，成為被界說與定義的「他者」。西方通過此系統的運作消弭東方的主體性，強迫其噤聲而使之淪為被鑒賞的客體，和自己超驗的「中國」想像對號入座。後殖民主義批評家弗朗茲・范農（Frantz Fanon, 1925-1961）以「他者」的立場反諷地對此文化觀念進行了複製：並不是我們自己製造意義，意義早已就在那兒，早已預先存在，只等待我們的到來。[159] 而阿三的回答則對以上觀念進行了有力反撥，並進一步將知識與權力的關係明晰化。作為來自第三世界的知識分子，有其「需要的東西」作為建構其主體性的因子，而不僅是被動地承擔對方需要參照的「他者」功能。比爾接下來的話卻點明了身處九十年代的當代中國作為東方第三世界國家的痛處：你只要你的，我們卻都有了。

在阿三與比爾的身後，浮現出巨大而忙碌的全球化文化圖景。全球一體化的資本營運方式，為阿三等中國的年輕藝術家帶來更多與西方接觸與交融的機會。然而，也同時導致其產生身份認同的迷惘。在西方強大的經濟與文化的滲透中，他們普遍呈現出西化傾向，並隨之將這種文化渴望呈現於藝術探索與創作。王安憶藉一個美國畫商與中國評論家的交談，具現了這一現象：

評論家說：一個中國的青年藝術家，在十多年裏走完了西方啟蒙時期至現代化時代的漫長道路，這本身就是一件值得注意的事情。美國人加重了口氣說：可是我指的是，把落款遮住，我們憑

---

158 陶東風：《後殖民主義》（台北：揚智文化事業股份有限公司，2000 年），頁 78。

159 參見 Frantz Fanon. *Black Skin, White Masks*. Trans. Charles Lam Markmann. New York: Grove Press, 1967. p.134.

甚麼讓人們注意這幅畫，而不是那幅畫，在我們西方，這樣畫法的非常多。説着，他將阿三新完成的那幅百貨公司的人群的畫拉到跟前，説：這完全可以認為，畫的是紐約。評論家説：在我們這城市，現在有許多大酒店，你走進去，可以認為是在世界任何地方。美國人接過他的話説：對，可是你走出來，不，不需要走出來，你站在窗口，往外看去，你可以看到，這並不是世界任何地方，這只是中國……然後，他總結道：總之，西方人要看見中國人的油畫刀底下的，決不是西方，而是中國。[160]

由上所述，我們看到了東西方基於各自的主體立場進行的一場對話，彼此視對方為「他者」。在全球性經濟文化一體的趨同浪潮中，中國着眼於西方的現代性並與之看齊，以部分地消磨自己的本土性為代價，重構自我。而西方反致力於加強他者的「中國性」以延續中西二元差異格局，亦是出於鞏固主體地位的考慮。值得注意的是，西方畫商所需要的「中國」卻並非評論家所指的「國畫，還有西南地區的蠟染製品」等「徹底的中國」，而是阿三等在「西方觀念成長起來的畫家」筆下的中國。[161] 他有一種預期，阿三的中國呈現將與西方「想像的東方」達成一致，將如張隆溪（Zhang, Longxi, 1947-）所言「被歷史地塑造為與西方不同的價值之代表」[162]。簡言之，「想像的東方」正是西方所需要驗證自身的「他者」，並將一種「虛構的東方」形象反過來強加於東方，使東方納入西方中心的權力結構，從而完成文化語言上被殖民的過程。[163] 而阿三等在全球化語境中成長起來的第三世界知識分子，實際已自覺或不自覺地與西方達成共謀，擔任了「自我東方化」（self-orientalized）的東方人角色。

160　王安憶：〈我愛比爾〉，頁 151。

161　王安憶：〈我愛比爾〉，頁 150。

162　Zhang Longxi: "The Myth of the Other: China in the Eyes of the West." *Critical Inquiry* 15(Autumn, 1988): p.127.

163　王嶽川：《後殖民主義與新歷史主義文論》（濟南：山東教育出版社，2001 年），第 2 頁。

　　這一點，在阿三與比爾的交往過程中表現得尤為明晰。比爾與阿三分別要求對方叫自己的中國與英文名字——畢和瑞與蘇珊。「命名」的內涵表達了中西方對於「他性」不同的態度。阿三已將西名「蘇珊」內化為自身文化再認同與重建主體性的基石。而比爾的中國名字，只是以西方為主體的「他者」參照系中的一環而已。「就像愛他的中國名字一樣，比爾愛中國。中國飯菜，中國文字，中國京劇，中國人的臉。」[164]

> 阿三心裏也好笑，再聽到比爾歌頌中國，就在心裏說：你的中國和我的中國可不一樣。不過她並沒有把這層意思說出來，相反，她還鼓勵比爾更愛中國。她向比爾介紹中國的民間藝術：上海地方戲，金山農民畫，到城隍廟湖心亭喝茶，還去周莊看明清時代的民居。[165]

　　阿三對於本土文化抱有十分理性的態度：你的中國與我的中國可不一樣。阿三的清醒之處在於，認識到自己身處的「中國現實」的混血特質。現代中國首先是在西化的脈絡中成長的，「東方的現代，是歐洲強加的產物，或者說是從結果推導出來的」[166]，帶有着與生俱來的不純粹性。「我們已經很難想像甚麼純粹的，絕對的，本真的族裔或認同（比如「中華性」），構成一個民族認同的一些基本要素，如語言、習俗等，實際上都已經全球化，已經與「他者」文化混合，從而呈現出不可避免的雜交性」[167]。而比爾的中國是絕對而偏激的，是國粹性的，他有意無意地忘卻和忽視東方「他者」所具有的變動不居的性質。有意味之處在於，儘管立場不同，他的「中國」與東方原教旨者所堅守的「本土經驗」發生重疊。而後者則以抗拒全球化語境中的

164　王安憶：〈我愛比爾〉，頁 127。

165　王安憶：〈我愛比爾〉，頁 127。

166　竹內好：〈何謂現代——就日本和中國而言〉，載張京媛主編：《後殖民理論與文化批評》（北京：北京大學出版社，1999 年），頁 444。

167　陶東風：《後殖民主義》，頁 152。

「他者」文化為指歸，並以「中華性」與西方「現代性」對舉。兩者殊途同歸之處在於，都以一個本質化（essentialzing）的東方加深了東西文化間的二元對立格局。如德里克（Arif Dirlik, 1940-2017）所感嘆：「中國的民族主義與東方主義一樣是文化物化的一個根源，是本身為接觸地帶之產物的知識分子的創作，不管是中國的知識分子、留洋學習的中國知識分子還是海外華人，這還是甚麼非常令人吃驚的事嗎？」[168]

阿三刻意地強調了比爾的「中國」並「鼓勵他更愛它」，並非關乎第三世界的民族自尊，而是自覺地接近西方並期望得到對方認同的策略。「西方化確實表明了一種疏離狀態，一種成為他者的方式」[169]，同時也以「自我東方化」作為代價。「東方主義者當在知識上和情感上進入東方的過程中本身已經『東方化』了。『東方人』也完全相同，他／她與東方主義者的接觸以疏遠自己的社會告終……最終與東方主義者的交往比與自我的社會交往還要自如。在一些方面，正是與這兩種社會複雜的日常生活的這種疏離促成了作為東方主義一個基本特徵的換喻文化再現——無論是由東方主義者還是由自動東方化的『東方人』所促成。」[170]

然而，比爾對「中國」的愛是亦有條件的，這一點在西方中心論的文化觀念中亦有傳統。貝托魯奇（Bernardo Bertolucci, 1940-2018）曾經在《末代皇帝》（The Last Emperor）的電影首映式上回顧他到中國時的體驗：

> 我到中國去，因為我想尋找新鮮空氣。……對於我來說，我對中國是一見鐘情。我愛上了中國。我當時想中國人真令人着迷。他們有一種樸實單純。他們是西方消費主義產生前的人民。然而同時，他們又那樣令人難以置信地富有經驗，舉止優雅和聰明睿智，因為他

---

168 阿里夫‧德里克：〈中國歷史與東方主義問題〉，載羅鋼、劉象愚主編《後殖民主義文化理論》（北京：中國社會科學出版社，1999 年），頁 90。

169 Abdallah Laroui. The Crisis of the Arab Intellectual: Traditionalism or Historicism. Berkeley: University of Calfornia Press, 1976. p.121.

170 阿里夫‧德里克：〈中國歷史與東方主義問題〉，頁 90。

們足足有 4000 歲了。我認為這種混合真是十分誘人。[171]

　　貝氏對中國的「愛」定格於「西方消費主義產生前」這個時間序列中。儘管貝氏對於中國表現出的熱情證明了他對這個東方「他者」懷有的尊重與崇敬，已不能僅以東西二元對立論的分析模式機械套用，但仍然無法消解他的「愛」本身所具有的種族中心的偏執意味。比爾又何嘗不是如此。阿三深知比爾所需要的「中國」並積極地迎合他。

> 主人家有一架老式的唱機，壞了多少年，扔在床下，阿三找出來
> 央人修了修，勉強可以聽，滋滋啦啦地放着老調子。美國人最經
> 不起歷史的誘惑，半世紀前的那點情調就足夠迷倒他們了。[172]

　　然而，我們也由此發現了阿三與比爾所欣賞的「中國」之間的巨大隔閡。這決定了阿三對比爾「中國」觀念的認同必須借助於某種歷史元素作為媒介。正如周蕾在分析現代中國觀眾對本民族歷史呈現的審視時所指出的：由於非西方的歷史被劃分為古代／原始和「現代」階段，可以說，非西方的現代主體是由一種「喪失」的感覺組成的──喪失了所謂的「古代的」歷史。儘管一個人「認同」於他的古代歷史，但是除非以物戀的形式，他絕對返回不到這個所謂的「古代」之中。[173] 作為一個「自我東方主義化」的東方主體，阿三與比爾形成了現代東西方文化間的隱喻。同時也凸顯了第三世界本土知識分子面臨的尷尬處境：要麼通過西化來逃避過去（無歷史認同），要麼就將過去當作甘願與永久的遲緩相認同的資源而對之重新肯定。[174] 而對後者的

171　布賴恩‧蘭伯特：〈貝爾納托‧貝特魯奇採訪錄：《末代皇帝》〉，載張京媛主編：《後殖民理論與文化批評》（北京：北京大學出版社，1999 年），頁 319。

172　王安憶：〈我愛比爾〉，頁 140-141。

173　周蕾：〈看現代中國：如何建立一個種族觀眾的理論〉，載張京媛主編《後殖民理論與文化批評》（北京：北京大學出版社，1999 年），頁 349

174　阿里夫‧德里克：〈尋找東亞認同的「西方」〉，載王寧編《全球化與文化：西方與中國》（北京：北京大學出版社，2002 年），頁 29。

肯定與認同勢必與對於西方文化中心論述的迎合與屈從難逃干繫。

陳曉明曾指出對於中國民族來說，「東方」神話在近現代和當代講述了兩次。[175] 強調民族性，在中國現代歷史語境中，並不像主張者所表達的純粹立足於中國民族本位。早期的東方文化研究者強調東方文化的價值以質疑西方文明為前提，然而，那些以現代中國的保守派現身，並極力維護東方文化的國學大師，與西方文化間正存有不解之緣。辜鴻銘（1857-1928）、梁啟超（1873-1929）、梁漱溟（1893-1988）等人儘管各自的出發點和設想的文化目標不盡相同，但都受到西方文化的影響與鼓勵。如陳所言：中國近現代知識分子對「民族性」的強調與其說是被壓迫民族頑強抵抗帝國主義的文化策略，不如說是第三世界一種保持文化自尊的方式。然而，在當代，對這種強調的重複已徒具形式：

> 正如馬克思在對黑格爾的某個觀點作補充說明時指出的那樣，一切偉大的世界歷史事變和人物，可以說都出現兩次。第一次是作為悲劇出現，第二次作為笑劇出現。……我們可以看到，現代中國強調的中國文化的「東方性」特徵，在八、九〇年代又再次被強調。儘管這種「強調」並不具有馬克思所描述的企圖「演出世界歷史新場面」的宏偉構想，也不存在「戰戰兢兢」的姿態（相反的是以冠冕堂皇和理直氣壯的面目出現），在這文化危機的年代，中國文化的「民族性」和「東方性」以各種方式被強調，在這裏，人們並不是有意識地請出亡靈幫助，而是被歷史之手套上那身古舊的服裝，去表演給發達資本主義看客觀賞的文化節目。[176]

在論述中，陳曉明提及了張藝謀這位國際級的中國導演，並非常直率地

---

175 陳曉明：〈「後東方」視點──穿越後殖民化的歷史表象〉，頁235。
176 陳曉明：〈「後東方」視點──穿越後殖民化的歷史表象〉，頁237-238。

表達了對其刻意製作「東方他性」的不以為然。陳犀利地將矛頭指向張藝謀在《大紅燈籠高高掛》一片中展示的「偽風俗」：這些大燈籠乃是為西方權威貼上的文化標籤，它看上去像是第三世界向發達資本主義文化霸權掛起的一串白旗，而那些不厭其煩的民俗儀式，則無異於一次精心安排的「後殖民性」的朝拜典禮。[177] 而戴錦華（1959-）則將張的「國際性」歸因於其創造中國「奇觀」的策略：他是從空間出發來進行表現的，他讓他的觀眾看到的不是具體的「中國」的一段歷史敘述，而是「中國」本身。這與「五四」以來的中國文化的整個表意策略是完全不同的。張藝謀是展示空間的「奇觀」的巨人。他的攝影機是在後殖民主義時代中對「特性」的書寫的機器，它提供着「他性」的消費，讓第一世界奇跡般地看着一個令人眼花繚亂、目瞪口呆的世界。[178]

張藝謀深諳西方對中國文化的「窺視」（gaze）機制，並以攝影機模擬與複製了這種窺視。而這種複製本身，亦表現了對於西方觀者的「男性化」認同。即使窺視中並非如莫爾維（Luara Mulvey）所指出的，因「性」的類比隱喻所衍生出的色情意味，[179] 也足以「奇觀」的形式對西方的文化主體造成吸引。阿三極力對比爾進行「中國性」的展現，在規模上雖則無法與張藝謀相提並論，然而，其相類的投其所好的質地，亦為比爾帶來「看」的快感：「比爾的手還搭在阿三的手背上，眼睛對着眼睛。在這凝視中，都染了些老公寓的暗陳，有了些深刻的東西。」[180] 比爾對於阿三的激賞在於不斷地重複：你是特別的。阿三也敏感於比爾沒有說「最好的」。

> 比爾談起童年往事。他的父親是一個資深外交官，出使過非洲、
> 南美洲和亞洲。他的童年就是在這些地方度過。阿三問：你最喜

---

177 陳曉明：〈「後東方」視點——穿越後殖民化的歷史表象〉，頁 245。

178 戴錦華：〈全球性後殖民語境中的張藝謀〉，載張京媛編：《後殖民理論與文化認同》（台北：麥田出版，1995 年），頁 409。

179 Laura Mulvey. "Visual Pleasure and Narrative Cinema." *Screen* 16.3(Autumn 1975): p.8.

180 王安憶：〈我愛比爾〉，頁 141。

歡哪裏？比爾説：我都喜歡，因為他們都不同，都是特別的。
阿三不由想起他説自己特別的話來，心裏酸酸的，就非逼着他回
答，到底哪一處最喜歡。比爾就好像知道阿三的心思，將她摟緊
了，説：你是最特別的。[181]

值得注意的是，比爾表明其對第三世界的喜歡在於它們的「不同」與
「特別」。「不同」是這些區域作為整體與西方文化主體之間的二元差異。而
「特別」則道出其第三世界民族彼此之間的差異性。比爾對「特別」的全面
性的欣賞與接納，表現出一種類「多元共生論者」對於異質文化的情愫。就
西方主體而言，其「掩蓋了主流文化永遠不變的排他性，對於這種多元共生
論來說，種族差異或異文化只不過是一種異域情調，是一種可供細細品味的
特殊享受。」[182]「最好的」是對其價值的客觀肯定，指涉了平等對話的前提，
而阿三即使是「最特別的」也無法改變其在比爾宰制式的注視下的被動地位。

在阿三與比爾的二元關係中，阿三並非是被動的客體。她呈現給比爾的
物化中國也僅僅是形塑其「現代中國」主體策略中的一部分。她需要比爾對
其達至某種認同，然後徹底以被同化的形式進入比爾的世界。阿三所期冀的
這一過程，與她對全球化文化經驗的接納是同步的。後者為其樹立了最為紛
繁與誘人的「他者」意象。

兩人都有欲仙的感覺。比爾故作驚訝地説：這是甚麼地方？曼哈
頓，曼谷，吉隆坡，梵蒂岡？阿三聽到這胡話，心裏歡喜得不得
了，真有些忘了在哪裏似的，也跟着胡謅了一些傳奇性的地名。
比爾忽地把阿三從懷裏推出，退後兩步，擺出一個擊劍的姿勢，

---

181 王安憶：〈我愛比爾〉，頁135。
182 阿卜杜爾·簡穆罕默德：〈論少數話語的理論：目標是甚麼〉，載巴特·穆爾-吉爾伯特等編，
　　楊乃喬、毛榮運、劉須明譯：《後殖民批評》（北京：北京大學出版社，2001年），頁338。

說：我是佐羅！阿三立即作出反應，雙手叉腰：我是卡門。[183]

阿三的表白無疑是對其文化認同指向的最佳詮釋。其所希冀型塑的主體是一個卡門式的「西化」的阿三。而比爾作為文化「他者」的位置也在阿三的認同中發生質變，由對立的參照系轉變為同盟者。反之，阿三也在下意識中將比爾的「他者」轉化為自己的「他者」，並投入自己觀照的慾望。然而可悲之處在於，與阿三一廂情願的文化認同迥異，比爾對於阿三的期望，並不是與自己的「同」。其對阿三的感情，卻正是建築於「差異性」的基石上。阿三的中國「他者」的身份並未因兩者的交往的深入發生改變。阿三為比爾呈現「中國」，不經意間也為後者提供了衡量與驗證自己「中國性」的尺度。基於此，比爾對阿三產生了警惕的心理，他發現，「這個與他肌膚相親的小女人，其實是與他遠離十萬八千里的。但是他覺出了一種危險，是藏在那東方的神秘背後的。」[184] 當這種危機感日益明晰的時候，他終於對阿三進行了判斷：雖然你的樣子是完全的中國女孩，可是你的精神，更接近於我們西方人。阿三聽了，笑了笑，我不懂甚麼精神才是西方的。[185]

阿三的反問，代表了現代中國知識分子成長脈絡中的集體性困惑。文化交往空前頻繁的全球化語境中，本土性文化與西方價值觀念彼此交匯。阿三並沒有如「純粹」的中國抑或西方之類的概念。比爾的「中國」，對她而言，同樣遊移於其直接的文化經驗之外。阿三給比爾講了一個中國的故事，比爾聽後讚嘆道：這故事很像發生在西方。阿三就嗤之以鼻：好東西都在西方！[186] 比爾的東西方觀念是非此即彼式的，因其欣賞的「本質化」中國所指涉的文化編碼具有唯一性與排他性，必然伴隨着對現實中的現代中國的否定。出於西方文化本位主義的角度，比爾自覺地忽略了在他所欣賞的「中國」以外，

183　王安憶：〈我愛比爾〉，頁135。
184　王安憶：〈我愛比爾〉，頁138。
185　王安憶：〈我愛比爾〉，頁133。
186　王安憶：〈我愛比爾〉，頁134。

還有一個阿三置身其中的「中國」。

> 但是比爾還是感覺到，他與阿三之間，是有着一些誤解的，只不
> 過找不出癥結來。阿三卻是要比比爾清楚，這其實是一個困擾她
> 的矛盾，那就是，她不希望比爾將她看作一個中國女孩，可是她
> 所以吸引比爾，就是因為她是一個中國女孩。由於這矛盾，就使
> 她的行為會出現搖擺不定的情形。還有，就是使她竭力要找出中
> 西方合流的那一點，以此來調和她的矛盾。[187]

　　這段話精準地概括了比爾與阿三的關係。王安憶在訪談中再次強調其
以之所比擬的第三世界的處境：比爾對阿三來說就是一個象徵，西方的象
徵，所以她和比爾的接觸裏面有一個很大的矛盾，就是她必須用她的中國特
性去吸引比爾，但是她又希望自己不是中國人，她希望自己成為一個和比爾
一樣的人，所以她一方面強調自己的中國特性，一方面又想取消自己的中國
特性。[188]

　　「中國特性」是阿三力圖放棄卻又最難以把握的文化元素，而這對於比
爾的主體認同卻是必須。阿三所指代的自然的「西方化的」中國難以勝任
比爾建構自身所需要的「他者」。比爾在「看」中國時採取的「文化相對主
義」態度，是其無法克服的觀念障礙。這在西方的主流文化體系中，亦具代
表性。周蕾對克里斯蒂娃《關於中國婦女》（*About Chinese Women*）一書
的批評，即以此作為着眼點。周蕾指出：文化相對主義依賴於在「古代的」
與「現代的」中國之間劃分界線而進行運作。[189] 其「反映出更為廣泛的西方文
化實踐，它以原始主義式的崇拜來研究古代東方，儘管它在真正意義上以蔑

187　王安憶：〈我愛比爾〉，頁134。
188　王安憶：〈我是女性主義者嗎？〉，頁166。
189　周蕾：〈看現代中國：如何建立一個種族觀眾的理論〉，頁354。

視的態度來對待現代東方。」[190] 對比爾而言,「所謂的『本土』(the native)
已經不再能夠用作東方主義者所要求的那種純粹的、不成熟的對象──她已
經被西方玷污,已經不能他者化(unotherable)。因此,當代的東方主義者
因為現存的第三世界本土民族的現代性、因為非西方的古代文明的失落而悵
然若失,扼腕嘆息。他們已經沒有了『他者』。」[191]

　　阿三調和矛盾的企圖,因為這重障礙,終究無法實現。而其依賴比爾的
西方特性重新建構主體的希望,也隨之成為泡影。比爾亦因此放棄了阿三,
投向了另一個「他者」之域(韓國)。

　　故事在這裏可以戛然停止。但是,作者的寫作意圖卻使阿三走得更
遠。阿三失去了比爾的愛不久,卻取得了事業的成功。「阿三的畫匯入了世
界的潮流,為國際畫壇所接納了,阿三不再是一個離群索居的地域性畫家
了。」[192]

　　在這裏,我們似乎看到了阿三繼續其主體建構的另一重可能。事業,同
樣為其帶來了國際性的曙光。阿三如同時代的其他中國畫家一樣,在現代藝
術探索的道路上孜孜以求,並開始尋找出國辦畫展的機會,視其為歸屬「西
方」文化的另一途徑。她因此而認識了法國畫商馬丁。

> 然而,馬丁卻以非常直接的方式否定了阿三的藝術觀念。馬丁
> 說,你很有才能,可是,畫畫不是這樣的。……阿三又是一陣哭
> 笑不得,可是在心底深處,隱隱地,她知道馬丁有一點對。[193]

> 馬丁說,法國和中國一樣,是一個老國家,就是這些永遠不離開
> 的人,使我們保持了家鄉的觀念。……

190　Gayatri-Chakravorty Spivak. "French Feminism in an International Frame." *In Other Worlds: Essays in Cultural Politics.* New York: Methuen, 1987. p.138.

191　陶東風:《後殖民主義》,頁148。

192　王安憶:〈我愛比爾〉,頁149。

193　王安憶:〈我愛比爾〉,頁163-164。

> 停了一會，馬丁說：我們那裏都是一些鄉下人，我們喜歡一些本來的東西。本來的東西？阿三反問道，她覺出了這話的意思。馬丁朝前方伸出手，抓了一把，說：就是我的手摸得着的，而不是別人告訴我的。[194]

馬丁的一席話為阿三帶來的影響是，「阿三再也不能畫畫了。馬丁的全盤否定，在一個重要的節骨眼上，打中了她。」[195] 馬丁的「本來」摧毀了阿三對於自我的把持與希冀，卻同時讓阿三看清了自己的放棄。阿三的主體形構之路之所以艱難，是因為她放棄了自己的「本來」，而以自認為的「他者」作為認同的基石。然而，她與這個「他者」間橫亘着森嚴的文化壁壘，致使她將自己懸置在兩種文明的縫隙處。

> 她想，馬丁，你不負責任！馬丁把她苦心建造的房子拆毀了，他應當還她一座，可是沒有，他就這樣拍拍屁股走了，留下阿三自己，對着一堆廢墟。[196]

民族本土性與全球化之間的選擇困擾，終於分裂了阿三，並摧毀了她依賴自身進行主體性訴求的希望。阿三對馬丁的表白幾乎是歇斯底里式的，「阿三卻一不做二不休，她抓住馬丁的手，顫抖着聲音說：馬丁，帶我走，我也要去你的家鄉，因為我愛它，因為我愛你。」[197] 這是阿三在主體崩潰前最後的困獸猶鬥，然而，依然非常清晰地表明了由族裔至性別範疇的「他者」排序。首先是愛馬丁的家鄉，再次是愛馬丁。將愛情視為文化的附屬品，這也是阿三作為中國知識分子的理性卻不可救藥之處。這種選擇必將帶

---

194 王安憶：〈我愛比爾〉，頁 164-165。
195 王安憶：〈我愛比爾〉，頁 172。
196 王安憶：〈我愛比爾〉，頁 172。
197 王安憶：〈我愛比爾〉，頁 170。

來深重的文化失落感。如作者自己所分析：他（馬丁）有他的根，根深葉長，可以說這方面他和阿三很像，但是阿三將自己的文化放棄了要向馬丁靠攏，而馬丁不能接受沒有根的阿三，有根的阿三與他又相隔甚遠，所以阿三也不能和馬丁在一起。我的意思是說一個女孩子在身體上與精神上都向西方靠攏的過程中毀滅，自毀。[198] 阿三最後的迷失與墮落，令人扼腕。表面看來，似乎是一個性格悲劇，實則不然。她寄託了第三世界知識分子最為無法自拔的現實。

陳曉明將當今中國的文化處境概括為「後東方時期」。這種一時期的文化特徵陷入了嚴重的表象危機中，在名／實，動機／目的、形式／內容……等等之間，都發生錯位，一切都變得曖昧，似是而非，不可言喻。「後東方視點」是對後東方文化狀況的描述、拆解和清理。不管人們是有意識的去追逐發達資本主義的價值和實際利益，還是明確執着回歸中國本位文化。它們都難逃臣屬發達資本主義的經濟文化霸權的結局，這是我們這種文化無法擺脫的命運，也是當今中國文化創造者不得不置身於其中的歷史境遇。[199]

而由陳曉明的觀點作為推論，在全球化的現實語境中，一切有關民族主體性的訴求都有可能指向「他人」，這也帶來當代中國知識分子失卻「元話語」的危機感。他們只有兩種選擇，或是積極地投入異文化的懷抱，或是作一個傳統文化的觀望者。因其無法從傳統話語中找到闡釋這個文化擴張時代的依據，亦無法從兩種文化的交匯處獲取新的立足點。

冷戰的結束改變了世界秩序的格局，東西陣營以意識形態為標誌的對抗，基本已告終結。區域性文化／文明的差異，重新成為討論的焦點。杭廷頓（Samuel P. Huntington）於 1993 年發表文論〈文明的衝突？〉（"The Clash of Civilizations?"）認為，「在世界事務中，民族國家仍會舉足輕重，但全球政治的主要衝突將發生在不同文化族群之間。文明的衝突將左右全球

---

198 王安憶：〈我是女性主義者嗎？〉，頁 167。
199 陳曉明：〈「後東方」視點──穿越後殖民化的歷史表象〉，頁 243。

政治，文明之間的斷層線將成為未來的戰鬥線。」[200] 而衝突的焦點則發生在西方國家與幾個伊斯蘭——儒家國家之間。杭氏的這篇作品，以令人恐慌的「西方警示錄」現身，同時恰如其分地對東方傳統的「弘揚」，起到了微妙的慫恿作用。其為東方對本土文化資源的回歸與認同，以及人文精神的重建，提供了外來的理論支持。然而，是否如杭氏所預言，中國會在即將到來的文明對峙中擔當重任，則仍待考驗。同時，對第三世界而言，亞洲復興觀念也不可避免地造成了對於歐洲中心主義的回應。在當下的全球化語境中，民族文化認同層面的考量必然伴隨著更多「內」、「外」因素的纏繞與糾葛。如德里克所言：對東亞或亞洲的認同的尋找似乎最受那些從未放棄過傳統的人的歡迎，但同時也最受國家的和資本的青睞。因為它們在那些傳統中感受到的不僅是一種自我認同的方式，而且還有一種控制在資本主義經濟中獲得成功的混亂的影響之手段，而後一種方式根本不去懷疑資本主義本身。它們的取向與大部分人（例如在中國就是如此）所感受到的面臨文化全球化對某種民族認同意識的緊迫需要相吻合，這種全球化也就是全球性的消費文化技術對本土文化的入侵。後者反過來更加強調作為全球市場策略之組成部分的本土文化和傳統。[201]

德里克的話清楚地表明，本土文化作為第三世界的發言立足點，已在全球化浪潮中被策略性的「他者化」，反被西方的消費文化內化為亞洲人自身的文化經驗。

近期在中國大陸範圍內播放的新一輯肯德基廣告。其構思十分直觀地體現了這一過程。一對中國的年輕情侶發生感情危機，面臨分手的難堪局面。女孩意外失蹤，但是給男孩寄來一張照片，並告訴他，如果他能夠找到照片上她所在的肯德基分店，就有復合的可能。男孩在愛的驅動下，發動了全世界範圍內（請注意這個範疇界定）的網友一起幫助尋找。功夫不負有心人，最後，男孩終於在一個洋溢著濃郁的中國民族特色的小城鎮裏，找到了這間

200　杭廷頓：〈文明的衝突？〉，《二十一世紀》第十九期（1993 年 10 月），頁 5。
201　阿里夫・德里克：〈尋找東亞認同的「西方」〉，頁 41。

肯德基，並與女孩言歸於好。

皆大歡喜的結局，呈現出一種溫情脈脈的企圖，將全球化的消費文化與本土文化巧妙融合。後者為前者提供了實現「拯救」行為的場域。而「拯救」的客體——中國情侶，卻是東方元素。這樣就產生了深入人心的文化印象，中國在自己的文化場域中被「他者」所拯救。

小說結尾的設計是意味深長的。逃亡中的阿三，在泥土中發現了一個染着血跡的小母雞的「處女蛋」。「阿三的心被刺痛了，一些聯想湧上心頭。她將雞蛋握在掌心，埋頭哭了。」[202] 作者詮釋了其中的寓意：我們從離群索居走出來的時候，我們失去了很多東西，我們被侵略的不僅是我們的資源，我們的經濟生活，還有我們的感情方式。[203]

〈我愛比爾〉，王安憶這部小說，呈現了上海這座文化多元的城市在全球化語境中的愛情傳奇。作者着眼於「愛」字，以一個「愛」字隱喻了當代東西方之間剪不斷理還亂的文化關聯，同時為當代中國知識分子提供了一個自我反思的機會。「比爾」作為一個重要的異文化「他者」象徵，仍與我們彼此隔岸觀望。在東方主體當前依舊艱難的文化認同中時常浮現，如幢幢的魅影。

---

202 王安憶：〈我愛比爾〉，頁222。
203 王安憶：〈我是女性主義者嗎？〉，頁167-168。

第四章

海上舊夢

第一節
懷舊的素材？

《長恨歌》很應時地為懷舊提供了資料，但它其實是個現時的故
事……[1]

——王安憶

　　1995 年，王安憶的長篇小說〈長恨歌〉在《鍾山》雜誌連載發表，並
於次年出版單行本，反響僅限於專業讀者群。時隔五年，其獲得茅盾文學獎
的殊榮，並隨悄然興起的上海懷舊風潮，迅速躋身於暢銷書行列，成為當年
中國文學界十分獨特的文化現象。然而，王安憶本人在談及其創作歷程時，
明確了自己的態度：「對上海的懷舊時尚客觀上推動了讀者關注寫上海故事
的小說，其實我在寫作時根本沒有甚麼懷舊感，因為我無舊可懷。」[2]

　　即此，「懷舊」二字卻因王安憶的聲明得以凸顯。作為典型的嚴肅文學
文本，其如何融合於這座城市懷舊時尚的文化脈絡，因之成為值得思索的
論題。

1　王安憶、王雪瑛：〈《長恨歌》，不是懷舊〉，載王安憶著：《王安憶説》（長沙：湖南文藝出
　　版社，2003 年），頁 120。
2　王安憶：〈我眼中的歷史是日常的——與王安憶談《長恨歌》〉，載王安憶著：《王安憶説》（長
　　沙：湖南文藝出版社，2003 年），頁 154。

〈長恨歌〉記述一位昔日的「上海小姐」王琦瑤，經歷四十年風雨，安然渡過當代中國歷史變遷的重重關隘，最後卻橫死於非命的故事。如要為這篇小說取一個題眼，即是一個「舊」字。然而，此「舊」可否與「懷舊」的內蘊合為一轍，卻頗需思量。

中國當代都市懷舊現象興起於上世紀九十年代初期，從淵源上觀，可視為全民性「文化尋根」的集體無意識。作為其中重要的支流，「上海懷舊」卻又是箇中異數。捨棄了歷史縱深的多維度觀照，其聚焦於上海三、四十年代短暫的西方殖民文化語境，企圖重現「十里洋場」的聲色輪廓。從某種意義上，這也是上海本身所造就的群體文化選擇。上海作為國際資本堆砌而成的經濟文化空間，其生而為城市的特性，也正在這有限的數十年間塑成。在這懷舊風潮中，各種文化元素如何整合，建構「想像中的上海」，也有耐人尋味之處。

這股熱潮興起於出版界，文學無疑成為其中堅。1996 年上海作家素素的圖文散文集《前世今生》，化身懷舊風潮的信號，以文字將舊上海的時尚生活建構於大眾的閱讀視野。在僅一年之內，銷量近十萬冊，其反響出人意表。1998 年至 2000 年，北京作家出版社接連出版了作家陳丹燕的上海三部曲《上海的風花雪月》、《上海的金枝玉葉》、《上海的紅顏遺事》。以類紀實文學的形式，作者深入老上海的敍事脈絡，「尋訪散落在街巷中的歷史遺跡，回望她不曾經歷過的舊日時光」。[3] 資深編輯家、《良友》主編馬國亮（1908-2001），以《良友憶舊》為題，視舊上海的時尚雜誌為切入點，回首前塵。而程乃珊，則以「地道」的上海人的身份，撰寫「上海詞典」專欄，並結集為《上海探戈》。這些文字出版物的市場成功，已為佐證，其共同建構了龐大的「懷舊社群」，以集體認同的「認知」（cognitive）面向──「想像」不是「生造」，形成任何群體認同所不可或缺的認知過程（cognitive

---

3   陳丹燕：《上海的風花雪月》（北京：作家出版社，1998 年），封底。

process）。[4] 如安德森所言,「想像」成為了懷舊「認知」的內核。而想像的彼岸則是一個在歷史脈絡中淡去的文化「烏托邦」,其中蘊藏着「某一整套社會秩序和文化理想」[5]。然在其內裏,我們看到的是「世紀末的後殖民情調裏它和那些充斥着旗袍、月份牌、黃包車、爵士樂的歲月」[6]。孫甘露對此有過尖銳的批評:我認為那是一個畸形的晚會式的烏托邦話題──它甚至夠不上一個反面的烏托邦。[7] 而這場懷舊運動的幹將之一,陳丹燕也曾清醒地表示:上海人因此染上了古怪的懷鄉病,對永遠也不屬於他們的西方文明。[8] 這種逾越時空的異樣的心理歸屬感,已然超越對文化身份的歷史追問,而成為全民化的懷舊文化產業的前提。

> 90 年代的中國都市悄然湧動着一種濃重的懷舊情調,而作為當下中國最重要的文化現實之一,與其說,這是一種思潮或潛流,是對急劇推進的現代化、商業化進程的抗拒,不如說,它更多是一種時尚;與其說,它是來自於精英知識分子的書寫,不如說,它更多是一脈不無優雅的市聲;懷舊的表像「恰當」地成為一種魅人的商品包裝,成為一種流行文化。[9]

戴錦華點出了「懷舊」所具有的商品性特質,這也正是當下不少上海本土的知識分子對於這場文化風潮解讀的共識。陳村(1954-)言簡意賅,稱之為「販賣舊上海」[10]。而歷史學者朱學勤,則從根本上否定其「懷舊」的內

4　Benedict Anderson. *Imagined Communities: Reflections on the Origin and Spread of Nationalism.* London:Verso, 1983. p.28.

5　希爾斯:《論傳統》(上海:上海人民出版社,1997 年),頁 277。

6　衛慧:《上海寶貝》(香港:天地圖書,2001 年),頁 32。

7　孫甘露:〈時間玩偶〉,《收穫》第五期(1999 年 9 月),頁 128。

8　陳丹燕:〈上海的法國城〉,載陳丹燕著:《上海的風花雪月》(北京:作家出版社,1998 年),頁 91。

9　戴錦華:《隱形書寫》(南京:江蘇人民出版社,1999 年),頁 107。

10　陳村、賀友直:〈老市民的上海〉,《收穫》第二期(2002 年 3 月),頁 133。

蘊，而論之為「作秀，做歷史懷舊的秀」。[11] 談及上海著名的懷舊酒吧——「1931」[12]，朱學勤說到一件有趣的事，酒吧裏掛着一個小馬燈，色澤老舊，似乎經歷了 60 年的滄桑，照亮過 1931 年的種種故事，[13] 但事實上，這個型號的馬燈，只是「國營企業上海桅燈廠 1969 年的產品」。一頂馬燈，也因此成為舊上海歷史被「偽飾」的具象符號。無獨有偶，台灣文化人詹宏志提及位於台北市忠孝東路與敦化南路交口的 Fast Lane，這是一家以宣稱「販賣五十年代」而著稱青少年流行服飾店。而其中「某些商品的例子，五十年代和六十年代從來就不會生產過這種東西（譬如一隻老式麥克風其實是一架收音機）」[14]。對於「歷史被玩賞與消費」，詹理解為，「我們可以使用當時的材料，當時的造型，當時的人物，或者我們可以把上述材料放在一起，呈現出一個環境，眼尖的人就說，看哪，那是五十年代！但是，逝者已矣。我們其實不可能真正在八十年代裏再造一個五十年代，我們複製的不是時間，而是時代感覺——一組符號所喚起的時間記憶。」[15] 商品符號化的呈現與堆砌，「還原」了時代場景。這似乎成為「懷舊」消費的價值內核所在，而消費行為本身也被定義為「一種符號的系統化操控活動」[16]。誠如社會學家鮑德里亞所言：（消費）不是物品功能的適用或擁有，而是作為不斷發出、接收而再生的符碼（symbolic code）……物必須成為符號，才能成為被消費的物。[17] 而就消費者而言，他們購買商品，並不是真正的需要，也不知道商品的

11　包亞明：〈文人發嗲——朱學勤、包亞明對談〉，載包亞明、王宏圖、朱生堅等著：《上海酒吧——空間消費與想像》（南京：江蘇人民出版社，2001 年），頁 69。

12　這間酒吧在各種關乎上海的懷舊讀本中頻頻出現，成為典型的懷舊文化指涉空間。

13　包亞明：〈文人發嗲——朱學勤、包亞明對談〉，頁 70。

14　詹宏志：《城市人：城市空間的感覺、符號和解釋》（台北市：天下文化出版股份有限公司，1989 年），頁 26。

15　詹宏志：《城市人：城市空間的感覺、符號和解釋》，頁 27。

16　鮑德里亞著，林志明譯：《物體系》（台北市：時報文化出版企業股份有限公司，1997 年），頁 212。

17　Jean Baudrillard: *Selected Writing*. Ed. M. Poster. Stanford: Stanford University Press, 1988. pp.47-48.

真相……只是一個「擬像」[18]，而此「像」透過大眾傳播媒體，將其內容傳輸於各階層社會成員，促成模式化的經驗與價值觀，從而達成某種共識。就上海「懷舊」風所折射出的「像」，也正是九十年代以降無所不在的「老上海」。

消費文化作為「個體、自我表現與格調化的自我意識」，[19]「老上海」依賴於大眾心理機制作為前提。而其在文學界的盛行，恰為分析其誘因尋找了窺口。

馬爾科姆‧蔡斯（Malcolm Chase）在〈懷舊的不同層面〉一文中，分析了構成懷舊的三個先決條件：

> 第一，懷舊只有在有線性的時間概念（即歷史的概念）的文化環境中才能發生。第二，懷舊要求「某種現在是有缺憾的感覺」。第三，懷舊要求從過去遺留下來的人工製品的物質存在。如果把這三個先決條件並到一起，我們就能很清楚地看到懷舊發生在社會被看作是一個從正在定義的某處向將要被定義的某處移動的社會環境這樣一種文化環境中。[20]

其中，蔡斯非常明確地提及「時間概念」與「有缺憾的感覺」作為懷舊的前提。就上海這座城市而言，這種「歷史匱缺感」無疑成為所有懷舊文本最本質的建構元素。而王安憶的小說，以嚴肅文學的敘事形態躋身懷舊時尚的文字汪洋，也正因於此。

在王安憶的早期的中篇小說〈好婆與李同志〉中，令人印象頗為深刻的一幕，是好婆作為三十年代上海望族的僕從，在解放後的傷春悲秋，感嘆

18　陳坤宏：《消費文化理論》（台北：揚智文化事業股份有限公司，1995 年），頁 63。

19　Mike Featherstone. *Consumer Culture & Postmodernism*. London: Stage, 1991. p.66.

20　Malcolm Chase and Christopher Shaw. "The Dimensions of Nostalgia." *The Imagined Past: History and Nostalgia*. Manchester and NY: Manchester University Press, 1989. pp.3-4.

「自己生活的這個城市不再叫『上海』了」：

> 好婆有時會漏出一兩句：他們住在曾家花園的時候，怎麼怎麼
> 的。……少有閱歷的人才知道，曾家是上海灘有名有姓的人家，
> 是個買辦，一次大戰當中，依靠了租界的力量，發了起來，蓋有
> 一棟法國式的花園洋房。內有可容數百人開「派對」的大廳。花
> 園裏有噴水池，池中間立了一尊沐浴裸女的大理石雕像，據說是
> 從法國千里迢迢運來的。……
> 在一些很深很深的夜裏，他們夫婦睡不着覺，往事如潮水般湧向
> 心頭，女人會絮絮叨叨地說起，逢年過節，或者宴會賓客時候，
> 曾家花園繁榮似錦的場面。[21]

　　而作為典型的商業懷舊文本，〈上海的風花雪月〉出現過一個三輪車夫
對上海往昔的回憶：

> 從前這裏是最高級的地方呢，上海最有鈔票的人去開銷的地方，
> 那時候這裏乾淨啊，出出進進的全都是頭面人物啊，像現在，弄
> 成這種瘟三腔調。你們是沒有見過，上海興旺的時候，你們的爺
> 娘大概還拖鼻涕呢。……可不一樣了啊。從前是甚麼氣派。[22]

　　就「懷舊」的敍事層而言，對於「匱缺」的認同使兩者發生了重疊。而
文本中反映出的「匱缺感」亦是雙重的：首先是時代（歷史）的「不在場」，
其次是那個時代的實際消費者——昔日上海有產者的缺席與噤聲。借社會
「弱勢群體」發言，表達對「老上海」的追念，更加明確地將「懷舊」定義

21　王安憶：〈好婆與李同志〉，載王安憶著：《香港的情與愛》（北京：作家出版社，1996 年），
　　頁 164-165。
22　陳丹燕：《上海的風花雪月》，頁 104-105。

為超越階層的群體心理症候，亦即陳丹燕所說的「懷鄉病」。根據弗洛伊德在論文〈論物戀〉（"Fetishism"）中的解釋，「物戀」的核心意義便在於恐懼「匱缺」（the lack），從而在現實中尋求自己害怕喪失和可能喪失的那一部分的替代物。[23] 而上海發跡史的迅速與短暫，始終是種隱痛，決定老上海懷舊作為全民性的「物戀」表達方式。

「別的地方的歷史都是循序漸進的，上海城市的歷史卻好像三級跳那麼過來的，所以必須牢牢抓住做人的最實處，才不至恍惚若夢。」[24] 王安憶如是說，而在六十多年前，張愛玲已將這種匱缺感內化為個人主體性的「虛無」：「為要證實自己的存在，抓住一點真實的，最基本的東西。」[25]。這種虛無感所導致的普遍性的物質焦慮，亦成為現代上海作家作品中的重要主題。以三十年代海派作家禾金的作品為例：

> 年紅燈下面給統治着的：小巧飾玩，假寶石指環，卷菸盒，打火機，粉盒，舞鞋長襪子，什錦朱古力，柏林的葡萄酒，王爾德傑作集，半夜慘殺案，泰山歷險記，巴黎人雜誌，新裝月報，加當，腓尼爾避孕片，高泰克斯，山得兒亨利，柏林醫院出品的 Sana，英國製造的 Everprotect。[26]

對西式都市文明與現代物質主義的追逐，幾乎以歇斯底里的敍述狀態呈現。而由此推論並可得到印證的是：以上元素恰也是當今上海懷舊所期冀的「舊」物，即蔡斯所指「從過去遺留下來的人工製品的物質存在」。「拜耳大藥廠的阿司匹靈藥品廣告、雙妹墨生髮油的玻璃瓶，美國的老無線電，木訥

23　弗洛伊德著，王嘉陵、陳基發、何岑甫編譯：《弗洛伊德文集》（北京：東方出版社，1997年），頁388-389。

24　王安憶：〈我看蘇青〉，載王安憶著：《尋找上海》（上海：學林出版社，2001年），頁193。

25　張愛玲：〈自己的文章〉，載張愛玲著：《流言》（台北：皇冠出版社，1968年），頁21。

26　禾金：〈造型動力學〉，《小說》第九期（1934年10月）。轉引自吳福輝著：《都市漩流中的海派小說》（長沙：湖南教育出版社，1995年），頁26。

的壁掛式老電話」，[27] 恢復與證明這些「物質」的「在場」，也成為了對懷舊內容的文化期許。因此，陳丹燕對「現場」——「散落在街巷中的歷史遺跡」的「尋訪」；程乃珊作為「老上海後裔」（亦即暗示昔日上海的見證者），所提供的與懷舊文字互見的「珍貴的具歷史價值的照片」，[28] 均是致力於此。

　　這些作品立意於「紀實」。而這也正是懷舊風尚與歷史之間最為弔詭之處。歷史的「實」，即其本真性，在作品中以物化後的文化符號所承載與建構。然而，本雅明在〈複製時代的藝術作品〉一文中明確指出，「原作的在場是本真性概念的先決條件」，「一件物品的本真性是一個基礎，它構成了所有從它問世之刻起流傳下來的東西從它實實在在的綿延到它對它所經歷的歷史的證明——的本質。既然歷史的證明是建立在本真性的基礎之上，那麼當那種實實在在的綿延不再有其甚麼意義的時候，這種歷史證明也同樣被複製逼入絕境。」[29] 問題在於，在時尚懷舊的文本之中，我們能夠看到的正是大量歷史「複製品」的存在，而這種「忠實」於還原歷史的「存在」在一定程度上恰體現了對歷史「本真性」的背叛，如在「1931」酒吧裏那頂饒有意味的小馬燈。如此的器物文本作為文學文本的外延符號同時又以文學文本為其外延內涵，形成交互指涉的聯繫，[30] 共同建立起上海懷舊的「理想國」。「老上海」的想像國度隨着出版物的發行而不斷地被複製，終於在「歷史匱缺感」的深潭中愈陷愈深。「藝術作品即使是最完美的複製品也缺少一種元素：它的時間和空間的在場，它在它碰巧出現的地方的獨一無二的存在。在它存在的時間裏，藝術作品自始至終屬於歷史，而它這種獨特的存在又決定了這個歷史。」[31]「老上海」的書寫者們努力於這種「在場」感的營造。然而，複製的方式卻時時消解着獨一無二的「本真性」，提醒着歷史的「缺席」，從而

27　陳丹燕：《上海的風花雪月》，頁 10-11。

28　程乃珊：《上海探戈》（上海：學林出版社，2002 年），頁 1。

29　本雅明：〈機械複製時代的藝術作品〉，漢娜・阿倫特編，張旭東、王斑譯《啟迪——本雅明文選》（香港：牛津大學出版社，1998 年），頁 218-219。

30　蔣榮昌：《消費社會的文學文本》（成都：四川大學出版社，2003 年），頁 158。

31　本雅明：〈機械複製時代的藝術作品〉，頁 218。

使得時尚懷舊也只能囿於「栩栩如生」的文化工業的一部分。

而對這種文學體式的消費過程也成為讀者與作者間自覺的文化合謀，如鮑德里亞所言的「一種積極的關係方式，是一種系統的行為和總體反應的方式」[32]。商業懷舊作為文本消費方式本身並非為學界所詬病之處。如李歐梵所言：城市文化本身就是生產和消費過程的產物。在上海，這個過程同時還包括社會經濟制度，以及因新的公共構造所產生的文化活動和表達方式的擴展，還有城市文化生產和消費空間的增長。[33] 然而，在言及關於老上海的「流行想像」時，李引用了伍湘婉的一段話：上海是一個奇特的地方，帶着表面的浮華和深深的腐敗；一個資本主義式的社會，極度的奢華與極度的貧乏並存共生；一個半殖民地，一小撮外國帝國主義分子踐踏着中國的普通百姓；一個混亂的地方，槍統治着拳頭；一個巨大的染缸，鄉村來的新移民迅速地被金錢、權勢和肉慾所敗壞。[34]

這也正暗示出時尚懷舊文學的癥結所在，其指代了「健忘的或是建立在選擇記憶基礎上的消費者文化」[35]。在這一文學脈絡中，歷史的確被精巧地選擇了。而這些被選擇後的歷史切片因為懷舊文學的推波助瀾輻射至當代的文化場域，依照張旭東「移情設計」（empathic projection）的概念，「（懷舊）將當下的情境投射到歷史年代中，達到一種歷史經驗的非歷史性的重組，並將革命和社會主義的震盪所造成的都市發展的斷裂從歷史的記憶中抹去。」[36] 對於政治語境的規避，是歷時層面的選擇與覆蓋。而在共時層面，老上海的普羅階層在文本中亦被消音，淹沒於繁華昇平的城市景色。正因於此，朱學勤犀利地將這種有意無意的歷史選擇稱之為文化界的集體「發嗲」，並將其

---

32 鮑德里亞：《物體系》，頁 1。

33 李歐梵著，毛尖譯：《上海摩登》（北京：北京大學出版社，2001 年），頁 7。

34 伍湘婉：〈回到未來，想像的懷鄉愁和香港的消費文化〉，頁 10-11，轉引自李歐梵著，毛尖譯：《上海摩登》，頁 345。

35 安吉拉‧默克羅：《後現代主義與大眾文化》（北京：中央編譯出版社，2001 年），頁 152。

36 張旭東：〈上海懷舊——王安憶與現代性的寓言〉，《批評的蹤跡：文化理論與文化批評，1985-2002》（北京：三聯書店，2003 年），頁 304。

中某些作者「形容為上海記憶的殺手」：當年以描寫「窮街」而出名的女作家哪裏去了？一轉身，就去描寫「藍屋」裏的花瓶，連一個痰盂都不放過，似乎痰盂裏的痰跡都是貴族咳出的高貴血液。[37]

「老上海懷舊本身就是歷史片面性的生動體現，因為這是一種意識形態的產物，是一部沒有社會衝突的歷史，一部浮華四溢的富人歷史，一部絕對消費性的歷史。」[38] 包亞明道出「老上海懷舊」的本質——一部絕對消費性的歷史。同時，消費的主體也因此浮出水面。「現在的孩子們」中的一部分人已悄然形成中國極具消費能力的階層——白領，學術界將其定位於中國的「中產階級」，「從本質上說，是指那些運用自我的知識技能作為『軟資本』來參與市場競爭，並因此而取得競爭優勢的人們，他們所受的教育，他們的審美趣味、生活態度與價值觀念，一般而言較為精緻化。」[39] 時尚懷舊成為「白領階層」的心之所屬，實際來源於「現時」與「過去」某種價值觀念的重疊。而這種重疊的核心，即所謂的生活品味，其「說到底即是一種生活的情緒樣態，或者說某種生活方式所表現的生活者的主體特徵的自身呈現」[40]。從而，商業性懷舊在迎合了其消費心理的基礎上，滿足了他們的對於自身的文化定位，他們「購買的不是商品的實質，而是代表某種價值、階層地位。」[41] 這時，「懷舊」以及其所相關的文化工業產品，包括出版物，已抽象為福萊德‧賀施（Fred Hirsch）所定義的「地位性商品」（positional goods）[42]。而懷舊文學作品以紀實的方式所建構的中產階級消費方式，亦成為模仿的對象。在〈上海的風花雪月〉中，有這樣一段關於昔日上海富商

37　朱學勤、包亞明〈文人發嗲——朱學勤、包亞明對談〉，頁 72。

38　包亞明：《上海酒吧——空間消費與想像》，頁 70。

39　蕭功勤：〈當今中國的白領階層與知識分子〉，載蕭功勤著：《知識分子與觀念人》（天津：天津人民出版社，2002 年），頁 144-145。

40　蔣榮昌：《消費社會的文學文本》，頁 157。

41　陳坤宏：《消費文化理論》，頁 63。

42　Fred Hirsch. *Social Limits to Growth.* Cambridge, Mass.: Harvard University Press, 1976. pp. 27-31.

生活方式的描述:「去法國總會玩,那時候在法國總會吃一頓大餐,給侍應生的消費是五元,可以供一家人吃一個月的大米。」[43] 這類「炫耀性消費」(conspicuous consumption)[44] 觀念,在當今的白領階層同樣有跡可尋,如鮑德里亞所言,「物以其數目、豐富、多餘、形式的浪費、時尚遊戲以及所有那些超越其純功能的一切,只是模仿了社會本質——地位」。[45] 在以上的消費觀念的促動下,這一階層急切地渴望建立自身的中產階級身份,而懷舊文字,也暗合其對於這一文化想像的建構。同九十年代後期在中國流行的《格調——社會等級與生活品味》、《品味:文明尺度與生存品味》等移植於西方的文化譯著合流,順理成章地成為中產階級的話語擴張方式。

同時,在大眾傳媒的影響之下,「懷舊」作為文化符號的過度生產(overproduction of signs)以及意象與模擬的再生產(reproduction of images and simulations),亦將與此相關的精英敘事也將隨之淹沒其中。

在這一語境之下,對王安憶式文學作品的「懷舊」元素的定位,顯得十分複雜與曖昧。

> 上海整個地方也沒甚麼古蹟也沒風光,現代化方面也不能和紐約比,那麼只有作懷舊文章,拿它的城市歷史來說,三十、四十年代,那是它最畸形發展的時候,有點奇光異彩的感覺,那個時代拿出來作賣點,作為消費的熱點,於是便製造了一個假想的文化。事實上我們對那年代有甚麼了解呢,現在的理解都是很片面的。它後面的工業背景,殖民地的背景,包括大眾和市民的生活

---

43 陳丹燕:《上海的風花雪月》,頁253。

44 凡勃倫(T. Veblen)在1912年出版的《有閒階級論》(*The Theory of the Leisure*)一書中,提出的概念。其後成為學界討論消費文化時經常援引的理論。「炫耀性消費」遵循的原則如下:一,金錢歧視原則;二,金錢浪費原則;三,金錢榮譽原則;四,金錢競爭原則。其由此而成為社會少數人——新興富豪表現地位身份的方式,為獲取社會承認和博取榮譽,竭力模仿歐洲貴族的消費模式。參見楊魁、董雅麗:《消費文化——從現代到後現代》(北京:中國社會科學出版社,2003年),頁185。

45 鮑德里亞:《消費社會》(南京:南京大學出版社,2001年),頁47。

背景都是被忽略的。只是前台的一點點浮光掠影被無窮地誇大了。作為旅遊來說可以去用，作為文化是不能當真的。[46]

上海的「舊」，也曾是王安憶試圖探究之所在。然而，對其而言，這是一個與更深廣的歷史維度相關的概念。在「尋根」浪潮的促動下，王安憶心懷「尋找上海」的宏願。在一系列考據工作之後，作家不得不承認：「當這城市初具雛形的時候，已經到了近代，它沒有一點『古意』，而是非常的現世。」[47]這一觀念決定王安憶對於「三四十年代」能否承擔起上海歷史講述的重任始終持保留態度。其對懷舊時尚含蓄的批評，在〈長恨歌〉中亦有所體現。王安憶塑造了「老克臘」這個形象，無疑是對早期「懷舊文化」的自覺消費者的直接詮釋。

我們是可以把他們叫做「懷舊」這兩個字的，雖然他們都是新人，無舊可念，可他們去過外灘呀，擺渡到江心再驀然回首，便看見那屏障般的喬治式建築，還有哥特式的尖頂鐘塔，窗洞裏全是森嚴的注視，全是穿越時間隧道的。他們還爬上過樓頂平台，在那裏放鴿子或者放風箏，展目便是屋頂的海洋，有幾幢聳起的，是像帆一樣，也是越過時間的激流。再有那山牆上的爬牆虎，隔壁洋房裏的鋼琴聲，都是懷舊的養料。[48]

我們看到，王安憶有意識地將「懷舊」這個概念分解與物化了。「懷舊」作為一種文化形式的存在，首先決定於其有大量分散的物質媒介作為前提。而這也正是時尚懷舊的核心。王安憶以反闡釋的方式，凸顯出「老克臘」們

46　王安憶：〈王安憶箴言：假想的上海〉，載王安憶著：《王安憶說》（長沙：湖南文藝出版社，2003 年），頁 251。

47　王安憶：〈尋找上海〉，載王安憶著：《尋找上海》（上海：學林出版社，2001 年），頁 2。

48　王安憶：《長恨歌》（北京：作家出版社，1996 年），頁 326。

的生不逢時。殖民主義文化背景中的歷史一瞬，賴以物質遺跡方可永恆化與在場化。他們對於上海之「舊」的堅執由此呈現出漫畫式的悲涼。其以「新人」之身擔當世紀末文化英雄的姿態，亦愈發顯得誇張與力不從心。

包亞明論及「精英敍事與老上海懷舊時尚」的區別：如果說懷舊時尚關注的是有始無終的，沒有時間性的繁華市景，那麼，精英敍事強調的則是城市空間變化更迭的歷史滄桑感。[49] 張旭東則提供了相似的視角：把張愛玲和王安憶聯繫起來的，不是懷舊感，也不是有關這個城市迷人的頹廢的文學文獻，而是一種具有穿透力的觀察。這種觀察既把城市在時間的洪流中碾成廢墟，又使得這片廢墟成為停滯、凝固了的歷史時間的客觀代言人。[50] 由此可見，在王安憶的小說文本中，時間／歷史與空間／城市交互指涉的關係，已獨立為被敍述的對象。如福柯（Michel Foucault）在〈不同空間的正文與下文〉（"Text/Context of Other Spaces"）中所提出：空間本身有它的歷史，同時，我們也不能忽視時間與空間不可免的交叉。[51] 空間作為時間的見證者，不離不棄，完整地呈現了歷史的綿延與斷裂。而「懷舊」，則成為貫穿於其中的一根心理鏈條，將空間的「興」與「衰」具現為一種歷時層面相互比對的美學銘刻。

> 《長恨歌》為懷舊提供最多資料的是四十年代的一部，可這都是虛構的，我對那個時代一無感性的經驗，就更談不上有甚麼心理上的懷舊因素，我只是要為王琦瑤的僅有的好日子，搭一個盛麗的舞台。[52]

王安憶曾將自己定義為上海的「外來戶」，這種身份的危機感一直伴隨

49　包亞明：《上海酒吧——空間消費與想像》，頁 305。
50　張旭東：〈上海懷舊——王安憶與現代性寓言〉，頁 305。
51　福柯：〈不同空間的正文與下文〉，載夏鑄九編譯：《空間的文化形式與社會理論讀本》（台北：明文書局：1988 年），頁 225。
52　王安憶：〈《長恨歌》，不是懷舊〉，頁 121。

着她本人的寫作歷程。家族記憶的缺失，為王安憶確立了對於過去與當下冷靜而審慎的創作姿態；另一方面，知識分子客觀的體察視角，也決定其「對自身外的世界與人性作廣博的研究，這便可以達成真實的自我與提高的自我之間審美的距離，理性的距離與批判的距離」[53]，而這種距離感，造就了王安憶對於上海的「好日子」，在心理上抱有的疏離態度。然而，就敍事的方式而言，王於細節描摹方面的耐心與投入，卻賦予上海的這座城市「舞台」相當豐富的內蘊，體現對於空間的熱度與偏好，並映射出福柯式的二十世紀「時代的焦慮」，其「與空間有着根本關係，比之與時間的關係更甚。時間對我們言，可能只是許多元素散佈在空間中的不同分派運作而已。」[54] 我們不妨將此納入文本分析的範疇，作為考量王安憶「懷舊」觀念的思考向度。

在王安憶的小說所構建的都市文化情境中，建築成為其着意描繪的空間場域。作為一種藝術與實用功能的結合體，建築兼具物理與社會的雙重內涵。而老上海建築群落的形成，更加成為不可多得的考察空間的人文歷史景觀。內斯托‧加西亞‧坎克里尼（Nestor Gorcia Canclini）在《混合文化》中對城市、特別是具有悠久歷史城市的建築文化的多元混合現象作過的研究表明：一個富有歷史內涵的城市，其街區的建築物是源於不同歷史階段的空間交叉連接，它們是作為意義族群在默默地相互對話，呈現互文性。在〈長恨歌〉的第一章，「弄堂」的出現成為以上觀念恰如其分的詮釋：

> 上海的弄堂是種類繁多、聲色各異的。那種石庫門里弄是上海弄堂裏最有權勢之氣的一種，它們帶有一些深宅大院的遺傳，有一副官邸的臉面，它們將森嚴壁壘全做在一扇門一堵牆上。一旦開門進去，院子是淺的，客堂也是淺的，三步兩步便穿過去，一道

53　王安憶：〈女作家的自我〉，載王安憶著：《兄弟們》（北京：中國文聯出版社，2001 年），頁 273。

54　福柯：〈不同空間的正文與下文〉，頁 226。

木樓梯在頭頂。木樓梯是不打彎的，直抵樓上的閨閣，那二樓臨街的窗戶便流露出了風情。上海東區的新式里弄是放下架子的，門是鏤空雕花的矮鐵門，樓上有探身的窗還不夠，還要做出站腳的陽台，為的是好看街市的風景。院裏的夾竹桃伸出墻外來，鎖不住的春色的樣子，但骨子裏頭卻還是防範的，後門的鎖是德國造的彈簧鎖，底樓的窗是有鐵柵欄的，矮鐵門上有着尖銳的角，天井是圈在房中央的，一副進得來出不去的樣子。西區的公寓弄堂是嚴加防範的，房間都是成套，一扇門關死，一夫當關萬夫莫開的駕式，牆是隔音的牆，鳴犬聲不相聞的，房子和房子是隔着寬闊地，老死不相見的。但這防範也是民主的防範，歐美風的，保護的是做人的自由，其實是做甚麼就做甚麼，誰也攔不住的。那種棚戶的雜弄倒是全面敞開的樣子，牛毛氈的屋頂是漏雨的，板壁牆是不遮風的，門窗是關不嚴的。[55]

在這段文字裏，王安憶以拼貼敍述的手法，致力描摹上海弄堂的四種形式。上海弄堂，亦稱「里弄」，歷來被視為具有地域特色的城市文化標籤，是「滬地獨有的民居格局，古已有之」。[56] 作為上海近現代民居的主體，弄堂本身所具有的文化交匯特徵一直為學界所重視。十九世紀五十年代「滬城類聚之民，比屋雜處」之狀在里弄中隨處可見。[57] 而至二十世紀初，五方雜居，中外彙聚的里弄已成定局。[58] 電影《七十二家房客》中的場景，可視為對此十分生動的詮釋。弄堂顯示出一種與傳統社會相悖的高密度、高流動、高異質性的居住生態，而居民因地緣與血緣關係的日趨淡化，亦產生出一種

---

55 王安憶：《長恨歌》，頁 4-5。

56 忻平〈人‧建築‧空間‧文脈〉，載蘇智良編：《上海近代新文明的形態》（上海：上海辭書出版社，2004 年），頁 122。

57 王韜：《瀛壖雜誌》（上海：上海古籍出版社，1989 年），頁 10。

58 徐公肅、邱瑾璋：〈上海公共租界制度〉，載蒯世勳編著：《上海公共租界史稿》（上海：上海人民出版社，1980 年），頁 3。

新型的人際關係與人格特徵。其建基於時空的內在複雜性，則外化為上海「都市的空間特性」，即愛德華・索亞（Edward W. Soja）所定義的「在一個城市及其影響的地理性層面中社會關係，構建形式和人類活動的特別的結構。」[59] 我們看到，王安憶在文中，將四類弄堂空間所指代的截然不同的生存方式以擬人化手法描繪，直觀地凸顯其人文主義。而其中所涵蓋的歷史文化元素，也因此集中地得到交接與對話。「我們處於一個同時性（simultaneity）和並置性（juxtaposition）的時代，我們所經歷和感覺的世界更可能是一個點與點之間互相聯結、團與團之間互相纏繞的網絡，而更少是一個傳統意義上經由時間長期演化而成的物質時代。」[60] 福柯的空間觀，令我們清晰地意識到，弄堂作為建築群落，恰恰形成各種空間場域交互作用後的凝結，以及由此而衍生出的豐富社會內涵。在這種意義交錯的纏繞中，王安憶以民居比擬「民生」，透露出視域更為寬廣的時代資訊，這實際體現了她的一種文化選擇。依然就建築空間本身而言，「懷舊」派的上海作家們集體式地鍾情於「現代性」存在，更具體地說，是傾心於西方文明的本土化移植。殷慧芬曾說過：上海的建築是外國人為外國人建造的。[61] 上海的輪廓，為外灘與浦西租界區的林林總總構成。四大公司，巴洛克結構的亞細亞大樓，遠東聞名的上海總會——東風飯店，滙豐銀行總部大廈，都是他們念茲在茲之所在。弄堂在其敍述中悄然隱退，李歐梵曾經別具深意地說過，上海的世界一面是大馬路、外灘，一面就是弄堂。[62] 前者是全球化的資本與權力的交涉場域，後者是人文與社會的關係空間。對於空間敍述的選擇，決定其所浮現出的「懷舊」情愫的內質。楊東平在《城市季風》一書中引用了英國《經濟學家》雜誌在 1985 年 3 月發表的一篇報道，載文寫道：

59　愛德華・索亞：〈重描城市空間的地理性歷史——《後大都市》第一部分「導論」〉，載包亞明主編《後大都市與文化研究》（上海：上海教育出版社，2005 年），頁 8。

60　Michael Foucault, "Text/Context of Other Spaces." *Diacritics* 16. 1(Spring 1986): p.22.

61　殷慧芬：《門柵情思》（上海：上海文藝出版社，1998 年），頁 29。

62　李歐梵：〈當代中國文化的現代性和後現代性〉《文學評論》第五期（1999 年 9 月），頁 133。

上海的一些地方仍是過去的上海。人民公園是修飾齊整的跑馬廳，坐落在一座時髦的靜安寺路上；外灘破舊的東風飯店，曾是優雅奢華的上海總會。淮海路舊名霞飛路，本是法租界的心臟；三十多年缺修少管，尚沒有把它昔日典雅優美的風韻全然抹掉。[63]

而經歷了歲月洗禮的石庫門里弄，在王安憶筆下是這樣呈現的：

那曬台上又搭出半間被屋，天井也封了頂，做了竈間。如今要俯瞰這城市，屋頂是要錯亂並且殘破許多的，層上加層，見縫插針。尤其是諸如平安里這樣的老弄堂，你驚異它怎麼不倒？瓦碎了有三分之一，有些地方加鋪了牛毛氈，木頭門窗發黑朽爛，滿目灰拓拓的顏色。可它卻是形散神不散，有一股壓抑着的心聲。[64]

同樣是對「敗落」的摹寫，前者是對「老地方不是老辰光」的追思與傷懷。後者卻讓我們在「衰頹」之餘，看到了一種細密堅實的來自於民間的精神力量。在王安憶看來，這是上海記憶的根基，有一種實在而潑辣的，蓄勢待發的內核。「舊」對於王安憶而言，已超越了被「懷想」的對象地位，而成為其時代信念的寄託。

切莫以為有那幾行懸鈴木，上海這城市就是羅曼蒂克的了，這裏面都是硬功夫，一磚一瓦堆砌起來。你使勁地嗅嗅這風，便可嗅出風裏瀝青味，還有海水的鹹味和濕味，別看它拂你的臉時，很柔媚。爬上哪一座房子的樓頂平台，看這城市，城市的粗礪便盡收你眼，那水泥的密密匝匝的匣子，蜂巢蟻穴似的，竟是有些猙

63　楊東平：《城市季風：北京和上海的文化精神》（北京：東方出版社，1994 年），頁 322。

64　王安憶：《長恨歌》，頁 353。

獰的表情。你也莫對那二十年、三十年的舊夢有甚麼懷想，那只是前台的燈火，幕後也是這密密匝匝的蜂巢蟻穴，裏頭藏着的，也是咬牙切齒，摩拳擦掌的決心。這地方真是沒多少詩意的，歌也是那種打夯的歌。[65]

王安憶以「建構」的方式「解構」了時尚懷舊的老上海「烏托邦」，讓我們在布爾喬亞情調的幕後，看到了這座粗礪而像蜂巢蟻穴般的瑣細的城市內質。事實上，王安憶不自覺地傳達出了一種文化挽救的意圖。意即在日益密集的商品化空間裏，以文字的方式保留一塊都市原生態區域。而恰恰這部分敍述，於視〈長恨歌〉為懷舊文本的讀者群中，被有意識地忽略。因究其底裏，是潛在的知識分子話語對於「消費主義」的空間觀及其相聯繫的資本營運方式的對抗。

有意味的是，當上海的內城改造在九十年代末期蓬勃展開時，這種對抗隨着一個叫做「新天地」的都市空間的產生而現實化了。

「新天地」是香港瑞安集團與上海市盧灣區政府聯合打造的休閒娛樂街區，總佔地約三萬平方米，[66] 改建前是成片的有近百年歷史的石庫門里弄住宅。石庫門是上海里弄最典型的民居樣式，「1986 年郵電部發行的一套十餘張的民居郵票中，上海的民居圖案就選擇了石庫門」[67]。其起源於十九世紀中葉，因小刀會起義與太平軍三次進駐，江浙一帶「殷富人家，耆紳之輩紛紛攜眷湧入上海租界[68]，石庫門建築即為滿足新移民的居住理念而產生。其總體佈置採用歐洲聯排式，單位平面結構脫胎於傳統的四合院，內部保留天井、客房、廂房等江南民居元素。石庫門因一般以花崗石和寧波紅石為門樓

65　王安憶：〈上海的女性〉，載王安憶著：《尋找上海》（上海：學林出版社，2001 年），頁84-85。

66　「新天地」廣場位於上海的鬧市中心，坐落於盧灣區淮海中路東段的南側，北起太倉路，南至自忠路，東起馬當路，西至黃陂南路地鐵站和南北（成都路）、東西（延安路）高架路的交匯點。

67　羅蘇文：《石庫門──尋常人家》（上海：上海人民出版社，1991 年），頁 3。

68　羅蘇文：《石庫門──尋常人家》，頁 8。

而得名。[69] 此種建築形式此後的數十年內在滬上迅速擴張，據估算，三十年代上海約有二十萬幢石庫門房子，至今仍有 52% 的市區人口居住其中。[70] 半個世紀後，石庫門已從上海的主流居住空間走向衰亡，「由於歲月的侵蝕和保養不善變得老舊不堪」。一如〈長恨歌〉的篇首「上海弄堂裏最有權勢之氣的一種」而頹落為「滿目灰撲撲的顏色」。在上海的舊城改造過程中，石庫門被大批地拆除而從上海的城市版圖上消失。「新天地」的崛起，則是其中一個非常獨特的個案。

針對這個新興的商業性空間，投資方瑞安公司提出一個頗得人心的建設理念：整舊如舊，改造居住功能，賦予其商業價值。將百年的石庫門舊城區，改造成一個新天地。這項計劃並沒有依照芝加哥 SOM 建築事務所的構想將原有的建築進行全面的保留，而是由最終的設計者本傑明・伍德實現為一個「拼貼式」的後現代景觀。伍德的設計中，保留了石庫門建築的要素，清水磚、石料的庭院門門框以及黑色門扇、銅制扣環、窗等細節，但同時融入了現代性的因數。在新天地，你會面對「玻璃和金屬的大門、墊得齊腰高而且放得進幾輛小汽車的竈坯間」與「天井上後現代風格的『違章搭建』」[71]。中與西，傳統與時尚，保守與流行。所有原本相悖的文化元素在這裏相輔相成，其所隱喻的時空跨度與文化差異，使新天地作為空間的歷史文化符號也愈見曖昧。如列斐伏爾所言，「我們所面臨的並不是一個，而是許多社會空間。確實，我們所面對的是一種無限的多樣性或不可勝數的社會空間。」[72] 這也正是拼貼所帶來的空間的重疊與互涉。隨着各種酒吧、咖啡廳及畫廊的進駐，石庫門由上海的底層生存空間發生了質變，而

69　從「庫門」二字考證，古代傳說帝王的宮室有五門（路門、應門、皋門、雉門、庫門），諸侯的宮室有三門（路門、雉門、庫門），均以宮室最外之稱庫門。據此觀察石庫門住宅，其最外之門選用石料為門框，故稱石庫門。參見羅蘇文：《石庫門——尋常人家》，頁 18。

70　忻平〈人・建築・空間・文脈〉，頁 123。

71　包亞明：〈「新天地」與上海都市空間的生產〉，載包亞明著：《遊蕩者的權力：消費社會與都市文化研究》（北京：中國人民大學出版社，2004 年）。

72　Henri Lefebvre. *The Production of Space*. Tran. Donald Nicholson-Smith. Oxford(UK): Blackwel, 1991. p.86.

成為中產階級的消費場所。

愛德華・索亞提示我們，在考察空間時，應注意其「發展性與解釋性」，而不可將之僅視為「一種建築環境，一種人類活動的物質容器」[73]。列斐伏爾則將「（社會）空間」總結為「連續的和一系列操作的結果」[74]。新天地出現，成為一個中國式的「縉紳化」空間生產的例證。「縉紳化」（centrification）的要素，包括舊城空間的衰落，大量資本的注入及在改造過程中對「高尚階層」的吸引策略。其本身即是相當複雜的政治經濟文化等因素交互作用的資本營運過程。而一旦牽涉及「古蹟」等歷史元素，則凸顯了多維度的時空考量定位的必要性。在日本，比較成功的個案如將廢棄的紡織廠倉庫，改建成別具風味的國際飯店、博物館美術館。然而，縉紳化本身的「商品化」取向往往成為「歷史」的無可承受之重，因其以「消費」意識作為先導。如尤林（R. Ulin）所言，「消費」在歐美文化中已經成為一種「看待世界的霸權方式」（hegemonic way of seeing）[75]，一種社會用來控制文化、政治、個人及社會認同以及經濟的形式。當改造以舊城區徹底消逝為代價，必然伴之以深重的文化失落。美國城市丹佛原有一些季節性伐木工人和鐵路工人等，城市市區有一條街叫拉里默街，街上主要是一些印第安酒吧、西部西服店及低檔次的舞廳等。丹佛人在這樣的老街更新建設成一個「中產階級的娛樂區」時，一個叫 U・尤塔・菲利普的人為傳統型娛樂區的消失編寫了「拉里默街的哀歌」，歌中有着對老街區的懷念。

> 你們的推土機駛過這片市區，那巨大的鋼刲推倒了一切；你推倒了我的旅店和酒吧。鋪上瀝青來停你們的汽車；老馬克西的裁縫店關了門，舊貨店裏空無一物；你推倒我的當舖和河港的明燈，

73　愛德華・索亞：〈重描城市空間的地理性歷史——《後大都市》第一部分「導論」〉，頁9。

74　Henri Lefebvre. *The Production of Space*. p.73.

75　陳坤宏：《消費文化理論》，頁79。

還有那通宵開放的中國餐館。[76]

這是一支令人警醒的「哀歌」，而新天地作為「石庫門弄堂」改建成的商業性空間，也頗有值得反思之處。雖則立志於「保留」，但它所採取的後現代主義的拼貼改寫方式，卻恰到好處地體現了詹明遜對於後現代主義建築所蘊含的歷史主義的詮釋，這種歷史主義「隨意地，無原則地、但卻充分地拆解了以往的一切建築風格，並把它們結合在興奮過度的整體性中」[77]。實質是上達到對傳統更為徹底的肢解，被肢解的當然包括「懷舊」中的一切的「舊」，其被剪貼而與其他後現代元素重組與產生新的「空間」，「因此，不同層面的空間結構相互滲透疊加，把整體和局部聯結在一起」，[78] 各種空間由此實現了多種對話的複調，成為一場空間整合的後現代嘉年華。

新天地縱然具有一個石庫門弄堂的外殼，其內裏的「本真性」已被抽取，成為一件頗具規模的歷史遺跡的「複製品」，如本雅明所言：一旦本真性標準不再適用於藝術生產，藝術的整個功能就被翻轉過來。它不再建立在儀式的基礎上，而是建立在另一種實踐的基礎上，這種實踐便是政治。[79] 新天地「是被適用或消費的產品，它同時就是一種生產方式」，[80] 其作為空間，也實現了生產與被生產的雙重指涉。

阿巴斯（Ackbar Abbas）在分析「香港建築與殖民空間」的專文中，引用了伊索沙基（Arata Isozaki）與阿薩達（Akira Asada）關於都市空間的分類。這些定義依據於其與歷史語境日漸薄弱的聯繫。真實空間（real spaces）即是完全保留歷史語境的城市空間；超現實空間（surreal spac-

---

76　卡爾・艾博特：《大都市邊疆──當代美國西部城市》（北京：商務印書館，1998 年），頁 60。

77　Fredric Jameson. *Postmodernism, or, the Cultural Logic of Late Capitali*sm. London: Verso, 1991. p.19.

78　Henri Lefebvre. *The Production of Space*. p.189.

79　本雅明：〈機械複製時代的藝術作品〉，頁 223-224。

80　Henri Lefebvre. *The Production of Space*. p.85.

es），即都市中心，由各種都市元素混合而不考慮歷史語境。虛構現實／模擬空間（hyperreal/simulated spaces）例如主題公園，規避任何語境而建基於想像與虛構。[81] 我們看到，新天地呈現給我們的空間類型，恰不符合這三者之一。在新天地，歷史元素無所不在卻又並沒有以完整的樣態出現，拼貼的方式呈現出「混合」特徵從而實現了「烏托邦」式的想像與模擬。阿巴斯提出了一種折衷的方案，為新天地的一類的新的都市空間找到了出路。「一種將三者結合的空間類型」，實現了都市空間的雜合特徵，即意味我們總有一種適用的考察方式。

　　阿巴斯的思考路向無疑是對當下都市空間最為具有潛力的考察方式。然而，在這種考察視角中，歷史本身的地位是非常隱晦的。它成為了被解構與重構的對象與原料，這同時也意味了王安憶式的帶有「民粹」色彩的知識分子的理想主義歷史觀的解體與扼殺。與此相應，台灣淡水「殼牌倉庫舊址」的改造過程，作為「現代」相對比較成功的與歷史的「對話」，也許更可以代表王安憶的心聲：「不只是一個歷史古蹟建築，而是百年來淡水歷史發展下人民舊有生活經驗的重現，成為淡水在地居民的精神與生活新地標，容括民眾教育、藝文、歷史、休閒等面向，使淡水發展出自己的特色後，以『在地化』的特殊及不可取代性，因應全球化的衝擊。」[82] 而「在地化」於新天地的前身——石庫門弄堂建築群而言，已成泡影。資本以懷舊的藉口，對當下空間的離析與湮滅，以後現代的方式席捲與替代。王的小說文本〈長恨歌〉，也因此成為一篇致城市空間的悼文，並非哀悼逝去的繁盛舞台的凋零，而是追念當下繁榮背後的過去。

81　Ackbar Abbas. *Hong Kong: Culture and the Politics of Disappearance.* Hong Kong: Hong Kong University Press, 1997. pp. 76-77.

82　中國管理整合網：〈鼻仔頭文化埕企劃書〉，網址：http://www.69169.cn/down_detail.asp?id=51036（2005 年 10 月 2 日進入）。

第二節
日常的殼與歷史的核

　　羅蘭‧巴特（Roland Barthes, 1915-1980）在其名篇〈艾菲爾鐵塔〉（"The Eiffel Tower"）中以十九世紀法國作家莫泊桑（Guy de Maupassant, 1850-1893）的經歷作為引子：

> 莫泊桑時常在埃菲爾鐵塔內午餐，但他的注意力並沒放在菜肴上：這是巴黎唯一的讓我身處其中而無法看到它的地方，他常常這樣說道。因為在巴黎，你必須永無休止地採取預防措施來阻止埃菲爾鐵塔出現在你的視線中。[83]

　　艾菲爾鐵塔作為巴黎的至高之處，其存在象徵性地成為了高瞻遠矚的媒介，「這鐵塔凝望着巴黎。參觀艾菲爾鐵塔就意味着把自己完全坦露在一個陽台上，去感知、領悟和品味巴黎的本質。」[84] 其內涵的豐富性似乎「一個單純的毫無指示的符號是無法進行闡明的，因為它能指代一切。」[85] 但當你獲得這種立場的同時，你卻失去了觀察立場所指涉的本意的機會。「你必須得像

---

83 Roland Barthes. "The Eiffel Tower." *A Barthes Reader*. Ed. Susan Sontag. New York：Hill and Wang, 1982. p.236.

84　Roland Barthes. "The Eiffel Tower." p.241.

85　Roland Barthes. "The Eiffel Tower." p.237.

莫泊桑一樣走進它的內部，成為它的一部分。就像人類自身一樣，唯一一個不了解自己的人就是他自身，而這個鐵塔自身就是以它為中心的整個巴黎視覺系統中唯一的一個盲點。」[86]

作為整個巴黎城所膜拜與仰視的對象，「艾菲爾鐵塔」無可忽略。當以之作為觀察的出發點時，勢必失卻了對其本體的觀察機會。這段文字，以隱喻的方式昭示了當下知識分子敘事的悖論處境。其兩難之處在於，獲取精英主義立場高屋建瓴的優勢同時，難以有效地規避對精英主義本身的局限缺乏洞見的尷尬。同時，「艾菲爾鐵塔」鐵塔式的放射性觀察決定其對被觀察物的態度必然是居高臨下的，囿於粗疏的、浮光掠影的輪廓。

王安憶對〈長恨歌〉書寫，正是以如此的全景觀察開首：

> 站一個至高點看上海，上海的弄堂是壯觀的景象。它是這城市背景一樣的東西。街道和樓房凸現在它之上，是一些點和線，而它則是中國畫中稱為皴法的那類筆觸，是將空白填滿的。當天黑下來，燈亮起來的時分，這些點和線都是有光的，在那光後面，大片大片的暗，便是上海的弄堂了。[87]

俯瞰之下，作為上海最有代表性的建築群落，「弄堂」在敘事中被簡化為了單純而面目不清的「點」與「線」。她選取了一個語義沖淡的「至高點」，實現了精英敘事立場向民間的一次致意。但是就一個作家而言，這種高處不勝寒的視角卻是極為局限的。至高點在長恨歌中只是驚鴻一瞥。王安憶徹底地拋棄了精英立場，實現了向民間的一次過渡。而視角的轉換，是非常自然的，十分聰明地利用了鴿子的眼睛，實現了這次平滑的過渡。

鴿子是這城市的精靈。每天早晨，有多少鴿子從波濤連綿的屋頂

86　Roland Barthes. "The Eiffel Tower." p.237.
87　王安憶：《長恨歌》，頁3。

飛上天空！它們是惟一的俯瞰這城市的活物，有誰看這城市有它
們看得清晰和真切呢？許多無頭案，它們都是證人。它們眼裏，
收進了多少秘密呢？它們從千家萬戶窗口飛掠而過，窗戶裏的情
景一幅接一幅，連在一起。[88]

　　鴿子的眼睛，是無分巨細的，它可以「俯瞰」，亦可以從「千家萬戶窗
口飛掠而過，窗戶裏的情景一幅接一幅，連在一起。」這雙眼睛，也為王安
憶的敍事帶來了一個靈活的遊刃於上下的觀察上海的視角，這恰是「艾菲爾
鐵塔」式的視野所無法企及的。而敍事人，也同時完成了角色的轉換，由一
個審視者轉而化身為窺探者。隨着鴿子視線的下落，弄堂的「真景色」漸漸
浮現上來。「上海弄堂的感動來自於最為日常的情景，這感動不是雲水激蕩
的，而是一點一點累積起來的。」以上表述，成為進入主題的文學準備與美
學鋪墊。而後，作者一針見血地指出了令人「感動」處的底裏，並將其定義
為「流言」：

　　那是和歷史這類概念無關，連野史都難稱上，只能叫做流言的那
　　種。流言是上海弄堂的又一景觀，它幾乎是可視可見的，也是從
　　後窗和後門裏流露出來。前門和前陽台所流露的則要稍微嚴正一
　　些，但也是流言。這些流言雖然算不上是歷史，卻也有着時間的
　　形態，是循序漸進有因有果的。這些流言是貼膚貼肉的，不是故
　　紙堆那樣冷淡刻板的，雖然謬誤百出，但謬誤也是可感可知的謬
　　誤。[89]
　　它們往往有着不怎麼正經的面目，壞事多，好事少，不乾淨，是
個醃臢貨。它們其實是用最下等的材料製造出來的，這種下等材
料，連上海西區公寓裏的小姐都免不了堆積了一些的。但也惟獨

88　王安憶：《長恨歌》，頁16。
89　王安憶：《長恨歌》，頁6-7。

這些下等的見不得人的材料裏，會有一些真東西。[90]

流言是混淆視聽的，它好像要改寫歷史似的，並且是從小處着手。它蠶食般地一點一點咬噬着書本上的記載，還像白蟻侵蝕華廈大屋。[91]

我們看到，在小說行將進入主體之前，作者為這部小說定下了「時間」的基調：是一部「連野史都難稱上」的「流言」，並有意識地將之與「歷史」並置。在王安憶的筆下，「歷史」（或正史）是有着正經的面目、冷淡刻板的「故紙堆」。作者雖對「流言」極盡貶抑之辭，卻筆鋒一轉，認可「這些下等的見不得人的材料裏，會有一些真東西」。而這些「真東西」則成為「流言」對準「正史」的矛頭，也成為顛覆「大敍述」史撰方式的利器。

歷史場域的「大敍述」，即通常意義上的「歷史哲學」，於史學界濫殤可追溯至十七世紀的啟蒙運動。以康德（Immanuel Kant, 1724-1804）、赫爾德（Johann G. Herder, 1744-1803）、黑格爾等人的著作為代表。[92] 其思想基礎是，歷史並非無序，而存在內在一致性。易言之，人類只有一種歷史，各地區會走過相似的歷史階段，歷史的結局也相似。然而，隨着尼采（Fridrich Nietzsche, 1844-1900）在二十世紀初高喊：「上帝已死」，西方人開始對自身文明的優越性乃至所謂「歷史進步觀」產生了懷疑。斯賓格勒（Oswald Spengler, 1880-1936）在其著作中提出一種多元的歷史觀，把世界上各種文明作等量齊觀的考察。「大敍述」這時就顯出了漏洞。[93]

及至後現代主義的先驅人物李歐塔，已徹底否定了「大敍述」的存

---

90 王安憶：《長恨歌》，頁 9。

91 王安憶：《長恨歌》，頁 10。

92 歷史哲學又可稱之為歷史主義（Historicism, Historismus），其最盛行於現代德國，對其他西方各國也有影響。有人把這一歷史主義視為近代歷史學的一個「範式」（paradigm），認為是科學理性運用於歷史研究的一個範例。「歷史主義」認為，歷史本身有其內在規律、歷史的運動有一定方向。在歷史事件和人物的表像背後，存在着一種形而上的規律。

93 參見古偉瀛、王晴佳：《後現代與歷史學中西比較》（台北：巨流圖書公司，2000 年），頁 6、10、73 的有關論述。

在，這種維繫着普遍的統一性紐帶已經腐爛，元敘事的合法性基礎已徹底崩潰，[94] 因此，近代歷史哲學的基礎被抽除，歷史不再被視為一個有內在一致性的發展過程。否定大寫歷史，就是要指出歷史的分散性和多樣性，將原來不為歷史學家注意的「他者」活動表現出來。史學書寫的重心也開始有所轉移，其標誌便是研究對象的去中心化。歷史學家在考察歷史的變動時，不再聚焦於個人、也即英雄人物（包括傑出的政治家、軍事家、和思想家）。同時着眼於下層社會，婦女和少數民族歷史的研究。如「新文化史」、「微觀史」、「日常史」等。代表作品如卡羅・金茲堡（Carlo Ginzburg）的《奶酪與蛀蟲》、茱迪・沃考維茲（Judith Walkowitz）的《妓女與維多利亞社會》等。[95]

而當我們抽絲剝繭，深入王安憶的小說內核，會發現所謂「流言」中的「真東西」與以上史觀的契合之處，即是具體而微的「日常生活」。「日常生活」作為哲學概念的出現，及至晚近。二十世紀中葉，列斐伏爾依據馬克思的異化理論，將其作為獨立的考察對象而立論。在著作《日常生活批判》（Critique of Everyday Life, 1946）與《現代世界的日常生活》（Everyday Life in the Modern World, 1968）中，我們看到，列氏將日常生活視為一個介於經濟基礎與上層建築之間的「層面」，即存在領域。他認為日常生活在這一層面上的突出地位在於，人正是在這個層面上被「發現」與創造。「日常生活是一切活動的彙聚處，是它們的紐帶，它們的共同的根基。只有在日常生活中，造成人類的和每一個人的存在的社會關係總和，才能以完整的形態與方式實現出來。」[96] 列氏同時提出了對日常生活進行批判的重要性：解決問題的辦法是嘗試建立日常生活的清單和分析，以便揭示日常生活的歧異性——它的基礎性，它的貧乏和豐饒——用這種非正統的方式可以解放出作

94　讓-弗朗索瓦・李歐塔著，島子譯：《後現代狀況：關於知識的報告》（長沙：湖南美術出版社，1996 年），頁 229。

95　參見古偉瀛、王晴佳：《後現代與歷史學中西比較》，頁 86、164、171、189 的有關論述。

96　Henri Lefebvre. *Critique of Everyday Life*. Tran. John Moore. London: Verso, 1991. p.97.

為日常生活內在組成部分的創造力。[97] 而類似的批判意識，在王安憶的小說文本中得到了具現。「日常生活」作為王安憶近年來十分重要的美學理念，已在書寫實踐中日益成熟。從某種意義上說，其囊括了作者小說創作觀的精髓，包括著名的「四不政策」。[98]

> 因為事實上我們看小說，都是想看到日常生活，小說是以和日常生活極其相似的面目表現出來的另外一種日常生活。這種日常生活肯定和他們真是經歷的日常生活不同，首先它是精神化的，還有是比較戲劇化的，但他們的面目與日常生活非常相似，人的審美一定要有橋樑。就是和日常生活相似。[99]

王安憶的小說對生活本真相似性的模仿，內質是一種寫作姿態，或言之，成為一種創造世界的體式。王安憶對張愛玲小說中「日常」性曾有洞見：將小市民的啼笑是非演義出人生的戲劇，同時，她歸還給思想以人間煙火的面目，這其實就是小說的面目。[100] 張對「日常」細節的執着，在於其對「虛無」感的恐懼，「思想背景裏有這惘惘的威脅」[101]，以務「實」抗拒「虛」的侵襲。而王安憶則是根植於現實與理性，「日常」對其而言，更是一種審美的需要，「小說裏的日常生活，不是直露露的描摹，而是展現一種日常的狀態。」[102] 在這種狀態中，王致力於「解放出作為日常生活內在組成部分

---

97 Henri Lefebvre. *Everyday Life in the Modern World.* London: Harper & Row, 1971. p.13.

98 一，不要特殊環境特殊人物；二，不要材料太多；三，不要語言的風格化；四，不要獨特性。參見王安憶：〈不要的原則〉，載王安憶著：《獨語》（長沙：湖南文藝出版社，1998 年），頁 132-133。

99 王安憶：〈探視城市變動的潛流〉，載王安憶著：《王安憶說》（長沙：湖南文藝出版社，2003 年），頁 111。

100 王安憶：〈上海與小說〉，載王安憶著：《尋找上海》（上海：學林出版社，2001 年），頁 132。

101 張愛玲：〈《傳奇》再版序〉，載金宏達、于青編：《張愛玲文集・第三卷》（合肥：安徽文藝出版社，1992 年），頁 138。

102 王安憶：〈我眼中的歷史是日常的——與王安憶談《長恨歌》〉，頁 155。

的創造力」。對於王安憶,「日常生活」抽象為一種發言的方式,其本身在「大敘事」中所處的位置,決定了這種發言方式的邊緣化形態。如列斐伏爾所言,「日常生活在某種意義上是一種剩餘物,即它是被所有那些獨特的、高級的、專業化的結構性活動挑選出來用於分析之後所剩下來的『雞零狗碎』」[103] 王安憶自信地以這些「剩餘物」作為基石建構出獨特的小說觀念,並將其輻射至歷史場域,在〈長恨歌〉等小說中以之作為書寫上海的「材料」。

美國喬治亞州理工大學盧漢超教授(Lu Hanchao)於 1986 年出版了上海史研究專著《霓虹燈外──二十世紀初日常生活中的上海》(*Beyond the Neon Lights Everyday Shanghai in the Early Twentieth Century*),其題旨可謂與王安憶的日常書寫遙相呼應。此書援引大量資料,包括口述、調查、檔案,以上海市民的柴米油鹽,衣食住行等日常行為為切入點,探究其對人們觀念的生成之作用,並指出其對中國社會與政治的折射方式。這部史作,書寫觀念與〈長恨歌〉中心有戚戚之處在於,盧表示「作為關注的焦點,我注重描述上海城市裏的小人物──至少在精英人物的眼中他們顯得無足輕重──的日常生活」。[104]

如同德賽都(Michel de Certuau, 1925-1986)在《日常生活實踐》(*The Practice of Everyday Life*)的開首所言,「獻給普通人(To the ordinary man),獻給行走於街巷的平凡英雄,無所不在的角色。」[105] 平凡人與日常生活間的聯繫猶如魚水,互相塑造。兩者同為遊離於歷史大敘事邊緣的他者。王安憶筆下的王琦瑤,正是一位平凡的傳奇人物。當她作為這個城市的代言人在文本中出現的時候,隨之浮現出一個日常上海的輪廓。

王琦瑤得的是第三名,俗稱三小姐。這也是專為王琦瑤起的稱

---

103 Henri Lefebvre. *Critique of Everyday Life*. p.97.

104 盧漢超著,段煉、吳敏、子羽譯:《霓虹燈外──二十世紀初日常生活中的上海》(上海:上海古籍出版社,2004 年),頁 2。

105 Michel de Certeau , *The Practice of Everyday Life* . Tran. Stecen Rendall. Berkeley: University of California Press, 1988. p.1.

呼。她的豔和風情都是輕描淡寫的，不足以稱后，卻是給自家人
享用，正合了三小姐這稱呼。這三小姐也是少不了的，她是專為
對內，後方一般的。是輝煌的外表裏面，絕對不遜色的內心。可
說她是真正代表大多數的，這大多數雖是默默無聞，卻是這風流
城市的豔情的最基本元素。馬路上走着的都是三小姐。大小姐和
二小姐是應酬場面的，是負責小姐們的外交事務，我們往往是見
不着她們的，除非在特殊的盛大場合。她們是盛大場合的一部
分。而三小姐則是日常的圖景，是我們眼熟心熟的畫面，她們的
旗袍料看上去都是暖心的。三小姐其實最體現民意。大小姐二小
姐是偶像，是我們的理想和信仰，三小姐卻與我們的日常起居有
關，是使我們想到婚姻，生活，家庭這類概念的人物。[106]

〈長恨歌〉成為一部圍繞着三小姐而展開的上海城市史，註定有着瑣碎
家常的面目，及邊緣化的格局。然而在這細微的累積中，卻醞釀着激變的因
數。「每一日都是柴米油鹽，勤勤懇懇地過着，沒一點非分之想，猛然間一
回頭，卻成了傳奇。上海的傳奇是這樣的，傳奇中人度的也是平常日月，還
須格外地將這日月夯得結實，才可由心力體力演繹變故。」[107] 這是王安憶關
於傳奇與日常辯證的理解，也是她所感悟的歷史走向，「我覺得事件總是從
日常生活開始的，等它成為事件實際上已經從日常生活變成政治了。歷史的
變化都是日常生活裏的變化。」[108] 日常生活永遠是歷史的沉舟側畔，而後者
卻是前者滴水穿石，厚積薄發而成。

一九四六年的和平氣象就像是千年萬載的，傳播着好消息，壞消

---

106 王安憶：《長恨歌》，頁 65-66。

107 王安憶：〈我看蘇青〉，頁 193。

108 王安憶：〈常態的王安憶，非常態的寫作——訪王安憶〉，載王安憶著：《王安憶說》（長沙：
湖南文藝出版社，2003 年），頁 233。

息是為好消息作開場白的。[109]

王琦瑤住進愛麗絲公寓是一九四八年的春天。這是局勢分外緊張的一年，內戰烽起，前途未決。但「愛麗絲」的世界總是溫柔富貴鄉，綿綿無盡的情勢。[110]

這是一九四八年的深秋，這城市將發生大的變故，可它甚麼都不知道，兀自燈紅酒綠，電影院放着好萊塢的新片，歌舞廳裏也唱着新歌，新紅起的舞女掛上了頭牌。王琦瑤也甚麼都不知道，她一心一意地等李主任，等來的卻是失之交臂。[111]

這是一九五七年的冬天，外面的世界正在發生大事情，和這爐邊的小天地無關。這小天地是在世界的邊角上，或者縫隙裏，互相都被遺忘，倒也是安全。[112]

一九七六年的歷史轉變，帶給薇薇他們的消息，也是生活美學範疇的。[113]

這是穿插於〈長恨歌〉中關於歷史的資訊。大敍事已退隱，由敍寫的重心淡化為背景。而流言敍事層的活躍，與之恰成對比。摒除了轟轟烈烈的外殼，歷史於這城市的意義，抽象為時間的座標。而市井生活的細微的痛癢，卻成為時間線性延展的真實承載。個人體驗隨之凸顯，化為日常感知的餘情瑣緒：「有誰比王琦瑤更曉得時間呢？別看她日子過得昏天黑地，懵裏懵懂，那都是讓攪的。窗簾起伏波動，你看見的是風，王琦瑤看見的是時間。地板和樓梯腳上的蛀洞，你看見的是白螞蟻，王琦瑤看見的也是時間。星期天的晚上，王琦瑤不急着上床睡覺，誰說是獨守孤夜，她是載着時間漂呢！」[114]

109　王安憶：《長恨歌》，頁 47。
110　王安憶：《長恨歌》，頁 101。
111　王安憶：《長恨歌》，頁 120。
112　王安憶：《長恨歌》，頁 179。
113　王安憶：《長恨歌》，頁 268。
114　王安憶：《長恨歌》，頁 318。

這種邊緣化的敍事選擇，仿彿有意識地「不知有漢」。王安憶有着清醒的見微知著：有人說我迴避了許多現實社會中的重大歷史事件。我覺得我不是在迴避。我個人認為，歷史的面目不是由若干重大事件構成的，歷史是日復一日，點點滴滴的生活的演變。……因為我是個寫小說的，不是歷史學家也不是社會學家，我不想在小說裏描繪重大歷史事件。[115] 在我看來，歷史不是由事件連成的，事件只是當演變完成後的轉折點，不是說，大風起於青蘋之末？待到事件上演，政治就成了角色，人則退場了。所以，我倒是以為，歷史還是由人作的。[116]

在以上表述中，王安憶非常明確地表達了自己的人本主義觀念，否定了歷史哲學賴以存在的基礎——歷史的內在一致性與規律性。「事件」被公認為組成大敍事的要素，在王安憶看來，不過是點滴的日常生活日積月累後質變的轉折點，而隨着「人」的淡出，政治成為敍事的主導因素，歷史也因之而為意識形態所左右。真正的歷史，卻是蘊藏在以「人」為核心的日常生活的青蘋之末的積聚之中，而青蘋之末的特徵恰是分散與多元的。

> 一九六五年的歌哭就是這樣渺小的偉大，帶着些杯水風波的味道，卻也是有頭有尾的，終其人的一生。這些歌哭是從些小肚雞腸裏發出，鼓足勁也鳴不高亢的聲音，怎麼聽來都有些嗡嗡營營，是斂住聲氣才可聽見的，可是每一點嗡營裏都是終其一生。這些歌哭是以其數量而鑄成體積，它們聚集在這城市的上空，形成一種稱之為「靜聲」的聲音，是在喧囂的市聲之上。所以稱為「靜聲」，是因為它們密度極大，體積也極大。它們的大和密，幾乎是要超過「靜」的，至少也是並列。它們也是國畫中叫做「皴」的手法。所以，「靜聲」其實是最大的聲音，它是萬聲之首。[117]

115　王安憶：〈我眼中的歷史是日常的——與王安憶談《長恨歌》〉，頁 155。
116　王安憶：〈《長恨歌》，不是懷舊〉，頁 120。
117　王安憶：《長恨歌》，頁 256。

　　「日常生活」被阿格尼斯・赫勒（Agnes Heller, 1929-2019）定義為「個體再生產要素的集合」[118] 而王安憶筆下歷史的面目，則是無數「集合」的集合。每個「集合」的單位元非常渺小，如同發自於「小肚雞腸」的「嗡嗡營營」，不成氣候。但是，當它們鑄成為體積後，卻是萬聲之首。上海的城市歷史，便由這無數的「終其一生」的嗡營中凝結連綴而成。是細微的「他者」之聲——歌哭，在時間層面「大和密」的彙聚。宏大敘事所暗指的普遍性也因此被去中心化，退居為偶然性的時代符碼，而被消解於日常的瑣細之中。同時值得注意的是，「歌哭」之聲，在以上表述中，被作者實體化，賦予其物理密度（physical depth）與視覺感，象徵性地成為時間序列向空間維度的延伸，而內中所指涉的「日常」空間，頗有值得探究之處。

　　上世紀九十年代中期，陳思和在重新考量中國當代文學發展脈絡的論題中，提出「民間」概念，並將之釋義為「二十世紀中國文學史上已經出現，並且就其本身的方式得以生存、發展，並孕育了某種文學史前景的現實性文化空間。……民間文化形態是指在國家權力中心控制範圍的邊緣地區形成的文化空間。」[119] 它有以下幾個特點：一，它是在國家權力控制相對薄弱的領域產生的，保存了相對自由活潑的形式；雖然在政治權力面前民間總是以弱勢的形態出現，但總是在一定限度內被接納，並與國家權力相互滲透。二，自由自在是它最基本的審美風格。三，它雖然擁有民間宗教、哲學、文學藝術的傳統背景，用政治術語來說，民主性的精華與封建性的糟粕交雜在一起，構成了獨特的藏污納垢的形態。[120]

　　民間文化形態作為歷史存在，具有自己的敘事傳統與獨立的話語系統。然而，其邊緣化的文化立場長期受到知識分子新傳統的排斥。作為在社會轉

118　阿格尼斯・赫勒：《日常生活》（重慶：重慶出版社，1990 年），頁 3。
119　陳思和：〈民間的沉浮〉，載陳思和著：《雞鳴風雨》（上海：學林出版社，1994 年），頁 26。
120　陳思和：〈民間的沉浮〉，頁 34-35。

型期與廣場、廟堂三分天下的文化價值取向，民間話語同知識分子話語從上世紀末一開始就處於對立之中，無法圓通。「政治意識形態對知識分子文化與民間文化同時進行滲透和改造，以致民間的文化形態只能以隱形結構出現在知識分子和官方的話語裏。」[121] 在分析九十年代小說時，陳思和提出了「民間還原」的理念，為的是對當代文學提供一個新興的考察向度。即以「民間」在當代是一種創作的元因素，一種當代知識分子的新的價值定位和價值取向。其表現形式是指作家雖然站在知識分子的傳統立場上說話，但所表現的卻是民間自在的生活狀態和民間審美趣味。由於作家注意到民間這一客體世界的存在，並採取尊重的平等對話而不是霸權態度，使這些文學創作中充滿了民間的意味。[122] 而針對這一「民間」經由「話語空間」向「文化立場」轉換的概念重構，亦有論者對此存有疑義，[123] 焦點在於，主客體能否恰如其分地統一於同一理論範疇，曾致力於廟堂與廣場的知識分子的話語傳統與民間曾經的斷裂是否會影響其中的一致性。這種價值取向理想狀態在某種程度上，是否賴以主體妥協的文化姿態。陳思和並未有專文釋疑，但是，在其一篇批判張愛玲小說的文字中，可見其對此的進一步探究，在此文中，陳引入了「都市民間」的概念。其認為在都市中，自在形態的民間文化已不存在，而代之以其虛擬形態。這種虛擬形態所指代的都市文化擁有兩極：一方面是對權力控制的容忍與依附，另一方面是對權力中心的遊移與消解。[124] 而張愛玲小說中「虛無」情緒之所以變本加厲，正是因為「虛擬化的價值取向喪失了知識分子的人文參與」[125]。可見，「民間」闡釋，並非以主客體的相互遷就作為前提。

121　陳思和：〈民間的還原〉，載陳思和著《雞鳴風雨》（上海：學林出版社，1994 年），頁 72。

122　陳思和：〈民間的還原〉，頁 73-74。

123　參見魏繼東：〈模棱兩可的民間──質疑陳思和的「民間」理論及其運用〉，《浙江師範大學學報（社會科學版）》第一期（2002 年 1 月），頁 25。

124　陳思和：〈民間與現代都市文化──兼論張愛玲現象〉，載陳思和著《陳思和自選集》（廣西：廣西師範大學出版社，1997 年），頁 280。

125　陳思和：〈民間與現代都市文化──兼論張愛玲現象〉，頁 292。

　　王安憶在九十年代以降關於上海的城市書寫，為「都市民間」的塑造提供了範本。「民間」在王安憶的筆下，不但是上海市民階層賴以生存的實指空間，同時也是與日常的生活記憶相結合的面目龐雜的文化場域。其建構於在都市化進程中殘留於大眾記憶中的民俗與歷史文化碎屑，這些被主流文化敘事所忽略甚至遮蔽的文化符號，其所指代的邊緣意識具現為作者的寫作立場。首先是平等的，廁身其中的敘事姿態。如在〈長恨歌〉的開篇，鴿子的視點的下落，表示着社會文化層次由精英啟蒙的位置向民間「流言」敘事層的流動。這種流動並不是視角單純的下滑，而是以此表達靈活的、多元的人性體認。其次是對強勢話語系統的自覺疏離，「弄堂」、「閨閣」、「愛麗思公寓」無一不是被大敘事摒除在外的「藏污納垢」之地。通過對這些文化空間的建築，實現對意識形態控制下宏大敘事的所慣常主題的重述。而敘事者也更為傾向於「說書人」的身份，敘述基調十分接近於敘事理論批評家柯雷頓（Jay Clayton）所定義的「講故事」。柯雷頓談及近年來作家在觀照弱勢群體時，特別重視講故事（story-telling）之主題處理，以及敘事技巧之加意強調，柯氏辯稱對於弱勢群體而言，敘事即其文化記憶及文化存活的策略，以虛構故事對「正統」歷史質疑，產生反霸權的歷史論述。[126] 而在講述過程中對於大敘事合法性的瓦解與顛覆，同時也凸顯了「人」的存在。

　　然而，當將「人」的因素納入思考範疇，會發現僅以「民間」概念來考察王安憶小說中的日常的「都市空間」，其中產生的籠統與不夠確切之處。陳思和提出關於都市民間的虛擬形態的解釋，也僅是對這種不確定性的淡化。「人」指代了都市生存所涵蓋的特殊性。而就上海這個城市個體而言，這種特殊性又更為顯著。一直以來，上海因其本身是十九世紀世界資本主義擴張的產物，一直被視為「中國本土上的一座外國城市」，[127] 而其作為中國內部的「他者」，所表現出的現代性與國內其他城市相較，又是極為不平衡、

126　參見何文敬、單德興：《再現政治與華裔美國文學》（台北：中央研究院歐美研究所，1996年），頁156。

127　Nicholas R. Clifford. *Spoilt Children of Empire: Westerners in Shanghai and the Chinese Revolution of the 1920s.* Hannover, England: Middlebury CollegePress, 1991. p.9.

異質甚至自相矛盾的。因此，這座城市所派生出的文化空間，其對民間的價值取向與傳統的傳承，同樣不完全甚而殘缺。在王安憶的小說中，我們看到了活動於城市空間的「人」的主體——上海的市民階層。於上海而言，這是一個頗有可考之處的社會群體。

　　市民社會作為歷史範疇，是頗具爭議的概念。其存在的方式，極能夠體現城市社會結構關係。查爾斯・泰勒（Charles Taylor）在〈市民社會模式〉一文中指出：「一系列關於自由經濟和公眾或公共空間的觀念，構成了有關『市民社會』區別於國家的新認識的一種思想根源。」[128] 市民社會包含着「公共」和「公眾」的社會非政治極權的屬性，當然還包括個人的私有空間屬性。其所指涉的自由經濟和公眾社會空間，「不是根據政治予以架構的領域」。而「市民社會的概念所界定的乃是公眾社會生活的一種模式，而非一系列私人的飛地（Enklave）。」[129] 但同時，「市民社會」和與之聯繫密切的另一概念是「公共領域」[130]，其為哈貝馬斯依據十八世紀歐洲——主要是法、英、德三國的歷史背景，建構出的馬克斯・韋伯式的理想模型。「其可理解為一個由私人集合而成的公眾的領域」。[131] 當我們將以上概念延伸至關於上海的城市研究領域，面臨最大的問題，即是以上分析架構是否可以作跨文化的運用。以中西比較觀，傳統的中國城市社會結構中最核心的特點是沒有成熟的市民社會，而西方早在古典時代城邦裏就已經具有某種意義上的市民社會結構及建立其上的奴隸民主政治。韋伯曾以西方市民社會價值觀念作

---

128 張鴻雁：《侵入與接替：城市社會結構變遷新論》（南京：東南大學出版社，2000 年），頁262。

129 J・C・亞里山大：《國家與市民社會：一種社會理論的研究路徑》（北京：中央編譯出版社，1999 年），頁 22-23。

130 存在必要的概念上的理論分梳：前者是自利性的資產階級個人為了經濟和社會立意而組織起來的、不受國家控制的自主領域，它以市場為中心，通常不具有政治的功能；而公共領域，在哈貝馬斯的經典論述中，意味着在市民社會與國家政治之間的批判性輿論空間，是由資產階級的私人集合而成的公共的領域。參見許紀霖：〈近代中國的公共領域：形態、功能與自我理解〉，載蘇智良編《上海近代新文明的形態》（上海：上海辭書出版社，2004 年），頁 60。

131 哈貝馬斯：《公共領域的結構轉型》（上海：學林出版社，1999 年），頁 33。

為基點，對中國傳統城市市民社會進行分析指出，西方特有的制度——從中世紀城市中發展出來的生機盎然的市民階級「這種制度（在中國）不是根本不存在，就是面目皆非。」[132] 由於中國城市社會缺少獨立的工商業階層，不能以法人身份出現，如韋伯所言，「城市的繁榮並不能取決於市民的經濟與政治魄力，而是取決於朝廷的管理職能。」[133] 所以，到中世紀，中國還未有完全意義上的市民社會。因此，中國的城市在市民社會之前出現。許紀霖指出，近代中國公共領域的形成，大致在甲午海戰失敗到戊戌變法這段時間。其中心正是上海。[134] 公共領域的出現有兩個重要條件：一是從私人領域中發展出公共交往的空間；二是公共領域討論的雖然是公共政治問題，但本身是非政治化的，是在政治權力之外建構的公共討論空間，相對於權力系統來說擁有獨立性。[135] 以這一角度檢視，中國的近代城市中，唯有上海擁有上述兩個條件。這與上海本身所具備的現代性密切相關。1843 年開埠後，因租界的特殊地位，「近代上海的權力結構是奇特而複雜的，西方列強、中央朝廷以及地方官員之間形成了微妙的抗衡，誰也無法主宰上海，因而近代上海體制外的空間，在當時的中國，可說是最大的。西方人帶來的新型事業，洋務運動所形成的商業氛圍，使得上海在建構公共領域方面擁有得天獨厚的條件。」[136] 上述因素，在客觀上刺激了近代上海形成公共領域的基本結構，以學校、報紙和學會為最初形態，並以集會通電等作為補充。[137] 及至二三十年代，上海出現了咖啡館，如南京東路上朝着新新百貨的新雅、外國風味的沙利文、靜安寺路口的德式「番丹拉爾」；文化沙龍，如曾樸所倡議的親法分子所組成的沙龍，其作為中國知識分子的聚會場所，使得「上海成為一個文

132　馬克斯・韋伯：《儒教和道教》（北京：商務印書館，1999 年），頁 139。

133　馬克斯・韋伯：《儒教和道教》，頁 60-61。

134　許紀霖：〈近代中國的公共領域：形態、功能與自我理解〉，頁 65。

135　參見哈貝馬斯：《公共領域的結構轉型》，頁 14-47。

136　許紀霖：〈近代中國的公共領域：形態、功能與自我理解〉，頁 65

137　許紀霖：〈近代中國的公共領域：形態、功能與自我理解〉，頁 70。

化的實驗室，以試驗一個嶄新的中國文明是否可能。」[138] 雖則這些社會空間是否可以定義為哈貝馬斯的「公共領域」，還可存疑。但是，其在形式與社會影響力方面，卻有可比擬之處。

十八世紀歐洲沙龍的核心特徵是，毫無經濟生產能力和政治影響能力的貴族與一般都是市民出身的作家、藝術家聯起手來。至攝政時期，宮廷失去其在公共領域的地位。由於城市將其文化功能承擔過來，因此，不但公共領域的基礎，甚至整個公共領域本身都發生了變化。沙龍等場所的發展，使得公眾觀念得到確立，並進而成為客觀要求。其作為文學批評中心與政治批評中心，促成了一個介於貴族社會和市民階級知識分子之間的有教養的中間階層。[139]

考察王安憶的上海書寫，我們可以發現一個「沙龍」敍事模型。其作為一個模擬的「公共領域」空間意象，在作家的小說中頻頻出現，十分值得關注。

此意象在王安憶早期創作的短篇小說〈牆基〉中，已具雛形。文革期間，一群被壓制的中產階級後代，在「康樂花園」的廚房中「講故事」。話題關乎音樂：「貝多芬的《月光曲》、施特勞斯的《維也納森林》，柏遼茲的《幻想交響曲》」；文學：關於王子與女孩的童話；政治：他的故事大都以一些漂泊者為主人公。可是他所講的資本主義社會和老師所講的卻有着很大的出入。[140] 其敍事內容與沙龍所指代的文學與政治公共領域已有暗合之處。

及至九十年代的中篇小說〈文革軼事〉，作者所建構的「沙龍」模式已有十分明晰的輪廓。在文中稱之為「亭子間派對」。談論的話題同樣關乎文學藝術，涉及電影：魂斷藍橋；文學：紅樓夢；交際舞：探戈、倫巴、勃魯斯、華爾茲。同樣值得注意的是，參與沙龍的成員已發生變化，除卻文革中沒落家族的「貴婦」們，還有一位來自無產階級陣營的男性──趙志國。劉

138　李歐梵著，毛尖譯：《上海摩登》，頁 25。

139　哈貝馬斯：《公共領域的結構轉型》，頁 36-37。

140　王安憶：〈牆基〉，載王安憶著：《苦果》（西安：陝西旅遊出版社，2002 年），頁 88-89。

易士‧柯賽（Lewis A. Coser）在《理念的人：一項社會學的考察》一書中指出：洛可可沙龍的出現，有助於消除貴族對文化的壟斷，贊助和允許出身低微的文化人在平等的地位上與貴族出身的人交流。[141] 哈貝馬斯則將沙龍的交往原則明晰為：在機制上，它們擁有一系列共同的範疇，首先要求具備一種社會交往方式；這種社會交往的前提不是社會地位平等，或者說，它根本就不考慮社會地位問題。其中的趨勢是一反等級禮儀、提倡舉止得體。[142] 而這種原則的形成，與歐洲攝政與革命期間的社會動蕩有直接關聯。文革的政治語境，造就了相似的社會轉型，也塑成了可類比的「沙龍」輪廓。

我們看到，在王安憶的長篇小說〈長恨歌〉中，「沙龍」意象在形式上已發展得相當成熟與完善。各種元素之間彼此相得，達至平衡。「平安里三十九號」作為固定聚會的活動空間；一個優雅的沙龍女主人——前上海小姐王琦瑤（而在〈圍爐夜話〉中這一角色則由大嫂「胡迪菁」擔任）；沙龍的成員則更為多元，發展為四人。除去三位為資產階級「遺少」，同樣有一位無產階級陣營的成員——國際混血兒薩沙。而由於沙龍本身在結構上開放且封閉的相對特徵，其成員的進入，尤其是「薩沙」這樣的異己分子，則需由人引見。薩沙由康明遜帶入，而〈文革軼事〉中的趙志國則借助婚姻關係由張思葉帶入。這卻同時暗示了「沙龍」的內涵發生了饒有意味的變動。我們也因此可以體會到，王安憶欲在這一類公共領域中所傳達的資訊，遠遠超越了「沙龍」的形式本身。一方面，她有意識地配合了沙龍的既定模式與原則，「圍爐夜話」與「下午茶」作為小標題的設定，更為明晰了這一點。但是，沙龍的主題，卻發生了變化，與文學藝術無涉，顯性的政治話語更是悄然退隱。話題圍繞人的基本生存層面展開：

嚴師母無限感慨地說：要說做人，最是體現在穿衣上的，它是做

---

141 劉易士‧柯塞著，郭方等譯：《理念的人》（台北：桂冠圖書股份有限公司，1992 年），頁13。

142 哈貝馬斯：《公共領域的結構轉型》，頁 140。

> 人的興趣和精神，是最要緊的。薩沙就問：那麼吃呢？嚴師母搖了一下頭，說：吃是做人的裏子，雖也是重要，卻不是像面子那樣，支撐起全局，作宣言一般，讓人信服和器重的，當然，裏子有它實惠的一面，是做人做給自己看，可是，假如完全不為別人看的做人，又有多少味道呢？ [143]
>
> 王琦瑤的菜好吃，決不是因了珍奇異味，而是因了它的家常，它是那種居家過日子的菜，每日三餐，怎麼循環往復都吃不厭的。[144]

在此，王安憶在沙龍的內容裏，引入了日常的因素。並在相關敘事中詳述了上海市民的與生存相關的人生哲學，「上海屋簷下的日子，都有着仔細和用心的面目。倘若不是這樣專心致志，將注意力集中在這些最具體最瑣碎的細節上，也許就很難將日子過到底。這些日子其實都是不能從全局推敲的。」[145] 其將「沙龍」精緻與形而上的話題元素徹底摒除。這時，我們發現了兩類文化空間的交疊。陳思和曾經指出了其所定義的民間與西方「公共領域」在概念上的不同，但是同時肯定了前者對後者在觀念上的吸取，即「是與國家相對的一個概念」。而王安憶在〈長恨歌〉中，利用了沙龍的形式作為「公共領域」的外殼，卻在裏面填充了「民間」的內容。這就使得這一邊緣化空間具有了雙重指涉的意味，在實現了對於「沙龍」的戲仿（parody）的形式之下，使〈長恨歌〉的文本浮現出了後現代的特質——以往作為中心的主體或精神出現了非中心化，[146] 個人風格和語言碎片的不斷增生導致規範的消蝕。[147]

143　王安憶：《長恨歌》，頁 183-184。

144　王安憶：《長恨歌》，頁 213。

145　王安憶：《長恨歌》，頁 247。

146　F. Jameson, *Postmodernism, or, the Cultural Logic of Late Capitalism*. p.15.

147　F. Jameson, *Postmodernism, or, the Cultural Logic of Late Capitalism*. p.17.

這是一九五七年的冬天，外面的世界正在發生大事情，和這爐邊的小天地無關。這小天地是在世界的邊角上，或者縫隙裏，互相都被遺忘，倒也是安全。[148]

這一「小天地」所模擬的「公共領域」以世外桃源的樣貌，規避了時代與政治語境。文化大革命時期，上海作為無產階級的政治中心，昔日有產者所受到的衝擊是不言而喻的。而這座城市所擁有的龐大意識形態的空間架構，其間卻藏匿了很多如同蜂巢般的孔穴。這些孔穴，奇跡般地保留了沒落的資產階級市民階層的生存格局。「平安里這個地方，是城市的溝縫，藏着一些斷枝碎節的人生」[149]。這一點可以在其生活方式上得到驗證，王安憶曾在散文記述了與一位在文革期間隱居的資本家的邂逅：這公寓裏竟是這樣的生活（布爾喬亞式的生活）保存得這樣完好，連皮毛都沒有傷着。時間和變故一點都沒影響到它似的。[150] 而同時，這一階層的話語在「沙龍」式的公共空間中同樣得以延續。在王安憶早期此類作品中，這一話語類型的主題非常明確，「他們的閒話有一個名字，那就是懷舊」。

她們壓低了聲音，細說往日裏的起居、出行、待客、赴宴，還有娘姨和裁縫。往事好像回到眼前，臉上都浮起迷惘的表情。這種迷惘的表情，使她們中間最年幼的那個，也變得蒼老起來。[151]

這是在王安憶式的「沙龍」敍事中的主旋律。通過對往日的階級「烏托

148　王安憶：《長恨歌》，頁179。

149　王安憶：《長恨歌》，頁189-190。

150　王安憶：〈死生契闊，與子相悅〉，載王安憶著：《尋找上海》（上海：學林出版社，2001年），頁45。

151　王安憶：〈文革軼事〉，載王安憶著：《香港的情與愛》（北京：作家出版社，1996年），頁428。

邦」的建構，達致了某種刻意規避時空的「移情效應」[152]，實現對現時的主流意識形態的消極對抗。省視小說文本，「懷舊」可謂是沙龍的集體選擇。

其中饒有意味的是，「懷舊」甚至可以逾越階級與閱歷。沙龍出現無產階級陣營的成員本是具有濃重的政治反諷意味，沙龍以對抗與迴避國家／主流意識形態的面目出現，但與此同時，主流意識形態所導致的時代動蕩，卻同時顛覆了往日的社會結構，為階級陣線的交疊，相異階級成員的置換提供了可能性。如〈文革軼事〉中的趙志國，其以聯姻的方式，進入張家的資產階級「沙龍」，即是一個例證。

> 這時代也是一個甚麼都不講究，甚麼都不計較的時代。這城市也是一個甚麼都不講究，甚麼都不計較的城市。資產階級革命和無產階級革命相繼破除了許多清規戒律，為張思葉和趙志國鋪平了道路。[153]

但事實上，這種「進入」本身，初期無疑是以階級戒心與隔膜作為前提。如趙志國面對張家的女人們，「他覺得自己就好像面對了一個階級陣營似的，這真是一場階級鬥爭啊！」[154] 而〈長恨歌〉中的薩沙，則暗暗說：看你們這些資產階級，社會的渣滓，渾身散發出樟腦丸的陳舊氣，過着苟且偷生的生活！[155] 上述話語使他們成為典型的國家意識形態傳聲工具。而當其成為沙龍的一員，卻於潛移默化中被同化於對昔日的上海「懷舊」的心理暗流中。

---

152 張旭東：〈上海懷舊——王安憶與現代性的寓言〉，頁304。
153 王安憶：〈文革軼事〉，頁426。
154 王安憶：〈文革軼事〉，頁429。
155 王安憶：《長恨歌》，頁180。

這房子佈滿遺迹，就好像一座繁榮時期留下的廢墟。壁爐架上歐洲風景的瓷磚畫，浴缸上生了鏽的熱水龍頭，積起灰垢的熱水汀，裸着的電話機插孔。這些遺迹流淌出典雅的氣息，這氣息對趙志國既是打擊也是安慰。這些遺迹就好像是一個破落貴族的光榮的徽號，它們叫趙志國又悲又喜。趙志國走進張家這房子可說是他首次體驗這城市的繁榮景象，卻已是這景象的凋零之秋。他無法排遣他的虛浮之感，似乎不在現實之中。[156]

薩沙體味到一種精雕細作的人生的快樂。這種人生是螺絲殼裏的，還是井底之蛙式的。它不看遠，只看近，把時間瓣開揉碎了過的，是可以把短暫的人生延長。薩沙有些感動，甚至變得有些嚴肅⋯⋯[157]

我們看到，真正離析了趙志國與薩沙的階級觀念的，並非「懷舊」感本身。而是懷舊中所隱含的日常細節，其中蘊藏了對於時空變遷的感念。作者「通過構成她小說中的角色的物質和精神生活的『細節』傳達了一種歷史感覺。」[158] 懷舊作為沙龍所指代的「公共場域」的外在話語形式，以實現對官方意識形態的隱性對抗。然而，日常細節卻深入意識形態深處，實現了對於階級代碼的侵蝕與消解。兩者在王安憶的小說中在不同層面發聲，互相之間達致交融。

「沙龍」作為一個模擬的城市空間，以「日常」的殼與「歷史」的核，最為明晰地建構出王安憶對於城市空間的書寫理念。而上海的都市意蘊，也在作家個性化的敍事中，得到了全面而深入的展現。

---

156 王安憶：〈文革軼事〉，頁183。
157 王安憶：《長恨歌》，頁180。
158 張旭東：〈上海懷舊──王安憶與現代性的寓言〉，頁308。

第五章

性別之城

第一節
王安憶的女性意識

　　王安憶言及小說〈長恨歌〉的創作時曾表示：在那裏面我寫了一個女人的命運，但事實上這個女人只不過是城市的代言人，我要寫的其實是一個城市的故事。[1]

　　作為一個女性作家，王安憶如此直接地闡釋了女人與城市之間的聯繫。其中所包含性別層面的文學自覺，為論者研析其城市小說文本提供了一種新的路徑。

　　一直以來，當代中國的女性文學研究譜系，將王安憶及其作品置於相當重要的地位。「三戀」[2]、〈崗上的世紀〉等作品在八十年代的問世，因其對「性愛」題材大膽的處理而飽受爭議的同時，也為王安憶贏得了女性主義作家的稱號。而王安憶本人對這種歸類，一直抱以十分審慎的心態，甚至曾在公開場合予以否認。[3] 這也同時提醒了評論界需慎重處之，因其作品中性別意識的

1　王安憶、齊紅、林舟：〈更行更遠更生——答齊紅、林舟問〉，載王安憶著：《王安憶說》（長沙：湖南文藝出版社，2003 年），頁 74。

2　「三戀」指：〈荒山之戀〉，1986 年 4 月發表於《人民文學》；〈小城之戀〉，1986 年 8 月發表於《上海文學》；〈錦繡谷之戀〉，1987 年 1 月發表於《鍾山》。

3　王在訪談中稱：「我的女權意識大概還沒覺醒，至少說我不是女權主義作家。」「我也並不是無視中國女性處境，我們無可迴避一種弱勢的地位，我們現在吸收的女性主義觀點來自西方，和中國的實際情況不太符合。」參見王安憶、秦立德、斯凡亞特：〈從現實人生的體驗到敘述策略的轉型——關於王安憶十年小說創作的訪談錄〉，載王安憶著：《王安憶說》（長沙：湖南文藝出版社，2003 年），頁 38；王安憶、呂頻：〈王安憶：為審美而關注女性〉，載王安憶著：《王安憶說》（長沙：湖南文藝出版社，2003 年），頁 274。

曖昧，在對王安憶城市小說文本進行解讀之前，釐清其中的「女性」指涉，就顯得尤為必要。

事實上，王安憶本人的「女性」意識處於不斷的演進與調整中。但是，其對於西方女權主義觀念，卻持有一貫的保留態度。在較早期的創作談中，王曾經指出，「我們生活在一個男性的世界裏，包括語言，規範，制度，都是以男性的眼光來設計的。女權主義就是想把這種狀況扭轉過來，而我個人還是順乎潮流的，幾千年歷史發展到這一步，不是某個人的選擇，一定有其合理性。」[4] 以上言論似乎是向父權文化體系達成了某種妥協，並接受了男權社會對女性性別的規約與分配。但值得注意的是，對王安憶的作品進行分析，必須同時就中國獨特的社會文化語境加以考量。

五四運動開始了反封建禮教的「弒父」時代，也同時誕生了真正意義上的「中國女性」。[5] 而現代中國婦女的解放之路，與中國的現代化、民主化進程的同步性，卻令五四時期發於毫末的性屬問題逐步走向邊緣，性別問題為日益嚴峻的政治問題所沖淡。如林樹明所言：從四十年代到七十年代，人們的性別意識，呈現出從「性別」（gender）到「中性」（neutral）再到「無性」（sexless）這樣的發展軌跡。[6] 曾為解放區《婦女雜誌》做過大量工作的金仲華，在《婦女問題》一書中講述自己的思想歷程，頗具代表性：「開始把婦女問題作為單屬婦女一性的問題來看，後來我才認識了這是屬於許多社會問題中的一個問題；換句話說，早先我以為被壓迫的女性應該向壓迫者的男性爭取平權的，到後來我才知道婦女正和社會中的其他壓迫者一樣，應該向整個的建築在不平等基礎上的社會爭取解放的。」[7] 七十年代末期「四人幫」被

4　王安憶、秦立德、斯凡亞特：〈從現實人生的體驗到敘述策略的轉型——關於王安憶十年小說創作的訪談錄〉，頁38。

5　孟悅、戴錦華：《浮出歷史地表：現代婦女文學研究》（鄭州：河南人民出版社，1989年），頁29。

6　林樹明：《多維視野中的女性主義文學批評》（北京：中國社會科學出版社，2004年），頁324。

7　金仲華：《婦女問題的各個方面》（上海：開明書店，1934年），序言。

粉碎，中國處於撥亂反正、百廢待舉之際，繁雜的社會景狀再次將「性別」問題遮蔽。如王安憶所言：「現在男人和女人面臨的問題一樣多……我現在常常感覺是我們忘記了性別差異的存在。」[8] 戴錦華指出了一個饒有意味的事實，即「新中國建立以來，中國婦女在法律保護下享有着發達國家婦女的迄今還在爭取的某些經濟權利和社會地位……中國的男女平等甚至出現在中國社會步入工業文明之前……」[9] 而由此所引發的性別問題，其性質與西方成熟的資本主義文明超越以生理差異為基礎的社會分工所產生的「女性」自省必然不同。王安憶敏感於中國的「男女平等」背後的「不平等」，指出「中國女人其實是在平等的口號下忍受體力和精神上更多的消耗和負擔」，[10]「現在男女問題在中國表現特別複雜……她們好像還沒有真正意識到女人這一點，整個社會也不讓她意識到。」[11] 八十年代初期，也正是王安憶開始對兩性題材投射關注之時，王對於性別差異的觀念直接影響到了她此後的寫作。這實際也體現其對於新時期文學中女性作家「擬男」取向的質疑。然而，這與西方以莫伊（Toril Moi, 1953-）為代表的女權主義學者對男女差別的強調不同，其相異之處在於對待男性的立場。莫伊等人的差異觀念以解構男女的平等與同一為基礎，強調女性的優越性並藉此取代男性的中心地位。而王安憶所倡導的是一種「趨向平衡的兩性關係」，[12] 沒有「與男性作對的意思」，[13]「我沒有這樣想，總是覺得世界是男女共有的，這是很平衡的生態，偏哪一方都不行。」[14] 事實上，王的表白也代表了中國當代相當一部分女性知識分子的文化

8 王安憶、李昂：〈婦女問題與婦女文學——與台灣作家李昂對話〉，載王安憶著：《王安憶說》（長沙：湖南文藝出版社，2003年），頁21。

9 孟悅、戴錦華：《浮出歷史地表：現代婦女文學研究》，頁25。

10 胡纓、唐小兵：〈我不是女權主義者〉，《讀書》第四期（1988年4月），頁73。

11 王安憶、李昂：〈婦女問題與婦女文學——與台灣作家李昂對話〉，頁21-22。

12 王安憶、齊紅、林舟：〈更行更遠更生——答齊紅、林舟問〉，頁80。

13 王安憶、秦立德、斯凡亞特：〈從現實人生的體驗到敍述策略的轉型——關於王安憶十年小說創作的訪談錄〉，頁38。

14 王安憶、劉金冬：〈我是女性主義者嗎？〉，載王安憶著：《王安憶說》（長沙：湖南文藝出版社，2003年），頁164。

心態：她們所面臨的性別問題與其先輩不同，並非「父系社會通過亞屬國家機器，──家庭與婚姻，通過倫理秩序，概念體系等直接間接的人身強制手段，實行對女性的社會──歷史性壓抑。」[15] 此外，「中國婦女解放從一開始就不是一種自發的以性別覺醒為前提的運動，婦女平等地位問題是由近現代史上那些對民族歷史有所反省的先覺者們提出，後來又被新中國政府制定的法律規定下來的。」[16] 從某種意義上說，由於中國傳統文化中個人主義精神的匱乏，造成近代以來精神文化領域男性啟蒙者與女性被啟蒙者的既定關係格局。如「五四期間魯迅、周作人、胡適等新文化運動先驅對婦女解放的呼籲。」其歷史性地影響中國婦女意識的形成，呈現出明顯的兩性同盟特徵。[17] 由此，在分析王安憶的女性觀念，對本土性歷史文化語境的考察是不可或缺的。從而也就不難理解王對西方女權主義觀念的保留態度，如胡纓所言：

> 王安憶、劉索拉對西方女權主義的冷淡反應及她們對女性特點的強調作為一種策略，而不是實質化了的目的來看，我們就能發現她們的理論和實踐在當代中國的文化結構中會具有極強的進步意義。而且也體現了中國近四十年來獨特的文化歷史經驗。所謂進步意義便在於這一策略有可能開闢新的實踐領域，促生差異性和可能性，而現代化正應該是這樣一個過程。同時也正因為這一策略反映了獨特的中國經驗，在不否定男女取得平等權力的前提下，提倡鼓吹女性的特點和差異，這實際上解構了傳統的平等概念，也解構了對女性的形而上學式的理解，也就是說這一實踐必然而且必須是一個未知的、將被創造的空間。[18]

15　孟悅、戴錦華：《浮出歷史地表：現代婦女文學研究》，頁 12。
16　孟悅、戴錦華：《浮出歷史地表：現代婦女文學研究》，頁 25。
17　楊莉馨：《異域性與本土化：女性主義詩學在中國的流變與影響》（北京：北京大學出版社，2005 年），頁 41。
18　胡纓、唐小兵：〈我不是女權主義者〉，頁 77。

意識形態等因素所促生的中國式的「男女平等」，必然有其在實踐上的先天缺陷。當中國人從「四害」統治的夢魘中醒來，耳畔首先響起的是「先做人，再做女人」式的口號，「首先想到的便是要恢復做『人』的權利，要活得像個『人』」。[19] 批判極「左」路線，撫慰「傷痕」，呼喚人性，成了八十年代前期文學創作及評論的中心話題。當代中國人因此面臨全民「無性」的尷尬境地。問題的解決方式，與其說是期冀女性的自覺，不如說是依賴兩性的覺醒。王安憶本人十分認同李小江等女性學者的論述立場，即「用自己的眼光來看自己的問題」[20]。女性問題在中國並非是孤立的，對女性特質的認識，需要依靠對兩性的同時觀照，才會做出理性的判斷。就這一點，樂黛雲曾經進行過貼切的歸納：文化層面，以男性為參照，了解女性在精神文化方面的獨特處境，從女性角度探討以男性為中心的主流文化之外的女性所創造的「邊緣文化」，以及所包含的非主流的世界觀、感受方式和敘事方法。[21] 王安憶將這種考察方式內化為自我的「女性觀」，並積極地納入其創作實踐。

王安憶的女性意識，首先體現為自身作為女作家的審美自覺。就書寫主體而言，王安憶認為「女人作小說的特質比男人強，心理體驗比男人深入」。[22] 然而，王在早期的文學觀念中，曾着意將這種「女性」特質與「一般概念中的女作家」[23] 劃清界限：「我確實很少單單從女性的角度去考慮問題，好像並不是想在裏面解決一個問題。」[24] 與台灣作家李昂（1952-）的對談中，面對李對王安憶「不太像一個女作家」的質疑，王闡釋了自己寫作理想，是要去掉「一些女作家的毛病」：即在創作中刻意表現出「一種很強的自我意

19　林樹明：《多維視野中的女性主義文學批評》，頁336-337。

20　王安憶、劉金冬：〈我是女性主義者嗎？〉，頁161。

21　樂黛雲：〈中國女性意識的覺醒〉，《文學自由談》第三期（1991年5月），頁30。

22　王安憶、李昂：〈婦女問題與婦女文學——與台灣作家李昂對話〉，頁25。

23　王安憶、李昂：〈婦女問題與婦女文學——與台灣作家李昂對話〉，頁24。

24　王安憶、劉金冬：〈我是女性主義者嗎？〉，頁164。

識」，文風上「自我修飾，矯揉造作」。[25]

　　事實上，王安憶以上表白中並不排除含有某種對於性別意識的「自棄」心理，包含其早期女性意識的不成熟之處，這同樣與其當時的所處的中國整體文化氛圍相關聯。因為對自身性別特點的不明晰，在價值觀念趨向與男性主導話語體系靠攏。並且，在同時期的中國女性小說家中，此種思維方式並不鮮見。較為極端的方式甚至刻意以消隱女性「性別」話語為代價，致力於向異性求同的寫作風格。蔣子丹（1954-）曾經就此心態作過誠實的反省：

　　　　既為女人，為甚麼會把小說男化的企圖呢？回想起來，大約是出
　　　　自對文化女性化的誤解。不妨直言，我在很長的一段時間裏，一
　　　　直認為女性化的文學總脫不出小家碧玉的窠臼，總跟自嘆自憐纏
　　　　綿悱惻激灩嗲聲嗲氣扭捏作態等等，這些與大器無涉的印象聯繫
　　　　在一起。[26]

　　由此可見，產生書寫誤區的癥結在於對「女性」內涵的定位。這種有關性別書寫的思考，就其內容而言在東西方文化界雖不具有普適性，卻亦有相似之處。法國女性主義批評家西蘇（Hélène Cixous）曾致力發展「陰性」書寫，藉此抵抗並解構菲勒斯二元對立模式。評論界對其理論基點的質疑，集中於它與生物主義或本質主義的關聯。如麗塔・菲爾斯基（Rita Felski）指出，所謂陰性書寫，基本是一種「反寫實主義的文本性美學觀」。她認為，實在沒有甚麼有力的證據說明，在所謂的陰性書寫中，「有甚麼可以說是本質固有的女性氣質的」[27]。唯一可說有性別取向的，大概只有那些有關於「女性身體的隱喻」。菲爾斯基進一步批評道：在文本分析中，區分男性與

25　王安憶、李昂：〈婦女問題與婦女文學——與台灣作家李昂對話〉，頁25。

26　蔣子丹：〈創作隨想〉，《當代作家評論》第三期（1995年7月），頁42。

27　Rita Felski. *Beyond Feminist Aesthetics: Feminist Literature and Social Change*. Cambridge, MA: Harvard University Press, 1989. p.5.

女性寫作是不可能有甚麼實質意義的 [28] 在其看來，西蘇刻意將女性主義與先
鋒性寫作掛鈎，共享邊緣異議的位置，不過是一種理論花招。同樣，在當代
中國，九十年代以降，林白（1958-）、陳染（1962-）、徐小斌等年輕女作
家作品的出現及其引起的爭議，為女性寫作的內涵與外延造成衝擊。徐坤在
《作家》雜誌上撰文對「女性文學」的概念進行了界定：女作者站在女性立
場上，觀察世界的視角從女性一己的性別體驗出發，側重於女性面對外部環
境的內心感受，抒寫生命成長過程中女性個體的情感體驗，並且與那些重大
的社會歷史背景相對疏離的女作者作品。[29] 徐坤同時也表示：如此以來，勢
必將九十年代部分小說之外的大量優秀女性文學作品拒之門外，這一嚴格的
限定，是為上述幾位女作家度身訂制，王安憶、遲子建、劉索拉等「絕大多
數女性作家的作品就要被排斥在『女性寫作』的範疇之外了，這無論如何是
一件令人遺憾的事情。」[30] 而這一界定並未得到中國理論界的普遍認同，「由
於女性從來都是歷史地生活於男性主宰的文化秩序中，因而並不存在甚麼抽
象而絕對的、未經污染的女性立場。」戴錦華特別指出：「在優秀的女作家
的作品中，不期然的女性經驗為她們作品中的『男性』敘述造成了眾多的裂
隙，而自『三戀』開始，王安憶的作品無疑有着清晰的女性觀點與敘述。」[31]
以上討論，標識了中國當代廣義與狹義的「女性」書寫間的對壘格局。應當
說，「三戀」作為王安憶較為成功的性別寫作實踐，已可以看到其女性意識
較為明朗的輪廓。此系列的主題仍然是以對兩性問題的刺探為着眼點。這種
刺探以非常態的「性愛」為形式，其極端之處足以體現作者對「無性」時代
反撥的決心。而「性」本身在生理與心理雙重層面的內涵，無疑對於彰顯男
女差異的主題具有相當的詮釋力。而女性則在與異性的交互撞擊中「實現自

28　Rita Felski. *Beyond Feminist Aesthetics: Feminist Literature and Social Change.* p.5.

29　徐坤：〈重重簾幕密遮燈──九十年代的中國女性文學寫作〉，《作家》第八期（1997 年 8
　　月），頁 26。

30　徐坤：〈重重簾幕密遮燈──九十年代的中國女性文學寫作〉，頁 26。

31　戴錦華、王干：〈女性文學與個人化寫作〉，《大家》第一期（1996 年 1 月），頁 19。

體感受、達到自我肯定。」[32] 如〈錦繡谷之戀〉中的女主人公 ，在不倫的戀情中，「她重新發現了男人，也重新意識到了，自己是個女人，她重新獲得了性別。」[33]

這時的王安憶，對於自身女性寫作的界定，乃至兩性問題，已經有了較為成熟的把握。她將之融匯於自己的文學觀念中，在散文〈女作家的自我〉中，作者寫道：

> 在男性作家揮動革命的大筆，與官僚主義、封建主義等反動、落後、腐朽的勢力作着正面交鋒的時候，女作家則悄然開闢着文學的道路，將戰壕一般隱秘的道路，一直挖到陣地的前沿……我想說的是，在使文學回歸的道路上，女作家作出了實質性的貢獻。女人與文學，在其初衷是天然一致的。而女人比男人更具有個性，這又與文學的基礎結成了聯盟。因此，在新時期的文學中，湧現出大量的女性作家。這些女性作家一旦出現總是受到極大的歡迎。她們在描寫大時代、大運動、大不幸和大勝利的時候，總是會與自己那一份小小的卻重重的情感聯絡。[34]

在以上表述中，我們發現，王安憶已經悄然將「女性意識」轉化為在文學上獨特的觀照世界的方式。王安憶將之定義為一種「女性化」的語言，並指出其並非傳統意義上的女性特點，譬如「 細膩、清新、純情、情感豐富等」[35]。王將這種「女性化」的情感體驗方式，闡釋為「溫柔」，並指出：「最好的男作家也一定具備這種『女性化』的溫柔，這種『溫柔』我很難表達，

32　王緋：《女性與閱讀期待》（西安：陝西人民教育出版社，1998年），頁37。

33　王安憶：〈錦繡谷之戀〉，載王安憶著：《三戀》（杭州：浙江文藝出版社，2001年），頁226。

34　王安憶：〈女作家的自我〉，載王安憶著：《弟兄們》（北京：中國文聯出版社，2001年），頁267-268。

35　王安憶、齊紅、林舟：〈更行更遠更生——答齊紅、林舟問〉，頁79。

它是一種很溫暖的情感，絕不同於我們所說的『溫存』。我喜歡的幾個男作家的作品中都有這種情懷：張煒、張承志，台灣的陳映真等，米蘭·昆德拉也有……最好的作家都會有這種情感，無論男女，所以我覺得最好不要用性別特徵去定義它們，這不是性別特徵，是人性特徵，是人性最好的東西，一旦用性別去定義，馬上變得非常狹隘 。」[36] 在此，王安憶有意識地模糊了主體的社會性別特徵，而代之以泛化的文化性別，從而實現了在性別書寫觀念上的一種調和。在這種調和中，「女性化」被作者解釋為一種普遍性的文學審美層面的元素。王安憶很自然地將這種元素延伸到了書寫的客體選擇上：我覺得女性更為情感化，更為人性化，比男性更有審美價值。我寫小說很少考慮社會意義，而是從審美的角度考慮，看它們有沒有審美價值。[37] 當王安憶將對上海這座城市的觀照納入自己小說創作範疇，女性亦當仁不讓地成為了書寫的重心。而作者更是着力於建立起女人與城市之間的聯繫：

> 人類越向前走，越離土地遙遠了。離開柔軟的土地，走進堅硬的水泥與金屬的世界。這卻是比人類出生地更富有生存源泉的世界。機器代替了繁重的勞動，社會分工全過程解體成為瑣細的、靈巧的、只須少量體力同智慧便可勝任的工作。謀生的手段千差萬別，女人在這個天地裏，原先為土地所不屑的能力卻得到了認可和發揮。自然給女人的太薄，她只有到了再造的自然裏，才能施展。還由於那種與生俱來的柔韌性，使得她適應轉瞬萬變的生活比剛直的男人更為容易見成效。[38]
> 農民在不得已走向城市之時，那幾千年的傳統習俗、道德準則，帶來那麼痛苦而嚴重的障礙。而這一場戰鬥中，顯然地，女人比

---

36 王安憶、齊紅、林舟：〈更行更遠更生——答齊紅、林舟問〉，頁79。
37 王安憶：〈常態的王安憶，非常態的寫作〉，載王安憶著：《王安憶説》（長沙：湖南文藝出版社，2003年），頁231。
38 王安憶：〈男人和女人，女人與城市〉，載王安憶著：《弟兄們》（北京：中國文聯出版社，2001年），頁262。

男人輕裝，更少束縛，更多個性發展的要求，這也許正是因為土地對女人的束縛太嚴緊了，於是，一旦離開土地，女人便比男人更輕鬆更自由，城市對女人的誘惑也更強烈了。[39]

在作者的闡釋之下，女性與城市之間，擁有某種天然的相輔相成的關聯。較之對男性，城市卸下了農業文明對女性靈肉的枷鎖，賦予其更多自由度與可能性，使後者在嶄新的生存環境中如魚得水。劉敏慧一言以蔽之：城市使女性再生，女性對城市加進了新的理解與詮釋，城市與女人水乳交融，合二為一了。[40]女性對文學的敏感，女性與城市間的相濡以沫，使得三者形成了有機的文化鏈接。具體到上海這座現代城市的書寫策略，王安憶進一步將城市與女性間相近的屬性內化，引伸為上海與生俱來的「女性氣質」。

39　王安憶：〈男人和女人，女人與城市〉，頁263。

40　劉敏慧：〈城市和女人：海上繁華的夢——王安憶小說中的女性意識探微〉，《小說評論》第五期（2000年9月），頁74。

第二節
城女城男浮世繪

　　王安憶曾寫道：「上海的繁華其實是女性丰采的，風裏傳來的是女用的香水味，櫥窗裏的陳列，女裝比男裝多。那法國梧桐的樹影是女性化的，院子裏夾竹桃丁香花，也是女性的象徵。梅雨季節潮黏的風，是女人在撒小性子，嘰嘰味濃的滬語，也是專供女人說體己話的。這城市本身就像是個大女人似的。」[41] 這種文化判斷作為一種共識，成為當代女性作家與這座城市之間所產生親近的心理紐帶。《三聯生活週刊》在一輯以「上海的身體語言」為主旨的專題中指出：「上海城市的陰性氣質似乎早就被下了定論，棉棉說，我愛上海，上海是母的。」[42] 而同為新生代作家的衛慧則在訪談中認同：在中國沒有其他的城市可以與寶貝放在一起，寶貝意味着漂亮受寵，令人垂涎，十足女性化，只有上海才可以說寶貝。[43]

　　上海的精緻、優雅、務實的城市特質與在殖民文化語境中生長而成的價值觀念與時尚，的確具有某種女性化的特性。因此，為王安憶帶來盛名的〈長恨歌〉以一個上海女性作為城市代言人，在批評界十分自然地得到廣泛認可。

41　王安憶：《長恨歌》（北京：作家出版社，1996 年），頁 52。

42　何平：〈上海的女性表達〉，《三聯生活週刊》第十二期（2002 年 12 月），頁 30。

43　衛慧、李大衛：〈親愛的，讓我們來談談性和道德吧——衛慧最新訪談〉。參見網址：http://hk.cl2000.com/?/discuss/shiye/wen16.shtml（2006 年 3 月 15 日進入）。

她就是上海，王琦瑤的形象就是我心目中的上海。在我眼中，上海是一個女性形象。她是中國近代誕生的奇人，她從一個燈火闌珊的小漁村變成了「東方的巴黎」，黑暗的地方漆黑一團，明亮的地方又流光溢彩得令人目眩，她真是個奇異的女人。[44]

上海女人王琦瑤與上海這座城市之間形成某種氣質性的疊合。而在王安憶看來，這種疊合，並非浮華，並非絢麗，而首先在於其性格中獨特的「頑強」，「她和上海一樣非常能受委屈，但她百折不撓。她在小事情上很能妥協，但在大目標上決不妥協。眼看着沒路了，她又能走出一條生路。只要一息尚存，她就決不認輸。」[45]

而這種頑強，恰是王安憶最為激賞的：「我比較喜歡那樣一種女性，一直往前走，不回頭的，不妥協。就像飛蛾撲火一樣。我個人比較喜歡這樣的女性。在現實中我沒有這樣做的勇氣，在小說中我就是塑造這樣的人物。」[46]王安憶在此後塑造了一系列性格背景迥異的上海女性，但是，她們都有一種如出一轍的天然韌力。作者對她們有着種種評價，萬變不離其宗：「上海的女性心裏都是有股子硬勁的，否則你就對付不了這城市的人和事。」[47]「上海女性特別地皮實，上海女性表面上嬌美的樣子，其實很堅強。」[48]

這在王安憶早期的中篇作品〈流逝〉中，已見端倪。歐陽端麗從一個資產階級少奶奶磨煉為精明強幹的市井女性，令人感嘆於上海小資產階級在浩蕩的歷史變革中處變不驚的生存能力。在散文中，作者寫道：這，就是上海

44　王安憶：〈形象與思想——關於近期長篇小説創作的對話〉，載王安憶著：《王安憶説》（長沙：湖南文藝出版社，2003 年），頁 89。

45　王安憶：〈形象與思想——關於近期長篇小説創作的對話〉，頁 89-90。

46　王安憶：〈常態的王安憶，非常態的寫作〉，頁 230。

47　王安憶：〈上海的女性〉，載王安憶著：《尋找上海》（上海：學林出版社，2001 年），頁 84。

48　王安憶、劉金冬：〈我是女性主義者嗎？〉，頁 169。

的布爾喬亞。這，就是布爾喬亞的上海。它在這些美麗的女人身上，體現得尤為鮮明。這些女人，既可與你同享福，又可與你共患難。禍福同享，甘苦同當，矢志不渝。[49]

王琦瑤作為一個「典型的上海弄堂的女兒」[50] 遊刃於時代的關隘，依次經歷了解放、反右、文革等重大的時代變故，安然無恙地走向了八十年代。上海這座城市的繁盛、沒落與復興，應和於一個女人的生命節奏，一波三折，如同城市史詩。然而，在通篇瑣細與綿延的女性話語中，作者着意有序地標記了時代的印跡，如「王琦瑤住進愛麗絲公寓是一九四八年的春天。這是局勢分外緊張的一年，內戰烽起，前途未決。」[51] 這恰是男性書寫歷史的座標，揉合於一女性的人生歷程得以重述。而這種重述對歷史的演繹並非顛覆式的，而是以女性的細密與平和重新豐盈其內裏。這一歷史呈現方式依然是作者所認同的女性書寫觀念的某種貫徹，「不是要從中尋找甚麼女性的性別姿態或先驗本質，不是代替她們向不公正的歷史訴苦；不是要以女性至上來代替男性至上、以女權代替男權」，而是「對這些發自她們血肉之軀的體驗和聲音的認真閱讀和細心傾聽。」[52] 饒有意味的是，在小說中，與之相關的主要男性角色卻在這些時代的關口，相繼歿去。而王琦瑤以一個弱女子的堅韌，成為這段歷史最終的見證者。在小說文本中，女性話語成為一根幽微而堅實的鏈條，貫穿了由男性推動的歷史。這根話語鏈條的密度與角度決定其對於男性歷史的空隙，有着種種的填補與修正，最終改變了其霸權與強硬的質地。孟悅的觀點清晰體現了對這種女性歷史講述的認同：「女性話語需要說明也能夠說明的東西，也許並非甚麼是女人，而是男人以及男性一貫主

49　王安憶：〈死生契闊，與子相悦〉，載王安憶著：《尋找上海》（上海：學林出版社，2001 年），頁 61。

50　王安憶：《長恨歌》，頁 20。

51　王安憶：《長恨歌》，頁 101。

52　劉思謙：《「娜拉」言説──中國現代女作家心路歷程》（上海：上海文藝出版社林，1993 年），頁 23。

宰的歷史，她應該說出來並正在說出來和說下去。」[53] 從某種意義上，〈長恨歌〉作為一種性別話語範本，實踐了男性與女性話語在歷史層面的對接與合作。

　　而同時應注意的是，正是城市這個空間所獨有的物質性與開放兼容性，提供了女性話語得以施展的餘地。而後者的存在，又為彰顯前者的這些特性創造了適當的途徑。王安憶深諳於此：寫上海，最好的代表是女性，不管有多麼大的委屈，上海也給了她們好舞台，讓她們伸展身手。而如她們這樣首次登上舞台的角色，故事都是從頭道起。誰也不如她們鮮活有力，生氣勃勃。要說上海的故事也有英雄，她們才是。[54] 以上觀念為作者明確了城市敍事的新路向，並在此後貫徹與發展，即關於上海「女性市民」的書寫。

　　隨着〈妹頭〉、〈富萍〉、〈逃之夭夭〉的問世，可以發現，王安憶對上海城市女性的塑造方面也存在着微妙的轉型。王琦瑤式的布爾喬亞女性逐漸淡出，而代之以妹頭式的「真正的市民」[55]：「妹頭是個小市民，我是很喜歡這個人物，她們是上海的潛流，他們身上流露出上海的氣質。王琦瑤是旖旎中的現實，妹頭是日常中的浪漫。」[56] 從王琦瑤到妹頭，王安憶實現了向上海這座城市的文化核心的又一次掘進。優雅與柔媚只是上海的表象，而世俗與務實才是這座城市的底裏。而妹頭等「小市民」的人生則雕刻着上海的真面目。這類形象，成為王安憶筆下新時期上海女性的典型：上海女人現實，比較獨立，可以共患難同享福，這與生存環境比較困難有關，……這是很殘酷的，女人要獨立，就不能優雅。優雅現在已變成廣告詞了。[57]

　　妹頭的故事發生在文革至九十年代中。這是新一代的上海女性，她們的

53　孟悅、戴錦華：《浮出歷史地表：現代婦女文學研究》，頁 269。

54　王安憶：〈上海的女性〉，頁 86。

55　王安憶、劉金冬：〈我是女性主義者嗎？〉頁 173。

56　王安憶：〈《長恨歌》，不是懷舊〉，載王安憶著：《王安憶說》（長沙：湖南文藝出版社，2003 年），頁 121。

57　王安憶：〈我不像張愛玲〉，網址：http://www.chineseliterature.com.cn/xiandai/zal-xg-zl/013.htm（2006 年 3 月 3 日進入）。

身上有着對這座城市氣質的保留與演進。

　　「舊上海的靈魂，在於千家萬戶那種仔細的生活中。」[58]上海女性獨特的生活哲學，在妹頭的身上得到傳承與體現。妹頭具備着將最基本的生存主題藝術化與精緻化的能力。這一點體現於對物資貧乏時期有限資源的精準利用。衣食住行，皆成文章。

> 比如買那種貓魚大小的雜魚作魚鬆，再比如冷油條切成段，油裏炒了沾辣醬油，也是一個菜，最妙的是那種小而多刺的盎子魚，打上一個雞蛋，放在飯鍋裏清蒸，肉就凝結不散了，特別鮮嫩。[59]買緊俏物資，正是妹頭的強項。她能夠很敏銳地覺察到，甚麼地方，甚麼時候將要出售處理品，就好像商店裏有她的眼線似的。從一個女孩親手備起的嫁妝，就能看出她的頭腦，心智，趣味，和生活經驗。[60]

　　然而，當改革開放的大潮來臨，上海這座城市特有的開放性又為妹頭提供了新的機遇。妹頭看到阿川從南方得來的衣物，按捺不住好奇與興奮：「這些衣服帶來一股開放的氣息，它以它的粗魯和新穎，衝擊着這座城市的傲慢偏見，打破了成規。」[61]妹頭以上海女性新事物不拘一格的接受膽略，離棄家居生活，走上創業的風頭浪尖。

　　妹頭依賴其精明強幹與世故，在生意場上獨當一面，如魚得水。「曉得生意好招人嫉，她就適當地讓一點生意給別人做，一點也不驕橫，但別人也不要想欺她，欺了她，倒霉一輩子。」[62]

　　王安憶將上海女性的「硬」，在妹頭身上體現得淋漓盡致：「她們的硬

58　王安憶：〈我不像張愛玲〉。

59　王安憶：《妹頭》（海口：南海出版社，2000 年），頁 70。

60　王安憶：《妹頭》，頁 95-96。

61　王安憶：《妹頭》，頁 130。

62　王安憶：《妹頭》，頁 134。

不一定在『攻』字上，也是在『守』。」[63] 能屈能伸的韌性，使之在變幻不居的城市生活中能夠與時俱進，得心應手。

妹頭在上海女性中，是承前啟後的一代。她們的人生觀，以這座城市氣質的精華作底，又有在新時代的自我進取。兩相呼應，作者稱之為市民的「保守」與「改良」[64]，是這座城市女性「土生族」的共同特徵。

然而，在小説〈富萍〉裏，作者集中地向我們呈現了上海的另一城市女性群落——移民。

較之妹頭，富萍與這座城市並無先天的水乳交融。但是，卻有某種氣質上的契合，為其躋身於上海提供了性格的基礎與保證。王安憶將之定義為「銳利」，並通過一個久經世故的保姆的眼睛呈現出來：「富萍的，包在略厚的單眼皮裏的眼睛，直愣愣地看着她，鈍拙中，有一種銳利。小姑娘不簡單，呂鳳仙心裏想。」[65]

「富萍和鄉下女孩子不同的地方，她相信甚麼樣的事情都會起變化，沒有一定之規。」[66] 儘管，由於外來者的身份，富萍也曾對前途充滿惶惑，「當她一個人，豁出去地，在馬路上走着，滿目都是陌生的人，不勝悽楚地想：這麼大個的上海就沒有一個可以投奔的人和地方。」[67] 富萍以自己天性中的強韌，得以擺脫所謂「命運」的羈絆，將自己融入於上海的底層人群之中。「她是以這種方法進入上海，在上海站住腳跟，但是她是通過自己的勞動和奮鬥，在上海，她看到了許多勞動、奮鬥的女性榜樣。」[68] 王安憶本人，對於這一女性形象，無疑是鍾愛的。儘管與後者在現實生活經驗的層面，有着顯著的差距。但是，作者本人對於上海的「外來者」心結，卻與富萍在心理層面上有着設身處地的相知。作者借這個年輕女孩的視角，對這座城市投射

63　王安憶：〈上海的女性〉，頁84。

64　王安憶、劉金冬：〈我是女性主義者嗎？〉，頁174。

65　王安憶：《富萍》（長沙：湖南文藝出版社，2001年），頁45。

66　王安憶：《富萍》，頁30。

67　王安憶：《富萍》，頁102。

68　王安憶、劉金冬：〈我是女性主義者嗎？〉，頁169。

以邊緣化的審視,呈現出上海不同生存處境中的移民女性群像,如保姆:奶奶,呂鳳仙;閘北區棚戶人家:舅媽,小君;石庫門二房東:太太。作者執着地以瑣細而物質的描寫深入於這些女性人群的生活細節之中,猶如精確的浮世繪。這些常為城市書寫而忽略的人物聚落由此而浮上水面,在這一承載豐厚的空間中發出聲音,並為上海特有的包容與吸納能力作出最為詳盡的詮釋。

〈妹頭〉中的郁曉秋,是王安憶着意塑造的理想型的上海女性。作者特別以《詩經·國風》中「桃之夭夭」一句作為題,暗示了此形象有着「灼灼其華」的品性。在形式上,小說敍述依循了「梅花香自苦寒來」的路向,以主人公的命運多舛作為底色。值得注意的是作者着重於郁曉秋的女性質地。在這篇小說中,作者試圖提出了一個命題,即,女性與苦難是否存在宿命的聯繫。郁曉秋的生命歷程,有一個關鍵詞,即是「承受」。自出生一刻,便需承受自己是私生子的身份。而這一身份由於其在生理上成熟而被世俗扭曲,「她母親似乎分外厭惡她的成長,而她偏偏比一般孩子都較為顯著地成長着。這種性別特質的早熟和突出,倘若在別的孩子身上,或許不會引起注意,可在她,卻讓人們要聯想她的身世,一個女演員的沒有父親的孩子。」[69]出身與女性的性別特質混合,成為一種「原罪」,在郁曉秋一生中揮之不去。母親與郁曉秋之間並無通常母女間的親情,因為後者的存在始終提醒着她人生的歧途。作者借郁曉秋這一生命個體,敍寫了兩代上海女性的命運。母親是不幸的,藝人生涯的戛然而止,被心愛男人所拋棄。苦痛練就了她對時世的厭惡與冷漠。她的處世哲學,是「以兇悍來抵抗軟弱」[70],以加倍地張揚來提防傷害。她的不幸,在女兒的人生中神秘地複寫。然而,當郁曉秋面臨戀人何民偉背叛,表達出的,卻是與母親截然不同的寬容與霍朗:

　　她經得起,是因為她自尊。簡直很難想像,在這樣粗暴的對待

69　王安憶:《桃之夭夭》(上海:上海文藝出版社,2003 年),頁 81。
70　王安憶:《桃之夭夭》,頁 270。

中，還能存在多少自尊。可郁曉秋就有。這也是她的強悍處，這
強悍是被粗暴的生活，磨礪出來的。因這粗暴裏面，有着充沛旺
盛的元氣。[71]

竇芳霞指出，「這裏所說的元氣，正是指蘊含在郁曉秋身體內部的生命
之根。」[72] 當我們將之延展至性別層面，可視其為來自女性心底深處的體認
與力量。這是頑強而無堅不摧的。郁曉秋的隱忍與犧牲，並非因其柔弱，而
是出於對人生尊嚴的徹悟。她在「讓」的人生尺度中體會到了生命的喜悅，
閃耀着「女性」的光華。當她盡釋前嫌，全心全意地為亡姐扶養遺孤，她的
「女性」本真也因「母性」而放大。當郁曉秋自己誕下一個女嬰，此本真之
外延達致極致。

當聽見護士報告說，是個妹妹，她驟然間難過起來。從小到大許
多難和窘，包括生育的疼痛，就在這一剎那襲來。可是緊接着卻
是喜悅，覺得這個女嬰分明是她一直等着的，現在終於等到了，
實在太好太好。[73]

女兒的誕生，完成了生命的輪迴，母體性別體驗由此得以延續。這於郁
曉秋是幸與不幸的契合，是往日苦難的總結亦是對未來的期盼與憧憬。

那是一種特別活躍的生命力，躍出體外，形成鮮明的特質。而如
今，這種特質又潛進體內更深刻的部位。就像花，盡力綻開後，
花瓣落下，結成果子。外部平息了燦爛的景象，流於平常，內部

---

71 王安憶：《桃之夭夭》，頁 250-251。

72 竇芳霞：〈都市底層女性的生命讚歌——評王安憶小說《桃之夭夭》〉，《臨沂師範學院學報》
第一期（2004 年 2 月），頁 141。

73 王安憶：《桃之夭夭》，頁 276。

則在充滿，充滿，充滿，再以一種另外的，肉眼不可見的形式，向外散佈，惠及她的周圍。[74]

在小說的結尾，作者賦予宗教般的抽象詮釋。以對自然的譬喻深化對女性博大而成熟的精神膜拜感。在混沌浮囂的城市景觀中，郁曉秋的澹定與堅韌成功昇華與豐富了詩句「桃之夭夭」的內涵。

同時，我們應注意到，王安憶筆下的上海女性，除卻一種韌性，還具備着似與其「性別」屬性不相符合的「力」與「硬」。這與意識形態中所謂父權主題對女性的界定大相徑庭：「女性被看作幼稚、軟弱、沒有自衛能力而需要依賴男性保護的，與女性聯繫相當密切的一個詞就是『軟弱』。」[75] 而依作者所言：「這裏（上海）的女性必是有些男子氣的，男人也不完全把她們當女人。」[76] 邵燕君曾經引述卡洛琳‧海爾布倫（Caroline Hellbrunn）的觀點，指出王安憶小說中的上海女性，具有類似於「雌雄同體」的特性：「『雌雄同體』（androgyny）在神秘宗教中被視為理想，被視為伊甸園中的完美的人性。」其因應於性別理論的層面，就是要「改變兩性對立，廢止男性單方統治，建立一種新的、超越矛盾的、中性的和諧。」[77] 邵準確地指出了王安憶以「中性」方式表達兩性「和諧」的書寫策略。然而，作家在這一範疇所提供探討的可能性並不止於此。

普力克（Pleak）曾就人類對性角色規範與界線的超越，提出塑造「合乎個體內在需要與氣質的男女心理同體」的命題。他認為：「當個體已經掌握了運用與性別相聯繫的規範的靈活性，容許個體為了成功地適應局面的需

74　王安憶：《桃之夭夭》，頁 278。

75　L‧達維遜、L‧K‧果敦著，程志民、劉麗、宋堅之等譯《性別社會學》（重慶：重慶出版社，1989 年），頁 190。

76　王安憶：〈上海的女性〉，頁 86。

77　邵燕君：〈靈魂的殉葬〉，《文學評論家》第三期（1991 年 5 月），頁 57。

要，時而採取女性式的行為，時而採取男性式的行為。」[78] 普力克進一步指出對性角色的把握與超越的前提，即「根據環境的需要」。王安憶則肯定了上海女性之所以與男性間存在着「趨同性」，因其「奮鬥的任務是一樣的，都是要在密密匝匝的屋頂下擠出立足之地。」[79] 在此，性角色擺脫「雌雄同體」的理論形式感，而被實質化與在地化，作為適應上海城市生活環境的必要條件，被清晰道出，並以性別主體能動性的個體選擇得以凸顯。其與生理性別之間呈現出微妙的關係，可參考莫伊的有關論述。莫伊將前者定義為「女性氣質」以區別於生物層面「女性」，並指出：女性與男性則被用來指純粹由生物因素所形成的性別差異。因此，女性氣質代表後天培育，而女性代表天生自然的。女性氣質是文化建構，就如同波伏瓦（Simone de Beauvoir, 1908-1986）所說，女人並非天生，而是變成的。從這個觀點來看，父權制壓迫在於把一些社會對女性氣質的標準加在所有生物意義上的女人身上，以使我們相信為「女性氣質」所選擇的標準是天生自然的。[80] 莫伊的原意是為了攻訐父權中心體系的文化建構對「女性氣質」的固化與他者化。然而，王安憶的女性塑造，卻讓我們看到了在上海這座城市獨有的文化氛圍中，「女性氣質」一種新型的發展路向。這一路向，並非僅從單一的女性經驗出發，而是致力於對兩性的觀照，以「和諧」為基點的性別解放。威廉姆·斯隆·科芬（William Sloane Coffin, 1924-2006）曾一針見血地指出性別解放的本質：最需要解放的是每個男人身上的「女人」和每個女人身上的「男人」，一旦我們把這些「男人」和「女人」解放出來，我們就具備了完整而自由的人類特點。[81] 由此可見，「男」「女」對於同一個體的互補意義，即塑造一種完整的性別人格。而這一觀念不僅就女性而言，美國學者小哈羅德·萊昂（Harold L. Lyon）曾依此提出男性解放概念，他認為：至於男性解放，我認

78　L·達維遜、L·K·果敦著，程志民、劉麗、宋堅之等譯《性別社會學》，頁 21。

79　王安憶：〈上海的女性〉，頁 85-86。

80　Toril Moi. *Sexual/Textual Politics: Feminist LiteraryTtheory*. New York: Methuen, 1987. p.65.

81　小哈德羅·萊昂：《溫柔就是力量——男性解放的特徵》（北京：作家出版社出版，1989年），頁 5。

為就是把身為男性的我們從強悍、男子氣概等虛構的社會形象中解放出來，讓我們允許並把我們所有人深藏於內心的溫柔釋放出來。強悍是一層為了在充滿敵意的社會環境中求生存而發展起來的保護殼，並不是我們的理論所在。相反，使我們強大起來的是我們的溫柔。強悍不是力量，溫柔也不是軟弱……我們所尋求的解放正是我們的人性，而不是甚麼男子性或女子性。人類的心是沒有性別的。[82] 對這一點，王安憶亦從自己作為上海女性的觀念出發，進行詮釋：「嚷着『尋找男子漢』的大多是那些女學生，讀飽了書撐的。凡是浴血過來的，找的不是男子漢，而是體己和知心，你攙我，我攙你的，要說都是弱者，兩條心扭成一股勁，就是這地方最溫存和最浪漫。」[83]

性別氣質於個體的混合並不代表兩性走向同化，王安憶借對上海男女關係的描述道出對理想化的兩性觀念的理解，她稱之為「勢均力敵」[84]。從字面上理解，似乎有違作者倡導性別和諧的初衷，而指出了兩者的「對立」。然而，這一對立以差異與對等為前提，則肯定了男女關係走向的基礎。「要說男女平等，這才是同一地平線上，一人半邊天」，[85]「對立」是兩性關係的現實存在。李銀河指出東西方同樣將性別關係納入兩分思維的範疇，然而，其中的不同之處在於：西方的兩分大多有高低之分，比如，精神高於肉體，理性高於感情，文化高於自然，主人高於奴隸。而中國的兩分則大多沒有高低貴賤的差別，而是相輔相成、平分秋色的關係，比如天不一定高於地，而是二者缺一不可；陽剛不一定高於陰柔，而是相輔相成，道家甚至講究以柔克剛。[86]

在王安憶對上海的城市書寫中，其無疑是以女性角色作為重心。然而，對兩性關係的理解，決定其不會孤立地從女性角度進行文學考量。王對上海

82　小哈德羅・萊昂：《溫柔就是力量——男性解放的特徵》，頁 6。

83　王安憶：〈上海的女性〉，頁 86。

84　王安憶：〈上海的女性〉，頁 86。

85　王安憶：〈上海的女性〉，頁 86。

86　李銀河：《兩性關係》（上海：華東師範大學出版社，2005 年），頁 249。

女性的成功塑造，無疑與其對男性角色的準確把握密不可分。因此，從理論研究的角度，探討王的城市書寫在性別層面的輻射，對其筆下男性形象的分析，也十分重要。

事實上，在對男女形象的具體處理上，作者的側重，的確有所不同。女性在王安憶的書寫策略中，首先是作為「人」的代言出現，甚至具象化為城市的代言人。而男性，相比之下，是相對符號化的。這一點，王安憶自己有着十分明晰的闡述：「我寫男女是有區別的，我作品中的很多女性，是當作單獨純粹的人去寫的，而男性在作品中具有象徵性。凡我寫的男人，絕對不是一個純粹的人出現的，他一定作為一種象徵出現的。比如代表權利，政治、社會、代表某個時代的典型，而把女性往往作為一種純粹的人去寫。」[87]

以長篇小說〈長恨歌〉作為文本個案，分析其中的幾個男性角色。李主任與薩沙，可視為王琦瑤一生中的短暫插曲。然而，二者同時又是重要的時代文化符碼。李主任作為國統時期的政要，是「大世界的人，那大世界是王琦瑤不可了解的，但她知道這小世界是由大世界主宰的，那大世界是基礎一樣，立足之本。」[88] 李主任是將王琦瑤從少女變為女人的人。而他的倉促退場，也成為王女性生命歷程的第一個重要切分點。薩沙是共產國際混血兒，他的意識形態表徵與其男性身份同樣虛空，在男性的世界裏，「他的漂亮臉蛋沒甚麼用處，國際主義後代的招牌也只是唬人的。他對男人是敬畏參半，有着不可克服的緊張。」[89] 然而，他在王琦瑤獨立於時代與政治之外的偏安一隅，卻能澹定自若。這一空間幫助其擺脫社會性別的困擾，為其提供一個遁逃現實的出口。薩沙在與王琦瑤的交往中付出代價，陷入陰謀，被動地陪伴王走過從少婦走向母親的歷程。

另外三個男性，程先生、康明遜、老克臘都是不同程度上與王琦瑤發生情愛糾葛的男人，同時又都是地道的上海男人。他們有着某些共同特徵，優

87　李志卿：〈王安憶與讀者的對話〉，《文學自由談》第四期（1993 年 7 月），頁 33。

88　王安憶：《長恨歌》，頁 88。

89　王安憶：《長恨歌》，頁 207。

雅、些許女性化，規避於時代的主流與雄性世界的競技場。然而，因為他們深知這座城市的內情，成為連接王在不同時代與上海之間若即若離的橋樑。因為深諳於其文化內質，他們是這座城市最為權威的見證人，同時是旁觀者。他們是舊上海的遺少，這決定其在另一個時代採取一種置身其內而疏離的姿態。

> 他想，這城市已是另一座了，路名都是新路名。那建築和燈光還在，卻只是個殼子，裏頭是換了心的。昔日，風吹過來，都是羅曼蒂克，法國梧桐也是使者。如今風是風，樹是樹，全還了原形。他覺着他，人跟了年頭走，心卻留在了上個時代，成了個空心人。王琦瑤是上個時代的一件遺物，她把他的心帶回來了。[90]

波德萊爾（Charles Baudelaire, 1821-1867）將「紈袴主義」（dandyism）稱之為墮落時代英雄主義最後的閃光──這些花花公子身上聚集的特徵帶着非常確定的歷史印記。[91]上海的遺少們，在這座城市的繁華沒落已久之時，仍以紈袴的形象凝結為其所堅守的時代的象徵，而放棄了與時俱進的可能。在一九六〇年，程先生給嚴師母的印象是：她看出他的舊西裝是好料子的，他的做派是舊時代的摩登。她猜想他是一個小開，舞場上的舊知那類人物，就從他身上派生出許多想像。[92]王琦瑤是他們與這座城市的過去聯繫的一根游絲，儘管微薄，卻十分強韌。如果說程先生與康明遜與王的交往，還有因對舊時代追憶而產生的惺惺相惜，那麼老克臘的出現，無疑成為了一個意象詭異的雄性文化符碼。如作者所言，「『克臘』這個詞其實來自英語『colour』，表示着那個殖民地文化的時代特徵。」[93]「像『老克臘』這種人，到了八十年

90　王安憶：《長恨歌》，頁191。
91　本雅明著，王才勇譯：《發達資本主義時代的抒情詩人》（南京：江蘇人民出版社，2005年），頁98。
92　王安憶：《長恨歌》，頁231。
93　王安憶：《長恨歌》，頁325。

代，幾乎絕跡，有那麼三個五個的，也都上了年紀，面目有些蛻變，人們也漸漸把這個名字給忘了似的。」[94] 然而，在〈長恨歌〉中，這類人物，卻在九十年代一個二十六歲的上海青年身上附體（值得注意的是，程先生與王琦瑤初識的年紀，也是二十六歲）。然而，弔詭的是，他對舊上海一無感性經驗，「人是今人，心卻是那時的心。」[95] 他以一種奇異的姿態出現於現時的城市。「他們面目比較隨和，不作譁眾取寵之勢，在熙來攘往的人群中，人們甚至難以辨別他們的身影。」[96]「別人熱鬧的時候，他大多靠邊站，有他沒他都行的。他看上去是有些寂寞的。」老克臘正是這種混跡於城市人群，卻又格格不入於其中的人物形象。本雅明在其論述波德萊爾的重要著作《發達資本主義時代的抒情詩人》中，重點分析了波德萊爾關於巴黎的詩作中的人物形象「閒遊者」（Flâneur）。李歐梵曾將此形象運用於對新感覺派作家文化姿態的體認，稱「他的漫遊一方面是他的姿態，一方面也是抗議」。[97]本雅明指出「閒遊者」與城市之投入而疏離的關係，「遊逛者依然還站在大城市和資產階級隊伍的門檻上，二者都還沒有使他願意進入，二者也都還不能讓他感到自在。」[98]「在那些閒逛者中有擠進人群去的，也有不願放棄個人空間而獨自行走的。」[99] 在其注視之下，城市被寓言化了。而這一注視，是通過「閒遊者」對巴黎「拱廊街」（arcade）這一獨特的城市空間的遊走與體察實現的。我們發現，新上海的「老克臘」這一人物形象，與「閒遊者」所採取的文化姿態有着十分相似之處。而前者的城市遊走方式無疑比後者更為抽象。因其依賴以「上海西區馬路」這一非實質性的想像空間。

真了解老克臘的是上海西區的馬路。他在那兒常來常往，有樹

94　王安憶：《長恨歌》，頁325。
95　王安憶：《長恨歌》，頁334。
96　王安憶：《長恨歌》，頁326。
97　李歐梵著，毛尖譯：《上海摩登》（北京：北京大學出版社，2001年），頁45。
98　本雅明著，王才勇譯：《發達資本主義時代的抒情詩人》，頁180。
99　本雅明著，王才勇譯：《發達資本主義時代的抒情詩人》，頁52。

陰罩着他。這樹陰也是有歷史的，遮了一百年的陽光，茂名路是由鬧至靜，鬧和靜都是有年頭的。他就愛在那裏走動，時光倒流的感覺。他想，路面上有着電車軌道，將是甚麼樣的情形，那電車裏面對面的木條長椅間，演的都是黑白的默片，那老飯店的建築，磚縫和石棱裏都是有字的，耐心去讀，可讀出一番舊風雨。[100]

王琦瑤與老克臘的情愛的悲劇意味在於，王是作為老克臘對懷舊文化的指歸出現，其在後者心目中並不是一個「女人」，而是老克臘念茲在茲的「老上海」的一部分。她的意義在於，作為他對老上海的遊走最具體的引領者，幫助他「真觸及到了舊時光的核，以前他都是在舊時光的皮肉裏穿行。」[101]他是將王琦瑤當作一件舊物來愛的。王卻未參透這場畸戀的實質，當她試圖擺脫老上海的印簽，彰顯其女性特質，老克臘才倏然發覺：她已經是個老夫人了。[102]老克臘作為時光的遊走者，以無性的姿態墮入性愛的悲歡，成為上海新舊城市文化間相互交纏與磨礪的一個縮影。

九十年代以降，王安憶開始集中而有序地通過一系列短篇小說塑造城市男性形象。這些形象較之其之前對於描寫男性人物心得，又有所突破。此類形象不再以時代符碼的形式出現，而成為作家表達人性與進行社會觀照的途徑。這些作品從篇幅上來說都相對短小，情節也較為簡潔。如描寫上海民工的〈民工劉建華〉、描繪低能兒的〈陸家宅的大頭〉，另有一些從男性個體的心理層面切入，聚焦於其行為描摹的〈聚沙成塔〉、〈陸地上的漂流瓶〉。特別值得一提的是〈千人一面〉一篇，其從男主人公「他」對一名配音女演員的遐想與追問入手。在「他」看來，這名叫做顧蓮華的女演員，用聲音「那麼貪婪地網羅了形形色色的女人，尤其是年輕貌美的女人，在她們身上毫不

---

100 王安憶：《長恨歌》，頁 329。
101 王安憶：《長恨歌》，頁 333。
102 王安憶：《長恨歌》，頁 357。

留情地打上了她的烙印。」[103]「他在腦海裏勾出了顧蓮華的輪廓：一個有着權力慾，還有表現慾的女人。」[104] 發生於「他」與「顧蓮華」之間的敍事過程，完全依賴前者觀看後者配音的種種影片與電視劇來完成，形成一種單線而起伏的敍述脈絡。這是作者一次個性鮮明的小說文本嘗試，同時也實現了兩性之間非常形式的文化觀照。

2005 年，王安憶推出其最新長篇小說〈遍地梟雄〉。王安憶本人將其稱之為「一個『出遊』的故事」[105]。其向我們展示了四個男人以上海為起點，在不同空間的遊走。小說類似於「公路電影」的敍寫方式迥異於王安憶上海城市文學譜系中的其他作品的同時，也透露出王安憶在題材選取方面不同以往的鮮明特質。如王德威所言：這本小說不寫新舊上海的羅愁綺恨，甚至沒有女性主角。相對的，王安憶要寫的是男性——而且是黑道上的男性——之間的情義。[106] 王安憶自己坦承：〈遍地梟雄〉的故事本身決定了它還是由男性角色來完成更合適，因此整個故事都圍繞着男性來進行，而並非意味着我的寫作轉變。一部作品全部以男性角色來表達，在我的寫作中大概是第一次。[107]

「無女文本」的首次出現，在王安憶的城市書寫脈絡，自然極有其探討之意義，而分析亦理當以「性別」層面進行。從此一視點切入，〈遍地梟雄〉可作為「男性成長」小說解讀。

主人公韓燕來（毛荳）在踏上「出遊」之路前，是一個「溫柔、腼腆、

103 王安憶：〈千人一面〉，載王安憶著：《隱居的時代：王安憶中短篇小説集》（上海：上海文藝出版社，1999 年），頁 40。

104 王安憶：〈千人一面〉，頁 41。

105 王安憶：〈後記〉，載《遍地梟雄》（上海：文匯出版社：上海文藝出版社，2005 年），頁 243。

106 王德威：〈上海出租車搶案——讀《遍地梟雄》，兼論王安憶的小說美學〉，網址：http://publish.pots.com.tw/Chinese/BookReview/2005/06/30/366_36bookr1/index.html（2006 年 1 月進入）。

107 東方網：〈王安憶：研習細節安守寂寞〉，網址：http://www.wenhuacn.com/news_article.asp?classid=31&newsid=2420（2006 年 3 月進入）。

有幾分姑娘氣」[108]且「受家中嬌寵」[109]的上海青年。而當他遭遇了以「大王」為首的三個劫匪，生存狀態發生了突然的逆轉：

> 毛荳家裏，有些陰盛陽衰的意思，都是女性，他的母親，姐姐，有着強悍的性格，所以，毛荳從來沒有領受過男性的權威。現在，他從大王的眼光裏感受到了。這種來自男性的威懾力量，似乎更有負責的意味，執行起來也更從容不迫。[110]

在與大王等人的朝夕相處中，毛荳趨向「陰性」的生活格局被打破，在動盪與漂泊中成長。「新長出的唇鬚也硬扎許多，頭髮呢，長了，幾乎到了耳朵上，令人難以置信地，他似乎還長了個子，有些魁偉的意思了。」[111]與此同時，他意外地體驗到了來自於男性的權威與力量及同性間的兄弟情誼。「姐姐韓燕窩，韓燕窩也變得遙遠，韓燕窩倒有權威，可畢竟是女的。在毛荳溫馴的表面之下，其實是有一顆男孩的心，他渴望男孩之間的友情。」[112]也正因於此，韓燕來放棄了回家的機會，而隨大王踏上了一條行走江湖的不歸路。

「大王」在文中，以一個哲人的形象出現。他以退伍軍人身份之表，擁有滿腹經綸之裏。就形象的可信度而言，似有商榷之處。然而，其作為一個雄性的思想符碼，卻統領了整篇小說作為「無女文本」的性別論述基調。「大王」講求兄弟義氣，但是，其對異性的態度，呈現出相當極端的「厭女」傾向。關於這一點，在文本中的例證俯拾即是。

如在他們進行故事接龍遊戲一節，毛荳提到了「女主持人」這一角色，「二王說：小弟弟大約是想女人了！話沒落音，大王就變了臉：莫談女人！

---

108 王安憶：《遍地梟雄》，頁 37。
109 王安憶：《遍地梟雄》，頁 19。
110 王安憶：《遍地梟雄》，頁 91。
111 王安憶：《遍地梟雄》，頁 151。
112 王安憶：《遍地梟雄》，頁 154。

那三個都噤了口。」[113] 而當他們驅車搭乘了一個名為尼娜的「小姐」，之後遭受驚險。大王將之總結為因果聯繫：「大王止住他們：誰也不怪，這是一個兆頭，你們知道，車上最忌甚麼？女人，女人身上帶血，兆血光之災。」[114] 這類性別觀念的武斷與宿命，與大王慣常的嚴謹與理性的行事作風大相徑庭。而最為典型的，莫過於其議論古今帝制的部分：

> 武則天──大王笑一笑，是個人才，可終究是個女人，聽沒聽
> 過？有句話：孫悟空的跟斗，十萬八千里，翻不出如來佛的掌
> 心，這「掌心」就是氣數，女人的氣數是有限定的。[115]

以上論述，不禁令人揣測王安憶作為女性意識濃厚的作家，在文本中設置此類「擬父」敍述，將女性扭曲與客體化的用意。這些細節，是否體現了作者對於父權文化的立場的妥協甚至趨近，以實現其構建「純男性」文本的初衷，頗有可考量之處。

任一明指出：「婦女在有意識地重讀和複述父權制的核心文本時，可以變被動為主動，她可以遊戲本文，在這種遊戲式的模仿中，她可以保持區別於男性範疇的某種獨立性。」[116] 而以此為切入點觀照，可以發現，王安憶確採取了極為相似的敍述策略，以建構的方式反撥。

在文中，大王曾講述「四面楚歌」的故事。這是十分典型的洋溢着悲壯色彩的男性「文本」：「楚軍被漢兵圍困幾十重，楚霸王不驚；軍中彈盡糧絕，楚霸王也不驚。可是四面楚歌響起，楚霸王大驚，他怎麼說？他說：漢皆已得楚乎？是何楚人之多也！」[117] 而這則故事在小說中出現的語境為：韓燕來被劫持，而大王等人為了逼他就範，打起了攻心戰術，這則故

113　王安憶：《遍地梟雄》，頁 176。
114　王安憶：《遍地梟雄》，頁 195。
115　王安憶：《遍地梟雄》，頁 165。
116　任一鳴：〈質疑女性主體的一則寓言〉，《吉昌學院學報》第四期（2003 年九月），頁 152。
117　王安憶：《遍地梟雄》，頁 77。

事是為了提醒他大勢已去。然而，在這一語境之中，因為歷史題材的大材小用，卻達致十分喜劇的效果。可以非常鮮明地體會到作者將這則故事刻意庸俗化的用心。

另外，一則聖經故事借大王的講述在文章兩次出現——諾亞方舟。但值得注意的是，在首次出現時，只是空泛地談到諾亞的救世之舉；[118] 而第二次講述中，卻強調了諾亞根據神諭，收留兩性動物的細節。「方舟上的活物登上陸地，重新繁衍出一個新世界。」[119] 這是王安憶在文本闡釋過程中的留白與遞進，也是其在這部「無女文本」中力圖透露的兩性信息。在接近小說尾聲的時候，王安憶設計了一個饒有意味的場景。在與「大王」分離之後，其他三人與偶遇男子屆小寶，共餐後唱歌作樂，然而，「唱畢之後，突然發現，今日所唱歌曲裏，竟全是女人，這可不是瑞祥的跡象，於是，心情亦憂鬱下來。」[120] 這個純粹的男性同盟，在貌似堅固的表皮之下，意外而輕易地出現了裂隙，成為作家欲語還休的一筆。

由此可見，王安憶並沒有拘泥於往日所訂立的城市男女形象的塑造原則，而是在不斷的演進與探索中，為其闡釋兩性觀念的藝術企圖提供了最為直接而深入的文本支持。

---

118 王安憶：《遍地梟雄》，頁 97。
119 王安憶：《遍地梟雄》，頁 153。
120 王安憶：《遍地梟雄》，頁 223。

第三節
兩性關係的烏托邦

　　王安憶曾撰文分析波伏瓦的長篇小說〈女客〉。在文中，其為女主人公弗朗索瓦茲苦心經營的三人關係作出總結：

> 「他們三人的關係是有着男女關係烏托邦的意義，是不可用通常的經驗的尺度去衡量和判斷，他們是一種創造性的關係，一種人類的後天性關係，是藝術的關係，是反自然的，具有知識分子銳不可當的探索與試驗精神。」[121]

　　對於這座烏托邦最終走向消弭的原因，王安憶作出判斷。弗朗索瓦茲的妹妹伊麗莎白曾指斥其性質為「虛假和作戲」，王安憶認為她的看法「對錯參半」，因這僅是其表，這個三人組的崩潰，歸因於它建立的前提：「皮埃爾（男主人公）其實一直是一個中心，這個中心是由性和性別所決定的。事情並非弗朗索瓦茲所嚮往的那麼平等。……重要的就在此，這個三人行恰恰不是以處於中心的皮埃爾倡導，而是弗朗索瓦茲的提議。由弗朗索瓦茲所動議組合的三人行，才具有烏托邦的意義，否則就只是男性的美夢而已。」[122]
這也是這個烏托邦可悲的悖論之處：因為性別的局限，其建構者與事實中心

121　王安憶：〈女作家的自我〉，頁 275。
122　王安憶：〈女作家的自我〉，頁 282。

的無法同一，使其註定命不久矣。

王安憶在自己的中篇小說〈神聖祭壇〉中，以寫作實踐探討了建構男女烏托邦的可能性。在情節設置方面，王有意識地剔除了性的因素，「我嘗試將愛情分為精神和物質兩部分，……〈神聖祭壇〉嘗試光憑精神會支撐多遠。」[123] 表面看來，就性別試驗的激進性而言，王的文本似乎較波伏瓦保守，但是實質上，卻對兩性關係提出了更為嚴峻的考驗。

這篇小說的三個角色，項五一、戰卡佳、項五一的妻子，形成了奇特的三角關係，這也正是烏托邦成型的前提。項五一是一名詩人，小說在開首處已強調其身份與上海這座都市之間的格格不入之處：其實，城市是沒有詩的，詩是農人和閒人的事，而這兩類人都無法在城市寄生。[124] 閉鎖與孤立的人生狀態，使得他成為浮華時代的獻祭者，選取了自我邊緣化的文化立場。然而，他的性別，卻決定其成為男女關係的軸心，這在小說的敘事脈絡中作為默認值出現。小說的主題圍繞對他的解讀展開，無論是社會層面來自年輕學生的質疑：您認為，詩是甚麼？[125] 抑或是來自其妻子的追問：項五一，他究竟是甚麼人啊？[126] 項以男性詩人的身份，成為以上價值觀拷問的承載者同時又是主宰者。項的妻子，則是一個暗啞的客體，其堪稱在父權秩序中最為稱職的「女性」，以緘默與馴服的姿態安頓於家庭與社會的「無政治層」。她是無名的，在文中只是被稱之為「妻子」。這是一個十分微妙的性別指稱，本身即暗示了相對於「夫」的附屬性。戴錦華曾以漢語「夫婦」一詞的古典淵源切入，分析其以「人倫之始」的形式所隱含的性別架構：「它是父系社會規定的性別角色，而不是生理、自然意義上的兩性指稱，這便是『夫婦』與『男女』的重大不同。……成為『夫』意即獲得某種對他人的權利和社會的信任——一家之主，而由『女』變『婦』，則是自身的喪失。是『言

---

123 王安憶、秦立德、斯凡亞特：〈從現實人生的體驗到敘述策略的轉型——關於王安憶十年小說創作的訪談錄〉，頁39。

124 王安憶：〈神聖祭壇〉，載王安憶著：《小城之戀》（北京：作家出版社，1996年），頁393。

125 王安憶：〈神聖祭壇〉，頁397。

126 王安憶：〈神聖祭壇〉，頁429。

如男子之教而表其理』——消失於他人的陰影，從而消除了異己性而納入社會秩序中。……」[127] 依照此理，項似乎應滿意且享受於這種男性宰制的家庭結構。然而，他與妻子間是隔膜的：「似乎你已經楔進她的肉身，卻還覺得她虛妄無比。於是你便恍恍惚惚，不知身在何時何處。」[128] 這也正是這種承載着父權「理想」的男女關係的弔詭之處：「自『夫婦』始後，父系社會的概念系統便不再包含女性，差序之倫從男女兩性關係轉向單一的男性關係。」[129] 當「女性」被極力虛化物化為空洞的能指，也隨之為男性消解了一個「可以與之砥礪、回應的對手」。而後者的存在則無法通過自身的「異己」獲得強而有力的證實。當性別關係發展至後現代的文化格局，如項五一一般的男性知識分子，恰恰需要這樣一個「對手」。就這一層面而言，項與其妻皆為性別差序的受害者。

戰卡佳的出現，可謂適逢其時。她的主動性令其成為這個三人互動模式的建構者。雖則就她本人而言，只是無意識地促成。她的「無意識」在於，她是以一個朝聖者的心態接近項五一的。項的身份之於她，首先是一個詩人，其次才是男人。儘管在他們的交往過程中，戰卡佳逐漸感受到這個男人性別魅力的巨大：「這個男人有一種力量，這是一種非凡的力量，那就是，他能夠以自身的精神創造一個世界，帶了你走人。」[130] 值得注意的是，項的這種吸引力，是來自於性別的，而非性的。其實質是項作為男人的凌駕力，而歸根結底，又是由其作為詩人的自足意識所決定。

而對項五一來說，戰卡佳的出現出人意表。戰是在其已習以為常的「秩序」外的「異性」，是無論從心智抑或觀念上都可與其匹敵的「對手」，這使他欣喜萬分。「這一瞬裏，他特別地清醒，他想，為甚麼這一個女人有那樣的一種特質，就是你不必觸及她，便能覺得她的真實可感。……。而這個

127　孟悦、戴錦華：《浮出歷史地表：現代婦女文學研究》，頁 10-11。
128　王安憶：〈神聖祭壇〉，頁 425。
129　孟悦、戴錦華：《浮出歷史地表：現代婦女文學研究》，頁 11。
130　王安憶：〈神聖祭壇〉，頁 420。

女人，卻足以與你對抗。」[131] 戰卡佳作為新型的城市女性所具備的開放性與獨立思辯力，使其敢於挑戰與質疑項五一。甚至在與其對話中，取得主動權，力圖轄制後者。這些都是項所陌生的，但同時也刺激了他認證與確立自己的慾望，從而使其與戰之間的互動日益活躍。

而有意味的是，戰作為「被項五一歡迎的客人中的一個」[132]，同時也受到了項妻的熱烈歡迎。

> 以她做女人的本能，她很奇怪地斷定：項五一和戰卡佳之間，是不會發生男女間經常會發生的那種事情。她有一種強烈而新鮮的感覺：當項五一和戰卡佳坐在一起的時候，他們似乎不是以各自男人或者女人的身份相處。而當他們與自己相處時，才又恢復了各自的性別……戰卡佳很像一座橋樑，通向丈夫，又通向她。有戰卡佳在場的時候，她會覺得丈夫離自己近了一些，容易為她了解一些。[133]

項妻對戰卡佳作出判斷：我看出你是一個和我們一般女人不同的女人，你有一種力量，這一種力量，好像可以使任何傾斜的東西都平衡過來。[134] 項妻首指出了戰卡佳與「一般女人」之間的分野，意即其在既成的男女秩序中，是一個越規的異數。項妻默認了這一秩序「傾斜」的本質。而戰的平衡能力取決於她與項五一之間關係的「均勢」局面。造成「均勢」的條件，在項妻看來，則是戰卡佳沒有選擇以「女人」的身份與項五一相處。換言之，在這個穩定的三人烏托邦中，戰的存在前提是「無性」。她以「無性」的姿態達到項妻這個「無名」的女人難以企及的理解力與發言位置。項妻與之親

131　王安憶：〈神聖祭壇〉，頁 425。
132　王安憶：〈神聖祭壇〉，頁 427。
133　王安憶：〈神聖祭壇〉，頁 427。
134　王安憶：〈神聖祭壇〉，頁 431。

近，並非是出於女性間的相濡以沫，而是一種倚靠與求助。項妻不斷地追問戰卡佳：「項五一，項五一他到底是甚麼人啊！」然而，戰同樣無能為力。因為這個烏托邦在本質上並未擺脫某種窠臼：即兩個人女人對一個男人遷就。所謂「無性」對話，並非是建立在男女間對自身局限的共同超越與對彼此的滲透與了解的基礎上，而只是戰卡佳的一廂情願的單向放棄。其對於項五一的主動姿態，建基於對後者的崇拜。這是一種替代性的「補足」心理，體現了戰卡佳在主體成長中的結構性缺損，沒有項五一，戰卡佳感到「生命和歲月只能是一片荒蕪的土地」[135]。「無性」策略只能視為戰與項之間取得「平等」的緩兵之計，而無法真正以女性的身份與項五一攜手並立。當戰卡佳暴露出作為「女人」些微的世俗，項五一立即警醒：在通過她詮釋與認證自己的同時，也發現自己的一個部分在悄然消解。他依賴作為男人的中心地位，以「詩」實現了對自己內心世界的固守。

文中以項五一對長詩的構思與創作過程將小說的敘事脈絡分割開來，強調了項在精神層面中的自足及對外界的抗拒，同時暗示了出二人的關係危機與破裂的宿命。在長詩完成前夕，戰卡佳對項發出控訴：「痛苦的根源全是因為你的自私和個人主義。」[136]烏托邦隨之坍塌。戰卡佳恢復了「女人」的性別，也成為了項五一家庭中穩定而沉悶的男女秩序的威脅者。項妻亦對戰失去了信任，因循世俗的經驗，再次對其作出判斷，卻已經改變了立場：因為，你我都是女人，天下的女人最終都要為敵的。[137]而戰卡佳亦不覺自己與項妻的區別，發出哀嘆：「項五一，你使你周圍的女人都那麼的寂寞。」[138]

〈神聖祭壇〉，表面上講述了一個性別烏托邦覆滅的故事，卻透射出一個女人艱難而非自覺的性別主體認同的失敗過程。而在中篇小說〈弟兄們〉裏，王安憶無疑試圖在這一路向上走得更遠。作者自稱：完全是探討人際關

---

135 王安憶：〈神聖祭壇〉，頁 420。
136 王安憶：〈神聖祭壇〉，頁 458。
137 王安憶：〈神聖祭壇〉，頁 431。
138 王安憶：〈神聖祭壇〉，頁 461。

係的一種嘗試。女性關係從來是精神上的，不存在物質，不具備任何客觀的
東西。[139]

　　小說圍繞一所藝術院校的三個女生的校園生活展開。他們來自上海、
南京、蘇北，小說是這樣開篇的，「在學校的時候，她們有兄弟仨，分別
為老大、老二、老三，將各自的丈夫稱作為老大家的、老二家的、老三家
的。」[140] 一見之下，這是一個女權意識非常濃重的小說文本，將「抵男」與
「擬男」論述結合一體。「女性要想進入男性把持為男性服務的話語體系，就
要借用他的口吻，承襲他的概念、站在他的立場，用他規定的符號系統所認
可的方式發言，即作為男性的同性進入話語。」[141] 事實上，〈弟兄們〉標題的
「男性化」指涉本身即體現了這一話語立場。而「抵男」敘述則表徵為三個
女性在樹立上述立場的同時，對「男性」的質疑與排斥。

> 她們各自講述着與一個男人相遇至結合的經過，將此形容成一個
> 自我滅亡與新生的奮搏的過程，她們幾乎被驚呆了；如果她們不
> 努力，不奮鬥，她們便都將消滅了自我。她們險些兒沉淪下去，
> 就只差那麼一點點了，這真是千鈞一髮的危急形勢！幸虧她們三
> 人相遇了，她們三人你拉住我，我拉住你，才沒有沉沒。可是彼
> 岸還很遠，她們可千萬不能掉以輕心。她們心想為甚麼要將一個
> 男人與一個女人組合成世界。分明是兩個人，卻要合為一體；合
> 為一體，卻又各行其是。為了能夠協調地合成世界，人們又總是
> 尋找着與自己相像和接近的對方，豈不知相像和接近的雙方又極
> 易相互吞沒與融合，好比分數中同類項的合併。[142]

139　王安憶，張灼祥：〈我做作家，是要獲得虛構的權力〉，載王安憶著：《王安憶說》（長沙：
　　湖南文藝出版社，2003 年），頁 46。

140　王安憶：〈弟兄們〉，載王安憶著：《弟兄們》（北京：中國文聯出版社，2001 年），頁 1。

141　孟悅、戴錦華：《浮出歷史地表：現代婦女文學研究》，頁 14。

142　王安憶：〈弟兄們〉，頁 5。

她們模仿男性建立同盟，卻也將與男性的界線視為保證同盟純粹性的前提。為了鞏固這種同盟意識，她們在下意識中走向了性別立場的極端，以「攻」為「守」，通過顛覆性的想像，將男人陰性化，徹底實現了男女性別位置的互換。

當她們看到當下男人的瑣碎的性格，她們強忍住笑，想到男人們其實早已消滅了他們的自我，被女性同化，她們還有甚麼可擔憂的？她們還有甚麼可懼怕的？看來，男人和女人的結合就像一場戰爭，你吃掉我，我吃掉你，最後的勝利屬於強者，現在女人似乎勝利了，因為男人成了瑣碎事物的俘虜。然而，當男人消滅了他們的性別，女人們又該多麼掃興啊！她們笑着笑着不笑了，覺得事情很糟糕，她們恍恍惚惚地想像：一個全是女人的世界是甚麼樣的情形，她們就又一次面臨了宇宙的黑洞。[143]

「宇宙的黑洞」是作者對於「弟兄們」性別反思的結論恰如其分的譬喻。對男性中心的狂歡節式的解構，最終導致的建立於女性立場之上另一性別霸權格局的形成。作為女性，「弟兄」三人曾為這一格局的受害者。將心比心之下，她們感受到這種反撥與顛覆，實際上仍然陷入了傳統的男性霸權論述的窠臼，是一種以其人之道還治其人之身的狹隘的兩性戰爭遊戲。雖則如此，她們的女性同盟烏托邦因為校園這個世外桃源的存在，暫時可以保證其虛擬性與試驗性。然而，現實畢竟不是真空。當三人面臨畢業時，真正的「男性」的介入頓時使之意識到了她們的理想是「那樣虛偽而脆弱，不堪一擊，不攻自破」[144]。首先成為同盟離析者的「老三」，放棄了選擇自己人生的機會，沒有留校，而是跟着丈夫回到家鄉的縣城。只因丈夫覺得「跟了女人

143　王安憶：〈弟兄們〉，頁9。
144　王安憶：〈弟兄們〉，頁4。

走路，說話再也不響了」[145]。對老三而言，女人爭取話語權利的想像，不過是不合時宜的海市蜃樓。她對她們三人的女性烏托邦的性質作出總結：無論怎麼自己叫自己「兄弟」，叫別人「家的」，弄到底，女還是女，男還是男，這是根本無法改變的。[146]「婦者服也」在老三看來是歷史性的必然。她以一個「最富有責任心又最富有犧牲精神的女人」的應有姿態發出了「我不要甚麼手勢，我只要夫妻和睦快樂」[147]的宣言。老大與老二由此得到一個結論，老三「與她們相逢，不過是她一次短暫的放縱而已」[148]。

　　畢業後，「弟兄」三人各奔東西，老三杳無音信。而老大與老二則在安於平庸的家庭生活的表象中，體會到某種躁動。這一點，被他們的丈夫覺察到。「他知道這個女人身體裏多了一股力量，是沒有地方發揮的。而這一個女人又少了一份理智去管轄這股力量，所以這力量就像堤壩裏的洪水一般，東衝西撞，忽消忽長，很不安穩。」[149]「他覺得在她非常和平的外表之下，很深的地方，有一股不安的潛流。他覺得，這一股潛流具有極大的破壞性。」[150]兩人的重逢因為老大的懷孕產子為契機。老二自居為嬰兒的「教母」，並且產生了與老大之間的奇異想像：「她們有一個小寶寶了。在這樣的思想中，她已將寶寶的父親排除在外了。她以為這個寶寶只有兩個親人，一個是她生母，另一個是他教母。」[151]二者的親密無間與不羈再次鮮明地表達某種對於既成的性別規條的對抗，令其丈夫們所畏懼。而老大丈夫採取的解決方式即是將老二丈夫請來家裏過年，用以轄制老二。這一行為非常具象地實踐了中國傳統的「妻與己齊」的文化觀念。以上觀念恰是在「己」的稱謂下形成了一個男性的話語同盟。而「妻」則是同為「己」

145　王安憶：〈弟兄們〉，頁5。
146　王安憶：〈弟兄們〉，頁5。
147　王安憶：〈弟兄們〉，頁11
148　王安憶：〈弟兄們〉，頁16
149　王安憶：〈弟兄們〉，頁20
150　王安憶：〈弟兄們〉，頁38。
151　王安憶：〈弟兄們〉，頁42。

的男性之間談論的「他者」。[152] 在丈夫們的觀照下，女人的性別躁動是不可逾越「許多人的理智合成的堤壩的」[153]，註定不成氣候。而他們卻低估了兩個女人的情誼對她們道德觀念的殺傷力。當老二與老大討論如果愛上同一個男人，但是不能互讓的情況，她們會如何選擇，老大果斷地說：「殺了他。」如作者所評述，這時，「她們之間的談話到了一個危險的邊緣」[154]。由當初三人女性同盟的「擬男」走向兩人姊妹情誼的「弒夫」傾向的極端。而她們觀念中的激進不妨理解為「女性」在現實壓制下怦然而起的反彈力。陳染說道：「我覺得人與人之間的親和力，不僅體現在男人與女人之間，它其實也是我們女人之間長久依賴被荒廢了的一種生命力潛能。」[155] 王安憶否認〈弟兄們〉這篇小說含有「同性戀」元素，「她們之間沒有性，沒有婚姻和家庭」。而「精神其實是一種非常脆弱的東西」。[156] 二人的情誼最終因為一起偶然事件中老大所流露出的「母性」而告終，一切從屬於男性社會倫常價值體系對「女性」角色定位的元素，如「妻性」與「母性」都可輕易地消蝕這層同性感情的鎖鏈。如作者所說：「就兩性來說還有補救的辦法，譬如性，孩子和家庭生活，這些細節倘若能夠駕馭，還可以減緩滅亡的速度。但是女性之間的關係卻不具備這樣的條件，因而很快便會到盡頭。」[157] 作者將「弟兄們」這一同盟稱之為「暫時的、無結果的遊戲」體現其立足於現實的，對激進的女性話語有所保留的態度：女性烏托邦的試驗結果最終以「可遇而不可久」而告終，看似中國當代文化語境中「女性」主體離失的悲劇，卻同時是對兩性觀念的重整與反省。就這一意義而言，這三個女性的心聲，可視為作者本人的代言：

152　孟悅、戴錦華：《浮出歷史地表：現代婦女文學研究》，頁 12-13

153　王安憶：〈弟兄們〉，頁 20。

154　王安憶：〈弟兄們〉，頁 59。

155　陳染：《沉默的左乳》（南京：江蘇文藝出版社，1996 年），頁 262。

156　王安憶，張灼祥：〈我做作家，是要獲得虛構的權力〉，頁 46。

157　王安憶，張灼祥：〈我做作家，是要獲得虛構的權力〉，頁 47。

男人是女人最天然的終身伴侶。一個女人和另一個女人之間，畢竟有許多困難不能解決，比如性的困難，還有許多任務不能完成，比如傳宗接代，也就是延續生命的任務。所以，女人必須與男人在一起，方可走完人生的路程，也就是人類歷史中個人所承接的那一段路程。可是，正因為男人與女人要共同完成這樣的事業，互相間這樣的緊密不可分離，於是，男人實際上又成了女人最大的約束。男人與女人，成了相互的牢獄，他囚住她，她囚住他的。所以，男人是一座監獄。[158]

實際上，吞沒「自我」的也不是男人，我們不應該把矛頭指向男人。說起來，男人和女人都是受害者，是同一戰壕裏的戰友，我們應當互相支持，戰地黃花分外香嘛！[159]

當作者將這一兩性關係的辯證思維貫徹於對上海世俗的城市生活的書寫，後者便呈現出複雜而紛紜的面目。王安憶以獨有的上海女性的細膩與敏銳的視點從女性本體出發，去審視市井男女的遭遇，十分耐人尋味。

魯迅曾對上海的女性有過一針見血的評價：慣在上海生活了的女性，早已分明地自覺這種自己所具有的光榮，同時也明白着這種光榮所包含的危險。所以凡有時髦女子表現的神氣，是在招搖，也在固守，在羅致，也在抵禦，像一切異性的親人，也像一切異性的敵人。[160]

而王安憶談及當代上海的兩性關係，與魯迅極為接近：他們有時候可做同志，攜手並肩地一起去爭取，有時候就成了敵人，你死我活的，不達目的誓不休。這種交手的情景是有些慘烈，還有些傷心，因為都是渺小的人

---

158 王安憶：〈弟兄們〉，頁29。

159 王安憶：〈弟兄們〉，頁13。

160 魯迅：〈上海的少女〉，載馬逢洋著：《上海：記憶與想像》（上海：文匯出版社，1996年），頁91。

生。[161] 兩性的社會形態打上了鮮明的地域的烙印，呈現出奇異的面目。男女之間若即若離若離的敵友關係，成為艱辛生存中難以忽略的命題與前提。王安憶另闢蹊徑，將之作為檢閱城市生活的視角，確有獨到之處。

在中篇小說〈逐鹿中街〉中，王安憶言明：「我只想寫小市民的處世觀，無意於男女的愛情，那是沒有愛情可言的一對夫妻。」[162] 作者讓我們看到，在一樁平凡的婚姻結合中所滲入的社會與現實因素。小說以上海單身女性對自己婚姻的經營作為切入點。這是一個十分有趣而世俗的視角，但同時，也蘊藏着多元的可能性。達維遜（Laurie Davidson）曾指出婚姻對於女性的社會學意義：女性角色很強調婚姻的重要性。婚姻，對一個女孩子的自我意象（self-image）、對於她的家庭和她的經濟保障，遠比男孩子重要。[163] 而〈逐鹿中街〉的主人公陳傳青顯然是這一觀念最為忠實的實踐者。出身於上海市民家庭的陳傳青有着這一階層所獨有的人生觀：

> 這樣家庭出來的孩子，往往有一種奇怪的思想，那就是政治上依靠共產黨，生活上則向中產階級靠攏，很中間路線，這種思想也反映在了陳傳青的擇偶標準，她的意志非常堅決，即使在顛覆一切的文化大革命中都沒有妥協，直到一九七八年，遇到了古子銘，才最終實現了理想。[164]

三十八歲的陳傳青以上海女性特有的堅執，終於實現了自己的婚姻理想。新婚丈夫古子銘的個人條件可謂恰如其分：

161　王安憶：〈上海的女性〉，頁86。
162　王安憶、秦立德、斯凡亞特：〈從現實人生的體驗到敘述策略的轉型——關於王安憶十年小說創作的訪談錄〉，頁37。
163　L‧達維遜、L‧K‧果敦著，程志民、劉麗、宋堅之等譯《性別社會學》，頁35。
164　王安憶：〈逐鹿中街〉，載王安憶著：《香港的情與愛》（北京：作家出版社，1996年），頁78-79。

當他與陳傳青認識的時候，他的妻子去世已有一年整，兒子在北京當兵，得到提拔，看樣子不會再回上海。古子銘一個人住在一幢鋼窗蠟地花園洋房的一個朝南大間和一個朝北小間，一月的工資是一百十六元，行政十六級，年紀雖然五十了，卻相貌堂堂。[165]

我們看到，古子銘在作者的筆下，抑或在陳傳青的視野中，被奇異地量化了，成為一些數字性的指代物的集合。而陳傳青的婚後理想，就是將其塑造成為自己完美的婚姻生活中的一部分。「她走進古子銘的房間，第一樁事情就是改革。」[166]古子銘，一個儉樸、保守無甚生活情趣的機關幹部在陳傳青的改造下悄然轉變。以至於「同事和鄰居好像在一夜之間發現，古子銘原來是個很驃的男人，他們都很驚訝過去為甚麼沒有發現，竟將他埋沒了這麼久。」[167]「古子銘好像在做夢，一個十分美麗的夢，陳傳青的感覺則要切實得多，因為這一切全是她長久的不惜犧牲了青春地等待而來的。她一針一線地織着毛線，有時抬起眼睛看看古子銘，覺得他就像是一隻聽話的家養的小貓。」[168]

而陳傳青，並未意識到他與古子銘的關係中暗藏危機。她只是陶醉於自己對於家庭生活運籌帷幄，視婚姻為個人人生理想的建樹。而實際上，婚姻卻有其自足而穩定的形態，其發展路向，並不以個人的意志為轉移。奈麗‧費曼（Nelly Furman）指出：「我們的文化中，婚姻是兩性交互作用的特權領域。婚姻可以視為兩個平等的聲音快樂地融為一個調子，或者視為不同的個體之間持續的對話。在第一種情況下，婚姻是一社會性結構，平等和統一可以達至；在第二種情況下，它是差異遊戲的場所。」[169]而在陳傳青的婚姻

---

165 王安憶：〈逐鹿中街〉，頁79。

166 王安憶：〈逐鹿中街〉，頁80。

167 王安憶：〈逐鹿中街〉，頁81。

168 王安憶：〈逐鹿中街〉，頁81。

169 格蕾‧格林、考比里亞‧庫恩編，陳引馳譯：《女性主義文學批評》（板橋（台北縣）：駱駝出版社，1995年），頁50。

觀念中，並不需要與古子銘之間的對話，平等與差異更是取決於她對家庭理想的主觀意願。而這種「理想」達成的關鍵詞，則是她的「創造」。

> 當她從早晨睜開眼睛的第一分鐘起，她便開始創作了。她起床，梳洗，做早餐，送他上班走，收拾房間，買菜，再做午飯，每一件瑣細的事物都是在描繪一幅生命的圖畫。看見了古子銘日益變得斯文瀟灑，就好像看到自己的作品日益完整成熟，……這是難度極高的，而陳傳青不怕困難，她從中體會到創作與成功的快樂。[170]

我們在陳傳青對古子銘的改造的具體描寫中——比如有關衣着的具體搭配與研習的細節——也體會到了這座城市強大的物質文化力量。這是陳傳青在家庭生活採取了強勢姿態的底氣與手段，而同時，卻又是其婚姻產生變數的導火索。古子銘「過了五十一歲，在陳傳青的陶冶與培養下，對於生活和審美的知識趨於成熟，面對自己也更加強了信念的時候，他買了一條牛仔褲。」[171] 陳傳青「先是有點吃驚，隨即便冷靜下來，想到，這無疑是一個信號了。她感到了危險。」[172] 而古子銘「感到了一股新鮮的活力在血管裏流淌」[173]，「他心裏升起一股緊迫感，他不能再蹉跎歲月了。他又開始跳迪斯科了。」[174] 古突然而至的活力是陳傳青始料未及而無能為力之處。當古精熟於這個城市的文化底細，並企圖以此為資本發展出一段婚外戀情時，他突然意識到「他的時間和他的錢一樣，全是由陳傳青掌管的……這一個時刻裏，古子銘竟會對陳傳青生出仇恨的心情，他很痛心地覺悟到，自己其實是像一個囚徒那麼生活着，他的生活其實是很不幸很不幸的。」[175] 此後，古與陳之間

170　王安憶：〈逐鹿中街〉，頁 85-86。
171　王安憶：〈逐鹿中街〉，頁 87。
172　王安憶：〈逐鹿中街〉，頁 87。
173　王安憶：〈逐鹿中街〉，頁 87。
174　王安憶：〈逐鹿中街〉，頁 82。
175　王安憶：〈逐鹿中街〉，頁 93。

發生了裂隙，古以一種非常的、以改變物質生活狀態的方式拒絕陳的改造，並表達自己對於新生活觀的獨立見解。

> 出院不久的陳傳青，發現古子銘有些不對了。他有一些習慣與行為顯然不是來自陳傳青的教養。比如他不大用手帕了，而是將一小包粉紅色或淡綠色的紙巾放在口袋裏，有時候抽出一張來用。周圍就瀰漫了一股濃烈的香皂氣味；再比如他不像過去那麼時時捧着一杯龍井綠茶，而常常是拿了一個「紅寶」桔子水很天真地吸着；還比如他過去喜歡聽施特勞斯的舞曲的，而現在愛上了台灣校園歌曲。[176]

這對於陳而言，是可悲的事實。她對婚姻生活的創作卻為自己塑造了一個對手，用一種與之對立的文化價值觀還治其身。如作者所評述：「那男的是這個城市的旁觀者，那女的介入他的生活，把他作為建設自己生活的內容。但她卻培養了一個掘墓人：那男的被她喚醒，成為這城市的一員，反過來向她挑戰。」[177] 二人由此墮入了相互猜疑的境地。一系列的試探、質詢乃至爭吵，最終導致陳日復一日地對古進行跟蹤。而荒誕的是，在勾心鬥角中，二人以婚姻現狀的慘烈與可悲，竟然遊戲於其形式：

> 跟蹤古子銘變成了陳傳青生活的目標，她的內心反感到踏實了。她預先總有一番準備，將古子銘可能會有的行動全都想到。可是古子銘卻另有一功，出其不意，竟會使陳傳青生出一種興奮的心情：這個古子銘真正是小鬼投的胎，她便也要趕緊地磨煉自己的

---

176 王安憶：〈逐鹿中街〉，頁 94-95。
177 王安憶、秦立德、斯凡亞特：〈從現實人生的體驗到敘述策略的轉型——關於王安憶十年小說創作的訪談錄〉，頁 37。

聰敏和勇敢。[178]

古子銘從此就很警覺了，背後好像長着眼睛，陳傳青的追蹤，幾乎沒有一次能夠不被他發覺。他心裏暗暗笑着陳傳青笨了還要裝聰敏，同時也很為自己的機智折服，覺得陳傳青根本不是自己的對手。他已經將這種反跟蹤的遊戲玩得得心應手，如果有哪一天，他背後沒有陳傳青跟着，他反而有點掃興似的。[179]

〈逐鹿中街〉的主人公最終兩敗俱傷。陳傳青對古子銘的行為，看似極端，卻是一個城市女性最為有心無力的困獸鬥。小說在上海的市井中，建構出個人色彩的婚姻烏托邦。其凝聚了近四十年的經營與理想，它的破滅，帶有宿命的色彩，也是作者對兩性關係在當下城市情境中的再次檢視。如作者所言：事實上在上海這個城市，這樣的男女關係並不是打八十年代開始的，應該說是四十年代。而且張愛玲寫的就是這種關係，只是當時婦女的自由度還不像今天那樣。〈逐鹿中街〉的陳傳青想創造理想中的男性，古子銘本來並不是想這樣的，結果卻喚醒了古子銘對青春的慾望。這可能是喜劇，也可能是悲劇。男女相互創造，一起一落，無所謂誰勝誰敗。說是戰爭未免激烈一些，關係中也有溫和的一面，譬如說互助互愛、彼此協調。儘管非常困難，但所有強調婦女地位及男性主宰的論述，無非都是為協調作出努力。[180]

而在〈妹頭〉裏，作者則意圖展示上海都市男女間兩種文化意志的交鋒。「妹頭」代表了上海市民的文化立場，「市民是絕對不會革命的，但他們不會放過任何機會。」[181]而作者設置了一個與妹頭相對的人物典型，他的丈

---

178 王安憶：〈逐鹿中街〉，115。
179 王安憶：〈逐鹿中街〉，111。
180 王安憶，張灼祥：〈我做作家，是要獲得虛構的權力〉，頁45-46。
181 王安憶、劉金冬：〈我是女性主義者嗎？〉，頁174。

夫知識分子「小白」:「小白是生活在思想裏邊的,妹頭則是生活,妹頭的力量比小白大得多。」[182]

從某種意義上說,妹頭正是以世俗生活的物質性優勢征服了小白。小白是個在價值觀念上搖擺不定的人。這也取決於他所處的階層,如作者所言:「小白是上海的小知識分子,這種小知識分子對生活不能完全拋棄,不是那種走天涯的人。」[183] 小白的好友——阿五頭,與妹頭分別擔任其價值取向的兩極。阿五頭「是一個真正的書蟲」[184],他「好像居住在我們日常生活的核裏面,已經突破了表象,而抵達本質」[185]。而妹頭則站在阿五頭徹底的對立面,認為他是「妖怪」,專講「空話、廢話、夢話」[186]。而小白能夠遊走於兩極之間,則歸因於其不徹底性,「他身上有着那樣有趣的分裂:當他思想起來,可以是一個脫離表象的,抽象的核中人,可在具體的日常事物中,他又時時被那些表象所吸引,所羈絆。」「書本上的東西吸引他,生活裏的東西也吸引他。」[187]

妹頭是上海的市民哲學的集大成者,其並不以平庸的面目出現,而是在傳承與演進中創新。而在物質困難的時代,這種人生哲學又體現出一種獨有的活力與智識,這對如小白一般出身市民的知識分子是有吸引力的。如妹頭與小白阿娘就改善家中伙食問題的一段對話:

> 阿娘一邊謙虛地聽着妹頭的經驗,一邊又有些不服,就給妹頭出難題,說,她的孫子是肉和尚,靠魚是打發不了的,要靠肉。妹頭就眼睛一亮,身子一直,說:「肉?」肉就更好辦了,三毛錢買一個鴨殼子,燉湯給他吃;兩毛錢一堆的肉骨頭,燉湯給他吃;

182 王安憶、劉金冬:〈我是女性主義者嗎?〉,頁174。
183 王安憶、劉金冬:〈我是女性主義者嗎?〉,頁174。
184 王安憶:《妹頭》,頁58。
185 王安憶:《妹頭》,頁105。
186 王安憶:《妹頭》,頁115。
187 王安憶:《妹頭》,頁58。

還有圈子，放蔥結，薑塊，濃油赤醬，燒給他吃！ [188]

就是這種對世俗生活的見解，將妹頭與小白慢慢拉近，「他對這個女生的心情不是喜歡，而是，而是十分的自然。就好像她又是另一個阿五頭，一個女的阿五頭，情況又有些不同了。」[189]「這和阿五頭在一起是完全不同的經驗。和阿五頭在一起，他是深奧的，現在，他則變得很淺薄。對，妹頭就是這樣，淺薄。他有些慚愧，可是有誰知道呢？別人知不知道無所謂，重要的是阿五頭不知道。阿五頭是迷在思想裏的人，對俗世毫不關心。」[190]

妹頭對於小白的感情恰恰是基於其與自己的價值觀念的差異的。這同時也取決於「她對男性的理解」與擇偶的態度，「要是小白的一切，都在妹頭的智能範圍內的，她就要感到無趣了。她喜歡小白有一些超出自己的東西」[191]，而這種思維方式也體現於他對於小白寫作的辯證態度，「她喜歡他有一些她所不了解的東西。但由於他們實在太過熟稔，她在心底裏又並不把他的寫作看成多麼了不起。」[192]「她覺得他寫的文章都是空的，沒有用的，所以她在心裏不把小白當成人物。……她會吹噓的，畢竟這是她的老公啊，她也要在她的小姐妹中出出風頭，掙點面子，她有小小的虛榮心。」[193]

在他們的婚姻格局中，妹頭是強勢的一方。上海的城市文化大環境作為敍事背景，增加了這個人物的可信度，「現代化、國際化的上海已深入人心，所謂男尊女卑，男外女內，男主女從的傳統角色規範和意識已經很少有市場了。」[194] 妹頭是質感而世俗的，而小白是理想與世俗的接壤，這是其在

---

188 王安憶：《妹頭》，頁 70。

189 王安憶：《妹頭》，頁 64。

190 王安憶：《妹頭》，頁 65。

191 王安憶：《妹頭》，頁 98。

192 王安憶：《妹頭》，頁 110。

193 王安憶、劉金冬：〈我是女性主義者嗎？〉，頁 175。

194 朱易安：〈社會性別研究的探索和展望——關於上海近年來社會性別研究的綜述和思考〉，載上海市婦女學學會，上海市婚姻家庭研究會編：《婦女研究在上海：世紀之交的上海婦女研究》（上海：上海科學普及出版社，2000 年），頁 28。

與妹頭的關係中處於被動的根源。因為他理想的一面，對妹頭並無本質上的吸引力。而反之妹頭的生活觀，卻使他甘受物質的規約：「她不了解他的思想，可她了解他的感官，她本能地知道甚麼是可以羈絆他的東西，她給他做好吃的給他吃，想好玩的和他玩，她幾乎每晚都和他纏綿。」[195]

妹頭與小白的隔閡產生，很大程度上歸因於妹頭與時俱進的生活態度與遊戲的人生姿態。原先，「小白則是個默契的玩伴，本能地作出反應。」[196] 然而，當改革開放的大潮席卷了這座地處經濟中心位置的城市，妹頭向外的個性終於與小白的封閉的生活狀態發生矛盾。在妹頭在衝鋒陷陣的時候，小白是停滯不前的。前者的婚外情導致最終的破裂，「小白發現自己是這樣被妹頭肆意佔有着，他的婚姻生活原來是受虐的生活，真是悲從中來。」[197]

妹頭的婚姻，由她一手打造，而又一手摧毀。在過程中佔盡了主動的姿態。而作品的結尾，一如她的人生，也是一個向外的意象，妹頭出國了，去的是阿根廷的首都，布宜諾斯艾利斯。[198] 而小白則仍囚禁於自己的空曠的精神之塔中。作者評述道：「妹頭這個人物是很有趣的，她的活力，生命力，她的活躍性都要超過小白，小白是蒼白的，尤其是小白離開他那間小房子，主導新開發區的那座公寓去，他的生命力完全沒了，他和妹頭在一起的時候，雖然是彆彆扭扭的，但那還有生命，住到那邊去以後，他就變成了一個蒼白的文化人。」[199]

在這對男女身上，作者力圖呈現的是當代城市中兩種價值觀念的對立與配合。而性別差異則成為實現這種呈現的手段，王安憶將之稱為「扮演」：知識是軟弱的，生活才是結實的，那誰來扮演知識，誰來扮演生活呢，我覺

---

195 王安憶：《妹頭》，頁 128。
196 王安憶：《妹頭》，頁 110。
197 王安憶：《妹頭》，頁 128。
198 王安憶：《妹頭》，頁 148。
199 王安憶、劉金冬：〈我是女性主義者嗎？〉，頁 175-176。

得還是女性扮演生活的好。[200] 在這其中，作家已經將男女關係模型化，期望以之作為探尋形而下的物質本能與形而上的精神演練互動之謎的門匙。

　　王安憶以小說為磚石，建構了當代城市中形態各異的性別烏托邦，冷靜地觀照其塑成與破裂，並以女性知識分子的文化立場，在紛紜的男女關係中梳理出對於性別的思考方向，以之詮釋其所認同的達致和諧兩性關係的悲喜之路。

---

200 王安憶、劉金冬：〈我是女性主義者嗎？〉，頁177。

第六章

結論

王安憶因多年來自成一體且不斷演進的寫作風格，被譽為「以俠客般特立獨行的姿態遊走於文壇」[1]。這種獨特性，充分滲透於小說創作中的審美傾向、題材選取與寫作原則等層面，作家亦十分自然而具體地反映於對上海這座與之朝夕相處的城市書寫之中。

第一節
獨特的城市書寫

　　當我們將王安憶及其作品置於上海的城市文學譜系中，其獨特之處則更為彰顯。上海作為新文化運動的重鎮之一，曾出現過現代中國文學創作的高峰，吸引與成就了一批巨擘。無怪乎文壇宿將施蟄存（1905-2003）亦認可上海是北平之外中國新文學發展階段的「半壁江山」。然而，施老對學界所提出的「重整上海雄風」的文學口號，則不以為然，認為當代上海的作者「猶如散兵」，難復舊年盛況。[2] 從某種意義上說，上述見解包含了對中國複雜的文化語境中，文學與現代城市兩者間辯證關係的考量。自五四時期至三十年代前後，上海的都市性造就了鄉土文學之外又一重要文學命脈；而解放之後，在「將消費的城市變成生產的城市」[3] 這一意識形態構想的覆蓋下，上海的文學地位又因其都市文化傳統的斷裂而被迫自我邊緣化。九十年代以降上海經濟文化重新崛起之際，這座城市的文學發展態勢，則在經歷幾

1　郭佳、崔俊：〈王安憶：文學「可以提高一個城市的格調」〉，《北京青年報》（2003 年 4 月 13 日），第 7 版。

2　施蟄存、夏中義：〈漫談七十年來上海的文學〉，《文藝理論研究》第四期（1995 年 7 月），頁 4。

3　毛澤東：《毛澤東選集·第一卷》（北京：人民出版社，1966-1970 年），頁 1318。

番起伏後呈現出多元且更為包容的特徵。作家陳丹燕的感觸頗具代表性:「上
海是一個多元的城市……上海的這種包容性是我喜歡的,它給了不同的聲音
很大的自由。不同的人寫了不同的上海,沒甚麼可奇怪的。」[4] 而上海的本
土作家,即如「散兵」,不會追隨於同一文化旗幟,而是切入這座城市不同
的維面,以實踐彼此相異的書寫取向與文學主張。而王安憶作為上海最具代
表性的作家之一,則以自身創作風格的多元性與文化指涉的豐富回應城市文
學多元化特點,其獨特之處亦因此而體現。這一點,當將其創作與上海其他
作家的城市書寫進行比對,則更為顯明。

　　王安憶以知青作家的身份進入文壇,這段上山下鄉經歷對其此後創作
的影響不可謂不大。與王安憶具有相似人生遭際的上海作家不鮮,而作為小
說的書寫資源,特別是以之作為文化要素置於有關上海的城市小說創作者亦
眾。葉辛是其中頗具典型性的一位。上山下鄉運動中,中國農村閉塞落後的
生存狀態與荒誕的政治語境相結合,在物質與精神層面,構成合力左右了知
青一代人的命運。而當他們回城之後,巨大的反差感,則成為生發小說創作
力最為直接的源泉。葉辛自八十年代初開始,陸續創作了〈我們這一代年輕
人〉、〈風凜冽〉、〈蹉跎歲月〉等知青題材小說,並因此聞名。這一系列小
說,又以 1992 年創作的長篇小說〈孽債〉為其高潮。這部小說以五個遠在
雲南邊陲的知青後代到上海尋找生身父母為線索,將知青歷史契合於轉型期
的城市現實生活中。知青文學單一的敘事取向因此增加了一重維度。同時,
其筆觸又深入上海市民的生存狀態,傳達了在非常的倫理考驗之下,底層
百姓的情感訴求,為都市繪寫另闢蹊徑。葉辛對於知青題材與都市現狀的
省思,具現為其小說創作模式,並執着地延續至今。因此有論者稱:「沒有
上山下鄉,也就沒有今天的葉辛。」[5] 而同為知青作家的王安憶,對於這段經
歷作為小說資源的運用,則另有一着。王安憶同樣重視知青歷史在城市語境

4　陳丹燕:〈城與人〉,《小說評論》第四期(2005 年 7 月),頁 19。
5　鄧牛頓:〈葉辛論〉,《上海大學學報》第五期(1997 年 10 月),頁 31。

中的重述，並將之作為探討城市書寫的一個着眼點，不斷地嘗試各種表現方式。早期的「雯雯」系列中的上海少女因上山下鄉經歷生發關於人生的所思所想；而〈本次列車終點〉則藉一個回城知青對上海的觀照，揭示社會主體間的異質感與疏離感；在「尋根」文學浪潮中，王安憶則以知青的農村生活經歷作為剖析城鄉關係的窺口。兩年的異地人生經驗，隨着作家創作觀的日益成熟，在題材運用上頻見新意，並為王安憶確立城市書寫提供了最為可貴而具體的審美參照。

在一次題為「上海文學地圖的歷史變遷」研討會上，郜元寶談及一部分上海作家的自我定位問題。郜認為當下的上海正成為一個宏大的社會敘事體，如中國的金融交流中心，對外文化交流中心等。而這些則促成了某種關於上海的文化想像，催生相關題材文學作品的產生。[6] 作家俞天白堪稱這座城市宏大敘事的代言人，最具代表性的是他的「大上海」系列。八十年代末出版的長篇小說〈大上海沉沒〉，已可感受到這座城市躍躍欲試的野心與躁動。俞有心於十里洋場創業神話的當代再現，在平凡生活的背景中，筆觸深入這座城市的經濟命脈，塑造了形形色色的「冒險家」。俞以作家對於時代變革的敏感，從金融業發展的角度切入，密集地展現了在社會轉型期城市人的各種慾望。九十年代出版的《大上海漂浮》、《大都會》、《大贏家》等作品，以證券公司大亨與職業炒股手等經濟弄潮兒的命運沉浮為主題，企圖構築這座城市宏大壯闊的社會生活場景。而這種類似於報告文學的敘寫方式，因信息過於密集阻滯了敘事的暢達，影響其實現撰寫城市史詩的初衷。同時，俞心儀於典型人物的繪寫，也為其創作造成了主題先行的問題，使之「大敘事」中的部分「小細節」失之可信。王安憶對上海大敘事的探索，則表現出與俞天白不同的文化向度。這種探索自八十年代的「尋根」熱潮衍生而來。王安憶以歷史為眼，「雄心勃勃地，也企圖尋找上海的根」，然而，所能找到的史料典籍，卻令作者嘆息：「這些東西沒有使我了解這城市，反

6　王紀人等：〈上海文學地圖的歷史變遷——上海作協理論組座談紀要〉，《文藝爭鳴》第一期（2004 年 1 月），頁 91。

而將我與她隔遠了。」[7]為了能夠以外來戶身份觸摸與把握上海的城市文化脈絡，王安憶作出大膽的嘗試，在〈紀實與虛構〉中將家史建構與城市書寫合而為一。一實一虛，一縱一橫，以「親歷」與「考證」為敍寫複線。作家平實的尋根歷程交織於捭闔千年的家族史之中，將個人與城市間的心靈交纏發揮得淋漓盡致。王安憶的慧巧之處在於，沒有執着於俞天白式的寫實主義演繹風格，而是突破個人經驗之圍，探索一種聚焦於城市時空的邏輯聯繫。「只要透徹了這縱橫裏面的關係，這是一個大故事。這縱與橫的關係，正是一部巨著的結構。」[8]而作家的寫作野心，恰是通過縱橫之間對「大」與「小」的辯證觀念而實現：時空延展之「無限」依託於個人生命追尋之「小」。上海作為敍事對象，在大開大闔史說建構之間，落實於最為個人而親昵的城市風景。而個人的二維文化想像，卻又投射積聚出上海滄桑沉澱的文化底蘊。無怪乎王德威說，上海作為王安憶「尋根活動的據點」，已然通過後設書寫被精確地呈現為「一個外來戶彙聚而成的都會，一個不斷遷徙、變易、遺忘歷史的城市。」[9]

　　與王安憶同時期的上海女性作家，以人數眾多及寫作風格的多樣化見稱於文壇。她們中的一部分着眼於當下城市生活，以自身體悟透視時代命運。陸星兒（1949-2004）作為老三屆一代的作家，感念於同輩人作為社會中堅的苦與樂，她的創作動力主要來自於直接的社會採訪調查，多在小說中表現當代職業女性在現實生存情境中的情感體驗與價值觀念。如〈一個女人一台戲〉、〈精神病醫生〉等作品，滲透了急切強烈的人文關懷，在藝術表達層面則顯得不夠細膩。王小鷹早期深受川端康成（Yasunari Kawabata, 1899-1972）等作家的唯美主義小說觀的影響，以典雅的書寫格調執着於兒女情長的閨房題材。而八十年代中期創作〈一路風塵〉後，則表現出更為開闊的視

7　王安憶：〈尋找上海〉，載王安憶著：《尋找上海》（上海：學林出版社，2001 年），頁 3。

8　王安憶：〈紀實與虛構〉，載王安憶著：《米尼》（北京：作家出版社，1996 年），頁 155。

9　王德威：〈海派作家，又見傳人〉，載王德威著：《現代中國小說十講》（上海：復旦大學出版社，2003 年），頁 285。

野，被論者稱之為：「跨出女性世界，走入更深廣的生活。」[10] 接連創作出
〈你為誰辯護〉、〈丹青引〉等長篇小說，形成了自己獨特的散點透視的長卷
式敍事結構，旨在藉對城市生活的多維描摹反映人性深處的複雜與焦慮。殷
慧芬則關注於「工廠」這一獨特的城市空間，敍寫在都市化進程中，人們的
理想與精神家園的失落。在〈橫越〉、〈紀念〉等作品中，可以體會到在物
慾之海中，作家對心靈角落堅貞的詩意守望。而進入九十年代中期，一些女
性作家，則將筆觸切入上世紀三、四十年代上海獨特的歷史語境之中，追捕
已逝去的城市文化輪廓。素素的〈前世今生〉為這類懷舊文字開了先河。陳
丹燕的「上海三部曲」以類紀實文學的形式，深入老上海敍事脈絡，「尋訪
散落在街巷中的歷史遺跡，回望她不曾經歷過的舊日時光。」[11] 而程乃珊在
〈藍屋〉、〈金融家〉等小說中直接再現了昔日上海的繁華景狀。九十年代後
期，更是身體力行，引入個人經歷與資料語彙，撰寫大量追憶老上海時尚的
散文，結集為《上海探戈》。無論是當下抑或舊日，女性作家獨特的視角與
文化體驗，都成為建構上海城市風貌的別具一格的詮釋。然而，評論界在對
這些文學作品予以肯定的同時，也指出其問題，「在敍述上海這座城市和上
海人的歷史和現實時，從一個具體的階層個體、里弄、單位切入，注意具象
和細節，顯得更具文學性，但往往被指責不夠大氣或未能直接反映城市變革
的大現實。前者涉及創作格局的問題，後者則涉及敏感性或文學功能的問
題。」[12] 這類評價主要並非從文學作品本身的藝術價值進行考量，自有其偏頗
之處。而陳丹燕等人的「老上海」書寫，則更因其與商業性的懷舊文化工業
之間的天然聯繫，被貼上了「販賣舊上海」[13] 的標籤。

　　同為上海女性作家的王安憶，身處相似的城市生活環境，亦不可避免

10　戴翎：〈跨出女性世界之後──論王小鷹 90 年代的三部長篇小說〉，《上海大學學報（社會
　　科學版）》第四期（2000 年 8 月），頁 22。

11　陳丹燕：《上海的風花雪月》（北京：作家出版社，1998 年），封底。

12　王紀人：〈上海文學地圖之歷史變遷〉，《上海師範大學學報（哲學社會科學版）》第二期
　　（2004 年 3 月），頁 99。

13　陳村、賀友直：〈老市民的上海〉，《收穫》第二期（2002 年 3 月），頁 133。

地面臨了書寫選擇的挑戰。從早期對自身人生經歷的複寫，到〈長恨歌〉等作品成熟自如地遊走於上海的各種邊緣空間，王安憶始終在探索上海的本真與底裏的實踐中，演進自我的寫作路向。而作為女作家的性別自覺，令其有意識地將女性與上海氣韻結合，塑造一系列形象鮮明的女主人公，作為這座城市的代言人，利用其深入於這座城市的不同時空的社會層面之中。上海小姐王琦瑤、移民富萍、小市民妹頭，無不為作者跳脫於自己的經驗空間，實現對上海多維度的體察與觀照提供了路徑。而由於其小說作品對歷史元素的整合，文本中也就自然營造出對往日城市文化語境的追懷情緒。這種情緒與陳丹燕等人作品的區別在於，其恰着眼於時尚懷舊洋溢着布爾喬亞情調的背面，展示了這座城市的原生態的日常空間瑣細而真實的內質，以期構築一個內涵豐富的民間上海。

張琦稱上世紀九十年代上海經歷了一個「空前絕後」的轉型時期：「所謂空前在於長期的封閉造成了城市在物質和身份上的缺失，所謂絕後是指面對當今國際化趨勢，上海在興奮的同時感到迷茫。」[14]上海作為一個全球化都會再度崛起，急遽與世界接軌，人們的價值觀和文化觀皆受到強勁的衝擊與挑戰。這些也同時輻射於文學創作之中，一些新興的階層與人群，則成為其中的主角。較早期有唐穎的「麗人公寓」系列，後期衛慧（1973-）、棉棉（1971-）等年輕作家浮出水面，將「都市新人類」推向文壇的前台。「他們遊移於公眾的視線之外，卻始終佔據了城市時尚生活的絕對部分。」[15]在衛慧的〈上海寶貝〉與棉棉的〈糖〉等作品中，我們看到的後殖民與後現代氣息交相氤氳的上海，充斥着奢靡的生存方式，變形的慾望與情感，各種品牌堆砌而成的物質華廈。如李潔非所說，「物化現實的空間，歸根到底就是一個慾望的空間，在物逐漸取得對人的精神的統治權威時，人本身也就成為物

14　張琦：〈從文學上海與城市身份建構看張愛玲和王安憶〉，《中州學刊》第五期（2004 年 9 月），頁 88。（87-89）

15　馬春花：〈刀刃上的舞蹈──評衛慧《上海寶貝》兼及晚生代女作家創作〉，《小說評論》第三期（2000 年 5 月），頁 29。

的複寫與模擬，成為一個物的符號。」[16] 當人成為概念化的產物，直接導致的後果就是此類城市書寫本身亦不可避免地落入某種窠臼：相似的情節、敍事方式乃至在性格邏輯與精神狀態上如出一轍的人物塑造。諸多元素建構出的是一個程式化的世紀末都市，頹麗而蒼白失血。在一次訪談中，王雪瑛與王安憶提及此類九十年代末流露出後現代青年亞文化傾向的作品。王安憶的觀點是：當然她們可以選擇這樣一種生活方式，如果用小說來描寫這種生活，那我們就可以提出一個問題，你怎樣認識這種生活。[17] 可見，王安憶對於這一群人與其相關的文化主題，並未武斷地抵制，而是抱有審慎與冷靜的態度。在〈我愛比爾〉中，王安憶甚至作出積極的嘗試，取材一個身為前衛藝術家的上海女孩與西方男性相戀的故事，並將這則故事置於東西方關係的文化場域中進行考察，藉之探討在全球化語境中發展中國家的定位與自處問題，表露出第三世界女性知識分子特有的觀察視野與時代責任感。而小說主題也因此得到昇華，較之年輕一代的都市書寫，體現出更為厚重與多層次的特徵。

16　李潔非：〈物的積壓──我們的文學現實〉，《上海文論》第六期（1993 年 11 月），頁 27。

17　王安憶、王雪瑛：〈感受土地的神力──關於文壇和王安憶近期創作的對話〉，載王安憶著：《王安憶說》（長沙：湖南文藝出版社，2003 年），頁 117。

第二節
王安憶城市小說的貢獻及發展

　　由上可見，王安憶及其作品之所以能夠在多元化的上海書寫中獨樹一幟，恰在於其城市小說體系之書寫格局本身的多元性。如馬超所言，「她甚麼都是，甚麼都不是，她就是她。」[18]

　　就中國當代的文學大環境而言，將城市書寫作為其寫作選擇的主要路向者並不鮮見。與王安憶同時代的作家，如劉心武（1942-）、池莉（1957-）等，都曾執着地為自己所在的城市塑像。他們筆下的北京或武漢，表現出濃厚的地緣化特徵。城市所獨有的文化底蘊與氣質，成為作家自我追問、表達價值觀念的基石，而前者在與之相關的小說作品中，也得到了張揚與深化。九十年代以降，「寫城」漸成新時期文學發展的重要趨勢，「一下躍升為我們最重要的文學景觀」。[19]以至於以寫鄉土著稱於文壇的賈平凹在《廢都》一書的後記中感嘆道：「一晃蕩在城裏住罷了二十年，卻沒有寫出一部關於城的小說，漸漸感到有些內疚。」[20]而上海於王安憶的筆下，則近乎一個一以貫之的意象。這個意象，從出現到日漸豐厚，可說與王安憶本人的寫作逐步走向成熟的過程並行。李歐梵曾指出，「王安憶的寫作風格幾乎每幾年就做一些改變，而這種改變是與中國大陸的歷史脈絡、社會變化及人情的滄桑，緊緊

18　馬超：《20世紀中國女作家述論》（北京：作家出版社，1998年），導言。
19　李潔非：《城市像框》（太原：山西教育出版社，1999年），頁14。
20　賈平凹：《廢都》（北京：北京出版社，1993年），後記。

聯合在一起。」[21] 而如同王安憶未曾在新中國重要的文學潮流中缺席一般，城市書寫也在緊隨其本人的文學探索日益變化與演進。因此，王安憶的城市小說脈絡，可以較為全面而具體地折射出中國當代文學的發展與社會文化沿革的走向。

　　從更為深遠的歷時角度探討，上海作為中國最具現代性的城市，其本身的文化典型性決定與其相關的小說作品在中國城市文學譜系中所具有的代表性。王安憶作為上海書寫的集大成者，其小說作品無疑涵蓋了這座城市的主要文化層面。與上世紀二十至四十年代同樣以上海作為書寫對象的前輩作家們不同之處在於：前者筆下的上海還僅是「時間短暫的資產階級實驗」[22] 場域。其作為特殊的商品化社會空間，將作家們的寫作主題局限在一些特定的層面，如物慾的誘惑、心靈的漂泊與虛幻感、隔膜的人際關係等。而王安憶則在早期經過一系列作品對於城市元素的剖析後，有意識地將上海置於更為廣袤的時空，並表達出和前人迴異的審美向度。其着力凸現「這城市背景一樣的東西」；[23] 以縝密細緻的「物質化」筆觸，完整地復活了這座城市為人所遺忘的日常景觀。並且以「女性視域打撈這個城市歷史的另一些維面」[24]，將之昇華為城市史建構的高度。在王安憶看來：「兼併、流亡、遷徙、破產、革命，將我們的歷史折成一截截的，城市流浪者的聚散地，我們是被放逐而降生於此。」[25]「歷史是日復一日，點點滴滴的生活的演變。」[26] 而作家的責任，則在於擷拾「大敘事」中忽略的歲月殘片，將之整合為一線為正史長久壓制的歷史脈絡。這是張愛玲等關注日常書寫的海派作家所未曾涉獵的藝術

21　李歐梵：〈《長恨歌》手筆罕見可貴〉，網址：http://cul.sinchew-i.com/special/huazhong2001/index.phtml?sec=59&artid=200112090465（2006 年 7 月 2 日進入）。

22　費正清：《劍橋中華民國史》（上海：上海人民出版社，1991 年），頁 733。

23　王安憶：《長恨歌》（北京：作家出版社，1996 年），頁 3。

24　南帆：〈城市的肖像——讀王安憶的《長恨歌》〉，《小説評論》第一期（1998 年 1 月），頁 69。

25　王安憶：《乘火車旅行》（北京：中國華僑出版社，1995 年），頁 101。

26　王安憶：〈我眼中的歷史是日常的——與王安憶談《長恨歌》〉，載王安憶著：《王安憶説》（長沙：湖南文藝出版社，2003 年）頁 155。

實踐領域。其為上海的歷史文化結構的再現與延展開拓了新路。因此，有論者稱王安憶的城市小說作品「描寫的不只是一座城市，而是將這座城市寫成一個在歷史研究或個人經驗上很難感受到的一種視野，這樣的大手筆，在目前的世界小說界是非常罕見的，它可說是一部史詩。」[27] 這一評價確有其道理。無論就中國現當代的文學史角度抑或是中國城市文學體系而言，王安憶的城市書寫，都是其中重要的組成部分。而其文本內容的豐富與形式取向的多元性，對我們認識與研究中國城市文學與文化，無疑亦具有寶貴的參考價值。

王安憶曾說過：「上海是一個大舞台，那兒上演着許多故事，這些故事我還沒寫完。」[28] 上海為她提供了多層面的文學闡釋空間，也為其帶來了城市書寫的信心與自我期許。相信在不停頓的調整與探索中，王安憶會創作出更多更好的城市小說作品，我們拭目以待。

27　郭佳、崔俊：〈王安憶：文學「可以提高一個城市的格調」〉，《北京青年報》（2003 年 4 月 13 日），第 7 版。

28　王安憶、王雪瑛：〈《長恨歌》，不是懷舊〉，載王安憶著：《王安憶說》（長沙：湖南文藝出版社，2003 年），頁 122。

參考書目

中文部分：（排列次序按作者或編者姓名之漢語拼音）

A. 王安憶的著作及文論

《王安憶中短篇小說集》，北京：中國青年出版社，1983。

《小鮑莊》，上海：上海文藝出版社，1986。

《蒲公英》，上海：上海文藝出版社，1988。

《乘火車旅行》，北京：中國華僑出版社，1995。

《長恨歌》，北京：作家出版社，1996。

《海上繁華夢》，北京：作家出版社，1996。

《米尼》，北京：作家出版社，1996。

《漂泊的語言》，北京：作家出版社，1996。

《人世的沉浮》，上海：文匯出版社，1996。

《香港的情與愛》，北京：作家出版社，1996。

《小城之戀》，北京：作家出版社，1996。

《獨語》，長沙：湖南文藝出版社，1998。

《隱居的時代》，上海：上海文藝出版社，1999。

《富萍》，長沙：湖南文藝出版社，2000。

《妹頭》，海口：南海出版社，2000。

《69 屆初中生》，太原：北岳文藝出版社，2001。

《三戀》，杭州：浙江文藝出版社，2001。

《弟兄們》，北京：中國文聯出版社，2001。

《尋找上海》，上海：學林出版社，2001。

《苦果》，西安：陝西旅遊出版社，2002。

《流水三十章》，上海：上海文藝出版社，2002。

《現代生活》，昆明：雲南人民出版社，2002。

《桃之夭夭》，上海：上海文藝出版社，2003。

《王安憶說》，長沙：湖南文藝出版社，2003

《遍地梟雄》，上海：文匯出版社，2005。

〈不要的原則〉，《獨語》，長沙：湖南文藝出版社，1998，頁 132-133。

〈歸去來兮〉，《獨語》，長沙：湖南文藝出版社，1998，頁 24-28。

〈面對自己〉，《獨語》，長沙：湖南文藝出版社，1998，頁 122-126 。

〈那年我們十二歲〉，《獨語》，長沙：湖南文藝出版社，1998，頁 99-101。

〈說說 69 屆初中生〉，《獨語》，長沙：湖南文藝出版社，1998，頁 171。

〈「香港」是一個象徵〉，《獨語》，長沙：湖南文藝出版社，1998，頁 187-188。

〈一歲一本〉，《獨語》，長沙：湖南文藝出版社，1998，頁 118-121。

〈縱深掘進〉，《獨語》，長沙：湖南文藝出版社，1998，頁 145-146。

〈男人和女人，女人與城市〉，《弟兄們》，北京：中國文聯出版社，2001，
　　頁 258-265。

〈女作家的自我〉，《兄弟們》，北京：中國文聯出版社，2001，頁 266-273。

〈上海的女性〉，《尋找上海》，上海：學林出版社，2001，頁 84-86。

〈上海和小說〉，《尋找上海》，上海：學林出版社，2001，頁 131-133。

〈世俗的張愛玲〉，《尋找上海》，上海：學林出版社，2001，頁 188。

〈死生契闊，與子相悅〉，《尋找上海》，上海：學林出版社，2001，頁 35-61。

〈我看蘇青〉，《尋找上海》，上海：學林出版社，2001，頁 190-199。

〈尋找上海〉，《尋找上海》，上海：學林出版社，2001，頁 1-2。

〈常態的王安憶，非常態的寫作──訪王安憶〉，《王安憶說》，長沙：湖南
　　文藝出版社，2003，頁 229-238。

〈拿起鐮刀，看見麥田〉，《王安憶說》，長沙：湖南文藝出版社，2003，頁

123-152。

〈農村：影響了我的審美形式——王安憶談知青文學〉，《王安憶說》，長沙：
　　湖南文藝出版社，2003，頁 104-108。

〈探視城市變動的潛流——王安憶談長篇新作《富萍》及其他〉，《王安憶
　　說》，長沙：湖南文藝出版社，2003，頁 109-113。

〈王安憶箴言：假想的上海〉，《王安憶說》，長沙：湖南文藝出版社，
　　2003，頁 250-255。

〈我眼中的歷史是日常的——與王安憶談《長恨歌》〉，《王安憶說》，長沙：
　　湖南文藝出版社，2003，頁 153-156。

〈形象與思想——關於近期長篇小說創作的對話〉，《王安憶說》，長沙：湖
　　南文藝出版社，2003，頁 86-90。

〈作家的壓力與創作衝動〉，《王安憶說》，長沙：湖南文藝出版社，2003，
　　頁 239-249。

〈後記〉，《遍地梟雄》，上海：文匯出版社：上海文藝出版社，2005，頁
　　243-246。

〈我不像張愛玲〉，網址：http://www.chineseliterature.com.cn/xiandai/
　　zal-xgzl/013.htm，瀏覽日期：2006 年 3 月 3 日。

王安憶、陳思和：〈兩個六九屆初中生的即興對話——與陳思和對話〉，《王
　　安憶說》，長沙：湖南文藝出版社，2003，頁 2-15。

王安憶、李昂：〈婦女問題與婦女文學——與台灣作家李昂對話〉，《王安憶
　　說》，長沙：湖南文藝出版社，2003，頁 16-27。

王安憶、劉金冬：〈我是女性主義者嗎？〉，《王安憶說》，長沙：湖南文藝
　　出版社，2003，頁 157-189。

王安憶、呂頻：〈王安憶：為審美而關注女性〉，《王安憶說》，長沙：湖南
　　文藝出版社，2003，頁 274。

王安憶、王雪瑛：〈《長恨歌》，不是懷舊〉，《王安憶說》，長沙：湖南文藝
　　出版社，2003，頁 120-122。

王安憶、王雪瑛：〈感受土地的神力——關於文壇和王安憶近期創作的對話〉，《王安憶說》，長沙：湖南文藝出版社，2003。

王安憶、張灼祥：〈我做作家，是要獲得虛構的權力〉，《王安憶說》，長沙：湖南文藝出版社，2003，頁44-48。

王安憶、周新民：〈好的故事本身就是好的形式——王安憶訪談錄〉，《小說評論》第三期（2003年7月），頁33-40。

王安憶、齊紅、林舟：〈更行更遠更生——答齊紅、林舟問〉，《王安憶說》，長沙：湖南文藝出版社，2003，頁73-85。

王安憶、秦立德、斯凡亞特：〈從現實人生的體驗到敍述策略的轉型——關於王安憶十年小說創作的訪談錄〉，《王安憶說》，長沙：湖南文藝出版社，2003，頁28-43。

B. 參考書籍

卡爾‧艾博特：《大都市邊疆——當代美國西部城市》，北京：商務印書館，1998。

白吉爾：《上海史：走向現代之路》，上海：上海社會科學院出版社，2005。

鮑德里亞著，林志明譯：《物體系》，台北市：時報文化出版企業股份有限公司，1997。

鮑德里亞：《消費社會》，南京：南京大學出版社，2001。

本雅明著，王才勇譯：《發達資本主義時代的抒情詩人》，南京：江蘇人民出版社，2005。

威廉‧彼得遜：《人口學基礎》，蘭州：甘肅人民出版社，1984。

伯林著，彭淮棟譯：《俄國思想家》，台北：聯經出版公司，1987。

彼德‧布勞：《社會生活中的交換與權力》，北京：華夏出版社，1987。

蔡勇美，郭文雄：《都市社會學》，台北：巨流圖書公司，1984。

陳丹燕：《上海的風花雪月》，北京：作家出版社，1998。

陳坤宏：《消費文化理論》，台北：揚智文化事業股份有限公司，1995。

陳立旭：《都市文化與都市精神：中外城市文化比較》，南京：東南大學出版社，2000。

陳染：《沉默的左乳》，南京：江蘇文藝出版社，1996。

程乃珊：《上海探戈》，上海：學林出版社，2002。

L·達維遜、L·K·果敦著，程志民、劉麗、宋堅之等譯：《性別社會學》，重慶：重慶出版社，1989。

戴錦華：《隱形書寫》，南京：江蘇人民出版社，1999。

費孝通：《鄉土中國》，北京：三聯書店，1985。

費正清：《劍橋中華民國史》，上海：上海人民出版社，1991。

弗洛伊德著，王嘉陵、陳基發、何岑甫編譯：《弗洛伊德文集》，北京：東方出版社，1997。

富永健一：《社會結構與社會變遷》，昆明：雲南人民出版社，1988。

郜元寶：《拯救大地》，上海：學林出版社，1994。

格蕾·格林、考比里亞·庫恩編，陳引馳譯：《女性主義文學批評》，板橋（台北縣）：駱駝出版社，1995。

古偉瀛、王晴佳：《後現代與歷史學中西比較》，台北：巨流圖書公司，2000。

管仲著，戴望校：《管子》，台北：台灣商務印書館，1966。

哈貝馬斯：《公共領域的結構轉型》，上海：學林出版社，1999。

何文敬、單德興：《再現政治與華裔美國文學》，台北：中央研究院歐美研究所，1996。

阿格尼斯·赫勒：《日常生活》，重慶：重慶出版社，1990。

黑格爾：《精神現象學》，北京：商務印書館，1981。

胡煥庸：《中國人口·上海分冊》，北京：中國財政經濟出版社，1987。

胡祥翰：《上海小志》，上海：上海古籍出版社，1989。

懷特海：《觀念的冒險》，貴陽：貴州人民出版社，2000。

黃仁宇：《中國大歷史》，北京：三聯書店，1997。

黃淑娉、龔佩華：《人類學理論與方法研究》，廣州：廣東高等教育出版社，
　　1996。

黃淑祺：《王安憶的小說及其敘事美學》，台北：秀威資訊，2005。

阿瑟‧霍普特、托馬斯‧特‧凱恩：《簡明國際人口手冊》，北京：中國社
　　會科學出版社，1982。

賈平凹：《廢都》，北京：北京出版社，1993。

蔣榮昌：《消費社會的文學文本》，成都：四川大學出版社，2003。

蔣述卓：《城市的想像與呈現：城市文學的文化審視》，北京：中國社會科
　　學出版社，2003。

金仲華：《婦女問題的各個方面》，上海：開明書店，1934。

曼紐爾‧卡斯特著，夏鑄九等譯：《網絡社會的崛起》，北京：社會科學文
　　獻出版社，2001。

康少邦：《城市社會學》，杭州：浙江人民出版社，1986。

劉易士‧柯塞著，郭方等譯：《理念的人》，台北：桂冠圖書股份有限公司，
　　1992。

蒯世勳：《上海公共租界史稿》，上海：上海人民出版社，1980。

小哈德羅‧萊昂：《溫柔就是力量——男性解放的特徵》，北京：作家出版
　　社出版，1989。

李潔非：《城市像框》，太原：山西教育出版社，1999。

李今：《海派小說與現代都市文化》，合肥：安徽教育出版社，2000。

李歐梵編選：《上海的狐步舞：新感覺派小說選》，台北：允晨，2001。

李歐梵著，毛尖譯：《上海摩登：一種新都市文化在中國 1930-1945》，北京：
　　北京大學出版社，2001。

李天綱：《人文上海——市民的空間》，上海：上海教育出版社，2004。

李銀河：《兩性關係》，上海：華東師範大學出版社，2005。

讓‧弗朗索瓦‧利奧塔著，島子譯：《後現代狀況：關於知識的報告》，長沙：

　　湖南美術出版社，1996。

林樹明：《多維視野中的女性主義文學批評》，北京：中國社會科學出版社，
　　2004。

凌宇：《從邊城走向世界》，北京：三聯書店，1985。

劉康：《全球化／民族化》，天津：天津人民出版社，2002。

劉蜀永：《香港史話》，北京：社會科學文獻出版社，2000。

劉思謙：《「娜拉」言說──中國現代女作家心路歷程》，上海：上海文藝出
　　版社林，1993。

劉錚主編：《人口理論教程》，北京：中國人民大學出版社，1985。

盧漢超著，段煉、吳敏、子羽譯：《霓虹燈外──二十世紀初日常生活中的
　　上海》，上海：上海古籍出版社，2004。

盧瑋鑾著：《香港文蹤：內地作家南來及其文化活動》，香港：華漢文化事
　　業公司，1987。

魯迅：《且介亭雜文二集》，北京：人民文學出版社，1973。

羅蘭‧羅伯遜著，梁光嚴譯：《全球化：社會理論和全球文化》，上海：上
　　海人民出版社，2000。

羅蘇文：《石庫門──尋常人家》，上海：上海人民出版社，1991。

馬超：《二十世紀中國女作家述論》，北京：作家出版社，1998。

馬克思、恩格斯著：《共產黨宣言》，北京：人民出版社，1996。

劉易斯‧芒福德：《城市發展史》，北京：中國建築工業出版社，2005。

茅盾：《子夜》，北京：人民文學出版社，2000。

毛澤東：《毛澤東選集‧第一卷》，北京：人民出版社，1966-1970。

孟悅、戴錦華：《浮出歷史地表：現代婦女文學研究》，鄭州：河南人民出
　　版社，1989。

羅茲‧墨菲：《上海──現代中國的鑰匙》，上海：上海人民出版社，1986。

安吉拉‧默克羅：《後現代主義與大眾文化》，北京：中央編譯出版社，
　　2001。

帕克：《城市社會學》，北京：華夏出版社，1987。

彭勛：《人口遷移與社會發展——人口遷移學》，濟南：山東大學出版社，
　　　1992。

上海藝術研究所中國戲劇家協會上海分會：《中國戲曲曲藝詞典》，上海：
　　　上海辭書出版社，1981。

沈從文：《沈從文文集‧第十二卷》，廣東：花城出版社，1984。

斯捷申科：《人口再生產的理論與方法》，北京：北京大學出版社，1985。

宋濂：《元史‧食貨二》，北京：中華書局，1976。

唐振常編：《上海史》，上海：上海人民出版社，1989。

陶東風：《後殖民主義》，台北：揚智文化事業股份有限公司，2000。

童恩正：《人類文化學》，上海：上海人民出版社，1989。

托馬斯、茲納涅茨基著，張友雲譯：《身處歐美的波蘭農民》，南京：譯林
　　　出版社，2002。

王伯敏：《中國繪畫史》，上海：上海美術出版社，1982。

王緋：《女性與閱讀期待》，西安：陝西人民教育出版社，1998。

王進：《魅影下的「上海書寫」》，桂林：廣西師範大學出版社，2006。

王韜：《瀛壖雜誌》，上海：上海古籍出版社，1989。

王嶽川：《後殖民主義與新歷史主義文論》，濟南：山東教育出版社，2001。

馬克斯‧韋伯著，黃憲起、張曉琳譯：《文明的歷史腳步》，上海：上海三
　　　聯書店，1998。

馬克斯‧韋伯：《儒教和道教》，北京：商務印書館，1999。

衛慧：《上海寶貝》，香港：天地圖書，2001。

吳福輝：《都市漩流中的海派小說》，長沙：湖南教育出版社，1995。

希爾斯：《論傳統》，上海：上海人民出版社，1997。

熊月之、周武主編：《海外上海學》，上海：上海古籍出版社，2004。

許子東：《為了忘卻的集體記憶：解讀 50 篇文革小說》，北京：三聯書店，
　　　2000。

J·C·亞里山大：《國家與市民社會：一種社會理論的研究路徑》，北京：中央編譯出版社，1999。

亞里士多德：《政治學》，北京：商務印書館，1987。

楊東平：《城市季風：北京和上海的文化精神》，北京：東方出版社，1994。

楊魁、董雅麗：《消費文化——從現代到後現代》，北京：中國社會科學出版社，2003。

楊莉馨：《異域性與本土化：女性主義詩學在中國的流變與影響》，北京：北京大學出版社，2005。

姚玳玫：《想像女性：海派小説（1892-1949）的敍事》，北京：中國社會科學出版社，2004。

葉南客：《邊際人：大過渡時代的轉型人格》，上海：上海人民出版社，1996。

葉孝慎：《上海舊影——移民世界》，上海：上海人民美術出版社，1999。

殷慧芬：《門柵情思》，上海：上海文藝出版社，1998。

詹宏志：《城市人：城市空間的感覺、符號和解釋》，台北市：天下文化出版股份有限公司，1989。

張愛玲著，金宏達、于青編：《張愛玲文集·第二卷》，合肥：安徽文藝出版社，1992。

張鴻雁：《侵入與接替：城市社會結構變遷新論》，南京：東南大學出版社，2000。

張繼焦：《城市的適應——城市遷移者的文化差異及其適應策略》，北京：商務印書館，2004。

張京媛主編：《後殖民理論與文化批評》，北京：北京大學出版社，1999。

朱耀偉：《後東方主義：中西文化批評論述策略》，板橋（台北縣）：駱駝出版社，1994。

C. 參考論文

阿城：〈文化制約著人類〉，《文藝報》，1985 年 7 月 6 日，第 5 版。

白魯恂：〈中國民族主義與現代化〉，《二十一世紀》（香港），第九期（1992 年 2 月），頁 13-26。

包亞明：〈文人發嗲——朱學勤、包亞明對談〉，載包亞明、王宏圖、朱生堅等著：《上海酒吧——空間消費與想像》，南京：江蘇人民出版社，2001，頁 67-73。

包亞明：〈「新天地」與上海都市空間的生產〉，載包亞明著：《遊蕩者的權力：消費社會與都市文化研究》，北京：中國人民大學出版社，2004，頁 215-229。

本雅明：〈機械複製時代的藝術作品〉，載漢娜·阿倫特編，張旭東、王斑譯：《啟迪——本雅明文選》，香港：牛津大學出版社，1998，頁 215-248。

陳村、賀友直：〈老市民的上海〉，《收穫》，第二期（2002 年 3 月），頁 132-147。

陳丹燕：〈上海的法國城〉，載陳丹燕著：《上海的風花雪月》，北京：作家出版社，1998，頁 86-93。

陳丹燕：〈城與人〉，《小說評論》，第四期（2005 年 7 月），頁 18-20。

陳惠芬：〈「文學上海」與城市文化身份建構〉，《文學評論》，第三期（2003 年 5 月），頁 140-149。

陳遼：〈城市文學的可能與選擇〉，《唯實》，第八期（1994 年 8 月），頁 48-49。

陳思和：〈雯雯的今天和明天——讀王安憶的新作《69 屆初中生》〉，《女作家》，第三期（1985 年 3 月），頁 158-160。

陳思和：〈民間的沉浮〉，載陳思和著：《雞鳴風雨》，上海：學林出版社，1994，頁 26-58。

陳思和：〈民間的還原〉，載陳思和著：《雞鳴風雨》，上海：學林出版社，1994，頁 59-79。

陳思和：〈民間與現代都市文化──兼論張愛玲現象〉，載陳思和著：《陳思和自選集》，廣西：廣西師範大學出版社，1997，頁 276-307。

陳曉明：〈「後東方」視點──穿越後殖民化的歷史表象〉，載張京媛編：《後殖民理論與文化認同》，台北：麥田出版，1995，頁 233-246。

陳旭麓：〈上海學芻議〉，《史林》，第二期（1999 年 3 月），頁 1-2。

陳燕遐：〈書寫香港──王安憶、施叔青、西西的香港故事〉，載陳燕遐著：《反叛與對話──論西西的小說》，香港：華南研究出版社，2000，頁 106-137。

戴錦華：〈全球性後殖民語境中的張藝謀〉，載張京媛編：《後殖民理論與文化認同》，台北：麥田出版，1995，頁 409。

戴錦華、王干：〈女性文學與個人化寫作〉，《大家》，第一期（1996 年 1 月），頁 19-21。

戴翎：〈跨出女性世界之後──論王小鷹 90 年代的三部長篇小說〉，《上海大學學報（社會科學版）》，第四期（2000 年 8 月），頁 22-28。

阿里夫・德里克：〈中國歷史與東方主義問題〉，載羅鋼、劉象愚主編：《後殖民主義文化理論》，北京：中國社會科學出版社，1999，頁 72-98。

阿里夫・德里克：〈尋找東亞認同的「西方」〉，載王寧編：《全球化與文化：西方與中國》，北京：北京大學出版社，2002，頁 29-48。

鄧牛頓：〈葉辛論〉，《上海大學學報》，第五期（1997 年 10 月），頁 29-32。

東方網：〈王安憶：研習細節安守寂寞〉，網址：http://www.wenhuacn.com/news_article.asp?classid=31&newsid=2420，瀏覽日期：2006 年 3 月。

董啟章：〈怎樣的「香港」產生怎樣的「情與愛」〉，載董啟章編：《說書人：閱讀與評論合集》，香港：香江出版有限公司，1996，頁 172-175。

竇芳霞：〈都市底層女性的生命讚歌──評王安憶小說《桃之夭夭》〉，《臨

沂師範學院學報》，第一期（2004 年 2 月），頁 139-142。

福柯：〈不同空間的正文與下文〉，載夏鑄九編譯：《空間的文化形式與社會理論讀本》，台北：明文書局，1988，頁 225-234。

葛劍雄：〈創造人和──略論新時期上海的移民戰略〉，載蘇智良主編：《上海：近代新文明的形態》，上海：上海辭書出版社，2004，頁 18-26。

郭佳、崔俊：〈王安憶：文學「可以提高一個城市的格調」〉，《北京青年報》，2003 年 4 月 13 日，第 7 版。

杭廷頓：〈文明的衝突？〉，《二十一世紀》，第十九期（1993 年 10 月），頁 5-21。

何平：〈上海的女性表達〉，《三聯生活週刊》，第十二期（2002 年 12 月），頁 28-32。

侯翰如：〈從上海到海上──一種特殊的現代性〉，《2000 上海雙年展》，上海：上海書畫出版社，2001，頁 1-2。

胡纓、唐小兵：〈我不是女權主義者〉，《讀書》，第四期（1988 年 4 月），頁 72-78。

幾點：〈上海導演炮轟《茉莉花開》：除了陳沖演員全換〉，《新聞午報》，2003 年 4 月 23 日，第 A4 版。

阿卜杜爾‧簡穆罕默德：〈論少數話語的理論：目標是甚麼〉，載巴特‧穆爾 - 吉爾伯特等編，楊乃喬、毛榮運、劉須明譯：《後殖民批評》，北京：北京大學出版社，2001，頁 331-345。

姜義華：〈深化與拓展上海研究的十條建議〉，《史林》，第二期（1999 年 3 月），頁 8-10。

蔣述卓：〈論城市文學的研究方向〉，《學術研究》，第三期（2001 年 3 月），頁 97-101。

蔣子丹：〈創作隨想〉，《當代作家評論》，第三期（1995 年 7 月），頁 41-42。

金平：〈她在不安和激動中──與王安憶一席談〉，《青年作家》，第八期

（1983 年 8 月），頁 17-19。

金用：〈激戰秦淮狀元樓——'94 中國城市文學國際學術研討會話題〉，《貴州日報》，1994 年 8 月 31 日，第 6 版。

布賴恩‧蘭伯特：〈貝爾納托‧貝特魯奇採訪錄：《末代皇帝》〉，載張京媛主編：《後殖民理論與文化批評》，北京：北京大學出版社，1999。

雷達：〈民族靈魂的發現與重鑄——新時期文學主潮論綱〉，《文學評論》，第一期（1987 年 1 月），頁 15-27。

李杭育：〈理一理我們的「根」〉，《作家》，第九期（1985 年 9 月），頁 75-79。

李劼：〈第五章：上海 1980 年代文學文化風景〉，載李劼著：《驀然回首燈火闌珊處——中國二十世紀八十年代文化風景兼歷史備忘》。網址：http://social.bbs.bokee.com/ShowThreadMessage.do?m=1&threadID=128743&forumID=1777，瀏覽日期：2005 年 10 月 20 日。

李潔非：〈物的積壓——我們的文學現實〉，《上海文論》，第六期（1993 年 11 月），頁 26-29。

李潔非：〈城市文學之崛起：社會和文學背景〉，《當代作家評論》，第三期（1998 年 3 月），頁 36-49。

李靜：〈不冒險的旅程〉，載蒼狼、李建軍、朱大可等著：《與魔鬼下棋：五作家批判書》，北京：中國工人出版社，2004，頁 75-96。

李靜：〈中國的移民與同化〉，《中國社會科學季刊》，總第十六期（1996 年 8 月），頁 27-41。

李歐梵：〈鄉土與城市〉，載《徘徊在現代和後現代之間》，台北：正中書局，1996，頁 143-166。

李歐梵：〈當代中國文化的現代性和後現代性〉，《文學評論》，第五期（1999 年 9 月），頁 129-139。

李歐梵：〈《長恨歌》手筆罕見可貴〉。網址：http://cul.sinchew-i.com/special/huazhong2001/index.phtml?sec=59&artid=200112090465，

瀏覽日期：2006 年 7 月 2 日。

李慶西：〈尋根：回到事物本身〉，《文學評論》，第四期（1988 年 7 月），
　　頁 14-23。

李若建：〈中國大陸遷入香港的人口研究〉，《人口與經濟》，第二期（1997
　　年 3 月），頁 24-29。

李陀：〈創作通信〉，《人民文學》，第三期（1984 年 3 月），頁 121-127。

李永花、王苹：〈王安憶女性意識的張揚與女性主義批評〉，《徐州教育學院
　　學報》，第四期（2002 年 7 月），頁 37-38。

李照興：〈尋找一種新的旅遊學──背叛香港還是反思香港〉，載李照興主
　　編：《上海 101：尋找上海的 101 個理由》，香港：香港寰宇，2002，
　　頁 9-11。

李志卿：〈王安憶與讀者的對話〉，《文學自由談》，第四期（1993 年 7 月），
　　頁 32-36。

凌宇：〈二三十年代鄉土小說中的鄉土意識〉，《文學評論》，第四期（2000
　　年 7 月），頁 18-24。

劉傳霞：〈商業化的兩性遊戲與古樸的人間情義──評王安憶的〈香港的情
　　與愛〉〉，《煙臺師範學院學報（哲社版）》，第四期（1999 年 7 月），
　　頁 53-55。

劉敏慧：〈城市和女人：海上繁華的夢──王安憶小說中的女性意識探微〉，
　　《小說評論》，第五期（2000 年 9 月），頁 73-78。

魯迅：〈「京派」與「海派」〉，載魯迅著：《花邊文學》，北京：人民文學出
　　版社，1973，頁 13-14 。

魯迅：〈現今的新文學概觀〉，載魯迅著：《魯迅全集·第四卷·三閒集》，
　　北京：人民文學出版社，1973，頁 132-138。

魯迅：〈再談香港〉，載魯迅著：《而已集》，北京：人民文學出版社，
　　1980，頁 131-138。

魯迅:〈上海的少女〉，載馬逢洋著:《上海:記憶與想像》，上海:文匯出版社，

1996，頁 91-92。

呂劍虹：〈歷史‧詩意‧現實──與香港電影導演關錦鵬對話〉，《當代電影》，第四期（1996 年 7 月），頁 90-93。

呂君芳：〈抹不去的上海情結──關於王安憶的小說與上海〉，《浙江教育學院學報》，第一期（2001 年 1 月），頁 19-21。

羅蘭‧羅伯遜：〈西方視角下的全球性〉，載王寧編：《全球化與文化：西方與中國》，北京：北京大學出版社，2002，頁 17-28。

羅卡：〈張愛玲‧香港‧電影〉，載黃德偉編著：《閱讀張愛玲》，香港：香港大學比較文學系，1998，頁 246-249。

馬超：〈都市裏的民間形態──王安憶《長恨歌》漫議〉，《天水師範學院學報》，第一期（2001 年 1 月），頁 39-42。

馬春花：〈刀刃上的舞蹈──評衛慧《上海寶貝》兼及晚生代女作家創作〉，《小說評論》，第三期（2000 年 5 月），頁 29-34。

馬洪林：〈海派文化與西學東漸〉，《上海師範大學學報（哲學社會科學版）》，第二期（1996 年 02 期），頁 49-57。

毛祥林：〈三略彙編〉，載上海社會科學院歷史研究所編：《上海小刀會起義史料彙編》，上海：上海人民出版社，1958，頁 808-824。

南帆：〈王安憶小說的觀察點：一個人物，一種衝突〉，《當代作家評論》，第二期（1984 年 3 月），頁 48-54。

南帆：〈城市的肖像──讀王安憶的《長恨歌》〉，《小說評論》，第一期（1998 年 1 月），頁 66-73。

倪文尖：〈上海／香港：女作家眼中的「雙城記」──從王安憶到張愛玲〉，《文學評論》，第一期（2002 年 1 月），頁 87-93。

喬麗華：〈尋找城市的根──讀王安憶新作《富萍》〉，《名作欣賞》，第二期（2001 年 3 月），頁 62-63。

任一鳴：〈質疑女性主體的一則寓言〉，《吉昌學院學報》，第四期（2003 年 9 月），頁 1-4。

沙立新：〈20世紀90年代城市文學的發展〉，《廣東社會科學》，第二期
　　（2002年3月），頁148-153。

邵燕君：〈靈魂的殉葬〉，《文學評論家》，第三期（1991年5月），頁57-60。

沈渭濱：〈也談「上海學」〉，《史林》，第二期（1999年3月），頁3-5。

沈永英：〈上海故事中的空間與懷舊——王安憶和程乃珊上海故事之比較〉，
　　《湛江師範學院學報》，第四期（2003年8月），頁62-66。

盛寧：〈世紀末‧「全球化」‧文化操守〉，載王寧編：《全球化與文化：西方
　　與中國》，北京：北京大學出版社，2002，頁204-224。

施蟄存、夏中義：〈漫談七十年來上海的文學〉，《文藝理論研究》，第四期
　　（1995年7月），頁2-5。

孫甘露：〈時間玩偶〉，《收穫》，第五期（1999年9月），頁127-132。

孫源：〈關芝琳吳鎮宇《做頭》演繹上海都市女性〉。網址：http://ent.people.
　　com.cn/BIG5/42075/3258619.html，瀏覽日期：2005年7月5日。

愛德華‧索亞：〈重描城市空間的地理性歷史——《後大都市》第一部分「導
　　論」〉，載包亞明主編：《後大都市與文化研究》，上海：上海教育出版
　　社，2005，頁1-17。

湯禎兆：〈書寫上海、香港以及其他的城市〉，載李照興主編：《上海101：
　　尋找上海的101個理由》，香港：香港寰宇，2002，頁6-8。

湯禎兆：〈雙城記的通俗劇〉，網址：http://movie.cca.gov.tw/COLUMN/
　　column_article.asp?rowid=277，瀏覽日期：2005年12月7日。

唐曉丹：〈解讀《富萍》，解讀王安憶〉，《當代文壇》，第四期（2001年7
　　月），頁24-27。

唐振常：〈市民意識與上海社會〉，《二十一世紀》，第十一期（1992年11
　　月），頁11-23。

唐振常：〈關於上海學（Shanghaiology）〉，《史林》，第二期（1999年3
　　月），頁2-3。

屠仰慈：〈寄懷上海〉，載盧瑋鑾編：《香港的憂鬱》，香港：華風書局，

1983，頁 157-160。

王彬彬：〈「城市文學」的消亡與再生〉，《小說評論》，第三期（2003 年 5月），頁 17-23。

王德威：〈海派作家，又見傳人〉，載王德威著：《現代中國小說十講》，上海：復旦大學出版社，2003，頁 277-299。

王德威：〈落地的麥子不死——張愛玲的文學影響力與「張派」作家的超越之路〉，載王德威著：《落地的麥子不死——張愛玲與「張派」傳人》，濟南：山東畫報出版社，2004，頁 40-48。

王德威：〈上海出租車搶案——讀《遍地梟雄》，兼論王安憶的小說美學〉。網址：http://publish.pots.com.tw/Chinese/BookReview/2005/06/30/366_36bookr1/index.html，瀏覽日期：2006 年 1 月。

王紀人：〈上海文學地圖之歷史變遷〉，《上海師範大學學報（哲學社會科學版）》，第二期（2004 年 3 月），頁 97-100。

王紀人等：〈上海文學地圖的歷史變遷——上海作協理論組座談紀要〉，《文藝爭鳴》，第一期（2004 年 1 月），頁 91-94。

王寧：〈全球化時代的文學及影視傳媒的功能：中國的視角〉，載王寧編：《全球化與文化：西方與中國》，北京：北京大學出版社，2002，頁 122-142。

衛慧、李大衛：〈親愛的，讓我們來談談性和道德吧——衛慧最新訪談〉。網址：http://hk.cl2000.com/?/discuss/shiye/wen16.shtml，瀏覽日期：2006 年 3 月 15 日。

魏繼東：〈模棱兩可的民間——質疑陳思和的「民間」理論及其運用〉，《浙江師範大學學報（社會科學版）》，第一期（2002 年 1 月），頁 25-27。

魏李梅：〈飛向記憶的花園——淺談王安憶小說創作中的懷舊母題〉，《當代文壇》，第三期，（2002 年 5 月），頁 4-5。

吳俊：〈瓶頸中的王安憶——關於《長恨歌》及其後的幾部長篇小說〉，《當

代作家評論》，第五期（2002 年 9 月），頁 52-58。

吳義群等：〈文本化的「上海」——新長篇討論會之二：王安憶的《富萍》〉，
　　《小說評論》，第二期（2001 年 3 月），頁 24-33。

蕭功勤：〈當今中國的白領階層與知識分子〉，載蕭功勤著：《知識分子與觀
　　念人》，天津：天津人民出版社，2002，頁 144-145。

蕭也牧：〈我們夫婦之間〉，《人民文學》，第一卷第三期（1950 年 3 月），
　　頁 37-44。

忻平：〈人・建築・空間・文脈〉，載蘇智良編：《上海近代新文明的形態》，
　　上海：上海辭書出版社，2004，頁 109-132。

熊月之：〈是建立上海學的時候了〉，《史林》，第二期（1999 年 3 月），頁
　　6-8。

徐坤：〈重重簾幕密遮燈——九十年代的中國女性文學寫作〉，《作家》，第
　　八期（1997 年 8 月），頁 24-29 。

徐珊：〈論王安憶《長恨歌》的城市景觀〉，《華南師範大學學報》（社會科
　　學版），第四期（2004 年 7 月），頁 82-86。

許紀霖：〈近代中國的公共領域：形態、功能與自我理解〉，載蘇智良編：《上
　　海近代新文明的形態》，上海：上海辭書出版社，2004，頁 59-81。

薛羽：〈「現代性」的上海悖論——讀李歐梵《上海摩登：一種都市文化在中
　　國 1930-1945》〉，《博覽群書》，第三期（2004 年 3 月），頁 63-67。

嚴曉蔚：〈王安憶：「海派文學」振興的主角〉，《理論與創作》，第二期（2004
　　年 3 月），頁 96-99。

楊剛：〈上海寫給香港——孤島通訊〉，載倪墨炎選編：《浪淘沙：名人筆下
　　的老上海》，北京：北京出版社，1999，頁 425-428。

樂黛雲：〈中國女性意識的覺醒〉，《文學自由談》，第三期（1991 年 5 月），
　　頁 28-31 。

張愛玲：〈《傳奇》再版序〉，載金宏達、于青編：《張愛玲文集・第三卷》，
　　合肥：安徽文藝出版社，1992，頁 138。

張愛玲：〈到底是上海人〉，載張愛玲著：《流言》，台北：皇冠出版社，1968，頁 57。

張愛玲：〈燼餘錄〉，載張愛玲著：《流言》，台北：皇冠出版社，1968，頁 41-54。

張愛玲：〈自己的文章〉，載張愛玲著：《流言》，台北：皇冠出版社，1968，頁 17-24。

張浩：〈從私人空間到公共空間——論王安憶創作中的女性空間建構〉，《中國文化研究》，第四期（2001 年 7 月），頁 159-163。

張琦：〈從文學上海與城市身份建構看張愛玲和王安憶〉，《中州學刊》，第五期（2004 年 9 月），頁 87-89。

張旭東：〈一個被講述的上海故事〉，《文匯報》，2002 年 11 月 21 日，第 11 版。

張旭東：〈上海懷舊——王安憶與現代性的寓言〉，載張旭東著：《批評的蹤跡：文化理論與文化批評，1985-2002》，北京：三聯書店，2003，頁 299-331。

張志剛：〈努力追求卓越，香港必能再起〉，《亞洲週刊》，第九期（2002 年 2 月 25 日-3 月 3 日），頁 22。

張仲禮：〈序〉，載白吉爾著：《上海史：走向現代之路》，上海：上海社會科學院出版社，2005，頁 1-4。

鄭虹霓：〈性別的突圍——當下城市文學中的女性形象〉，《當代文壇》，第二期（2002 年 2 月），頁 16-17。

鄭萬隆：〈我的根〉，《上海文學》，第五期（1985 年 5 月），頁 44-46。

鄭義：〈跨越文化斷裂帶〉，《文藝報》，1985 年 7 月 13 日，第 4 版。

中共上海市委黨史研究室、上海市檔案館合編：《接管上海・上卷》，北京：中國廣播電視出版社，1993。

中國管理整合網：〈鼻仔頭文化埕企劃書〉。網址：http://www.69169.cn/down_detail.asp?id=51036，瀏覽日期：2005 年 10 月 2 日。

周蕾：〈看現代中國：如何建立一個種族觀眾的理論〉，載張京媛主編：《後殖民理論與文化批評》，北京：北京大學出版社，1999，頁 318-361。

朱易安：〈社會性別研究的探索和展望——關於上海近年來社會性別研究的綜述和思考〉，載上海市婦女學學會、上海市婚姻家庭研究會編：《婦女研究在上海：世紀之交的上海婦女研究》，上海：上海科學普及出版社，2000，頁 25-35。

竹內好：〈何謂現代——就日本和中國而言〉，載張京媛主編：《後殖民理論與文化批評》，北京：北京大學出版社，1999，頁 444-474。

Peachy：〈女作家筆下的殖民香港—論《香港的情與愛》與《失城》〉。網址：http://peachiestlife.blogspot.com/2006_05_01_peachiestlife_archive.html，瀏覽日期：2006 年 6 月 2 日。

英文部分（排列次序按作者或編者姓名字母）

Abbas, Ackbar. "The Last Emporium: Verse and Cultural Space." *Position* 1.1（1993）:pp.1-17.

Abbas, Ackbar. *Hong Kong: Culture and the Politics of Disappearance.* Hong Kong: Hong Kong University Press, 1997.

Adamson, Walter. *Marx and the Disillusionment of Marxism.* Berkeley, CA: University of California Press, 1985.

Anderson, Benedict. *Imagined Communities: Reflections on the Origin and Spread of Nationalism.* London: Verso, 1983 .

Barthes, Roland. "The Eiffel Tower. " *A Barthes Reader.* Ed. Susan Sontag. New York: Hill and Wang, 1982. pp.236-247.

Baudrillard, Jean. *Selected Writing.* Ed. M. Poster. Stanford: Stanford University Press, 1988.

Beals, R.L., Hojier, H., Beals, A.R.. *An Introduction to Anthropology*. New York: Macmillan, 1959.

Certeau, Michel de. *The Practice of Everyday Life*. Tran. Stecen Rendall. Berkeley: University of California Press, 1988.

Chase, Malcolm and Shaw, Christopher. "The Dimensions of Nostalgia", *The Imagined Past: History and Nostalgia*. Manchester and NY: Manchester University Press, 1989. pp.1-17.

Clifford, Nicholas R.. *Spoilt Children of Empire: Westerners in Shanghai and the Chinese Revolution of the 1920s*. Hannover, England: Middlebury College Press, 1991.

Fairbank, John King. *Trade and Diplomacy on the China Coast: The Opening of the Treaty Ports, 1842-1854*. Stanford, Calif.: Stanford University Press, 1969.

Fanon, Frantz. *Black Skin, White Masks*. Tran. Charles Lam Markmann. New York: Grove Press, 1967.

Featherstone, Mike. *Consumer Culture & Postmodernism*. London: Stage, 1991.

Felski, Rita. *Beyond Feminist Aesthetics: Feminist Literature and Social Change*. Cambridge, MA: Harvard University Press, 1989.

Foucault, Michael. "Text/Context of Other Spaces." *Diacritics* 16.1 (Spring 1986): pp.22-27.

Freud, Sigmund. "On Narcissism: An Introduction." *The Standard Editon of the Complete Psychological Works of Sigmund Freud*. London: Hogarth Press, 1953-1966.14: pp.73-104.

Halbwach, Maurices. *On Collective Memory*. Chicago, IL: The University of Chicago Press, 1992.

Hall, Stuart. "Cultural Identity and Cinematic Representation." *Framework*

36(1989a): pp.9-20.

Herskovits, M.J.. *Acculturation: The Study of Culture Contact*. Glouchester, Mass.: Peter Smith, 1958.

Hirsch, Fred. *Social Limits to Growth*. Cambridge, Mass.: Harvard University Press, 1976.

Jameson, Fredric. *Postmodernism, or, the Cultural Logic of Late Capitalism*. London: Verso, 1991.

Jameson, Fredric. "Notes on Globalization as a Philosophical Issue." *The Cultures of Globalization*. Ed. Fredric Jameson and Masao Miyoshi. Durham: Duke UP, 1998. pp.54-80.

Johnson, Linda Cooke. *Shanghai: From Market Town to Treaty Ports, 1074-1858*. Stanford, Calif.: Stanford University Press, 1995.

Kristeva, Julia. *Stranger to Ourselves*. Tran. Leon S. Roudiez. Hertfordshire: Harvester Wheatsheaf, 1991.

Lacan, Jacques. *Ecrits: A Selection*. Tran. Alan Sheridan. London: Tavistock Publications, 1977.

Laroui, Abdallah. *The Crisis of the Arab Intellectual: Traditionalism or Historicism*. Berkeley: University of California Press, 1976.

Lefebvre, Henri. *Everyday Life in the Modern World*. London: Harper & Row, 1971.

Lefebvre, Henri. *The Production of Space*. Tran. Donald Nicholson-Smith. Oxford(UK): Blackwel, 1991.

Lefebvre, Henri. *Critique of Everyday Life*. Tran. John Moore. London: Verso, 1991.

Lyotard, Jean-Francois. *The Differend: Phrases in Dispute*. Tran. Georges Van Den Abbeele. Minneapolis: University of Minnesota Press, 1988.

Moi, Toril. *Sexual/Textual Politics: Feminist Literary Theory*. New York:

Methuen, 1987.

Mulvey, Laura. "Visual Pleasure and Narrative Cinema." *Screen* 16.3(Autumn 1975): pp.6-18.

Redfield, R., Linton, R. and Herskovits, M.J.. "Memorandum on the Study of Acculturation. " *American Anthropologist* 38(1935): pp.149-152.

Simmel, Georg. "The Metropolis and Mental Life. " *Individuality and Social Control: Essays in Honor of Tamotsu Shibutani*. Ed. Kian M. Kwan. Greenwich, Conn.: JAI Press, c1996. pp.324-329.

Sorokin, Pitirim A. & Zimmermam, Carl. *Principles of Rural-Urban Sociology*. New York: Holt, 1929.

Spengler, Oswald. *The Decline of the West*. Ed. Helmut Werner. Tran. Charles Francis Atkinson. New York: Oxford University Press, 1932.

Spivak, Gayatri-Chakravorty. "French Feminism in an International Frame." *In Other Worlds: Essays in Cultural Politics*. New York: Methuen, 1987. pp.134-153.

Sumner, W.G.. *Folkways: A Study of the Sociological Importance of Usages, Manners, Customs, Mores and Morals*. Boston: Ginn, 1906.

Zhang, Longxi. "The Myth of the Other: China in the Eyes of the West. " *Critical Inquiry* 15(Autumn, 1988): pp.108-131.

致謝

此書付梓，間中種種，心存感念。

感謝我已故的祖父葛康俞教授，為我樹立了為人為學的尺度。感謝安憶教授與李章先生，幸得二位多年來的鼓勵與支持，使得此書的撰寫順利進行；感謝我執教的浸會大學中文系，提供良好的學術研究環境，令我能夠專心完成這本著作。感謝香港中央圖書館、浸會大學圖書館、香港大學圖書館等機構提供的寶貴文獻資料；感謝我的出版方香港中華書局；感謝我的責編及各位同事在編輯過程中付出的辛勞，令人念念。最後向所有予我幫助的朋友們，致以最誠摯的謝意。

（庚子年冬，於蘇舍）

□ 責任編輯：郭子晴
□ 設　計：黃希欣
□ 排　版：時潔
□ 印　務：劉漢舉

繁華落盡見真淳：
王安憶城市小說書寫研究

□
作者
葛亮

□
出版
中華書局（香港）有限公司
香港北角英皇道 499 號北角工業大廈一樓 B
電話：（852）2137 2338　傳真：（852）2713 8202
電子郵件：info@chunghwabook.com.hk
網址：http://www.chunghwabook.com.hk

□
發行
香港聯合書刊物流有限公司
香港新界荃灣德士古道 220-248 號
荃灣工業中心 16 號
電話：（852）2150 2100　傳真：（852）2407 3062
電子郵件：info@suplogistics.com.hk

□
印刷
美雅印刷製本有限公司
香港觀塘榮業街 6 號 海濱工業大廈 4 樓 A 室

□
版次
2020 年 12 月第 1 版第 1 次印刷
© 2020 中華書局（香港）有限公司

□
規格
大 32 開（230 mm×162 mm）

□
ISBN：978-988-8676-26-2